더 사이트 오브 유

The *sight* of you

더 사이트 오브 유

홀리 밀러 지음 | 이성옥 옮김

한스미디어

차례

THE SIGHT OF YOU

프롤로그

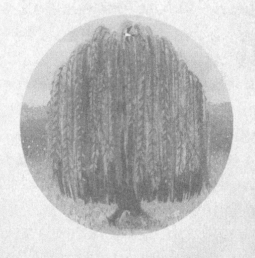

1
캘리

조엘, 미안해요. 당신을 그렇게 다시 보니까……. 기차에 타지 말 걸 그랬어요. 그냥 다음 기차를 기다렸어도 됐는데 말이에요. 하긴 그게 뭐가 중요하겠어요. 결국 내릴 역을 지나치는 바람에 결혼식에 늦고 말았답니다.

런던으로 가는 내내 당신 생각만 했어요. 당신이 준 쪽지에 뭐라고 적혀 있을까 하는 생각. 결국 쪽지를 펼쳐서 가만히 보고 있는데, 고개를 드니 기차가 이미 블랙프라이어스역을 지났더라고요.

당신에게 하고 싶은 말이, 해야 할 말이 무척 많았어요. 그런데 막상 당신을 보니 머릿속이 까매지더라고요. 너무 많은 말을 하게 될까 봐 겁이 났던 것 같아요.

오늘이 마지막이었다면 어떻게 될까요? 당신 얼굴을 보고, 당신 목소리를 들을 수 있는 마지막 날이 만약 오늘이었다면?

시간이 너무 빨리 흐르네요. 그날이 다가오고 있다는 것도 알아요. 그 자리에 남을 걸 그랬어요. 단 몇 분만이라도. 미안해요.

PART 1

2

조엘

새벽 한시. 나는 윗옷을 벗은 채 아파트 거실 창가에 서 있다. 고요한 하늘에 별들이 점점이 박혀 있고, 달은 대리석처럼 빛난다.

이제 곧 위층에 사는 스티브가 현관문을 나와 차로 향할 것이다. 카시트에 앉은 아기 포피는 격하게 몸부림치겠지. 스티브는 한밤중에 드라이브를 하면서 타이어 굴러가는 소리와 농장의 동물들 울음소리로 포피를 재운다.

지금이다. 아직 잠기운에 젖은 스티브의 발소리와 포피의 칭얼거림 소리가 계단을 울린다. 그리고 여느 때처럼 삐걱대는 현관문을 조심성 없이 여는 소리. 스티브가 차에 다가가 잠금 장치를 풀고 나서 머뭇거린다. 당황하는 걸 보니 뭔가 잘못되었다는 걸 알아챈 눈치다. 하지만 아직 정확히 모르는 것 같다.

드디어 상황 파악이 끝났다. 스티브는 욕을 내뱉으며 한 손으로 이마를 짚는다. 그리고 못 믿겠다는 듯 차 주변을 두 바퀴 돈다.

미안, 스티브. 네 개 다 그래. 분명 누군가 일부러 그런 거야. 오늘 밤에는 아무 데도 못 가.

스티브는 희미한 가로등 불빛 아래 조각상처럼 서 있다. 그러더니 무엇 때문인지 내 창문 쪽으로 시선을 던진다.

나는 침착하려 애쓴다. 움직이지만 않으면 보이지 않을 것이다. 창문의 블라인드는 모두 내려져 있고, 아파트는 휴식을 취하는 파충

류처럼 조용하고 어둡다. 내가 블라인드 날개에 눈을 바짝 대고 있다는 걸, 처음부터 전부 지켜보고 있었다는 걸 스티브는 알 리 없다.

혹시 눈이 마주친 건 아닐까? 하지만 스티브는 곧 시선을 거두고 고개를 절레절레 젓는다. 때마침 포피가 거리를 향해 소리 지른다.

반대편 집에 불이 켜진다. 어두웠던 거리가 밝아지더니 누군가 창밖을 향해 외친다. "조용히 좀 합시다!"

스티브는 그쪽으로 한 손을 들어올려 보이고는 집으로 향한다. 계단을 오르는 두 사람의 발소리, 그치지 않는 포피의 울음소리가 들린다. 스티브는 잠드는 시간이 원래 불규칙하지만 일찍 자야 하는 그의 아내 헤일리는 잠을 설칠 것이다. 이름 있는 로펌에서 근무하는 헤일리는 직장에 복귀한 지 얼마 되지 않아 회의 시간에 꾸벅꾸벅 졸 처지가 아니다.

이제 조용하다. 오늘 밤 내가 할 일은 끝났다. 나는 끝냈다는 의미로 수첩에 줄을 긋고, 소파에 앉아 하늘의 별이 보이게끔 블라인드를 올린다.

특별한 일을 끝냈으니 그 보상으로 위스키를 한 잔 따른다. 그리고 한 잔 더 따라서 재빨리 목으로 넘긴다.

이십 분 후 나는 잠들 준비를 한다. 아주 특별한 잠을 잘 것이다. 오늘 밤 한 일이 있으니 그 정도는 해도 된다.

몇 시간 후 동네에 사는 팔십 대 할머니 아이리스의 집으로 갈색 래브라도레트리버인 루퍼스를 데리러 간다.

"온몸에서 열이 나는 모양이야." 아이리스가 말한다.

아침 여덟시도 되지 않은 시간이라 아이리스가 누구 이야기를 하는 건지 감이 잡히지 않는다. 아침마다 들러서 이런저런 소문을 흘리거나 이상한 전단지를 주고 가는 옆집의 빌을 말하는 걸까? 아니면 거실 창 너머에서 쾌활하게 손을 흔들곤 하는 집배원 이야기일까?

집배원들이란 해맑고 발랄하거나, 밑도 끝도 없이 우울하거나 둘 중 하나다. 중간이 없다.

"몸을 식힌다고 주방 타일 바닥에 누워 있어."

그럼 그렇지. 개 이야기를 한 것이다. 이런 일이 생각보다 자주 일어난다. 나는 늘 피곤한 상태라 나보다 거의 두 배나 더 사신 할머니와 간단한 대화도 하기가 힘들다. "좋은 방법이네요." 나는 미소 짓는다. "저도 그렇게 해볼까 해요."

아이리스가 나를 흘끗 바라본다. "그러면 여자들이 별로 안 좋아할 것 같은데?"

아, 여자들. 그런데 그 여자들은 대체 누구일까? 아이리스는 어딘가에 자기 삶을 제쳐두고 나 같은 남자와 어울리고 싶어 하는 여자들이 있다고 굳게 믿는 것 같다.

"괜찮을까? 이 더위에 밖에 나가도." 아이리스가 루퍼스를 가리키며 묻는다.

예전에 나는 수의사였다. 지금은 아니지만, 그래도 아이리스는 나를 꽤 신뢰하는 것 같다.

"오늘은 그렇게 덥지 않아요." 나는 자신 있게 말한다. 9월이라 아직은 더워서 아이리스가 걱정할 만도 하다. "호수공원에 가서 물놀이를 할까 해요."

아이리스가 미소 짓는다. "자네도 같이?"

나는 고개를 절레절레 젓는다. "그런 반사회적 행위를 하려면 밤 늦게 해야죠. 그게 더 재밌잖아요."

아이리스는 내 시시한 농담이 하루 중 가장 흥미로운 사건이라도 되는 양 환하게 웃는다. "자네가 있어서 얼마나 다행인지 몰라. 안 그러니, 루퍼스?"

하지만 아이리스야말로 멋진 분이다. 과일 모양의 귀고리를 즐겨 하고, 스포티파이° 프리미엄을 구매하는 팔십 대 노인은 흔치 않다.

나는 루퍼스가 천천히 일어설 때 허리를 숙여 목줄을 채운다. "아직 약간 살집이 있네요. 살을 더 빼지 않으면 체온 관리도 쉽지 않을 거예요. 다이어트는 어떻게 돼가요?"

아이리스는 어깨를 으쓱해 보인다. "치즈라면 오십 보 밖에서도 냄새를 맡고 달려와. 그러니 내가 별수 있나?"

나는 한숨을 쉰다. 루퍼스 식단 때문에 아이리스에게 잔소리하는 것도 벌써 8년째다. "저랑 약속했잖아요. 저는 산책을 책임지고, 할머니는 나머지를 책임지기로요."

"나도 알아, 안다고." 아이리스는 지팡이를 들어 루퍼스와 나를 거실 밖으로 몰기 시작한다. "그런데 녀석이 불쌍한 얼굴을 하고 쳐다보면 나도 어쩔 수가 없어."

공원에 도착할 무렵 개는 세 마리가 되었다. 거동이 불편한 다른 분들의 개 두 마리를 루퍼스와 함께 데리고 다닌다. 브루노라는 그레이트데인도 한 마리 있는데, 그 녀석은 다른 개들과 함께 있으면 불안해하고 힘도 어마어마해서 어두워진 후에 따로 산책시킨다.

하룻밤 사이 공기가 한결 시원해지긴 했지만 아이리스와 약속했으니 나는 호수공원으로 향한다. 목줄을 풀어주자 개들은 호수를

° Spotify. 음원 스트리밍 서비스.

향해 말처럼 달려간다. 그 모습을 보니 나도 기운이 나는 것 같다.

숨을 깊이 들이마신다. 어젯밤 나는 옳은 일을 한 거라고 나 자신을 설득해본다.

옳은 일이었어야 한다. 왜냐하면 나에게 문제가 하나 있는데, 어릴 때부터 예지몽을 꾼다는 것이다. 실제인 듯 너무나 생생한 꿈에 놀라 잠에서 깨곤 한다. 정확히 몇 년 몇 월 며칠에 무슨 일이 일어날지도 알 수 있다. 그리고 그 대상은 언제나 내가 사랑하는 사람이다.

이런 꿈은 거의 매주 한 번씩 꾼다. 좋은 꿈도 있고, 나쁜 꿈도 있고, 좋지도 나쁘지도 않은 꿈도 있다. 사고, 병, 고통 같은 불행한 사건을 암시하는 꿈을 꾸었을 때가 가장 두렵다. 그래서 나는 늘 초조해하고 바짝 긴장해 있다. 누군가 멋지게 짜놓은 계획에 뛰어들어서 운명의 방향을 돌려놓아야 할지도 모르니까.

때로는 생명을 구해야 할 때도 있다.

공원 저편에 개를 데리고 나온 산책자들이 모여 있다. 나는 그들에게 미소를 지어 보이지만 간격은 멀찍이 유지한다. 저들은 아침마다 다리 근처에 모여서 내가 자기들을 보고 있는 건지 아닌지 헷갈려하며 손짓을 한다. 저들이 가정치료, 심리치료, 내복약, 생활습관 등을 들먹이며 내 불면에 대해 참견하기 시작하자 나는 거리를 두기 시작했다. 대강 둘러대고 자리를 뜬 후로는 저들과 어울리지 않는다.

그렇게 건널 수 없는 강이 생겨버렸다. 어떻게든 꿈을 꾸지 않고 자고 싶어서 할 수 있는 건 대부분 시도해봤다. 다이어트, 명상, 자기암시 요법부터 시작해서 라벤더와 백색소음도 써봤고, 우유를 넣은 음료도 마셔봤다. 수면제와 아로마 오일도 써봤지만 부작용이 있었고, 토할 때까지 호되게 운동도 해봤다. 이십 대 때는 수면주기를 바꿀 수 있을지도 모른다는 생각에 술을 마셔대다가 알코올의 존증에 빠지기도 했다. 하지만 십수 년의 실험을 통해 알게 된 사실은 내 수면주기가 절대 바뀌지 않는다는 것이었다.

하지만 잠을 덜 자면 꿈도 덜 꾼다는 건 간단한 산수로도 알 수 있다. 요즘은 수면시간을 줄이려고 영화를 보거나 진한 커피를 마시며 늦게까지 깨어 있다. 그리고 잠깐 동안만 잠을 잔다. 한두 시간만 자고 곧바로 깨어날 수 있도록 훈련 중이다.

그러니 지금 내게 당장 필요한 건 커피다. 물가에 있는 개들을 휘파람으로 불러 모으고 강가의 산책로로 되돌아간다. 내 오른편에서는 진짜 삶이 진행 중이다. 출근시간의 교통체증, 자전거를 타거나 걸어서 출근하는 사람들, 택배 차량들까지. 평범한 평일 아침에 어울리는 오케스트라의 불협화음. 이 소리를 듣고 있다 보면 이상하게 평범한 생활이 그리워진다. 좋은 일자리, 친구들, 건강 같은 것에 신경 쓰다 보면 쓸데없는 생각을 할 시간이 없을 것이다. 하지만 나는 잠에 대한 걱정과 수면부족으로 늘 초조하고, 집중할 수 없고, 너덜너덜한 상태다. 그래서 이런 것들에 너무 휩쓸리지 않으려고 나름 느슨한 규칙을 세워서 지키는 중이다. 매일 운동하기, 과음하지 않기, 연애하지 않기.

나는 지금까지 살면서 딱 두 사람에게만 내 비밀을 고백했고, 두 번째 고백 이후로는 앞으로 그 누구에게도 다시는 이 비밀을 털어놓지 않겠다고 다짐했다. 지난밤 스티브에게 아무 말도 하지 못한 건 그 때문이다. 포피에 대해 불길한 꿈을 꿔서 그런 짓을 벌일 수밖에 없었다. 포피는 친조카처럼 사랑하는 대녀代女이므로 내가 지켜야 했다. 꿈에서 나는 뒷좌석에 포피를 태우고 나간 스티브가 교차로에서 브레이크를 밟지 않고 시속 100킬로미터로 가로등을 들이받는 걸 봤다. 그래서 포피를 차에 태우게 할 수 없었다.

나는 해야 할 일을 했다. 그건 앞에서 말한 것처럼 포상으로 위스키 두 잔을 마실 만한 일이었다.

다시 개들에게 목줄을 채우고 집으로 향한다. 적어도 며칠은 스티브를 피해 다녀야 할 것 같다. 내가 잘 피해 다니면 스티브도 어젯밤 일이 나와 관련 있다는 생각은 하지 못할 것이다.

일단 개들을 집에 데려다주고 카페를 찾아 몸을 숨겨야 할 것 같다. 나를 알아보는 사람도, 신경 쓰는 사람도 없는, 구석에서 혼자 조용히 커피를 마실 수 있는 카페를 찾아봐야겠다.

3
캘리

"그런 일이 아예 없었던 것처럼 말하면 안 되지." 닷과 나는 카페 문을 닫고 테이블을 닦으며, 아까 돈을 내지 않고 가버린 손님에 대해 이야기한다. 하루 중 가장 행복한 시간이 바로 이때다. 긴장을 풀고 이야기를 주고받으며 카페를 다시 반짝반짝 빛나도록 닦는 이 시간이 좋다. 창밖으로 보이는 9월 초 풍경은 복숭아 껍질처럼 따뜻하고 부드럽다.

"그냥 실수였을 거야." 내가 말한다.

닷이 금발로 탈색한 짧은 머리를 한 손으로 쓸어 넘긴다. "진심이야? 캘리는 여기서 일한 지 얼마나 됐어?"

"1년 6개월." 내 입으로 말하면서 나도 믿기지가 않는다.

"1년 6개월이 지나도록 여기서 일하고 있다니." 닷은 고개를 절레절레 젓는다. "이 일이 아주 적성에 맞는가 보네."

"그 남자는 그냥 깜박한 걸 거야. 머피 때문에 정신이 없어서 그랬을 수도 있어."

내 강아지 머피는 검정색에 갈색 얼룩이 있는 잡종견이다. 진짜 내 강아지는 아니지만 내 강아지나 마찬가지다. 어쨌든 머피는 카페에 사는 강아지답게 꿈같은 삶을 살고 있다. 카페 손님들이 머피만 보면 쓰다듬고 싶어서 몰래 간식을 주곤 한다.

닷이 콧방귀를 뀐다. "지갑을 깜박한 거겠지."

그 남자는 처음 보는 손님이었다. 그런데 오늘 손님 중 대다수가 처음 온 사람들이긴 했다. 출퇴근하는 사람들은 주로 언덕 위에 있는 우리의 라이벌 카페에 들른다. 내가 에버스포드에서 평생을 살아서 잘 안다. 오늘 아침 그 카페는 사전통보 없이 문을 열지 않았고, 그래서 그곳 단골들이 우리 카페를 찾았다. 덕분에 세로줄 무늬 정장과 잘 닦은 구두를 실컷 구경했다. 애프터셰이브 냄새도 충분히 맡았다.

하지만 그 손님은 달랐다. 솔직히 말하려니 좀 민망하지만 그 남자는 유독 눈에 띄었다. 출근하는 사람처럼 보이지는 않았다. 검은 머리카락이 꽤 매력적이었고, 무척 힘든 밤을 보낸 듯 기진맥진한 모습이었다. 내가 주문받으러 갔을 땐 정신이 딴 데 팔린 것 같았으나 곧이어 나를 바라볼 때의 눈길은 마치 빨려 들어갈 듯 강렬했다.

우리는 한두 마디밖에 주고받지 않았지만, 그 남자가 노트에 뭐라고 잔뜩 휘갈기며 머피와 말없이 유대감을 주고받던 모습이 뇌리에 박혔다.

"그 사람 작가일지도 몰라. 노트를 갖고 있었어."

닷은 동의할 수 없다는 듯 콧방귀를 뀐다. "가지가지 한다. 굶주린 작가라니, 도둑을 그렇게 낭만적으로 미화해줄 사람이 캘리 말고 또 누가 있겠어?"

"그래. 그런데 만약 너한테 그런 일이 생긴다면? 주유소에서 그런 일이 생길 수 있잖아. 알고 보니 결제할 방법이 하나도 없는 거야."

"그것참 대단한 상상력이네."

"단순한 상상은 아니야."

"다음에 그 남자 보면 내가 돌려치기로 바닥에 때려눕힐 거야."

분명 꽤 아플 것이다. 닷은 요즘 킥복싱을 배우고 있다. 열심히 하는 모습을 보면 활력이 넘쳐 보여서 부럽다. 닷은 한곳에 안주하는 법 없이 자유로운 생명체처럼 삶을 제멋대로 갖고 논다.

반대로 나에 대해 닷은 세상에서 한 발짝 물러서 있다고, 구석으로 물러나서 밝은 빛을 보면 놀라서 눈을 깜박거린다고 생각하는 것 같다. 물론 그럴지도 모른다.

"손님 상대로 격투기는 하지 마. 카페 규정이야." 내가 말한다.

"어쨌든 다음엔 절대 안 봐줘. 그놈 얼굴 다 익혔다고. 길에서 보면 꼭 돈 받아낼 거야."

"그냥 커피 한 잔인데 뭘."

닷이 어깨를 으쓱한다. "그럼 장부에 무전취식이라고 적든가."

나는 씩 웃으며 내일 배달 주문 목록을 출력하려고 뒤쪽 사무실로 들어간다. 잠시 후 닷이 큰 소리로 외친다. "영업 끝났어요! 내일 오세요!"

사무실 문밖으로 고개를 삐죽 내미니 누구인지 알 것 같다. 머피도 아는지 문틈에 코를 대고 킁킁거리며 꼬리를 살랑살랑 흔든다.

"그 남자야." 닷에게 이렇게 말하는 순간 내 심장이 파르르 떨린다. 검은 진에 회색 티셔츠를 입은 키 크고 날씬한 몸매가 눈에 익다. 여름 내내 밖에서 시간을 보낸 것같이 짙은 피부색도. "돈 안 내고 간 사람."

"아."

"눈치 한번 빠르시네요, 셜록 홈스 씨."

닷은 씩씩거리며 출입문으로 다가가더니 걸쇠를 빼고 열쇠를 돌려 문을 한 뼘만 연다. 남자가 뭐라고 하는지는 모르겠지만, 닷이 체인을 마저 풀고 남자를 들이는 걸 보니 커피 값을 해결하러 온 게 분명하다. 머피는 꼬리를 흔들고 펄쩍펄쩍 뛰며 남자를 뒤따른다.

"아까 돈을 안 냈더라고요." 무뚝뚝하면서도 미안해 어쩔 줄 모르는 남자의 모습에 경계심이 사라진다. "절대 일부러 그런 건 아니에요. 여기요." 남자가 닷에게 20파운드짜리 지폐를 내밀고는 한 손으로 머리를 쓸어 넘기다 내 쪽을 바라본다. 커다란 두 눈이 촉촉한 흙처럼 물기를 머금고 있다.

"잔돈 드릴게요." 내가 말한다.

"아니에요, 그냥 두세요. 미안합니다."

"그럼 뭐라도 더 가져가세요. 커피 한 잔 더 드릴까요? 아니면 케이크라도? 다시 와주셔서 고마워서 그래요." 나는 남자의 태도 때문에 조금이라도 더 친절하게 대해주고 싶은 마음이 든다.

드뢰메카게가 조금 남아 있다. 드뢰메카게는 코코넛과 설탕을 졸여서 올린 덴마크식 스펀지 케이크로, 그 뜻은 '꿈의 케이크' 정도로 해석할 수 있다. 나는 한 조각을 상자에 담아 남자에게 건넨다.

남자는 어쩔 줄 모르겠다는 듯 멍하니 선 채 면도하지 않은 턱을 한 손으로 문지르다가 상자를 향해 손을 내민다. 그 순간 그의 손가락이 내 손가락을 스친다. "고마워요." 남자가 고개를 까닥해 보이고 카페를 나선다. 부드럽고 따스한 공기가 열린 문으로 흘러들어 온다.

"거 참, 엄청 과묵하네." 닷이 말한다.

"케이크를 억지로 떠밀었나 봐."

"그러니까. 방금 그게 다 뭐야? *커피 한 잔 더 드릴까요? 아니면 케이크라도?*"

나는 얼굴이 벌겋게 달아오른다. "어쨌든 다시 와서 돈 냈잖아. 너는 매사에 너무 부정적이야."

"글쎄, 드뢰메카게 한 조각 때문에 장부 맞추기 힘든 건 변함이 없거든?"

"그 얘기가 아니잖아."

닷은 날카롭게 그린 한쪽 눈썹을 추켜올린다. "사장님은 나랑 생각이 크게 다르지 않을걸. 만약 사장님이 신경 안 쓴다고 해도 회계사는 신경 쓸 거야."

"아니. 벤이라면 너한테 믿음을 좀 가지라고 했을 거야. 해명할 기회라도 줘야지."

"그건 그렇고 오늘 밤 뭐 해?" 재킷을 가지러 사무실로 향하는 닷의 눈에 미소가 가득하다. "자선을 위한 노숙 활동? 아니면 임시 무료급식소 설치?"

"웃기지 마. 벤 집에 가보려고. 어떻게 지내나 가서 봐야지. 너는 뭐 할 건데?"

닷은 내가 벤을 너무 걱정하고, 과거의 기억에 묶여 산다고 생각한다.

닷이 머리에 선글라스를 올리고 나타난다. "수상 스키."

나는 씨익 웃는다. *그럼 그렇지. 참 너답다.*

"같이 가자."

"됐어. 난 운동신경 꽝이야."

"뭐 어때? 물은 부드러운데."

"아니, 난 그냥……."

닷이 몸을 숙여 내 눈을 똑바로 바라본다. "내가 무슨 생각 하는지 알지?"

"그럼, 알지."

"틴더Tinder 가입했어?"

"아니." *제발 잔소리 좀 그만해.*

"아니면 내가 누구 소개해줄 수도 있는데."

닷이라면 무슨 짓이든 할 수 있다.

"됐어. 저녁 즐겁게 보내."

"나도 그렇게 말해주고 싶지만…… 내일 봐." 닷이 애정이 듬뿍 담긴 윙크를 날리고선 구찌 블룸의 향을 남긴 채 떠나버린다.

나는 전등을 하나씩 끄고 습관처럼 창가의 기다란 좌석에 앉는다. 점점 희미해지는 빵과 원두의 향을 들이마신다. 반사적으로 주머니에서 휴대폰을 꺼내 그레이스에게 전화한다.

안 돼. 계속 이런 식으로 살 수는 없어. 그만해.

전화를 끊고 잠금 화면을 바라본다. 다시는 전화하지 말자고 애쓰고 있지만, 휴대폰 화면에 떠오른 그 이름을 볼 때면 잿빛 같은 나날에 밝은 햇살이 내릴 때처럼 기운이 돋는다.

무심코 창밖을 내다보는데 노트를 들고 다니던 그 남자의 두 눈이 내 시선을 사로잡는다. 목탄같이 까맣고 경계심 가득한 눈을 향해 반갑게 웃어보려 했지만 타이밍을 놓치고 만다. 남자는 고개를 숙이고 성큼성큼 걷다가 온화한 저녁 빛 속으로 자취를 감춘다.

손에 케이크 상자를 들고 있지 않았다. 곧바로 먹었을지도 모르지만, 처음 발견한 쓰레기통에 던져 넣었을지도 모른다.

4
조엘

새벽 두시, 문득 잠에서 깬다. 멀리사를 깨우지 않으려고 조심조심 침대에서 빠져나와 노트를 집어든다.

지난주의 온화했던 날씨는 더 이상 찾아볼 수 없고, 집 안에는 약간 싸늘한 공기가 맴돈다. 나는 후드티에 조깅 팬츠를 입고 주방으로 향한다.

간이 테이블에 앉아 노트에 빠짐없이 적는다.

남동생 더그에게 무척 기쁜 일이 생길 모양이다. 더그의 딸 벨라가 열 살이 되는 해에 지역 사립학교에서 스포츠 장학금을 받는 꿈을 꾸었다. 벨라는 주말마다 메달을 서너 개씩 따는 수영선수가 되어 있었다. 인생이란 참 오묘하다. 더그는 어릴 때 동네 수영장에서 다이빙만 죽어라 하다가 저지하는 안전요원에게 가운뎃손가락을 날린 후 수영장 출입을 금지당한 적이 있다.

벨라는 아직 세 살도 안 됐다. 하지만 잠재 능력 계발은 어릴수록 유리하다는 것이 더그의 교육 철학이다. 네 살인 버디는 벌써 테니스를 배우고 있고, 더그는 〈브리튼스 갓 탤런트〉[•]를 보면서 극성맞은 부모가 되는 방법을 연구하고 있다.

그런 더그의 극성이 결실을 맺는 꿈을 꾼 것이다. *더그에게 최대*

[•] *Britain's Got Talent*. 영국의 유명 오디션 프로그램.

한 빨리 지역 수영 클럽을 알아보라고 할 것. 나는 이렇게 메모를 하고 밑줄을 세 개 긋는다.

"조엘?"

멀리사가 스파이처럼 가만히 방문 앞에 서서 나를 바라본다.

"악몽이라도 꿨어?"

나는 고개를 저으며 기분 좋은 꿈이었다고 말한다.

멀리사는 내 티셔츠를 입고 있다. 아마 저대로 집에 돌아갈 것이다. 멀리사는 그게, 그런 행동이 귀엽다고 생각한다. 어쨌거나 나도 옷장을 꼼꼼히 관리하는 편은 아니다.

멀리사가 가까이 다가와 의자에 걸터앉는다. 아무것도 걸치지 않은 다리를 꼬며 한 손으로 숱 많은 황갈색 머리카락을 쓸어 넘긴다. "나도 꿈에 나왔어?" 멀리사가 새침하면서도 멋지게 윙크를 날린다.

그건 불가능한 일이야. 나는 속으로만 대답한다. 멀리사는 내 꿈에 대해 전혀 모르고, 앞으로도 영원히 알 수 없을 것이다.

멀리사와 나는 3년 동안 매달 만나고 있지만, 평소에는 연락을 거의 주고받지 않는다. 오히려 나보다 스티브가 멀리사를 불러 세워 이야기할 때가 더 많다. 멀리사와 알고 지내는 게 좋을 거라고 생각하는 걸까? 멀리사도 그게 싫지는 않은지 가끔 내 질투를 유발하려고 복도에서 스티브와 수다를 떤다.

"아직 한밤중이야. 가서 더 자." 나는 하품을 눌러 삼키며 주방 시계를 흘끗한다.

"싫어." 멀리사는 나른하게 한숨을 내쉬더니 손톱을 잘근잘근 씹는다. "잠 다 깼어. 여기 같이 있을래."

"몇 시 출근이야?"

멀리사는 아프리카 광산회사의 런던 지사에서 홍보 일을 하고 있다. 오전 근무는 대체로 아침 여섯시에 시작한다.

"아주 일찍." 멀리사는 불만 가득한 눈동자를 위아래로 굴린다. "병가 낼까 봐."

나는 날이 밝으면 친구 키런과 함께 개 산책을 갔다가 카페에 가서 아침을 먹을 계획이다. 지난주에 어떤 카페에서 커피 값을 깜박하고 나온 후 두세 번 더 그 카페에 들렀다. 처음에는 다시 방문해야 한다는 의무감 때문이었다. 하지만 카페에 있는 개와 커피가 맘에 들었고, 그곳 직원은 내 첫인상이 좋지 않았을 텐데도 갈 때마다 나를 반겨줬다.

"실은…… 오늘 일정이 좀 있어." 이 말을 하는데 왠지 모를 죄책감에 가슴이 죄어든다.

멀리사가 고개를 갸우뚱한다. "귀엽네. 당신이 왜 아직도 싱글인지 모르겠다니까."

"당신도 싱글이잖아." 멀리사가 이런 말을 할 때마다 나도 똑같이 대꾸한다.

"맞아. 나는 싱글인 게 좋거든."

멀리사는 내가 관계를 갈망하고 있으며, 누군가의 남자 친구가 되고 싶어서 안달이 났다고 생각한다. 멀리사를 만나기 전까지 나는 5년 동안 만나는 여자가 없었다. 멀리사는 쥐를 갖고 노는 고양이처럼 그 사실을 재미있어한다. 한번은 한 달 동안 연락하지 않다가 포장 음식 좋아하는지 물어보려고 문자를 했더니, 나보고 집착하는 타입이라며 잔소리를 퍼부었다.

하지만 그건 멀리사의 착각이다. 나는 처음부터 멀리사에게 솔직했고, 가볍게 만나는 관계도 괜찮은지 물었다. 멀리사는 웃으며 좋다고 대답했다. 그러면서 나에게 이기적인 사람이라고 했다.

"언젠가 당신이 자고 있을 때 저 노트를 열어보고 말겠어. 대체 뭐가 적혀 있는지 꼭 확인할 거야."

나는 웃는 시늉을 하며 눈을 내리깐다. 도저히 저 말에는 대꾸를 못 하겠다.

"신문사에 팔 만한 내용이라도 있어?"

멀리사는 얼마든지 행동에 옮길 수 있다. 노트에는 모든 게 적혀 있다. 나는 28년 동안 매주 꿈을 하나씩 꾸었고, 22년 동안 모든 내용을 노트에 기록해두었다.

조치를 취해야 할 경우에 대비해 일일이 적어두는 것이다. 가끔은 악몽이 현실에서 재현되는 걸 봐야만 한다. 별로 심각한 꿈이 아니거나 개입할 여지가 없는 경우에는 그냥 무시한다. 하지만 내 입장에서는 어느 쪽도 그다지 이상적이지 않다.

그래도 가끔 흙 속의 다이아몬드처럼 악몽 사이에서 행복하게 반짝이는 꿈들을 꾼다. 승진, 임신, 행운 같은. 매일 반복되는 일상에 대한 따분한 꿈들도 있다. 이발, 식료품점, 집안일, 과제 같은 것들이 그렇다. 더그의 저녁식사 메뉴를 본 적도 있다(내장 요리라니, 진심인가?). 아버지가 지역 배드민턴 대회에서 우승하거나, 조카가 체육 준비물을 깜박하기도 한다.

잠에서 깨면 사건이 일어나는 날짜와 시간이 저절로 머릿속에 떠오른다. 내 생일이나 크리스마스가 며칠인지 아는 것처럼 자연스럽게 머릿속에 와서 박힌다.

아무리 사소한 꿈이라도 노트에 적어놓고 일일이 추적해본다. 혹시 어딘가에 단서가 될 만한 패턴 같은 것이 존재할지도 모르니까. 내가 발견할 수 있는 무언가가.

나는 조리대 위에 올려둔 노트로 시선을 살짝 돌린다. 멀리사가 노트를 낚아챌지도 몰라 신경이 쓰인다. 멀리사는 곧바로 이를 눈치채고 요염하게 미소 지으며 내게 그만 긴장 풀라고 말한다.

"커피 한잔할래?" 멀리사의 눈동자에 어린 장난기를 어떻게든 쫓아내 보려고 묻는다.

"참 나, 모아둔 돈으로 제대로 된 커피머신 정도는 살 수 있지 않아? 요즘에 누가 인스턴트커피를 마셔?"

문득 그 카페의 풍경이 떠오른다. 내 테이블에 잔을 내려놓던 캘리의 모습, 창가 자리에서 내다보이던 자갈길. 순간 제풀에 놀라서 그 장면을 멀찌감치 밀어내고 머그잔 두 개에 커피를 따른다. "돈이라니, 무슨 돈?"

"검소하게 지내는 모습은 보기 좋아. 예전에는 수의사였어도 지금은 일을 하지 않으니까."

사실 저축해둔 돈이 있긴 하다. 내가 직장생활을 꾸준히 못 할 수도 있다고 생각해 저축해둔 것이다. 하지만 예금이 언제까지나 그대로 남아 있진 않을 터이다.

"설탕?" 나는 이렇게 물으며 말을 돌린다.

"나는 설탕 같은 거 없어도 충분히 달콤해."

"그건 좀 더 따져봐야 알 것 같은데."

멀리사는 내 말을 못 들은 척한다. "그래서, 어쩔 거야?"

"뭘 어째?"

"커피머신 안 살 거냐고!"

나는 돌아서서 팔짱을 끼고 멀리사의 얼굴을 바라본다. "한 달에 한 번 오는 당신을 위해서?"

멀리사가 윙크를 날린다. "당신이 날 좀 더 제대로 대접해주면 우리 관계가 더 발전할 수도 있을 텐데."

나는 그 윙크를 되돌려주고 스푼으로 머그잔을 살짝 때린다. "커피는 인스턴트지."

내가 이런 꿈을 꾸기 시작한 건 일곱 살 때부터다. 그 시절엔 사촌 루크와 꼭 붙어다녔다. 삼 일 간격으로 태어난 우리는 무엇을 하든 함께했다. 컴퓨터 게임, 자전거 타기, 개들과 신나게 뛰어다니기 등등.

어느 날 나는 어디선가 검은 개 한 마리가 나타나 여느 때처럼 운동장을 가로질러 가는 루크를 공격하는 꿈을 꿨다. 개가 루크의 얼굴을 물고 흔들 때 잠에서 깨어났는데, 시간을 보니 새벽 세시였다. 그리고 이 일이 일어날 시점이 편두통처럼 머리를 쿵 때리며 저절로 떠올랐다.

불과 몇 시간 후였다.

나는 아침밥은 거들떠보지도 않고 엄마에게 꿈 이야기를 하면서 루크의 집에 전화해달라고 했다. 엄마는 지극히 차분한 모습으로 내 부탁을 거절하며 그냥 나쁜 꿈을 꾼 것이니 안심하라고 했다. 학교에 가면 루크가 멀쩡한 모습으로 나를 기다리고 있을 거라면서.

하지만 루크는 학교에 오지 않았고, 괜찮다고 할 수 있는 상황도 아니었다. 나는 루크의 집까지 목구멍에서 피맛이 나는 게 느껴질 정도로 전력질주했다. 웬 낯선 남자가 문을 열어줬다. 루크는 병원에 갔단다. 아침에 운동장에서 개한테 물렸대. 남자가 무뚝뚝하게 말했다.

그날 저녁 엄마가 고모에게 전화해서야 자초지종을 들을 수 있었다. 검은 개가 학교에 가던 루크를 덮쳤고, 루크는 얼굴, 왼팔, 목에 성형수술을 받아야 했다. 살아 있는 게 다행이라고 했다.

전화를 끊은 후 엄마는 나를 거실 소파에 데려가 나란히 앉더니 잠시 아무 말도 하지 않았다. 아버지는 퇴근 전이었다. 엄마가 만들어주곤 했던 치킨누들 수프 냄새가 아직도 기억난다. 위층에서 동생들이 다투던 소리가 묘하게 위안이 되었다.

"그냥 우연의 일치일 뿐이야, 조엘." 엄마는 계속 이렇게만 말했다. (엄마는 내가 아니라 자신을 설득하려고 했던 게 아닐까 싶다.) "무슨 말인지 알지? 그냥 어쩌다 보니 그렇게 된 거야."

엄마는 그 당시 아버지의 회계사 사무실에서 일하고 있었다. 엄마도 아버지처럼 논리를 따지고 사실을 파악하면서 생활비를 벌었다. 그리고 인간에게는 초능력이 없다는 것도 그런 사실에 포함된다.

"하지만 난 알고 있었어요, 엄마." 나는 슬픔을 주체하지 못하고 흐느껴 울었다. "막을 수도 있었다고요……."

"그렇게 생각할 수도 있지." 엄마가 목소리를 낮춰 속삭였다. "하지만 우연일 뿐이야. 그렇게 생각해."

엄마와 나는 아무에게도 이 일에 대해 말하지 않았다. 아버지는 망상일 뿐이라며 무시할 게 뻔했고, 동생들은 너무 어려서 말해줘도 이해하지 못했을 터였다. 아니, 아예 관심조차 없었을 것이다. *우리 둘만의 비밀로 하자.* 엄마는 이렇게 말했고, 그 일은 결국 우리 둘만의 비밀이 되었다.

아직도 다른 가족들은 전혀 모른다. 그저 내가 걱정이 많고 편집증이 심하다고만 생각한다. 두서없는 내 경고와 병적인 간섭 역시 내가 엄마를 잊지 못하기 때문이라고 생각한다. 모든 병에 약이 있다고 생각하는 남동생 더그는 내게 약을 먹으라고 말한다. (스포일러: 모든 병에 약이 있는 건 아니다.)

여동생 탐신은 어쩌면 내게 말 못 할 사정이 있다고 생각할지도 모른다. 하지만 내가 일부러 모호하게 얼버무리고 자세히 얘기하지 않아서 더 이상 캐묻지는 않았다.

가족에게 다 털어놓고 싶은 유혹이 들지 않았던 것은 아니다. 하지만 그런 충동이 들 때면 의사를 찾아가 상담했던 날이 떠오른다. 그 의사의 눈빛에 담긴 조소와 입가에 어린 냉소는 앞으로 내 비밀을 누구에게도 말하지 말자고 다짐하게 만들기에 충분했다.

5
캘리

9월 중순의 금요일 밤, 부동산 중개인으로부터 기운 빠지는 전화를 받았다.

"반갑지 않은 소식이 있어요, 쿠퍼 씨."

나는 이마를 찌푸리며 이언에게 그냥 편하게 이름으로 불러달라고 말한다. 몇 년 동안 여러 번 거래했으니 이제 그래도 되지 않나?

이언은 내 이름을 종이에 써보듯 천천히 발음한다. "알았어요, 캘리. 라이트 씨가 집을 팔고 싶다고 연락이 왔어요."

"어느 집을요? 왜요?"

"지금 당신이 사는 아파트죠. 92 B. 아니, C."

"내 집 주소는 나도 알아요. 정말 나를 쫓아내겠대요?"

"미리 알려주는 거죠. 한 달 남았어요."

"대체 왜요? 왜 집을 팔려는 거죠?"

"금전적으로 이득이 없으니까 그렇겠죠?"

"내가 살고 있잖아요. 집세 잘 내고 있잖아요."

"아, 화내지 마요."

"그럼…… 혹시 새 집주인이 다시 세를 놓진 않을까요? 저는 집주인이 바뀌어도 계약을 이어가고 싶어요." 이렇게 말하니까 적어도 기분은 뿌듯하다. 이번만큼은 집주인에게 내 권리를 좀 더 주장하고 요구 사항도 똑바로 제시할 수 있을 것 같다. 새 집주인에게는 호락 호락 당하지 않을 것이다.

"아, 그건 안 돼요. 라이트 씨는 분명 집을 비워달라고 했어요. 리모델링을 하고 싶대요."

"잘됐네요. 갈 곳이 없다는 사실만 빼면."

"주거 수당은 안 받죠?"

"그래요. 그런데……."

"요즘 매물이 많이 나오는 편이에요. 이메일로 보낼게요."

살던 집에서 쫓겨나는 것만큼이나 완전하고 엄청난 실패는 없다. "주말의 시작이 참 즐겁네요." 이언은 왜 이런 전화를 금요일 밤에만 하는 걸까? 갑자기 궁금해진다.

"네? 너무 걱정하진 말아요."

"아니, 저는 그냥…… 그런데 말이에요." 나는 될 대로 되라는 듯이 말한다. "괜찮은 정원이 딸린 집으로 찾아봐줄래요?" 지금 사는 곳은 꼭대기 층이라 정원을 이용할 수 없다. 실은 꼭대기 층이 아니더라도 이용할 수 없기는 마찬가지다. 이 아파트 정원은 대부분 아스팔트 포장재로 덮여 고철이며 온갖 쓰레기가 넘쳐난다. 녹슨 일광욕 의자와 망가진 회전식 빨래 건조대가 널브러져 있고, 식탁 의자 여러 개와 고장 난 손수레도 함께 썩고 있다. 지저분하게 어질러져 있는 건 상관없다. 살균한 모델 하우스 같은 정원보다는 차라리 낫다. 파상풍 걸릴 위험이 있어서 그렇지.

이언이 껄껄 웃는다. "같은 금액대로 원하죠?"

"더 저렴하면 좋고요. 그런 집이 있다면요."

"재미있네요. 아, 캘리. 그 벌들은 다 해결했어요?"

"벌요?" 나는 천진난만하게 되묻는다.

이언이 머뭇거린다. 무언가를 조급하게 톡톡 치는 소리가 들린다.

"그래요, 벌. 거실 창문 옆쪽 지붕 밑으로 벌들이 드나들던데요."

벌들이 있는 건 사실이다. 옆집 부부가 얘기한 모양이다. 전에 이언이 전화했을 때 친구 하나가 와서 도와줄 거라고 대충 둘러대고 말았다. 몇 달이 지나긴 했지만 지금 이언이 그 일을 언급하는 게 그리 놀랍지는 않다.

나는 벌들의 조그만 보금자리를 지켜주고 싶은 마음이 굴뚝같았다. 벌은 아무런 해를 끼치지 않는다. 이사 온 지 며칠 되지도 않아서 앞마당에 벽돌을 쌓고 인공 잔디를 깐 그 사람들이 오히려 더 해롭다.

"아, 그럼요. 다 정리했어요." 나는 쾌활하게 대꾸한다.

"잘했어요. 벌들이 겨울 내내 거기서 지내는 건 좀 그렇잖아요."

나는 씩 웃는다. 벌들은 이미 제 갈 길 떠나서 벌집도 비어 있을 것이다. "벌들은요, 사실……."

"벌들이 뭐요?"

"아니에요. 신경 쓰지 말아요."

전화를 끊고 소파에 털썩 앉는다. 서른네 살에 살던 집에서 쫓겨나다니. 뭐, 아이스크림 한 통을 혼자 다 먹을 수 있는 변명거리는 되겠다.

옆집 정원에 산사나무가 한 그루 있었는데, 옆집 부부가 나무를 뽑아버리고 그 자리에 임시 주차장을 만들었다. 그 당시 산사나무는 꽃이 만개한 상태였다. 옆에 있던 대형 폐기물 수거함 안으로 꽃잎 구름이 뻗어 있었더랬다. 그 꽃을 보고 있으면 바람 살랑이던 봄날 자연이 만들어놓은 색종이 조각 사이로 아빠의 응원을 받으며 힘차게 달리던 어린 시절이 떠올랐다.

그 나무를 보고 있으면 예전에 페인트통 공장에서 일할 때 내 책상이 있던 자리에서 내다보이던 산사나무도 생각났다. 콘크리트로 둘러싸인 공업단지 안에서 혼자 생명력을 뿜어내던 그 모습이 보기 좋았다. 새가 그 나무를 심었을 수도 있고, 그 당시 나만큼 절박했던 누군가가 심었을 수도 있다. 여러 해 동안 바뀌는 계절 속에서 그 산사나무를 바라보며 봄에는 피어오르는 꽃봉오리에, 여름에는 찬란한 초록 이파리에, 가을에는 화려하게 갈아입은 자태에 찬사를 보냈다. 심지어 겨울에도 나는 그 나무를 사랑했다. 벌거벗은 가지들의 기하학적 구조를 보며 미술관의 조각상을 보듯 즐거워했다.

점심시간이면 어김없이 그 산사나무를 찾았다. 그냥 가만히 나무껍질을 어루만지거나 이파리를 올려다보기만 할 때도 있었다. 날씨가 따뜻한 날에는 나무 밑 길바닥에 앉아 샌드위치를 먹었다. 누군가의 눈에 그런 내가 불쌍해 보였는지, 세 번째 해 여름에는 그 자리에 오래 묵은 듯한 나무 벤치가 생겼다.

하지만 여섯 번째 여름에 나무는 잘려나갔고 그 자리에는 흡연부스가 생겼다. 이파리와 가지가 있던 자리에는 투명한 아크릴판 지붕 아래 옹기종기 모인 회색 얼굴들이 멍하니 허공을 응시했다. 그 모습을 보고 있자니 뭐라 형언하기 힘든 감정에 속이 쓰라렸다.

나는 다시 창밖을, 이웃집의 산사나무가 서 있던 자리를 바라본다. 당장 인터넷에 접속해서 이사 갈 집을 구해야 하는데 의욕이 생기지 않는다. 전혀 예상하지 못한 순간, 이렇게 쉽게 한 사람이 다른 사람의 인생을 뿌리째 흔들 수도 있다니 참 우스운 일이다.

6
조엘

강가에 내려와 아까 무슨 일이 있었던 건지 생각해보고 있다. 무슨 일이 일어나지 않았는지 생각하는 중인지도 모르겠다. 정확히 말하기 어렵다.

카페에서 캘리가 내 테이블에 더블 에스프레소를 내려놓을 때부터 이상했다. 나는 캘리와 눈이 마주쳤다. 그런데 시선을 거두려고 하자 온몸에 뜨거운 전율이 흘렀다.

녹갈색 눈동자가 모래 위의 햇살처럼 점점이 빛났다. 기다란 밤색 머리는 자연스럽게 흘러내렸고, 바닐라빛 얼굴은 창백해 보였다. 살짝 놀란 듯한 그 미소가 나를 향한 것은 아니었겠지만……

하지만 꼭 나를 향한 미소처럼 보였다.

그때 나는 내 무릎에 매달린 머피의 이마를 긁어주고 있었다. 그런 내 손길을 즐기는 머피를 보고 캘리가 고개를 끄덕였다. "머피가 귀찮게 구는 건 아닌지 모르겠네요."

나는 일주일 이상 거의 매일 이 카페를 방문하면서 머피와 꽤 친해졌다. "이 녀석이요? 아니에요. 우리끼리 합의한 것도 있고요."

"그래요?"

"그럼요. 제 옆에 있어주면 당신이 안 볼 때마다 케이크 한입씩 떼어주기로 했거든요."

"케이크 좀 드릴까요?" 사근사근한 미소. "방금 구운 드림 케이크가 있거든요."

"네?"

"드뢰메카게요. 덴마크어인데 '꿈의 케이크'라는 뜻이에요."

이름이 마음에 들지 않았다. 하지만 부딪쳐보기로 했다. 케이크는 마약을 음식으로 형상화한 것뿐이니까. "그럼 먹어보죠. 고마워요."

캘리는 순식간에 꽤 큰 사이즈의 케이크 한 조각을 들고 와서 내 자리에 내려놓았다. "맛있게 드세요."

캘리와 다시 눈이 마주쳤다. 이번에도 나는 시선을 거둘 수가 없었다. "고마워요."

캘리는 가지 않고 미적거리며 목걸이를 만지작거렸다. 날아가는 제비 모양의 섬세한 로즈골드 목걸이였다. "바쁘시죠? 출근하는 길이에요?"

정말 오랜만에 '그렇다'고 대답할 수 없는 현실이 짜증 났다. 캘리에게 이야기하고 싶지 않은 딱 한 가지가 있다면 바로 직장 문제였다. 왜 말하고 싶지 않은 건지도 사실 모르겠다. 하여간 캘리에게는 그런 게 있다. 캘리가 움직일 때의 몸짓, 웃을 때의 환한 빛……. 캘리가 웃을 때 울려 퍼지는 그 웃음소리는 봄의 내음처럼 진하고 달콤하기까지 하다.

정신 차려라, 조엘.

그때 캘리가 말했다. "제가 나름 추리를 좀 해봤어요."

멀리사도 늘 나에 대해 이런저런 추리를 늘어놓지만 나는 한 귀로 흘려들었다. 아마 다 모았으면 아무 의미 없는 엄청난 분량의 논문이 탄생했을 것이다.

"당신은 작가인 것 같아요." 캘리는 내 노트와 펜을 가리켰다.

순간 캘리에게 대단한 사람처럼 보이고 싶은 충동이 일었다. 관심을 끌 만한 이야기로 마음을 사로잡고 싶었다. 그러나 내게 그런 이야깃거리가 있을 리 만무했다. "그냥 두서없이 이것저것 적어놓은 것뿐이에요."

캘리는 별로 실망하는 것 같지 않았다. "그럼 무슨……."

그때 저쪽 테이블 손님이 캘리를 향해 손짓해 보였다. 그러자 닷이 그쪽으로 후다닥 달려갔고, 나는 닷을 향해 미안하다는 표정을 지었다.

캘리가 씩 웃더니 카운터 쪽으로 고갯짓을 했다. "저는 이만……."

기분이 묘했다. 손을 뻗어 멀어지는 캘리를 붙잡아야 할 것 같았다. 부드럽게 캘리를 잡아당겨 따뜻한 온기를 다시 느끼고 싶었다.

나는 스쳐 지나갈 인연에 집착하지 않으려고 오랫동안 마음을 단련해왔다. 하지만 그 순간의 감정은 정말 여러 해 동안 느껴보지 못한 강렬한 것이었다. 마치 죽어서 영원히 묻혀버렸다고 생각한 내 몸에 캘리가 물을 줘서 다시 싹을 틔운 것 같았다.

나는 곧바로 자리에서 일어났다. 그리고 카페를 나서며 캘리를 돌아보지 않으려고 노력했다.

"조엘! 조엘!"

아침에 있었던 일을 머릿속에서 떨쳐내려 애쓰고 있는데 어디선가 나를 부르는 소리가 들린다. 내 관심을 끌기에 그리 좋은 방법은 아니지만 목소리를 들으니 누군지는 알겠다. 스티브다. 스티브가 나를 따라오고 있다.

지난주에 스티브의 타이어를 모두 펑크 낸 후로 그를 계속 피하는 중인데, 이제 슬슬 발목을 잡힐 때가 된 모양이다.

호수공원까지 전력질주를 해볼까? 산책 중인 개들을 데리고 페달 보트로 도망가볼까? 하지만 스티브라면 십 초 만에 얼마든지 나를 따라잡아서 바닥에 패대기치고 항복을 받아낼 수 있다.

개인 트레이너인 스티브는 스스로 괴롭히기 좋아하는 사람들을 대상으로 지긋지긋한 극기훈련 수업을 한다. 땀에 흠뻑 젖어서 근육량을 늘려준다는 밀크셰이크를 커다란 병에 담아 벌컥벌컥 마시는 모습을 보니 지금 막 수업을 하나 마치고 오는 모양이다. 조깅 팬츠에 트레이너 슈즈를 신었고, 몸에 찰싹 달라붙는 티셔츠를 입고 있다.

"안녕, 개들아?" 스티브가 내 옆에서 함께 걷는 개 세 마리에게 인사를 건넨다.

스티브는 여유 있어 보인다. 엔도르핀 때문일 수도 있다. 나는 일부러 보폭을 크게 하며 경계 태세를 취한다. 타이어 이야기를 꺼내면 전혀 모르는 일이라고 잡아뗄 것이다.

"잘 지내, 친구?"

아무 대꾸도 하지 않는 편이 나을지도 모르겠다.

스티브는 효율을 중시하는 사람이라 곧장 요점으로 향한다. "지난주에 네가 타이어에 구멍 낸 거 알고 있어." 스티브가 단호한 말투로 조용히 말하니까 나는 구멍가게에서 담배라도 슬쩍하다가 걸린 어린아이가 된 것 같다. "여기저기 물어보고 다니다가 로드니한테 부탁해서 CCTV 영상을 봤어. 다 찍혔던데?"

아, 로드니. 우리 동네를 지키는 눈. 말 많고 발 빠른 시민에게 걸리다니. 어쩌면 나는 로드니 때문에 이렇게 될 줄 알고 있었는지도 모른다. 그렇게 생각할 근거도 충분했다. 로드니가 트위터로 경찰 신고가 가능해지도록 광대역 통신망을 설치한 게 지난여름이니까.

죄책감이 밀려온다. 스티브에게 뭐든 대꾸하고 싶지만 어떻게 해야 할지 모르겠다. 두 손을 주머니에 더 깊이 찔러 넣고 계속 걷는 것 말고는.

"보니까 말이야." 스티브가 다시 입을 연다. "타이어에 구멍을 내고 나서 차에 머리를 기대던데, 너도 괴로워서 그런 거지?"

이유야 어떻든 그런 짓을 하고 기분이 좋았을 리는 없다. 오랜 세월 동안 스티브는 내게 친구라기보다 가족 같은 존재였으니까.

"나쁜 마음 먹고 그런 게 아니라는 건 알겠어. 그러니까 왜 그랬는지 좀 말해봐."

어떻게 설명해야 할지 생각만 했을 뿐인데도 벌써 벼랑 끝에 선 기분이다. 심장은 요동치고, 피부는 괜히 따끔거리고, 언어 능력도 상실해서 입안에 톱밥만 가득 찬 것 같다.

"헤일리한테도 말했어." 내가 말없이 가만있으니 스티브가 말한다.

그건 그리 놀랍지 않다. 스티브와 헤일리, 두 사람은 아주 이상적인 부부다. 모든 것을 공유하고 서로에게 비밀이 없다.

"기분이 좀 상한 모양이야. 아니, 실은 화가 많이 났어. 네가 대체 무슨 생각으로 그런 건지 모르겠다고. 포피도 있었는데……."

"타이어는 바람이 완전히 빠져서 운전이 아예 불가능했을 거야."

스티브가 팔을 잡아 나를 멈춰 세운다. 그의 손아귀 힘에 더욱 무기력해지는 기분이다. 나는 마지못해 스티브의 눈을 바라본다.

"너는 포피의 대부잖아. 그러면 최소한 이유라도 말해줘야지."

"그건…… 그럴 만한 이유가 있었어."

스티브는 내가 설명하길 계속 기다린다.

"설명할 수는 없어. 미안해. 악의가 있어서 그랬던 건 아니야."

스티브가 한숨을 쉬며 내 팔을 놓는다. "있잖아, 조엘…… 헤일리와 내가 오랫동안 고민해온 게 있는데 이번에 결정을 내렸어. 포피

도 태어났으니 좀 더 넓은 집으로 옮기는 게 좋을 것 같다고 말이
야. 너한테도 미리 말은 해줘야 할 것 같아서…… 이사 가기 전에.”

나는 아쉬움이 담긴 한숨을 내쉰다. “아쉽네. 진심이야.” 스티브가
내 진심을 알아줬으면 좋겠다.

“집을 팔지는 않을 것 같아. 어쨌든 당장은 그래. 대신 세입자를
들이려고. 대출도 거의 다 갚아가니까…….” 스티브가 입을 다물고
차마 못 들을 걸 들은 표정으로 나를 바라본다. “내 입으로 직접 그
런 말을 하니까 완전 중산층 쓰레기 같네.”

스티브와 헤일리는 분별 있는 사람들이라 가격이 적당할 때 집주
인에게서 집을 사버렸다. “그렇게 생각하지 마. 열심히 일하고 있잖
아. 하고 싶은 대로 해.”

스티브가 천천히 고개를 끄덕인다. “네가 왜 그랬는지 설명해줬으
면 좋겠는데…… 나는 좀 걱정된다.”

“알아서 잘할게.”

“조엘, 내가 도와줄 수 있을지도 몰라. 지난번에 내가 한 얘기…….”

“미안.” 나는 스티브의 말을 끊어버린다. “그만 가봐야 해. 나 없
으면 애들이 산책을 끝낼 수가 없어서.”

물론 이 녀석들은 나 없이도 산책을 끝낼 수 있다. 하지만 지금
내가 둘러댈 변명이 그것뿐이다.

나는 평생을 에버스포드에서 살았고, 거의 10년을 스티브와 헤일
리의 괴짜 같은 이웃으로 지냈다.

두 사람이 처음 이사 왔을 땐 내가 피해 다녔다. 하지만 스티브를
피해 다니기란 쉬운 일이 아니었다. 프리랜서인 스티브는 시간을 융
통성 있게 사용하는 편이라 내 휴지통을 밖에 내놓는다거나 내 택

배를 안에 들여다놓는다거나 우리 건물 측벽에 커다란 균열이 생겼을 때 집주인에게 항의하는 등의 일을 도맡아 해주었다. 그렇게 해서 우리는 자연스레 이웃에서 친구가 되었다.

당시 내 여자 친구였던 비키는 스티브 부부와 친하게 지내고 싶어 했다. 그래서 헤일리와 연락을 주고받으며 우리 넷이 함께하는 자리를 자꾸 만들었다. 바비큐 파티나 생일 파티도 함께 했고, 동네 공원에서 본 파이어 나이트°를 즐기기도 했다. 핼러윈에는 창문을 가린 방에서 럼주를 마시며 공포 영화를 보자고 제안하기도 했다.

비키는 나와 사귄 지 3년째 되던 해에 떠났다. 그날은 비키의 생일이었다. 비키는 떠나면서 나의 장점 몇 가지와 무수히 많은 단점을 적은 쪽지를 두고 갔다. 일단 무심하다는 게 목록 맨 위에 있었고, 평소에도 멀쩡할 때가 거의 없다는 것과 늘 예민하게 구는 것도 꽤 높은 순위를 차지했다. 저녁이 되면 안절부절못하며 잠을 제대로 못 자는 것도 목록에 들어 있었다. 노트에 집착하면서 그 내용은 자기에게 보여주지 않는다는 것 역시……

목록 중에는 딱히 새로운 내용도 없었고, 부당하게 여겨지는 내용도 없었다. 비키는 나처럼 미적지근한 사람보다 훨씬 더 좋은 남자를 만날 자격이 있었다.

내 꿈에 얽힌 비밀을 비키에게 감췄다고 해서 도움이 된 것도 아니었다. 하지만 비키도 더그와 마찬가지로 공감 능력이 별로였다. 차로 토끼를 쳤다고 해도 별로 개의치 않을 사람이었다. 물론 야망, 유머 감각, 내적 욕망 같은 장점도 있었지만 말이다.

비키가 떠난 후 나는 몇 달 동안 술독에 빠져 지냈다. 대학 때도

° Bon Fire Night. 영국의 불꽃놀이 행사.

그런 적이 있었다. 술이 숙면을 방해한다는 글을 읽고 나서 졸업하기 전 2년 동안 술을 가까이했다. 술이 답이 될 수 없다는 건 알고 있었다. 실제로 효과도 없었고. 그럼에도 이번에는 다를지 모른다며 나 자신을 세뇌시켰던 것 같다.

하지만 역시 다를 게 없었다. 알코올의존증이라는 짜릿한 유혹에 굴복하기 일보 직전, 술을 모두 치워버렸다. 알코올의존증과 맞서 싸우는 것이 해협에서 열리는 수영 대회에 참가한다거나 동네 쿵후 도장에 가서 싸움을 거는 것만큼 매력적인 모험으로 여겨졌다.

비키가 떠난 후 내게는 스티브와 헤일리가 더욱 가족처럼 느껴졌다. 두 사람은 내 편을 들어주고 내 고통을 어루만져줬다. 그리고 올해 포피가 태어났을 때 두 사람은 내가 포피의 대부가 된다면 정신을 차릴지도 모른다고 생각했던 것 같다.

세례식에서 나는 자랑스럽게 포피를 안고 사진을 찍었다. 내 품에 안긴 조그만 아기의 체중을 실감하는 순간 말로 형언할 수 없는 감동이 차올랐다.

하지만 그와 동시에 나 자신에게 화가 치솟았다. 나는 아기를 도로 건네주고 술에 진탕 취해서 와인잔을 두 개나 깨뜨렸다. 사람들은 할 수 없이 나를 일찍 택시에 태워 집에 돌려보냈다.

그렇게 됐다. 그 후로 모든 게 불편해졌다.

7
캘리

이달이 끝나갈 무렵 벤은 친구의 생일 파티에서 술 한잔하자고 제안했다. 퇴근 후에는 너무 피곤해서 힘들지만 벤의 제안을 거절하는 것도 마음이 편치 않다. 벤은 혹독한 겨울을 보내고 겨울잠에서 깨어나려는 사람처럼 간신히 꿈틀거리는 중이다.

조엘은 오늘 저녁 마지막까지 카페에 남아 있었다. 그가 문을 나설 때 쫓아 나가서 파티에 함께 가자고 제안하고 싶었다. 조엘 덕분에 요즘 카페에서 일하는 게 훨씬 즐겁다. 내 쪽으로 미소를 지어주기만 해도 가슴이 콩닥거리고, 내 쪽을 흘끗 바라보기만 해도 정신이 아찔해진다. 요즘은 조엘을 보면 무슨 말을 건넬까 하는 생각만 한다.

하지만 파티에 같이 가자고 하는 건 좀 과한 것 같았다. 그러잖아도 피곤해 보이는데, 카페 직원이 괜히 데이트하자며 귀찮게 굴면 더 힘들어할지도 모른다. 조용히 커피 한잔 즐길 수 있게 해주자. 하지만 이렇게 괜찮은 남자를 그냥 두자니 그것도 그렇다. 닷이 말한 것처럼 조엘이 늘 혼자 다니기는 하지만.

어쨌든 아직은 조엘과 거의 모르는 사이나 마찬가지다. 무한한 우주 속을 떠다니는 은하의 별들처럼, 지나가며 미소나 인사말을 주고받는 정도면 충분하다.

생일 파티 장소는 야외의 노천 테이블이지만 다행히 아직 날씨가 따뜻해서 괜찮다. 내 친구 에스터와 에스터의 남편 개빈이 참석했고, 벤의 아내 그레이스가 살아 있을 때 알고 지낸 사람들도 왔다. 지금 여기 그레이스가 있다면 테라스를 정리하면서 꾸밈없는 웃음소리로 우리를 즐겁게 해줄 텐데……. 나는 잠시 귀를 기울여본다. 혹시 모르는 일이니까.

내가 에스터 옆자리에 앉으니 머피도 내 발치에 자리를 잡는다. 머리 위의 아치형 구조물에는 인동덩굴이 폭포수처럼 늘어져 있다. 파릇파릇한 초록색 잎사귀 위에 앉은 크림색 꽃이 거품처럼 보인다.

"벤은 어디 있어?"

"일이 늦게 끝났나 봐. 기분도 별로인 것 같고."

"약간 별로야, 심하게 별로야?"

"뭐, 지금 오고 있다니까 약간인 것 같아." 소매 없는 아이보리색 상의를 입은 에스터는 사과주 한 잔을 내게 건넨다.

초등학교 일학년 첫날 나는 학교에서 에스터와 그레이스를 만났다. 그리고 자연스럽게 두 사람 사이에 스며들었다. 두 사람이 대범한 행동을 할 때마다 대단하다고 여기면서도 따라 할 엄두는 내지 못했다. 두 사람은 그 대범한 행동 탓에 수업에서 쫓겨나기도 했고, 저녁마다 〈질의 시간Question Time〉이라는 시사 프로그램을 보며 큰 소리로 싸우기도 했다. 또 나를 가운데 앉혀놓고 정부의 정책이나 기후변화, 페미니즘에 대해 논쟁을 벌이기도 했다. 두 사람은 몹시 열을 내며 상대를 이겨 먹으려고 격하게 싸웠다. 그러다 끔찍하게도 그레이스가 갑자기 세상을 떠나버렸고, 에스터 홀로 남아 온갖 이론과 견해를 두고 싸우는 처지가 됐다.

그레이스는 18개월 전 음주운전 사고로 세상을 떠났다. 술에 취한 택시운전사가 급하게 도보 쪽으로 핸들을 꺾었을 때 하필 그레이스가 그곳에 있었다. 병원에서는 즉사라고 했다. 그래서 크게 고통을 느끼지는 못했을 거라고 했다.

벤을 기다리는 동안 이런저런 이야기를 주고받다 보니, 지금은 일자리를 주제로 대화가 흘러가고 있다. "캘리가 생각하는 꿈의 직장을 오늘 체험해보고 왔어." 에스터의 남편 개빈이 맥주를 한 모금 삼키며 말한다.

나는 얼른 알아듣지 못하고 그저 웃는다. "그게 무슨 말이야?"

건축가인 개빈은 매년 회사의 팀원들과 봉사활동을 나가는데, 오늘은 워터펜에서 여덟 시간 동안 서식지 관리 업무를 도왔다고 한다. 워터펜은 우리 지역의 자연보호 구역으로 내게는 안식처 같은 곳이다.

"어땠을지 뻔하지 않아?" 에스터가 한쪽 눈을 찡긋해 보인다. 에스터는 사회복지 단체의 정책 관리자로 일하는데 하는 일은 많지만 월급은 적다. "책상 붙박이들이 야외에서 여덟 시간 동안 접목을 했다고 생각해봐."

나는 인동덩굴 향기를 마시며 산울타리와 야생 산림지대를 누비고 시원한 강줄기를 따라 갈대밭 사이를 걷는 일이 얼마나 황홀할지 생각해본다. 지금도 나는 가끔 워터펜에 가서 자원봉사 활동을 하며 분기별 보고서를 제출한다. 번식 조류 조사나 서식지 모니터링 같은 단순 작업이고 보수는 없다. 하지만 괜찮다. 고층 빌딩에 가려지지 않은 지평선과 사람들 발자국에 흐트러지지 않은 흙과 맑은 공기를 만끽할 수 있기 때문이다.

나는 개빈을 보며 웃는다. "재미있었겠네."

개빈도 괴로워 죽겠다는 얼굴로 웃는다. 정말이지 진심에서 우러

나는 표정이다. "그렇게 말할 수도 있겠지. 나도 내가 잘할 줄 알았어. 그런데 내 키보다 다섯 배 긴 통나무를 다시 쌓고, 울타리 기둥을 이리저리 나르고, 이름이 뭔지도 모르는 걸 뽑느라 등골이 빠질 뻔한 건 아무리 생각해도 재미있다고 할 수가 없어."

개빈의 팔뚝에 긁힌 상처가 있다. 머리카락 사이에도 자연이 남긴 희미한 흔적이 보인다. "금불초?"

"뭐?"

"네가 아까 뽑았다는 거, 금불초 아냐?"

"알 게 뭐야." 개빈이 낮게 웅얼거리더니 맥주를 벌컥 들이켠다. "생각하기도 싫다."

"난 진짜 부럽다."

"거기 관리소장한테 들었는데 조만간 보조 직원을 한 명 뽑을 거래. 그러니까 네 생태학 학위 좀 써먹어봐. 카페에서 일하다가 세월 다 간다. 너도 차라리……."

에스터가 기침으로 개빈의 말을 끊었지만 개빈의 말을 듣고 나니 잠자던 생명체가 깨어난 것처럼 가슴 속에서 무언가 꿈틀거린다.

"차라리 뭐?" 벤이 한 손에 파인트 잔을 들고 무슨 얘기인지 궁금해하는 표정으로 우리를 둘러본다. 그리고 미식축구 선수처럼 커다란 몸을 내 옆에 앉힌다. 말아 올린 셔츠 소매, 흐트러진 머리카락, 풀린 눈…… 누가 봐도 딱 일을 마치고 온 사람의 몰골이다.

"별거 아냐." 내가 재빨리 대답한다. 그때 내 오른편에 놓인 빈 맥주잔 안에서 맥주 거품에 빠져 발버둥치는 무당벌레 한 마리가 눈에 들어온다. 손가락으로 슬쩍 밀어주니 무당벌레가 거품에서 빠져나와 획 날아간다.

"워터펜에 일자리가 난다고 해서." 개빈이 입을 연다. "그 자연보호 구역 있잖아. 봉사활동하면서 고문당하는 거기. 캘리가 꿈에 바라던 일자리가 그런 거니까, 그래서……." 개빈이 갑자기 입을 다물고 에스터를 힐끗 본다. 에스터가 개빈의 정강이를 걷어찼을 때 볼 수 있는 반응이다.

머피의 귀를 쓰다듬던 벤이 허리를 펴고 앉는다. "카페 일 좋아하는 거 아니었어?" 벤이 당황한 얼굴로 나를 바라본다.

"당연히 좋지." 나는 벤을 안심시키려고 재빨리 대답한다. 개빈이 어처구니없다는 표정으로 바라보지만 나는 그를 못 본 척한다. "걱정 마. 다른 데 갈 생각 없어."

벤은 안심한 얼굴이다. 나는 그게 무슨 의미인지 안다. 벤은 믿을 수 있는 사람에게 카페를 맡기고 싶은 것이다. 카페는 그레이스에게 중요한 공간이었으니까. 그래서 그레이스가 죽은 후 직장을 그만두고 카페 매니저가 되는 것이 나에게는 당연한 수순이었다. 내가 페인트통 공장의 침전물처럼 살고 있을 때 벤은 자기가 좋아하는 마케팅 업무에 열중하고 있었다. 나는 그 공장에서 11년 동안 근무했다. 그 11년 동안 상사를 위해 다이어리를 정리하고 커피를 타고 전화를 받았다. 대학 졸업 후 처음 입사했을 땐 월세를 벌어야 하니 제대로 취업할 때까지 잠깐만 다니려고 했다. 그러다 석 달 후 정규직이 되었고, 10년 후에는 장기근속 포상을 받아서 그레이스를 한없이 즐겁게 해주었다. "한 여자에게 10년이나 충성을 바치다니." 내가 부상으로 받은 샴페인을 들고 카페에 들렀을 때 그레이스는 이렇게 말하며 나를 놀렸다. "거의 부부 급인데? 기묘한 부부."

그레이스가 세상을 뜨기 일 년 전의 일이다.

나는 그레이스가 죽고 얼마 되지 않아 벤에게서 머피를 입양했다. 벤이 출근할 때 머피를 데리고 다닐 순 없으니까.

카페는 그레이스가 대학을 졸업하고 6년 만에 처음으로 정착한 일이다. 카페를 시작한 것도 순전히 변덕 때문이었다. 그레이스는 상속받은 유산으로 오래된 아동복 가게를 임대받아 우리 모두를 깜짝 놀라게 했다. 그전에는 식당 종업원, 텔레마케팅, 캐릭터 분장으로 전단지 나눠주는 아르바이트 등 다양한 일을 하며 세계를 여행하고 다녔다. 가끔 아주 먼 나라에서 전화를 걸어와 최근의 신나는 일과 끔찍한 일들을 속속들이 이야기해주곤 했다. 그 이야기를 듣는 동안 나도 비행기를 타고 휙 떠나는 상상을 하며 마침내 나의 작은 세계에서 벗어날 수 있다는 쾌감을 느끼곤 했다.

가끔 궁금하기도 했다. 정말 그렇게 휙 떠나버리면 기분이 어떨까 하고. 나는 광활한 황야, 끝없이 펼쳐진 지평선, 아찔한 전경 같은 것에 이끌렸다. 학교에서 남미에 대한 수업을 한 학기 듣고 나자 칠레의 최북단에 있다는 국립공원에 가보고 싶었다. 2년 전 그곳을 다녀왔다는 지리 선생님의 설명 덕분에 수업이 끝날 무렵에는 학생들 모두가 그곳에 다녀온 듯한 기분에 휩싸였다. 나는 그날 밤 아빠에게 칠레의 국립공원을 설명하며 다음 여름휴가 때 칠레에 가자고 졸랐다. 아빠는 웃으며 엄마에게 물어봐야 한다고 했고, 나는 그게 아빠의 거절 방식이라는 걸 깨달았다. 제정신이 박힌 사람이라면 열 살짜리 아이의 그런 요구를 들어줄 리 없으니 어쩌면 당연한 결과다.

대신 나는 상상 속에서 알티플라노고원으로 여행을 떠났고, 눈 덮인 화산과 울퉁불퉁한 산맥을 찍은 사진들을 뚫어져라 보았다. 꿈속에서는 알파카, 라마 같은 낙타과 동물이며 매와 플라밍고를 보기도 했다. 도피처가 필요할 때마다 꿈속에서 내 상상력이 만들어낸 칠레의 작은 마을로 날아가 위안을 얻었다.

언젠가 반드시 떠나겠다고 다짐했다. 하지만 대학을 졸업하고 나서는 수중에 돈이 거의 없었고, 그레이스의 '일단 가서 돈 벌기' 작전이 내게도 통할지 확신할 수 없었다. 나는 결코 그레이스처럼 대범하지 않았고, 자신을 의심하는 습관이 있었다. 시기도 적절하지 않았다. 취업 전에는 돈이 없었고 취업 후에는 일하느라 바빴다. 돈도 모아야 했고 데이트도 해야 했다. 세월은 그렇게 흘러버려 어느덧 칠레는 남 이야기가 되고 말았다.

내가 직장생활에 염증을 느끼고 있었으니 내게 카페를 맡기는 게 벤에게는 괜찮은 생각으로 보였을 것이다. 하지만 나는 이게 내가 원하던 일이 아니라는 사실을 깨달았다. 나는 아직도 내가 태어난 동네 안에서 살고 있고, 밖에는 내가 아직 경험해보지 못한 세상이 존재한다. 온갖 가능성과 생명력 넘치는 세상이……

8
조엘

나는 우연인 듯 예전에 근무했던 동물병원 앞을 지나간다. 이 짓을 일주일에 한 번은 하는 것 같다. 이유는 모른다.

아무것도 변하지 않은 것처럼, 그곳에서 일하는 사람인 것처럼 문을 열고 들어가서 안내 데스크의 앨리슨에게 인사하고, 내 진료실로 가기 전에 잠깐 키런과 잡담을 주고받고 싶은 건지도 모르겠다.

주차장에 키런이 있다. 후문으로 나와 벽돌담에 등을 기대고 쉬는 중이다. 나는 길을 건너 키런에게 다가간다. 나를 알아본 키런을 향해 한 손을 흔들어 보인다.

"왔어?" 키런이 담에서 등을 떼며 묻는다. "어떻게 지내?"

"좋아. 잘 지내." 나는 진짜 잘 지내는 것처럼 고개를 끄덕이지만, 그렇지 않다는 건 키런도 알고 나도 안다.

"머리 좀 식히고 있었어."

나는 키런과 나란히 벽에 기대서 그의 감청색 유니폼을 흘끗거린다. 우리 집에도 똑같은 유니폼이 있다. 저걸 입으면서 뿌듯하던 때가 있었는데.

우리는 고개를 들어 9월 말의 태양을 바라본다. "힘든 날이었나 보네." 내가 먼저 운을 뗀다.

"그냥 좀 그렇네. 젯 맨스필드 기억나?"

"그럼." 젯 맨스필드는 애나라는 귀여운 할머니가 키우는 보더콜

리인데 청력을 잃었다. 애니는 남편이 죽고 얼마 되지 않아 젯을 입양했다. 젯과 할머니는 서로 죽고 못 사는 사이다.

"6개월 전에 그 녀석 앞다리를 절단했어. 육종 때문에."

나는 고개를 돌려 키런의 얼굴을 바라보며 곰곰이 생각해본다. "그럼 재발한 거야?"

"좀 전에 애니에게 그렇게 설명했어."

"어떻게 될 것 같아?"

"뾰족한 방법이 없네."

"애니는 어떻게 하겠대?"

"다행히 나랑 같은 의견이야."

최대 통증 완화, 안락한 침대……

"한 달을 못 넘길 것 같아."

나는 젯을 데리고 집으로 돌아가는 애니의 모습을 떠올려본다. 애니는 안간힘을 쓰며 아무 일 없는 척하겠지. 그리고 젯의 밥그릇에 음식을 담아주며 눈물을 참을 것이다. "너는 괜찮아?"

"그럭저럭." 키런은 옅은 미소를 지으며 나를 바라본다. "여기서 이렇게 다시 보니까 좋은데? 옛날로 돌아간 것 같다."

키런에게는 꿈 이야기를 한 적이 없다. 괜히 그런 얘기를 했다가 정신적으로 문제 있는 사람처럼 보이고 싶지도 않았고 동정을 사고 싶지도 않았다. 그래서 한편으로는 일을 그만두길 잘했다는 생각까지 했다.

키런은 내 친구이기도 하지만 직장 상사이기도 해서 키런의 존중을 받는다는 게 내게는 큰 의미가 있다. 돌이킬 수 없는 상황이 발생하기 전에 먼저 그만두고 나온 데는 그런 이유도 있었다.

나는 웃는 척하며 말한다. "그러게."

"일자리 필요해?"

나는 웃는 얼굴로 고개를 젓는다. "지금 하는 일도 버겁다."

"그래. 하여간 예나 지금이나 바쁜 건 여전하네. 어디 가던 길이야?"

"응." 나는 똑바로 일어서서 헛기침을 한다. "그만 가봐야겠다."

내가 주차장에서 멀어지자 키런이 크게 외친다. "언제든 연락해!"

나는 한 손을 들어 보이고 길을 재촉한다.

집으로 가려면 카페를 지나야 한다. 카페에 다다르자 머피를 데리고 나와 밖에서 문을 잠그는 캘리의 모습이 보인다.

3주 전 처음 이 카페를 찾은 후 거의 매일 간 것 같다. 내 커피는 닷이 가져다줄 때도 있고 캘리가 가져다줄 때도 있다. 속으로는 캘리를 기다리고 있다. 한두 번은 캘리가 한가해질 틈을 노리느라 유치하게 시간을 끌기도 했다. 지갑을 못 찾는 척하거나, 샌드위치를 먹을지 크루아상을 먹을지 결정 못 한 척하면서.

캘리가 옆에 있을 땐 내가 낯설게 느껴진다.

오늘 아침에는 가까이 앉은 다른 손님이 무모하게 브리오슈의 정의를 놓고 닷과 의견 충돌을 벌였다(닷의 의견: 브리오슈는 케이크가 아님). 한창 설전이 벌어지던 중 저쪽에서 서빙하던 캘리와 눈이 마주쳤는데, 그 순간 우리 둘 다 웃음이 터져서 꾹 참아야 했다. 잠시후 캘리는 결국 카운터 뒤로 들어가서 웃음을 터뜨렸고, 나는 웃지 않으려고 양손에 얼굴을 파묻었다.

나중에 캘리가 내 주문을 받으러 왔을 때 나는 한참 고민하는 척하다가 큰 소리로 브리오슈를 주문했고, 그 순간 캘리는 또 웃음을 터뜨렸다.

다른 사람과 그렇게 웃어본 건 정말 오랜만이었다.

그게 지금 내가 머뭇거리는 이유다. 캘리는 열쇠를 돌리고 손잡이를 확인한 후 마지막으로 가게 앞을 점검한다. 캘리에게 다가가 퇴근 후 한잔을 권하기 딱 좋은 타이밍이다. 하지만 늦기 전에 마음을 억누른다.

내 장점과 단점을 열거한 비키의 쪽지가 플래시처럼 머릿속에서 번쩍인다. 그리고 비키를 만나기 전에 사귀었던 케이트가 다른 남자와 함께 침대에 있었던 모습도 떠오른다.

지금까지 나의 삶은 대체로 불안정한 상태(무모한 실험, 과음, 고립된 인간관계)에 이따금 끼어드는 일상(학교, 대학, 여자 친구, 일)이 전부였다.

진지하게 생각해보자. 데이트라는 건 어떻게 하는 걸까? 그것도 캘리처럼 사랑스러운 사람과의 데이트라니, 대체 어디서부터 시작해야 할지 모르겠다.

됐다. 그래봤자 무슨 소용이야? 말도 안 되는 일이다.

게다가 캘리가 내게 관심 있으리라는 확신도 없다. 캘리에게 나는 많은 손님들 중 한 사람일 뿐인지도 모른다. 잘해봐야 약간 특이한 손님이고.

그래서 결국 멀리서 바라보고만 있다. 조그만 열쇠 구멍으로 다른 사람의 인생을 훔쳐보는 기분이다. 캘리는 옅은 색 데님 재킷에 검은 머리를 높이 말아서 묶었다. 머피에게 뭐라고 작게 속삭이더니 선글라스를 꺼내 쓰고 걸음을 옮긴다.

나답지 않게 캘리 옆에서 함께 걷고 싶다는 생각이 든다. 한 팔로 캘리의 어깨를 감싸고 캘리의 웃음소리에 취해 같이 웃고 싶다.

조엘

9
캘리

지금은 10월 초. 술집에서 벤과 다른 친구들을 만난 지 2주쯤 지났다. 요즘에는 오전에 일을 나가지 않고 집을 구하러 다닌다.

예상대로 이언이 처음 보여준 곳은 습기 가득한 지하 원룸인데, 주방 찬장에 쥐덫까지 있다. "쥐와 같이 살고 싶지는 않지만 쥐 모가지를 꺾고 싶지도 않아요." 이언에게 내 솔직한 심정을 말한다.

이언이 지금껏 이렇게 당당한 사람은 본 적 없다는 표정으로 나를 바라본다. "이러다 노숙자 될 수도 있어요." 이언은 잔소리를 하면서 재미있는 농담이라도 한 것처럼 껄껄 웃지만, 나는 하나도 재미없다.

그다음에 보러 간 아파트에서는 스티브라는 집주인이 세입자 후보를 직접 만나보고 싶어 했다. 빅토리아 시대풍의 테라스가 있는 2층 아파트인데 거실 벽에 걸린 사진 액자가 눈에 띈다. 머피와 똑 닮은 강아지 사진인데 조그만 강아지 발자국을 수백 개 찍어 만든 것이다.

"아, 그건 헤일리 거예요." 스티브가 내 시선을 좇으며 말한다. 스티브는 개인 트레이너라더니 머리부터 발끝까지 운동복 차림이다. "제 아내요. 개를 진짜 좋아하거든요. 아, 그러고 보니…… 이언한테 미리 확인해달라고 부탁하긴 했는데, 반려동물은 안 키우시죠?"

나는 손가락을 꼬며 없다고 대답한다. 이언에게 반려동물 친화적인 아파트를 소개해달라고 부탁하지는 않았다. 그런 곳은 존재하지 않으니까.

어쨌든 꽤 괜찮은 집이다. 거리는 쾌적하고 가로수가 늘어서 있어서 아침에 새소리를 들을 수 있을 것 같다. 지금 내가 살고 있는 동네에서 두 블록밖에 떨어져 있지 않다. 월세가 한 달에 15파운드 더 비싸긴 하지만 먼저 봤던 원룸도 비싸긴 마찬가지였다. 여기는 15파운드 비싼 값을 하니 차라리 낫다. 지붕 밑으로 통풍이 잘 안 되는 것 같긴 하지만, 공동 복도에 토사물이나 소변 냄새가 나지 않는 것만으로도 감지덕지다. 인정하기 슬프지만 내 예산에 이런 집은 거의 구하기 힘들다.

"야외 공간은 있어요." 내가 정원이 있느냐고 묻자 스티브가 대답한다. "그걸 정원이라고 부를 수 있을지는 몰라도……."

그렇다는 건 정원이라고 부를 수 없다는 뜻이다. 야외 공간이란 어디까지나 휴지통을 내놓을 수 있는 자리를 뜻하는 암호 같은 거니까. 나는 예의상 관심 있다는 표정을 지어 보인다. "아, 그래요?"

스티브가 나를 주방 창문으로 안내한다. 거기서 내다보니 칠십년대에서 뚝 떨어진 것 같은 요란한 무늬의 보도블록이 콘크리트 지옥을 이루고 있다.

잔디밭이 너무 그립다. 눈길을 줄 초록색의 무언가가 있었으면 좋겠다.

"저기는 다 아래층에 사는 남자 거예요." 스티브가 말한다. "정확히 말하면 그 친구 건 아니지만. 그 친구도 세입자거든요. 너무 지저분하죠? 제가 부탁하면 치워도 된다고 할 거예요."

"아니에요." 나는 재빨리 대답한다. 죽은 이파리들과 낡은 벽돌, 썩어가는 나무와 부실해 보이는 울타리 판자, 저런 것들이야말로 괴상하게 넓은 저 테라스에 딱 어울린다. "그럴 필요 없어요. 저런 상태도 괜찮아요."

스티브가 인상을 찡그린다. "저런 상태라면……."

"그렇잖아요. 딱정벌레나 나방, 거미 같은 곤충들은 좀…… 지저분한 곳을 좋아해서 그런 곳을 거처로 사용하니까요……." 나는 말 끝을 흐리다가, 정신 나간 사람처럼 보인다는 이유로 이 아파트를 잃고 싶지는 않다는 생각에 슬쩍 미소를 짓는다. "그런데 어떤 사람이에요? 아래층에 사는 남자요."

스티브가 한참 머뭇거리며 대답을 미루니까 '괜찮은 사람'이나 '점잖은 친구'라는 말로 설명을 끝내지 못하는 이유가 무엇일지 궁금해진다.

"좀…… 사람들하고 어울리지 않는 편이에요." 뒤늦게 스티브의 입에서 나온 말은 이랬다. 반사회적이라는 뜻을 돌려서 표현한 게 분명하다. "마주칠 일은 거의 없을 겁니다."

긴털족제비처럼 은밀하게 그림자 사이를 오가는, 성격이 예민한 야행성일까? 나는 혼자 잠깐 상상의 나래를 펼쳐본다. 어쩌면 닷이 내 인생에 좀 더 다이내믹한 요소가 필요하다고 했을 때 염두에 두었던 것이 집에 얽힌 미스터리인지도 모른다.

그날 오후, 집 보러 가서 있었던 일을 닷에게 모두 설명하자 닷은 코를 찡긋거린다. 뼛속까지 파티광인 닷은 이웃 사람의 아파트에 놀러 가서 담배를 같이 피운다거나 LP판을 뒤적거릴 게 아니라면 이웃이 당최 왜 필요한지 이해하지 못한다. "카푸치노 철자 틀렸어. 시 C가 두 개야." 닷이 말한다.

비가 올 것처럼 날씨가 어두워져서 그런지 한산하다. 나는 발판

사다리를 밟고 올라서서 메뉴판의 글자가 뭉개진 부분을 화려한 글씨체로 새로 쓰는 중이다.

나는 천 조각으로 철자가 틀린 단어를 절반 정도 지우고 다시 쓰기 시작한다.

"내 생각엔 말이야. 그 남자 좀 섹시한 것 같아." 닷이 말한다.

"그만해."

닷은 어깨를 한 번 으쓱하더니 떠들기 시작한다. "아무래도 우리 킥복싱 선생님 한번 만나보는 게 좋을 것 같아."

"고맙지만 사양할게. 말만 들어도 무서워. 그러니까 제발 카페에 데려오지 마." 닷은 남자들을 카페에 초대해서 커피나 케이크를 팔면 내가 좋아할 거라고 생각하는지 자꾸 이상한 계획을 세운다. 근무 중에 그러는 건 너무 이상하니 나는 제발 그러지 말라고 부탁했다. 사무실에서 함께 문서를 복사하며 취미가 뭔지, 어디로 휴가를 다녀왔는지, 좋아하는 영화가 뭔지 물어보는 것과 다를 게 뭐냐 말이다.

당연히 닷은 포기하려고 하지를 않는다. "내가 스피드 데이트°에서 만났던 그 남자는 어때?"

"야, 네가 스피드 데이트에서 걷어찬 남자를 내가 왜 만나! 내가 그렇게 궁해 보여?"

닷은 이 수사적인 질문에 굳이 대답하고 싶다는 얼굴로 나를 바라본다. 하지만 닷이 입을 열기 전에 헛기침 소리가 먼저 우리 대화를 끊는다.

고개를 돌리니 조엘이 카운터 앞에 서 있다. 조엘이 언제부터 거기

° speed date. 늘어나는 독신자 문제를 해결하기 위해 미국에서 처음 생겨난 데이트 방식.

서 있었을까 생각하니 민망해서 쥐구멍에라도 들어가고 싶다. 들어오는 것도 눈치 못 채고 있었다니.

"방해해서 미안해요." 조엘의 까만 두 눈동자는 보고 있으면 참 아름답다.

조엘은 한 달 동안 거의 매일 우리 카페를 찾았다. 어떤 날은 첫 손님으로, 또 어떤 날은 오후 늦게 와서 창가의 같은 자리에 앉아 닷과 내게 안부를 묻고 머피를 쓰다듬어준다. 팁도 후한데 갈 때는 그릇을 꼭 카운터에 반납하고 간다. 냅킨을 펼쳐서 빵 부스러기를 쓸어 담는다거나 커피 흘린 자국을 닦는 모습도 여러 번 봤다.

닷은 아주 재미있다는 듯 어깨를 흔들며 나를 두고 사무실로 들어가버린다.

"미안해요." 나는 허둥거리며 사다리에서 내려온다. "저희는 그냥…… 신경 쓰지 마세요. 잡담 중이었어요."

"괜찮아요, 저는 그냥……."

"당연히 죄송하죠. 뭘로 드릴까요?"

조엘은 달걀 토마토 샌드위치와 더블 에스프레소를 주문한다. 알고 보니 조엘도 나처럼 채식주의자였다. 조엘은 약간 쌀쌀한 날씨에 맞춰서 진회색 크루넥 점퍼에 검은색 진을 입고 갈색 부츠를 신었다.

"스피드 데이트라니." 주문을 받아 적으며 나도 모르게 떠들기 시작한다. "생각만 해도 끔찍해요."

조엘이 씩 웃는다. "그러게요."

"미팅에 나가서 처음 만나는 사람에게 평가당하는 것도 끔찍한데, 점수판을 든 사람들이 스무 명이나 주욱 서 있다고 생각하면……." 나는 이렇게 말하며 몸서리를 친다. "그렇게 끔찍한 일이 또 있을까 싶어요. 그냥 자연스럽게 만나서 자연스럽게⋯⋯." 조엘과 눈이 마주치자 나는 말끝을 흐리고, 진작 다물었어야 할 입을 비로소 다문다.

조엘이 다시 헛기침을 하며 자세를 고쳐 선다. 당장 창가의 테이블로 가서 앉고 싶은 표정이다. "당연히 그렇죠."

잘한다. 조엘은 네가 지금 수작 걸고 있다고 생각하잖아. 하필이면 그때 그런 얘기를 하고 있을 게 뭐야.

"자리에 가서 앉아 계세요." 나는 급하게 덧붙인다. "가져다드릴게요."

조엘은 마치 함께 온 것처럼 머피를 데리고 테이블로 향한다.

사무실에 있던 닷이 웃으며 나온다. "땀을 아주 뻘뻘 흘리시네."

"뭐라고?" 나는 콧방귀를 뀌며 주문서를 닷에게 건네주고, 하던 일을 마무리하기 위해 다시 사다리를 오른다.

"얼굴이 온통 빨개져서 허둥대잖아." 닷은 샌드위치 재료를 가지러 집게를 들고 캐비닛으로 향한다.

"대체 무슨 소린지 모르겠네."

밖에서는 물기를 가득 머금은 총알 같은 비가 후두둑 떨어진다. 나는 펜을 들고 이어서 쓰기 시작한다.

"저 남자 캘리한테 관심 있는 거 아냐?"

"절대 아니야."

"거의 매일 오잖아."

나는 닷을 향해 어깨를 으쓱해 보인다. 시야 끝으로 조엘의 모습이 들어온다. "머피한테 정이 들어서 그런 거겠지."

"그래." 닷이 입술을 삐죽거린다. "머피, 그러네. 저 사람 진짜로 머피가 좋은가 보네."

"카페에서 밤 새울 작정은 아니지?"

"깨우기 싫어서 그래."

"그럼 내가 깨울게."

"야, 하지 마. 오 분만 더 두자. 어차피 나 할 일도 많아."

닷은 허리를 숙이고 예술 작품을 뜯어보듯 조엘을 들여다본다. "뭐 하는 사람인지는 알아?"

"무슨 말이야?"

"직장은 있어? 좀 그래 보이잖아……."

"그런 게 뭔데?"

"떠돌이 같다고."

나는 조엘의 그런 점이 좋다. 결점을 숨기지 않는, 있는 그대로의 모습이. "그럼 어때서?"

"이런. 이 사람한테 마음 있구나?"

"아니야."

"뭐 어때. 그럼 허락할게. 이보다 더 심한 상황도 얼마든지 가능하니까."

"고맙다, 닷. 이제 그만 가라."

"알았어. 하지만 이 남자 자는 거 지켜보느라 자정까지 카페에 앉아 있지는 말아줘."

"그런 일 없을 거야."

닷은 쾅 소리가 나도록 문을 세게 닫고 나가더니 창문 앞에 서서 엄지손가락 두 개를 치켜든다. 나를 저렇게까지 못 믿다니.

조엘이 뒤척이는 모습을 보고 나는 그의 테이블로 향한다. 머피도 나를 따라온다.

"문 닫을 시간이에요." 나는 조심스레 말을 건넨다.

조엘이 눈을 깜박이더니 고개를 들고 두리번거린다. "네?"

"깜박 잠드셨나 봐요."

조엘은 잠시 나를 멍하니 보다가 자리에서 벌떡 일어나며 나지막하게 욕을 내뱉는다. "미안해요. 별일이 다 있네요."

"괜찮아요. 늘 있는 일이에요."

"정말요?"

나는 머뭇거리다 미소를 짓는다. "아뇨…… 어쨌든 괜찮아요. 진짜예요."

"아, 퇴근할 시간이네요." 조엘은 갑자기 허둥대며 노트를 주머니에 넣고 에스프레소 잔과 접시를 집어든다.

"제가 할게요."

"아니에요. 이건 제가……."

그 순간 에스프레소 잔과 접시가 바닥에 떨어지며 달걀 껍데기처럼 산산조각 난다.

조엘은 눈을 질끈 감았다 뜨더니 나를 보고 움찔한 표정을 짓는다. "저 같은 사람들 때문에 많이 곤란하겠어요."

"괜찮아요." 나는 조엘의 말이 틀리지 않다는 걸 인정하고 싶지 않아서 그냥 웃는다. "가세요. 제가 치울게요."

조엘은 내 말을 못 들은 척 쭈그리고 앉아 파편을 줍는다. 나는 머피에게 앉은 자리에서 꼼짝하지 말라고 주의를 준 다음 옆에 앉아 거들기 시작한다.

파편을 줍는 동안 조엘의 손끝과 내 손끝이 이따금 스친다. 심장이 튀어나갈 듯이 요동치는 바람에 조엘을 보지 않으려고 안간힘을 쓴다.

깨진 조각을 다 치우고 일어서자 밖에서 천둥이 연달아 쫘르릉

울린다. 잔뜩 찌푸린 하늘에 짙은 자주색 구름이 드리워져 있다.

"파손한 거 보상하고 싶은데요."

"그럴 필요 없어요. 제 실수예요."

순간 조엘의 눈동자에 어린 눈빛에 내 심장이 철렁한다.

"일을 이렇게 만들어서 미안해요."

"정말 괜찮아요. 첫 데이트 하러 온 커플도 쫓아낸 적 있는데요."

조엘이 놀란 표정을 짓는다. "너무 지루해서 잠든 거예요?"

나는 웃음을 터뜨린다. "아니요. 그 사람들은 뭐랄까…… 너무 몰입해서 주변 상황을 몰랐던 거죠."

조엘은 그 상황을 곰곰이 떠올려보는 눈치다. "그렇게 몰입할 정도면…… 우스운 얘기라도 하고 있었나요?"

"그렇지는 않았어요. 두 사람을 억지로 떼어놔야 했죠."

"아, 어릴 땐 다 그렇죠."

"그건 아니에요. 그 사람들은 오십 대 중반이었어요."

조엘이 웃는다. "희한하네요. 이제 별로 미안하지 않은데요."

그 말에 나도 씨익 웃는다. "잘됐네요."

조엘은 문 앞에 멈춰 서서 머피를 한두 번 더 쓰다듬더니 인사하고 카페를 나선다. 나는 가만히 선 채 조엘이 폭우 속에서 길을 건너는 모습을 지켜본다.

조엘이 반대편 인도에 올라서자 뒤돌아본다. 나는 재빨리 고개를 숙이고 이미 반들거리는 테이블을 다시 열심히 문지른다.

10

조엘

일요일 점심을 준비하느라 공기가 후끈해진 아버지의 집 주방에 가족들이 모여 있다. 조카 앰버는 공룡 의상을 입고 온 집 안을 쿵쾅거리며 돌아다닌다. 앰버는 엄청난 꼬리 때문에 공간 지각 능력을 거의 상실한 것 같다.

"진짜 이해되지 않는 상황이야." 아버지는 내가 이 자리에 없는 것처럼 더그에게 이렇게 말한다.

"아버지 의견 물은 적 없어요." 내가 지적한다.

더그가 내게 일자리를 구하고 있느냐고 묻는 바람에 또다시 모건 집안의 입씨름이 시작되었다. 내가 대답하지 않자 더그는 내가 자리에서 일어나 밖으로 나가기라도 한 것처럼 자연스럽게 아버지와 대화를 이어나갔다.

"네 모든 문제의 근원은 네가 실직 상태라는 거야." 아버지가 손에 당근과 껍질칼을 들고 안경 너머로 나를 노려보며 말한다. "다시 일을 시작하면 다 좋아져."

다행히 내가 직장생활을 이어가지 못한 이유는 무엇인지, 마지막 날 아침 수술실에서 내 상태가 어땠는지에 대한 질문으로 넘어가지는 않았다. (우리 가족들은 정확한 상황을 모른다. 내가 알코올의존증과 숙취로 힘들어했으며, 심한 무기력증과 수면부족과 우울증으로 고생했다는 걸 모른다.) 당시 나는 더 이상 일할 수 없는 상태였다.

가끔 온몸에 전기가 흐르는 것처럼 그 시절이 그리워진다. 개들을 데리고 공원을 산책할 때, 담 위에서 다리를 주욱 늘어뜨리고 누워 햇볕에 취해 있는 고양이를 볼 때면 더욱 그렇다. 소독약 냄새를 맡을 때도 그렇다. (여기서 소독약 냄새란 '장시간 수술'과 같은 의미를 지닌다.) 예전처럼 키런과 함께 시간을 보낼 때도…….

"이제 돌아갈 자리도 없어요, 아버지. 완전히 그만뒀어요."

아버지가 혀를 찬다. "대학 졸업장이 아깝다."

아버지가 이렇게 무시하는 말을 하실 때면 기분이 처참하다. 마침 그때 여섯 살 먹은 스테고사우루스가 전속력으로 달려온다. "삼촌! 조엘 삼촌! 삼촌은 그거!" 앰버가 등에 달린 뾰족한 무언가로 내 정강이를 후려치며 꺄악 소리를 지른다.

나는 앰버를 향해 활짝 웃으며 대꾸한다. "그래, 난 너만 아는 그거야."

"운도 없지." 더그가 한 박자 늦게 싱크대에서 돌아보며 놀린다.

"금방 올게. 공룡이랑 먼저 한판 붙어야겠어." 나는 마른 행주로 손을 닦고, 중생대 울음소리를 그럴듯하게 흉내 내며 공룡과의 전투에 돌입한다.

나중에 주방에서 설거지를 하는데 탐신이 와서 냉장고 옆에 기대 선다. 탐신의 남편 닐은 그릇의 물기를 닦고 있다. 닐은 과묵하면서 친절하고 생각이 깊은 사람이다. 이런 사람이 내 여동생의 남편이라고 생각하면 기분이 좋아진다.

"아까 아버지가 또 힘들게 했다며?" 탐신이 손톱을 잘근잘근 씹으며 묻는다.

"아버지야 늘 그렇지."

"진심으로 하신 말은 아닐 거야."

세 살 어린 내 여동생은 키가 나보다 30센티미터쯤 작다. 탐신도 더그처럼 빨간 머리인데 윤기가 어찌나 좔좔 흐르는지 처음 보는 사람도 따라와서 극찬을 할 정도다. (늘 머리를 짧게 깎는 더그는 아마 이런 경험이 없을 것이다.)

오늘따라 탐신은 피곤하고 멍해 보인다. 탐신답지 않고 오히려 내 모습을 보는 것 같다.

"생각해줘서 고마워. 하지만 아버지는 진심이었어." 내가 말한다.

"그냥 걱정하시는 거야."

다른 가족들도 모두 내 걱정을 하고 있다는 의미다.

"그나저나 공룡 의상 아주 제대로던데?"

탐신은 눈을 흘기면서도 씩 웃는다. "지난주 파티 때 입은 건데 요즘 제일 좋아해. 어제 마트 갈 때도 입었는데 활기 넘치고 좋더라고. 우리 가족 취향이 좀 특이한 편이잖아?"

우리가 좀 그렇지. "그렇지."

"맞다. 물어볼 게 있어. 몇 주 전에 오빠네 집 앞에서 임대 표지판 봤는데, 오빠가 이사 가는 거 아니지?"

스티브와 헤일리는 어젯밤에 짐을 뺐다. 나는 저녁 내내 집에 없는 척했다. 그들이 마지막으로 우리 집 문을 노크하는 소리에도 응답하지 못했다. 친구이자 이웃으로서 그다지 좋은 모습을 보여주지 못한 것을 어떻게 사과해야 할지 난감했기 때문이다.

"아니야. 스티브랑 헤일리가 나갔어."

"오빠랑 무슨 일 있었어?"

"그런 것도 같고." 나는 용기 안에 묻은 그레이비소스를 열심히 닦는다.

"그렇구나. 우리는 이제 가야겠어." 탐신이 대화를 유도하는 것 같다.

"벌써? 더 있다 가지 않고? 이제 아버지가 여자는 왜 안 만나느냐고 물을 시간인데."

싱거운 농담이지만 이렇게 말하면 탐신은 웃는다. 하지만 고개를 돌리니 탐신의 눈빛에 힘이 없다. "난 그냥…… 우리가……."

"임신이 아니래요." 닐이 행주를 내려놓으며 조용히 말한다. 그리고 손을 뻗어 탐신의 손을 잡는다. "우리도 좀 전에 알았어요."

두 사람의 고통이 전해지며 가슴속에서 무언가 울컥 올라온다. "미안."

탐신이 고개를 끄덕인다. "아버지랑 더그 오빠한테는 그냥 머리가 좀 아프다고 했어."

"그래."

"짐 챙겨올게." 닐이 주방을 나서면서 탐신의 등을 토닥인다.

"우리 공룡 까먹지 마." 탐신이 닐을 향해 외친다. 그 목소리가 너무나 가냘프게 들린다.

"마음고생했겠네." 단둘이 남자 다시 탐신을 위로해본다.

탐신이 냉장고에 고개를 기댄 채 끄덕인다. "진짜 간절히 원했던 아기인데."

앰버가 태어났던 날이 생각난다. 소식을 듣자마자 곧장 병원으로 달려가 아기 침대에 누운 내 조카를 오후 내내 바라보기만 했다. *내 동생이 아기를 낳다니. 세상 사람들 보시오, 여기 살아 있는 진짜 아기가 있소!* 속으로 이렇게 외치며 뿌듯해서 어쩔 줄 몰라 했다.

"이러다 대체 언제…… 언제쯤……." 탐신이 크게 한숨을 내쉰다. "벌써 5년 됐어. 5년."

"꼭 생길 거야." 나는 조용히 대꾸한다.

"오빠가 그걸 어떻게 알아!"

하지만 나는 알아. 두 달 전 꿈속에서 봤기 때문에 안다. 탐신은 병원에 입원해 있고 나는 옆에 앉아 탐신의 손을 잡고 있었다. 그리고 침대 옆에는 황홀한 광경이 펼쳐져 있었다. 아기 침대에 잠들어 있는 해리라는 이름의 남자 아기가······.

탐신은 아직 모르고 있지만, 해리는 다음 크리스마스에 우리에게 올 것이다. 나는 탐신의 손을 꼭 움켜쥔다. "아니, 나는 알아. 힘내, 탐신. 다 잘될 거야."

설거지를 마치고 안마당으로 나가본다. 10월 중순, 가을 공기는 싸늘하고 하늘은 흐리다. 꾀죄죄한 구름 덩어리가 옆 동네 하늘에 잔뜩 웅크리고 앉아서 부슬비를 뿌린다.

엄마는 이 정원을 안식처라 부르며 무척 아꼈다. 나는 지금도 엄마가 그립다. 엄마는 내가 열세 살 때 유방암으로 돌아가셨다. 나는 엄마가 돌아가시기 4년 전, 얼음에 갇힌 듯 차가운 11월 밤에 엄마가 돌아가시는 꿈을 꾸었다.

그 꿈은 전혀 예상치 못한 두려움을 안겨줬다. 나는 아무에게도 그 꿈 이야기를 하지 않았다. 엄마가 충격받을까 봐, 아버지가 화를 낼까 봐 겁이 났다. 그리고 우리 가족이 산산조각 날까 봐 두려웠다. 야단을 맞으면 어쩌지? 나 때문에 이런 일이 일어나는 걸까? 나는 거의 입을 열지 않았다. 말을 할 수 없었고, 웃고 싶은 마음도 없었다. 그런 사실을 알고 어떻게 웃을 수 있단 말인가? 내 세상은 온통 무채색으로 뒤덮였다. 잠드는 게 점점 두려웠고, 잠에 알레르기가 생길 것만 같았다.

조엘

3년이 지난 크리스마스 날 엄마는 통제 안 되는 아기들을 다루듯 우리를 소파에 일렬로 쭈욱 앉혀놓고 마침내 비밀을 털어놓았다. 그날 엄마의 표정은 평생 잊지 못할 것이다. 모든 감정을 차단한 것 같은 얼굴로 옆에 불편하게 서 있던 아버지, 이미 훌쩍이기 시작한 탐신, 거의 숨도 쉬지 않고 조용히 앉아 있던 더그를 놔두고 엄마는 나만 쳐다봤다. 내가 알고 있었다는 걸 엄마도 알아버린 것이다. *왜?* 엄마의 눈빛이 나를 원망하고 있었다. *왜 나한테 말 안 했어?*

엄마에게 인생을 정리할 시간을 미처 주지 못한 것이 내게는 평생 후회로 남았다.

등 뒤에서 뒷문이 쾅하고 닫힌다. 더그다.

"뭐 하냐, 동생아?" 이렇게 나를 부르는 것이 내 동생의 은밀한 즐거움이다. 본인만 재미있어한다는 게 문제다. 더그는 자축의 의미로 맥주를 한 모금 들이켠다.

나는 더그의 스웨터를 보고 한마디하려다 그만둔다. 평생 골프장 가서 골프채 한 번 휘둘러본 적 없으면서 저 옷이 골프웨어라고 믿는 것 같다.

더그가 느닷없이 담배 한 갑을 꺼낸다. 나는 더그가 담배에 불붙이는 모습을 가만히 바라본다. "너 지금……."

"내 말 좀 들어봐." 더그는 담배를 한 모금 빨아들이고 내뱉는다. "이렇게 몰래 피우는 거 은근 스릴 있다니까." 그러더니 고개를 돌려 거실 쪽을 흘깃거린다. 거실에서는 더그의 아내 루가 벨라와 버디의 관심을 아이패드에서 아버지의 보글 게임°으로 옮겨보려고 애쓰는

° 알파벳의 배열을 바꿔 단어를 만드는 게임.

중이다.

더그는 슬그머니 왼쪽으로 두세 걸음 옮기며 꽃사과나무 뒤로 숨는다. 웃지 않을 수가 없다. "참 딱하다." 내 입김도 얼어붙은 공기 속에서 담배 연기처럼 흩어진다.

"맞아. 루나 나나 요즘 영 재미를 찾을 수 없어. 일, 헬스클럽, 텔레비전, 잠을 빼면 아무것도 없는 인생이 돼버렸다고. 지루하기 짝이 없어."

아무 사건 없는 삶, 이렇게 생각하니 그러지 않으려고 해도 조금은 부럽다. *불평하지 마*. "그럼 헬스클럽 회원권 끊어놓고 담배를 피운다는 얘기네." 나는 거리낌 없이 덧붙인다. "곧 망할 투자라는 생각은 안 들어?"

더그는 내 말을 못 들은 체한다. 담배 연기를 또 한 모금 들이마시며 슬며시 눈을 감는다. "재미 얘기가 나왔으니 말인데."

나는 뒤에 이어질 말을 가만히 기다린다. 더그가 말하는 재미는 내가 생각하는 재미와 완전히 다른 종류다.

"형의 그 '불안증' 말이야⋯⋯." 더그는 오로지 자신의 남성성을 과시하려는 의도에서 그 단어를 말할 때 손으로 인용부호를 덧붙인다. "루랑 내년 휴가 계획을 짜는 중이거든. 푸에르테벤투라섬에 갈까 하고. 애들 데리고 외국은 처음이야."

나는 살짝 몸서리치며 숨을 내쉰다. "좋네."

"응. 패키지 여행 같은 거야."

어떤 생각 하나가 머릿속에서 번뜩인다. "그래? 키즈클럽 포함이야? 수영장 같은 것도 있어?"

더그가 어깨를 으쓱한다. "그럴걸."

"벨라는 수영장에 꼭 보내. 루가 그러더라. 아주 물고기가 따로 없다고."

더그가 코웃음을 친다. "알았어. 참 나, 육아 조언도 다 해주고 고맙네. 어쨌거나 형이 공항에 나타나서 우리한테 비행기 타지 말라는 말만 하지 않으면 모든 게 순조롭게 진행될 거야."

비행기가 추락한다고 하면 당연히 타지 말라고 해야지. 하지만 그럴 것 같지는 않으니 더그는 한시름 놔도 될 것이다. 더그가 여객기를 타고 가다가 죽을 확률은 천백만 분의 일쯤이다.

어쨌거나 신용을 좀 더 얻어야 할 것 같다. 진짜 확실한 상황이라서 내가 그렇게 유난을 떠는 건데 믿어주지 않으면 곤란하다. 물론 가끔 불쑥 나타나서 이상한 경고를 하고 말이 안 되는 충고를 늘어놓을 때도 있지만, 오랜 세월 동안 티 내지 않으려고 애썼다. 한번은 술집에서 싸움이 났는데 더그가 휘말리지 않게 조치를 취해서 턱이 골절되는 일을 막았다. 또 루가 만성 경부통으로 여러 달 고생하는 일이 없게끔 엉터리 치과의사에게 가려는 걸 말렸다. 두 사람을 시내에서 낚아채서 강도당할 뻔한 걸 막기도 했다. (의심되는 인물은 경찰에 신고했다. 그 상황에서 경찰에 할 수 있는 말이 '의심스러운 행위 목격'뿐이었다는 걸 생각하면 무슨 그런 모순이 있나 싶긴 하지만.)

"형한테도 휴가가 필요한 거 같은데. 마지막 여행이 언제였지?"

나는 대답할 수 없다. 온 세상 사람이 인스타그램을 달고 사는 시대에 영국 밖으로 한 번도 나가본 적 없다고 하면 누가 믿을까?

"아, 기억난다. 2003년 마갈루프.°" 더그가 말한다.

당연히 그건 내 거짓말이었다. 대학교 1학년 때 알게 된 친구들과 여행 간다고 가족들에게 거짓말을 했다. 실제로는 2학년 때 묵기로

° 스페인령 마요르카섬에 있는 유명 휴양지.

한 하숙집에 먼저 들어가 있다가 나중에 마갈루프에서 돌아온 친구들에게 이야기를 주워들었다. 더그에게는 직접 다녀온 것처럼 주워들은 이야기를 들려줬다.

더그가 고개를 절레절레한다. "대학 때 친구들이랑 다녀온 후로 한 번도 없었어. 그러면서 나한테 딱하다는 말을 하다니."

"나는 지금도 만족해." 이 말은 끔찍한 꿈을 꿔서 내가 개입해야 할 상황이 생기면 잽싸게 달려갈 수 있는 상황에 만족한다는 의미다.

"아, 그러셔. 퍽이나 행복해 보이네." 담배를 빨아들이는 더그의 미간에 주름이 잡힌다. "형한테 필요한 게 뭔지 알아? 괜찮은……."

"됐어." 나는 더그의 말을 끊어버린다. 한기가 들어서 두 손을 주머니에 찔러 넣고 발을 구른다.

"자연스럽지 않잖아. 그렇게 오랫동안 여자를 만나지 않는 게."

더그의 말을 들으니 지난주 캘리가 스피드 데이트에 대해 떠들던 모습이 생각난다. 캘리가 내 주문을 받아 적으며 펜으로 곡선을 꺾을 때 마치 함께 빨려 들어가는 기분이었다. 말아 올려 묶은 머리에서 흘러내린 머리카락이 캘리의 입김에 살짝 떨리던 모습도 생각난다. 또 캘리의 귀고리, 은으로 된 새 한 쌍도…….

하지만 가장 강력하게 나를 끌어당기는 건 캘리의 흑옥 같은 두 눈동자다. 어찌나 강력한지 나도 모르게 얼굴을 들이밀며 언제 한번 만나줄 수 있느냐고 물을 뻔했다. 다행히 막판에 간신히 정신을 차리고 내 자리로 돌아설 수 있었다. 캘리에게 내 마음을 들킬까 봐 겁이 났다. 그리고 겁이 난다는 사실에 또 겁이 났다.

나는 거의 10년 동안 이런 감정을 계속 밀어냈다. 그런데 지금 그 감정들이 사전 경고 없이 나를 덮치며 경계심을 무너뜨리려 한다.

"여자가 아니라 섹스를 말하는 거겠지." 내가 말한다.

더그가 둘 중 어느 쪽이든 가망성은 있느냐는 듯 코웃음을 친다. "그럴 때 먹는 약도 있잖아. 직접 사러 가기 뭐하면 인터넷으로도 살 수 있어."

더그가 지금 이른바 내 '불안증'에 대해 말하고 있다는 걸 나도 안다. 하지만 더그를 놀리고 싶어서 입이 근질근질하다. "파란 알약을 먹으면 좀 쌩쌩해지는 것 같냐?"

더그는 잠시 아무 말도 하지 않는다. 그러다 갑자기 숨을 크게 들이마신다. "농담 아니야, 형. 휴가 말이야. 애들 데리고 외국으로 가는 건 처음이잖아. 형이 우리 휴가를 망치면 더 이상 형 안 볼 거야. 나한테는 우리 가족이 제일 중요해."

나는 마른침을 삼키며 장난기를 걷고 진지하게 고개를 끄덕인다. *나는 그저 너희들이 안전하길 바랄 뿐이야.*

"엄마가 돌아가신 지도 이제 22년이야. 극복할 때도 됐잖아." 더그가 내 어깨를 찰싹 친다. 그리고 아직 불이 붙어 있는 담배를 내게 주고 집 안으로 들어간다.

나는 예전에 토끼장이 있던 자리를 가만히 바라본다. 꽤 오랜 세월 이 집에서 여러 동물이 함께 살았다. 개, 토끼, 기니피그, 오리까지. 엄마가 돌아가신 후 아버지는 그 동물들을 모두 보내버렸다. 이제 이 집은 공룡이 뛰어다닐 때가 아니면 활기를 잃은 것 같다.

엄마를 잃은 고통은 그 어떤 고통보다도 컸다. 그 고통에서 벗어나지 못한 상태에서 또다시 그런 일이 생긴다면 나는 도저히 견디지 못할 것 같다.

나는 잠시 더 그 자리에 머물며 후회로 가슴이 미어지는 고통을 느낀다.

11
캘리

집을 비우라는 통보를 받고 몇 주 뒤 엄마 아빠의 도움을 받아 겨우 새 아파트로 이사했다. 그런데 왠지 죄책감이 든다. 이삿짐이 너무 많았다. 자잘한 물건들로 가득 채운 상자들이 어찌나 많은지 세 사람이 옮겨야 할 정도였다. 부모님은 내 잡동사니들을 흘끗흘끗 구경하는 게 재미있었던 모양이다. 도와달라는 내 부탁도 은근히 기분 좋았던 눈치다.

엄마의 독서 모임이 있어서 두 분은 여섯시 반에 집으로 돌아갔다. 그리고 몇 시간 후 아빠가 차 뒷좌석에 머피를 태우고 다시 나타났다.

별들이 촘촘히 박힌 밤하늘 아래 나는 어두운 골목에서 아빠와 재회했다. 머피를 은밀히 넘겨받기에는 어두운 시간이 가장 좋을 것 같았다.

"전부 고마워요, 아빠."

"당연한 일을." 아빠가 머피의 목줄을 넘겨준다. "도와줄 수 있어서 우리는 좋았다."

"두 분 도움 받기에는 제 나이가 너무 많잖아요." 나는 솔직히 말한다. 밤공기가 차가워 입김이 하얗게 서린다. "대학교 기숙사로 다시 들어가는 기분이에요."

아빠가 씩 웃는다. "괜찮아. 부모 도움 받는 데 나이가 무슨 상관이야."

그 말에 나도 씩 웃는다. 나 자신이 한심하다는 생각이 들 때도 아빠는 늘 위로가 되는 말씀을 해주신다.

아빠가 한 팔로 나를 부드럽게 감싸 안는다. 아빠의 가슴이 따뜻하다. 익숙한 콜타르 비누 냄새를 들이마시며 잠시 그렇게 안겨 있으니 참 좋다.

"진짜 며칠 더 안 맡겨도 되겠어?" 아빠가 말한다. "같은 건물에 사는 사람한테 얘기할 기회는 있어야지."

일리 있는 말씀이긴 하지만 단 하룻밤도 머피와 떨어져 지낼 수 없다. 아직도 머피는 그레이스가 어디 갔는지 가끔 궁금해하는 것 같다.

아빠가 약간 뒤로 물러서며 내 표정을 읽고 한 손으로 내 어깨를 부드럽게 어루만진다. "알았다. 그래도 최소한 부동산 중개인한테는 말해야 하지 않을까?"

머피가 한숨 푹 자고 싶다는 표정으로 나를 바라보며 눈을 깜박인다. "이언한테는 곧이곧대로 얘기하지 않는 편이 나아요."

원칙을 가장 중요시하는 아빠는 나를 한 번 더 설득해보려고 망설이다가 마음을 바꾼다.

"화분들 고마워요." 내 말에 아빠는 작별인사로 입을 맞춘다.

화분은 아빠의 집들이 선물이었다. 아빠가 직접 프리뮬러와 양치식물을 심어 만든 창문용 겨울 화분 하나, 캔들플랜트 하나, 그리고 헤더와 시클라멘을 함께 심은 화분 하나, 이렇게 세 개다. "이걸 놓으면 바깥 풍경도 더 좋아 보일 것 같아서." 아빠는 화분을 주며 말씀하셨다. 아빠에게 고맙다는 인사를 하다가, 직접 화분을 찾고 뭘 심을지 고민하고, 화분에 식물을 심는 아빠 모습이 떠올라서 나도 모르게 눈물이 맺혔다.

아빠가 출발하고 나서 아래층 창문을 살펴보니 블라인드가 모두 내려가 있고 안이 캄캄하다. 아래층 사람은 밖에 나간 것 같다. 머피를 오랫동안 숨길 수 없다는 건 나도 잘 알기에 부디 잘 설득할 수 있길 바랄 뿐이다.

열쇠를 꺼내 공동현관을 열려고 하는데 열쇠가 들어가지 않는다. 이상하다. 열쇠를 멍하니 보고 있으니 그제야 떠오른다. 내 아파트 현관과 공동현관 모두 예일 자물쇠를 쓰는데, 그만 깜박하고 아파트 열쇠만 들고 나온 것이다.

나는 한 걸음 뒤로 물러서서 이층 창문을 올려다본다. 닫혀 있다. 플라스틱 하수관을 타고 올라갈 수 있을 것 같지는 않다. 그러다 혹시 아래층 사람이 이런 상황을 예견하고 화분 밑에 열쇠를 놓아두지 않았을까 하는 데 생각이 미친다. 하지만 화분은커녕 열쇠를 숨겨둘 만한 그 무엇도 찾아볼 수 없다.

다 포기하고 다시 부모님한테 전화해서 하룻밤만 재워달라고 할까 싶다. 바로 그때 안쪽에서 현관문이 활짝 열린다.

우리는 둘 다 할 말을 잃고 멍하니 서 있다.

"안녕하세요." 예상치 못한 반가움에 기분이 좋아진다. "여기……여긴 웬일이세요?"

"여기 살아요. 그러는 당신은 여기서 뭐 해요?" 그가 쪼그리고 앉으며 신나서 어쩔 줄 모르는 머피에게 인사를 건넨다. "너도 왔니?"

"여기…… 사신다고요?"

조엘이 몸을 일으키니 반짝이는 두 눈동자와 눈이 마주친다. 조엘은 언제나 유행을 타지 않는 스타일로 옷을 입는데 오늘 밤도 예외는 아니다. 짙은 감색의 칼라 재킷, 스키니 진, 갈색 부츠. "이제 거의 10년 됐어요."

기분이 너무 좋아서 말없이 쳐다만 보다가 가만 생각해보니 내가 왜 여기 있는지 설명해야 할 것 같다. "저는 이제 막 이사 왔어요."

조엘이 잠시 생각에 빠진다. "스티브네 집으로요?"

"네."

조엘이 편하게 미소를 짓는다. "잘됐네요."

"믿기지가 않아요."

"그럼 이제 이웃이네요." 조엘이 턱을 문지르며 말한다. "아, 잘 지냈어요? 열두 시간 만이네요?"

조엘과 나는 오늘 아침 카페에서 크리스마스 쇼핑백을 잔뜩 들고 들어와 카운터 바로 옆에 자리 잡은 두 여자에 대해 짧게 잡담을 나눴다. 우리는 최소 12월까지 저런 호들갑을 금지해야 한다고 주장했다가 둘 다 2월에 부활절 달걀을 작살내는 취향이 있다는 사실을 알게 되었다.

이제 고백해야 한다. "실은 열쇠 없이 문을 닫아버렸어요. 공동현관 열쇠를 열쇠고리에 끼우는 걸 깜박해서⋯⋯."

"저도 처음 이사 왔을 때 그랬어요." 조엘이 특유의 감미로운 저음으로 대꾸한다. 그리고 한 손으로 문을 잡고서 내가 지나갈 수 있게 한 걸음 비켜선다. 조엘에게서 백단유와 양념이 섞인 맛있는 냄새가 풍긴다. 지금 내 복장을 너무 의식하고 싶지는 않지만 양쪽 팔꿈치에 구멍이 난 오래된 회색 스웨터와 트레이닝 바지가 신경 쓰인다. 그래도 캄캄하니까, 뭐.

"고마워요." 나는 도어 매트를 밟고 서서 잠시 머뭇거린다. "저기, 원래 머피를 여기서 키우면 안 되는데⋯⋯."

"입도 뻥긋 안 할게요."

"고마워요." 마음이 놓이면서 긴장했던 어깨가 풀린다. *감사합니다, 신이시여. 당신이 신이었군요.*

"반려동물을 허락해주는 집주인 찾기가 쉽지 않죠."

경험에서 우러나온 말인지 궁금해진다. 머피와 잘 통하는 게 무척이나 신기해서 개를 키우느냐고 물은 적이 있는데 조엘은 안 키운다고 했다. 아마 예전에 키웠을지도 모르겠다.

조엘이 시계를 확인한다. "저기, 미안한데…… 제가 나가려던 참이라."

"괜찮아요. 얼른 가보세요."

"안마당은 죄다 돌로 포장되어 있어서 별로고요." 조엘이 말한다. "자기 전에 마지막으로 산책시키고 싶으면 저쪽 골목 끝에 풀밭이 있어요."

"아, 몰랐네요. 고마워요."

조엘이 말을 멈추자 흥미로운 지형도 같은 그의 얼굴에서 입술이 단조로운 단층선을 이룬다. "그럼 잘 자요." 조엘이 이렇게 인사하고 큰길을 따라 어둠 속으로 성큼성큼 걸음을 옮긴다.

12
조엘

새 이웃과 인사를 나눈 지 한 시간도 안 되어 브루노의 산책을 마치고 집에 돌아온다. 나는 복도에 멈춰 서서 스티브의 아파트로 이어지는 계단을 쳐다본다.

스티브의 집이 아니지. 이제 캘리의 집이다. 캘리가 지금 바로 위층에 있다. 나는 위층에서 이리저리 돌아다니며 그곳을 자신의 공간으로 만들고 있을 캘리의 모습을 떠올려본다. 살랑거리며 어깨를 스치는 긴 머리카락, 상자들 속의 짐을 정리하며 소소한 만족감을 느끼는 표정. 이제는 내게도 익숙한 표정이다. 어쩌면 양초에 불을 붙이고 음악을 틀었을지도 모른다. 도시적인 분위기가 물씬 풍기지만 마음이 편안해지는 그런 음악. 오늘 아침 카페에서 캘리가 내 커피를 테이블에 내려놓을 때 진녹색으로 칠한 매니큐어를 보았다. 향긋한 향수 냄새도 났다. 캘리의 손을 쥐고 올려다보며 이렇게 말하고 싶은 이상한 충동이 들었다. *우리 함께 어디 가지 않을래요?*

두 눈을 질끈 감는다. 캘리 생각은 그만하자. 제발…… 그만.

하지만 쉽게 빠져나올 수 없다. 내가 건물로 들어올 때 공동현관이 쿵 하고 닫히는 소리를 캘리도 들었을 것이다. 어쩌면 캘리가 문밖으로 고개를 내밀고 술 한잔하자고 청하거나 설탕을 좀 빌려달라고 할지도 모른다. 카페에서 매일 그러는 것처럼 또 내게 웃음을 줄 것이다. 캘리는 천연덕스러운 화법과 자조적인 농담의 대가다.

나는 다시 심호흡을 한다. 정신을 차리고 본모습을 되찾으려 애쓴다. *이 또한 지나가리라. 스콜이나 밀려오는 조수처럼.* 혼자 되뇌어본다. *가슴에 바람이 차서 들뜬 거야. 기다려보자. 그럼 다시 빠져나가겠지.*

다음 날 밤 외출했다가 집에 막 도착하니 캘리와 머피가 공동현관으로 들어선다. 나는 키런의 집에 다녀오는 길이다. 키런과 그의 아내 조이, 그리고 두 아이와 함께 커리를 먹으며 그동안 있었던 이야기를 나누었다.

"뭐 재미있는 거라도 있어요?" 캘리가 목줄을 놓으며 묻는다.

머피가 내게 쪼르르 달려온다. 몇 시간 전에 봤으면서 몇 주 만에 만나기라도 한 것처럼 꼬리를 붕붕 흔든다.

나는 우편물을 살피던 중이다. "어쩌죠? 제 가스 요금 명세서는 별로 재미없을 텐데. 스티브 명의의 대출 내역서도 그렇고."

캘리는 털이 복슬복슬한 초록색 후드 점퍼를 입고 목에 회색 털 목도리를 둘렀다. "제가 기대할 만한 건 은행 명세서뿐인데요. 아니면 저 아래 냉동식품 파는 기분 나쁜 가게에서 보낸 광고지나."

캘리의 말에 웃음이 나온다. "새 집은 어때요?"

"마음에 들어요. 전에 살던 집보다 짐이 더 들어가더라고요. 공간은 넉넉하고, 습기는 없고." 캘리는 안도의 숨을 내쉬다가 진지하게 눈을 치켜뜬다. "고작 하루밤에 안 살아봤지만요."

나는 웃고 만다. "아, 그러네요. 며칠 더 살아보는 것도 나쁘지 않겠어요. 며칠 후에 다시 물어볼게요."

캘리가 웃으며 열쇠를 이 손에서 저 손으로 던져 받는다.

"이제 일 마치고 오는 거예요?" 내가 묻는다. "늦었네요."

"아, 아뇨. 어디…… 좀 들렀다 오는 길이에요."

갑자기 머릿속에서 엔진이 멈춰버린다. "미안해요. 그냥 이웃끼리 묻는 안부 같은 거였는데, 잔소리하는 아빠 같았네요."

"오, 아니에요. 저도 어디 가서 곧잘 저희 엄마처럼 행동하거든요. 오늘은 어떤 손님한테 그러다 감기 걸리겠다는 말까지 해버렸어요."

"하, 그 손님이 뭐라던가요?"

"처음에는 아무 말 않더니 갑자기 인상을 찡그리면서 신경 쓰지 말라고 하더군요. 이십 대 초반 남자였는데 아직 학생 같았어요."

캘리가 간단한 안부 대화에도 서툰 나를 이상하게 생각하지 않는 것 같아서 마음이 놓인다. 그래도 착각하지 말자. "좋아요." 나는 우편물 다발을 들어 보인다. "저는 이 대출 내역서하고 더 친해져봐야겠어요. 위조 문서로 둔갑시키려면……."

캘리가 점잖게 웃으며 삐져나온 머리카락을 양쪽 귀 뒤로 넘긴다.

나는 잠시 머뭇거리다 살짝 앞으로 다가간다. (자기가 한 농담을 다시 설명하려면 이럴 수밖에 없으니까.) "농담이었어요. 제가 사기꾼이라니, 아마 세상에서 제일 형편없는 사기꾼일 거예요. 술 살 때도 땀을 뻘뻘 흘리거든요."

그리고 최대한 빨리 집으로 달아난다.

내가 왜, 왜, 캘리에게 술이니 땀이니 대출이니 하는 얘기를 떠들고 있는 거지?

이렇게 허둥대는 것도 오랜만의 일이다. 바보처럼 헛소리를 지껄이고 설명하려 드는 꼴이라니. 대사 틀린 아마추어 배우도 아니고. 캘리가 점잖게 웃으며 틈을 들이지 않았다면 한심하기 짝이 없는 농담으로 끝맺지는 않았을 텐데.

내가 어쩌다 이 지경이 됐을까. 여자들에게 관심 끄자는 다짐은

다 어떻게 된 걸까. 아무리 미소가 예뻐도, 아무리 얼굴이 예뻐도 모두 외면하자고 다짐했었는데!

케이트와 사귈 때 아주 깊이 빠졌었다. 2학기가 끝날 무렵부터 사귀기 시작해서 거의 일 년을 만났다. 케이트와 같은 수업을 듣지 않았다면 아마 마주칠 일이 없었을 것이다. 하지만 수업을 들으며 거의 매일 마주쳤고, 케이트는 우아하면서도 재미있고 따뜻했다.

케이트는 내 문제들을 공부로 인한 스트레스 탓이라고 여겼던 것 같다. 불규칙한 수면과 늘 초조한 모습, 가끔 심하게 딴 데 정신이 팔리거나 말없이 사라지는 행동 같은 것들을. 그래, 대학생이라면 어느 정도 설명이 되는 부분도 있다.

그러다 어느 날 꿈에서 케이트가 다른 남자와 자는 모습을 보았다. 꿈꾼 날로부터 6년 뒤의 상황이었고, 처음 보는 아파트였지만 절반은 내 것으로 보이는 침대에 케이트가 벌거벗고 누워 있었다. 그 옆의 남자는 우리보다 나이가 많아 보였다(미래의 직장 동료 같았다). 살면서 실패한 선택을 해본 적이 없는 것 같은, 상당히 자신감 넘쳐 보이는 사람이었다.

침대 옆 탁자에 케이트와 내가 함께 찍은 사진이 놓인 걸 보고 그게 외도임을 알게 됐다. 어쩌면 그런 일이 생기지 않게 내가 손을 쓸 수 있을지도 모르니 버텨볼까 하는 생각도 했다. 하지만 6년 동안 벼랑 끝에 몰린 채 지내야 한다는 건……. 그런 식으로 관계를 지속할 수는 없었다. 어쨌거나 나는 이미 상처를 받았다. 인생에는 그냥 잊을 수 없는 일들이 있는 법이다.

그래서 결국 내가 먼저 끝내자고 했다. 우리 둘의 앞날을 그려볼 수 없다는 아이러니한 이유를 대면서. 너의 가슴을 아프게 하지 않으면 훗날 내 가슴이 아플 거라면서, 헤어지자고 해서 미안하다고 말하는데 기분이 참 묘했다.

케이트를 잊는 건 쉽지 않았다. 헤어지고 나서도 한참 후에야 케이트가 꿈에서 사라졌다. 케이트를 향한 내 열정의 불꽃이 그제야 마침내 완전히 다 타서 식어버린 것이다. 그러다 5년 후 비키를 만났다. 어느 날 연극을 보러 갔는데 그 연극의 주연 배우가 비키였고, 연극이 끝난 후에 우리는 바에서 이야기를 나누었다. 그날 밤 어쩌다 우리 집까지 함께 가게 됐는지 아직도 모르겠다. 남자들의 경쟁이 치열했고 나보다 멋진 남자도 많았는데.

처음에는 나의 본모습을 보여주지 않으려고 애썼다. 비키가 사귀었던 남자는 진짜 내 모습과 거리가 있었다. 초반 얼마간은 그럭저럭 성공한 것 같았으나 함께 살기 시작하면서부터 달라졌다. 내 본모습이 완전히 드러나버렸고, 비키는 그 모습을 받아들이지 못했다. 내 불안증과 잠버릇은 물론 아침 일찍 일어나 메모하는 습관까지 견디지 못했다. 내 감정을 제대로 표현하지 못하고 자꾸 딴 데 정신이 팔려 있는 걸 견디지 못했다. 그래서 우리는 다투기 시작했다. 사랑에 빠지게 만들었던 마법에서 풀려나자 수동적인 공격성이 드러났다. 횃불의 불꽃이 점점 사그라들고 풍선에서는 바람이 휘리릭 빠져나갔다.

둘이 사귀는 동안 비키는 한 번도 내 꿈에 나타나지 않았다. 6개월쯤 지났을 때 그게 무슨 의미인지 알게 되었고, 한편으로는 마음이 놓였다. 사랑 없는 관계는 무의미하지만 그것도 그리 나쁘진 않았다. 사랑하지 않으면 복잡해질 일도 없다. 괴로운 꿈을 꿀 일도 없고, 이러나저러나 잘될 리 없으니 괜한 노력을 기울이지 않아도 된다. 외도를 미리 알게 될 염려도 없다. 나는 비키를 사랑하지 않았지만 사랑한다고 생각할 때보다 그편이 더 나았다.

어찌 알겠는가? 어느 정도의 단계에 접어들면 모든 관계가 다 망가지게 마련인지도 모른다.

그건 그렇고, 비키가 떠난 후 나는 아주 간단한 결심을 했다.

다시는 누구도 사랑하지 않겠다고.

13
캘리

혼자 워터펜에 와서 그레이스를 생각하고 있다.

그레이스와 나는 어릴 때 이곳에 와서 공원과 자연보호 구역을 연결하는 나무다리를 토끼처럼 잽싸게 뛰어다녔다. 판잣길과 구불구불한 모래밭 산책로를 달리며 물웅덩이에 발이 빠지기도 했고, 물에 젖어 반짝이는 두 손을 모아 실잠자리를 떠 올리기도 했다. 그레이스는 앞서가며 이야기했고, 나는 친구의 발자국을 따라가며 거품 같은 하얀 터리풀이 만든 구름 속을 떠다니고, 자연의 화려한 노랫소리에 벌처럼 취하기도 했다. 우리는 골풀과 갈대로 꾸며놓은 우리만의 은밀한 정글 속을 배회했고, 분홍바늘꽃의 자홍색 꽃잎으로 치장한 초록색 풀숲을 떠돌아다니며 황혼 무렵까지 놀곤 했다. 학교 이야기나 꿈 이야기 등으로 수다는 끝이 없었다.

그레이스가 워터펜을 좋아한 이유는 이곳에 오면 마음껏 몽상에 빠질 수 있기 때문이었다. 숙제를 하기 싫다는 이유도 있었다. 나는 워터펜 그 자체가 좋았다. 날것 그대로의 거친 자연이 좋았고, 세상이 그대로 담겨 있어서 좋았다. 워터펜은 우거진 숲으로 둘러싸인 극장이었고, 무대 위의 천국이었다.

여기에는 우리가 발견한 둘만의 나무도 있다. 자연보호 구역의 가장 안쪽 경계에 위치한 오래된 버드나무다. 물가에 드리워진 가지들은 경계심 많은 왜가리의 머리를 닮았다. 우리는 주름이 깊게 팬

나무 기둥을 타고 올라가 잎사귀 폭포를 배경으로 인어 놀이를 했고, 공중에 우리가 있는 줄도 모르고 달랑거리는 우리 발밑으로 지나가는 사람들을 보며 웃기도 했다. 그 버드나무 껍질에는 우리 이름이 한 글자씩 새겨져 있다.

습기가 많고 날씨도 춥지만 나는 예전처럼 나무 위로 기어오른다. 이끼가 끼고 비바람에 조금 닳긴 했지만 우리 이름은 여전히 그 자리에 있다. 한 손가락으로 머리글자를 어루만지니 그레이스의 묘비에 적힌 문구가 떠오른다.

그레이스의 묘비 문구는 벤과 내가 함께 정했다.

그레이스 가비. 사랑스러운 아내이자 딸, 조카, 손녀. 인생을 사랑했으며, 타협을 몰랐던 유일무이했던 존재.

이 나무에 대해 누구에게도 얘기한 적이 없다. 영원히 그레이스와 나, 둘만의 비밀로 남을 것이다.

대학을 졸업하고 에버스포드로 돌아왔을 때 뭘 해야 할지 몰라 방황했다. 그레이스는 계속 여행 중이었고, 에스터는 잠시 런던에 가 있다가 그곳에서 개빈을 알게 되었다. 떠난 친구들의 빈자리를 부모님이 채워줄 수는 없었다. 결국 나는 다시 워터펜을 찾았고, 그런 날이 점점 많아졌다. 초록색 식물들과 날개 달린 짐승들 사이에서 시간을 보냈다.

몇 주 전 개빈이 얘기했던 자연보호 구역의 일자리에 대해 다시 고민 중이다. 매일 워터펜 웹사이트에 들어가 확인해보는데 아직 공고가 나지 않았다. 자원봉사 업무는 대체로 진행 속도가 느려서 단순경비 지출 승인에도 한참 걸리곤 한다.

그런데 공고가 난다고 해도 벤에게 말할 수 있을지 잘 모르겠다. 더 이상 원하지 않는 가보를 버리듯 그레이스의 꿈과 같았던 카페를 다른 사람 손에 넘길 수 있을까?

그래도…… 나도 나만의 꿈이 있다. 워터펜에서 일하는 것도 꿈이라고 할 수 있다. 까마귀들이 울고 찌르레기들이 하늘을 날아다니는 이곳에서 갈대밭에 내린 비에 잔잔하게 풍기는 흙내를 맡으며 일하고 싶다. 물에 젖기도 하고, 땀에 젖기도 하고, 진흙 범벅이 되기도 하면서 고된 업무와 행복으로 숨가쁜 나날을 보내고 싶은 그런 꿈이 있다. 내가 워터펜에서 받은 것을 조금이나마 돌려줄 수 있다면 그것도 좋다.

미안해. 그레이스의 영혼에게 속삭여본다. *카페가 너의 꿈이었던 거 알아. 하지만 내 꿈이 될 수 있을지는 모르겠어.*

걸어서 집으로 돌아오는데 갑자기 대담해지는 기분이다. 그레이스 생각을 해서일까? 카페를 그만둘 생각을 해서일까? 지금 이 순간을 즐기며 살고 싶다는 생각이 솟구친다. 대담하게도 조엘에게 우리 집에서 한잔하자고 청한다. 우리 두 사람이 이웃이 된 지는 이제 일주일이 되어간다. 조엘이 거절해도 이상할 건 없다.

"수수하네요." 내가 거실로 안내하자 조엘이 말한다. 목도리를 풀어서 하던 대로 소파 팔걸이에 던져놓으려다가 잘 접어서 문 옆의 장식용 테이블에 올려둔다. 수수하다는 말은 돼지우리 같다는 의미로 해석될 수도 있다. 아직 이삿짐을 다 정리하지 못했고, 그러니 청소부터 한 다음 조엘을 초대했어야 했다.

아까 내 초대를 수락하기 전에 조엘은 잠시 고민하는 눈치였다. 순간 나는 당황해서 내가 불편한 제안을 한 건 아닌지, 조엘이 억지로 응하는 건 아닌지 걱정했다. 그래서 민망하지만 초대를 없던 일로 하려고 했는데, 그런 참사가 생기기 전에 조엘이 수락했다.

조엘이 내 집에서 수준 높고 트렌디한 인테리어를 기대하지 않았으면 좋겠다. 가구는 죄다 조립식이고, 심사숙고해서 고른 예술 작품 같은 것도 없다. 반짝이는 장식품이나 인테리어 소품도 없다. 오랜 세월 동안 여기저기서 모은 제각각의 물건들이 뒤죽박죽 섞여 있을 뿐이다. 소파 겸용 매트리스에는 커피 자국과 레드 와인 자국을 가리려고 조각보를 덮어놓았고, 동그랗게 자국이 찍힌 코르크 컵받침 여러 개, 환경을 주제로 한 다양한 머그잔들, 친구들과 가족들에게 받은 선물들이 널려 있다. 색이 제각각인 나무 책장이 두 개 있는데 선반에는 야생동물과 자연에 관한 책들이 가득하고, 조잡한 장식품도 몇 가지 있다. 새들과 삼림지대의 야생동물 장식품인데 역시 자연과 어울려서 내가 좋아하는 것들이다. 창턱에는 화분들이 금방이라도 무너질 것처럼 잔뜩 모여 있다. 그 어느 것에서도 성공한 자의 삶, 아니 조금이라도 성공한 자의 삶을 찾아볼 수 없다. 주방 통로를 반쯤 막고 있는 이삿짐 상자에 조엘이 걸려 넘어지지만 않아도 다행이다.

나는 재빨리 침실로 들어가 옷을 갈아입고 심호흡을 한다. 머리를 매만지고 누드 립스틱도 살짝 바른다. 그리고 육십 초 만에 다시 거실로 나와 조엘에게 뭘 마실 건지 묻는다. "커피, 차…… 그리고 중저가 와인도 있어요."

조엘은 잠시 머뭇거리다 작은 잔으로 와인 한 잔을 청한다.

조엘이 내 책장 쪽으로 걸음을 옮기자 머피도 조엘의 발치에 가서 앉는다. 나는 냉장고에서 와인을 꺼내 두 잔을 따른다. 조엘의 손가락이 책장에 꽂힌 책들을 하나씩 어루만진다. 스웨터 소매가 약간 길어 보인다. 나는 그의 느릿느릿한 동작, 호리호리한 체격, 침착하고 신중한 행동을 하나하나 뜯어본다. 보면 볼수록 더 끌리는 데가 있다.

"식물 용어집, 나무 안내서, 지의식물, 나방들."

"별로 멋진 취미는 아니죠." 나는 자수하는 기분으로 입을 연다.

하지만 자신을 너무 낮추는 게 아닌가 싶다. 나는 어릴 때부터 자연에 관한 책에만 길들여져 있었다. 심지어 아빠와 〈컨트리파일〉[*]의 어떤 에피소드를 열중해서 보기도 했다. 겨울이 끝나고 봄이 오면 나는 맨발로 밖에 나가 얼굴에 진흙을 묻히고 머리에 잔가지를 붙인 채 나뭇가지와 낙엽과 달걀껍질을 모으러 다녔다.

햇볕이 쨍쨍하고 바람 한 점 없는 여름밤에는 이따금 아빠가 밖에 전구를 달아서 어두운 정원을 밝혀주었다. 전구 아래 나무 상자를 설치해놓았다가 다음 날 아침 일찍 보면 놀랍게도 나방들이 잔뜩 모여 있었다. 밝은 분홍색 무늬가 있는 주홍박각시, 여느 나비들만큼이나 아름다운 흰무늬왕불나방, 그리고 왕족처럼 털코트를 두른 하얀 집나방도 있었다. 내가 제일 좋아하는 나방이었다. 아빠와 나는 먼저 나방의 이름을 적은 다음, 하늘이 다시 어두워질 때까지 나방을 노리는 새들과 햇빛을 피해 숨을 수 있도록 덤불 속에 안전하게 놓아주었다.

내 전남친 피어스는 나를 '자연 덕후'라고 놀렸다. 피어스는 아무렇지 않게 슬리퍼로 거미를 때려서 죽이고, 맥주잔으로 말벌을 눌러서 죽이고, 잠자는 나방을 짓눌러서 죽이는 사람이었다. 피어스가 그런 행동을 할 때마다 나의 사랑도 조금씩 함께 죽었다.

"열정이 있다면 멋지지 않은 일이란 없죠." 조엘이 말한다.

---

[*] *Countryfile*. 영국 *BBC*에서 방송한 오지 여행 프로그램.

"저는 그냥 취미로 보는 거예요."

"일로 할 생각은 없고요?"

나는 조엘에게 와인잔을 건넨다. 이야기가 길어질 수도 있을 것 같다. "어쩌면 그럴 수도 있고요."

우리는 잔을 부드럽게 부딪치고 차가운 와인을 한 모금 삼킨다. 와인이 혈관을 타고 휘리릭 흘러가는 게 느껴진다. 알코올이 몸속에서 충분히 분해되지 않는 것 같다.

조엘이 목을 빼고 창턱에 놓인 화분들을 살핀다. "무슨 식물이에요?"

"가장자리에 있는 애들은 허브예요. 얘네들은 그냥 실내용 화초고요." 나는 활짝 웃어 보인다. "녹색식물을 좋아하거든요."

조엘이 옆의 다른 책장으로 걸음을 옮기며 몇 안 되는 여행책들을 살펴본다. 칠레 여행 안내서, 남미의 새들, 지도책 등. 발트 삼국에 대한 책도 몇 권 있는데 젊을 때 그곳을 여행했던 엄마의 친구분이 물려주신 책이다. 우리 부모님도 언젠가 발트 삼국에 가보려고 했던 것 같은데 결국 시간을 내지 못했다. 어린 시절 우리 가족이 함께 가장 멀리 갔던 건 스페인과 포르투갈이고, 프랑스로 특이한 캠핑 여행을 간 적도 한 번 있었다.

어릴 땐 몇 시간이고 안락의자에 앉은 채 여행책들을 보면서 훼손되지 않은 오지나 달처럼 문명의 흔적이 보이지 않고 땅과 하늘 사이에 아무것도 존재하지 않는 곳들로 여행을 떠났다.

"세계를 돌아다니는 여행가군요." 조엘이 말한다.

그레이스가 들으면 박장대소하겠다. "꿈속에서는 그렇다고 할 수 있죠."

조엘이 마른침을 삼키더니 책장의 책들을 가리킨다. "그럼 실제로는……."

"아직 안 가봤어요. 나중에 기회가 되면 가보고 싶지만." 나는 와인을 한 모금 홀짝거린다. "칠레에 가면 그게 있어요…… 국립공원이요. 북쪽 끝에 있대요. 예전부터 꼭 한번 가보고 싶었던 곳이에요."

조엘이 나를 가만히 바라본다. "그렇군요."

나는 고개를 끄덕인다. "어릴 때 학교에서 배웠어요. 선생님 말씀으로는 그곳이…… 유네스코 생물권 보전지역이래요." 발음을 또박또박 하려니 웃음이 난다. "직접 발음하니까 좀 이색적인 느낌이 나면서 되게 재밌는 단어처럼 들리네요. 꼭 외계에 있는 장소 같아요."

조엘도 함께 웃는다. "맞아요. 진짜 그런 느낌이에요."

대학 때 같은 수업을 들었던 여자애 하나가 그곳에 가서 신화 속에나 존재할 것 같은 희귀한 새를 봤다고 우긴 적이 있다. 그 말을 들으니 나도 그곳에 가서 자연의 위대함을 느끼고 싶다는 생각이 더욱 커졌다.

"저는 먼 곳에 끌리는 것 같아요." 나는 마음속의 말을 조금 더 꺼낸다. "있잖아요, 자연의 위대함을 느낄 수 있는 그런 곳."

조엘이 부드럽게 미소 짓는다. "그래요. 나 자신이 초라하게 느껴지는 그런 곳들이 있죠. 하늘의 별들을 올려다보면 인간이 정말 보잘것없다는 생각이 들잖아요."

우리는 소파로 자리를 옮긴다. 조엘이 잔을 들지 않은 손으로 머피의 머리를 쓰다듬으며 손가락으로 귀를 만지작거린다.

나는 와인을 다시 한 모금 삼킨다. "지금까지 가본 곳 중에 어디가 제일 좋았어요?"

"실은…… 아직 외국에 가본 적이 없어요." 조엘이 숨을 내쉬며 축구나 비틀스를 싫어한다고 고백한 사람처럼 멋쩍은 표정을 짓는다.

"제가 좀 따분한 사람이에요."

약간 놀랍긴 했지만 그레이스처럼 전 세계 여행 이야기를 들려주며 안 그래도 재미없는 내 일상을 더 초라하게 만들지는 않겠다 싶어 한편으론 마음이 놓인다. "전혀 그렇지 않아요. 저도 거의 안 돌아다니는걸요. 혹시 특별한 이유라도……?"

"그게 좀 복잡해요."

대체 무슨 사연일까 궁금하다. 하지만 내가 묻기도 전에 조엘이 먼저 화제를 돌려 카페에서 일한 지 얼마나 됐느냐고 내게 묻는다.

"그게 실은…… 그레이스라는 내 친구가 운영하던 카페였어요. 그레이스는……." 뒷말이 목에 걸려 잘 나오지 않는다. "미안해요. 세상 떠난 지 얼마 안 됐어요."

조엘은 잠시 아무 말도 하지 못한다. 이윽고 부드러운 목소리로 다시 묻는다. "정말 미안해요. 어쩌다 그렇게 됐어요?"

"뺑소니 사고였어요. 택시기사가 음주운전을 해서……."

잠시 또 침묵이 이어진다. 부드럽게 내 안색을 살피는 조엘의 시선이 느껴진다. 안개 속의 등불처럼 위안이 된다.

"그럼 그 택시기사는……?"

나는 재빨리 고개를 끄덕인다. "6년 형 받았어요."

나는 자초지종을 설명한다. 그레이스의 죽음과 머피의 입양, 직장을 그만두고 카페를 맡게 된 것까지. "그전에는 공장에서 개인 비서로 일했어요. 금속 용기 제조공장이었죠. 음료수 캔, 에어로졸 분무기, 페인트통 같은 거요. 사실…… 아니에요. 생각만 해도 벌써 지루하네요." 나는 한 손으로 얼굴을 가리고 멋쩍게 웃는다. "당신은 무슨 일 해요?"

조엘은 갑자기 불편한 기색이다. "지금은 아니고 예전에…… 수의사였어요."

뜻밖의 대답에 나는 당황한다. 이 순간에 이런 의문을 품는 것이 적절하지는 않지만 왜 진작에 수의사였다는 사실을 말하지 않았는지 궁금하다. 하지만 다시 생각해보니 굳이 먼저 이야기할 이유도 없었던 것 같다. "그럼 지금은 수의사가 아닌 거예요?"

"잠깐 손을 떼기로 했어요."

"번아웃 같은 거예요?"

"그렇다고 할 수 있겠네요."

"수의사는 스트레스가 많은 직업 같아요. 모든 의사가 마찬가지지만요."

"맞아요. 그렇긴 하죠."

"일이 그립지는 않아요?"

조엘은 잠시 고민하는 듯하더니 요즘 동네 어르신들 대신 개 산책시키는 일을 맡고 있어서 다행히 미칠 듯이 그립지는 않다고 대답한다.

세상에는 아직 이렇게 순수한 마음으로 선행을 하는 사람들이 있다는 사실에 마음이 훈훈해진다.

조엘이 와인을 한 모금 삼킨다. 와인잔을 쥔 조엘의 손이 무척 커보인다. 진짜 수의사의 손 같다. 유능하고 믿음이 가는 그런 손 말이다.

"스티브는 어디로 이사 갔어요?" 내가 묻는다.

"해안 근처의 새 주택 단지로요."

"아, 저도 어릴 때 그 동네에서 살았어요. 자연보호 구역 쪽이죠."

"워터펜에요?"

"맞아요." 나는 신나서 대답한다. "거기 알아요?"

조엘이 고개를 끄덕인다. 잉크를 부어놓은 듯 까만 눈동자가 더 잘 보인다. "머리 비우기에 그만큼 좋은 곳이 없죠. 저만 그렇게 생각하는 건지 모르겠지만."

"당연히 공감하죠." 내가 말한다.

우리는 와인을 마저 마실 때까지 조금 더 이야기를 나눈다. 내가 한 잔 더 하겠느냐고 묻기 전에 조엘은 고맙다는 인사를 건네며 머피의 머리를 쓰다듬고 문으로 향한다. 문 앞에서 조엘은 잠시 머뭇거리다가 내 뺨에 가볍게 입을 맞춘다.

조엘의 입술이 내 뺨을 스치자 나는 얼굴이 벌겋게 달아올랐고, 몇 시간이 지난 지금도 그 장면이 머릿속을 떠나지 않는다.

14
조엘

핼러윈 날, 왓퍼드에서 직접 차를 몰고 온 멀리사는 나를 끌고 편의점으로 향한다. 사탕을 받으러 온 아이들에게 일주일 묵은 귤을 줄 수는 없다는 것이었다.

캘리의 아파트에서 함께 한잔한 지도 벌써 일주일이 지났다. 캘리의 초대에 답례할 방법을 계속 고민하면서 어떻게 하면 자연스럽게 캘리를 초대할 수 있을지 대사를 짜보기도 했다.

하지만 그럴 때마다 캘리에 대한 마음과 무관하게 캘리를 내 마음속에서 밀어내야 하는 이유가 먼저 떠오른다. 아무 관계도 맺지 않는 것이 캘리에게 내가 갖출 수 있는 예의인 것 같다. 하지만 같은 건물의 위층과 아래층에 살고 있을 땐 그것도 쉽지 않다. 캘리는 나와 마주칠 때마다 전혀 경계심 없이 환하게 맞아주고 이웃으로서도 사려가 깊다. 캘리는 늘 자진해서 우편물을 정리해놓고 내가 쓰레기 수거일을 잊으면 꼭 알려준다. 가끔 퇴근하고 돌아올 땐 내 현관 앞에 케이크 상자를 놓고 가기도 한다.

캘리의 아래층에 살면서 가장 좋은 점은 바로 아침마다 캘리가 샤워를 하며 열창하는 파워 발라드를 들을 수 있다는 것이다. 노래 실력이 엉망진창인데도 싫지가 않다. 캘리만이 낼 수 있는 공격적인 불협화음에 잠에서 깨어나는 것조차 좋다.

카페에 들락거리는 걸 그만둘까 싶기도 했지만 그거야말로 짝사랑에 빠진 사람이 취할 수 있는 가장 극단적인 행동처럼 보인다. 나는 삼십 대 중반의 남성이다. 열다섯 살 먹은 남자아이가 아니다.

"오늘 밤 꼬맹이들한테 제대로 겁을 줘야지." 멀리사가 편의점으로 들어가며 말한다. "문 열어주는 건 당신이 해."

"나는 아이들한테 친절한 사람인데."

"참 나. 당신처럼 애들하고 어색한 사람은 내가 본 적이 없어."

"그렇지 않아. 나도 애들 좋아해. 우리 조카들이 증인이야."

"〈토이 스토리〉 안 좋아하잖아."

"그게 뭐?"

멀리사가 어깨를 으쓱한다. "이상하잖아. 〈토이 스토리〉 싫어하는 사람이 어딨어?"

"다 큰 어른이 애니메이션을 보는 게 더 이상해."

멀리사가 쓴 은색 가발이 내 얼굴에 스친다. 멀리사는 오늘 왓퍼드에서 참석하려 했던 파티가 취소되자 파티 의상을 그대로 입고 왔다. 새삼 놀라울 것도 없다. 영화 〈귀여운 여인〉에서 줄리아 로버츠 역인 것 같다. 아까 염색용 은색 스프레이를 꺼내며 내게 리처드 기어가 되고 싶지 않으냐고 묻기에 됐다고 했다.

"내 뒤에서 걸으면 안 돼? 일행인 거 누가 알까 봐 겁나."

"허." 멀리사가 팔짱을 낀다. "나는 당신이 난처해하는 게 좋더라. 당신 너무 긴장해서 뻣뻣하네."

반박은 못 하겠다.

과자 코너에서 멀리사를 놓치고, 온 김에 필요한 물건 몇 가지를 집어든다. 베이크드 빈스, 흰 빵, 토마토 수프, 피자. 언젠가 요리 실력을 키우면 내 나이 대의 다른 사람들처럼 대형 마트에 가서 필요한 식재료를 잔뜩 사겠지만, 지금은 통조림 등 간편식이 내게 어울린다.

"또 만났네요." 감미로운 목소리가 봄바람처럼 흘러온다.

돌아서니 캘리가 있다. 오늘 아침 펌킨 스파이스 라테 한 잔과 작은 유령 모양의 머랭을 내게 가져다주던 캘리의 모습이 아직도 내 머릿속에 생생하다.

"생각해보니까 오늘 밤 누가 사탕 받으러 다니는 아이들에게 현관문 열어줄 건지 안 정했더라고요."

나는 잠시 고민하는 척한다. "음, 저는 원래 그런 걸 믿지 않아요."

"흥미롭네요."

"사탕 받으러 오는 아이들이 존재하지 않는다고 생각하면 아이들이 오지 않는다는 게 제 이론이에요."

캘리가 천천히 고개를 끄덕인다. "제 이론은 당신 집이 공동현관에 좀 더 가깝다는 거예요. 제가 매번 계단을 뛰어 내려가야 할까요?"

나는 눈을 크게 뜨고 장난을 친다. "그래야 할 것 같아요."

"좋아요. 그럼 이렇게 해요." 캘리의 손에는 핼러윈용 하리보 젤리가 여러 개 들려 있다. "제가 과자랑 사탕을 살게요. 남으면 똑같이 나눠요."

우리는 서로 동의한다는 표정을 지어 보인다. 캘리의 표정이 내 가슴에 스며들어 한참 맴돈다.

그 순간 익숙한 향수 냄새와 함께 멀리사의 두 팔이 내 허리를 감싼다. 심장이 약간 철렁한다. 괜히 멀리사에게도 미안하다. 멀리사가 매춘부 의상을 입고 있어서 어쩔 수 없다고 항변해보긴 하지만.

"하리보 샀어, 자기야. 이제 가자."

나는 목을 가다듬는다. "멀리사, 인사해. 캘리야."

캘리의 금빛 초록색 눈동자에서 빛이 살짝 꺼지는 것 같다. "안녕하세요."

"안녕하세요." 멀리사가 캘리의 말투를 그대로 따라 한다. "그건 무슨 분장이에요?"

캘리가 당황해서 내게 시선을 돌린다.

나는 민망한 나머지 멀리사를 향해 고개를 절레절레 흔든다. "여기 분장한 사람은 너밖에 없어."

"저는 그만 가볼게요. 만나서 반가웠어요." 캘리가 공손하게 인사한다.

내 손을 잡고 계산대로 향하는 멀리사의 부츠 소리가 요란하게 울린다. "저 기지배는 뭐야?"

"야." 나는 멈춰 서서 멀리사의 손을 놓는다. "그렇게 말하지 마."

멀리사가 얼굴을 들이댄다. "조엘! 그냥 장난 좀 친 거야. 그렇게까지 초조하고 불안한 모습을 보여야겠어?"

"정말 도움이 안 되네."

"저 여자가 누군데?"

"위층에 새로 이사 왔어. 스티브가 살았던 집에."

"당신이 원하는 건 뭐야?"

"이거 계산하고 집에 가는 거! 가능하면 혼자!"

"하. 나를 엄청 좋아하는구나?"

아니야. 전혀 좋아하지 않아, 진심이야.

나는 벽에 등을 기대고 거실 바닥에 앉아 있다. 옆에는 피자 상자가 놓여 있다. 늘 그랬듯 멀리사가 원하는 대로 페퍼로니 피자 라지 사이즈를 주문했다. 하지만 멀리사는 두 조각 이상 먹는 일이 결코 없고, 나는 이걸 먹을 때마다 페퍼로니를 모두 떼어내야 한다.

멀리사가 내 옆에 웅크리고 앉아 피자를 한 조각 꺼낸다. "우리 둘이 이렇게 만난 지 벌써 3년이 다 돼가더라. 알고 있었어?"

"그렇게 오래됐다고?"

시큰둥한 미소. "기억 못 하는 척하네. 처음 만난 날짜도 정확히 기억하면서."

사실 날짜는 기억나지 않는다. 그래도 당시 상황은 기억한다. 고강도 스피닝으로 몸을 혹사시키면 수면 문제를 해결할 수 있지 않을까 싶어 야간 수업에 간 적이 있었다. (어느 정도 도움이 되긴 했다. 첫 수업이 한창일 때 반쯤 죽어서 나가떨어졌으니.)

잠시 후 온몸에 착 붙는 운동복을 입은 멀리사가 메이크업이 전혀 지워지지 않은 얼굴로 포니테일을 흔들며 다가왔다. 나는 몸을 웅크리고 앉아 토하지 않으려고 안간힘을 쓰는 중이었다.

"새해 다짐 실천하러 왔어요?"

어쩌다 보니 마침 1월이었다. 하지만 새해라고 해서 계획을 세우는 타입은 아니다. "그냥 건강관리 차원에서." 나는 숨을 헐떡이며 겨우 대답했다.

"잘돼가요?"

"처음보단 나아졌어요."

"와! 나아진 게 이 정도라고요?"

샤워를 하고 단백질 셰이크를 먹은 뒤 멀리사와 나는 우리 집으로 갔다. 몇 주 후 멀리사가 다시 전화했을 때 좀 놀라긴 했지만 지금까지 계속 만나고 있다.

위층에서는 캘리가 움직일 때마다 마루판이 삐걱거린다. 한 손에 와인잔을 들고 집 안을 돌아다니다가 창가에 서서 넋 놓고 하늘의 별을 바라보고 있을 것 같다.

아까 편의점에서 마주치고 나서 캘리가 나를 어떻게 생각할까 하는 생각이 머리를 떠나지 않는다. 멀리사가 내 애인이라고 생각할까? 별로 신뢰할 수 없는 얄팍한 사람이라고 생각하지는 않을까?

아니, 캘리가 그렇게 생각한다면 오히려 다행일지도 모르겠다.

"도미닉은 피자 싫어하더라." 멀리사가 내 옆에 앉으며 말한다.

처음 듣는 이름이다. 멀리사는 곧잘 이런 식으로 이야기를 꺼낸다. 선물 상자를 열듯 조금씩 꺼내는 스타일이다. 멀리사가 다른 남자를 만나는 게 처음도 아니고, 서로 다른 이성을 만나지 않기로 약속한 적도 없다. 그게 우리 둘 모두에게 어울린다. 그래서 이렇게 오래 만나는 것일 수도 있고.

나는 기름 묻은 살라미 소시지 세 조각을 상자에 던져 넣으며 장단을 맞춰준다. "도미닉이 누군데?"

"있어, 요즘 내가 만나는 사람."

"늙은 남자야?"

"뭘 봐서 그런 말을 해?"

나는 어깨를 으쓱한다. "리처드 기어가 없어서 파티 못 간 거 아냐?"

멀리사가 피식 웃는다. "그런 거 아니야."

"오늘 밤 그 남자 집에 갔어야 하는 거 아니고?"

입을 꾹 다무는 걸 보니 내 말이 맞나 보다.

"말다툼 좀 했어. 자기 집에 들어와서 같이 살자고 하더라고."

"만난 지 얼마나 됐는데?"

"3주."

나는 남은 탄수화물을 씹는다. "좀 성급하네."

멀리사가 입을 턱 벌린다. "설마 질투하는 건 아니겠지?"

"만약에 진짜 사랑하는 사람을 만난다면, 그러면……."

"그러면 뭐?"

"……우리가 계속 이렇게 만나면 안 될 것 같아. 네가 행복했으면 좋겠다는 말이야."

우리는 잠시 말없이 앉아만 있다. 맥박이 뛰는 게 느껴질 만큼 조용하다. 워낙 바짝 붙어 있어서 누구의 맥박 소리인지는 모르겠다. "오늘 밤엔 그냥 이러고 놀자. 다른 건 하지 말고." 내가 말한다.

멀리사가 내 몸을 감싸며 입을 맞춘다. "고마워. 그래도 가만히는 못 있겠으니까 내 피자 맛 입냄새나 받아."

아, 멀리사. 말로는 절대 지는 법이 없다.

이날 밤, 너무 충격적인 꿈에 숨이 막힐 것 같다.

지금으로부터 일 년쯤 지난 토요일 밤, 나는 아버지 집 주방에 서 있다. 아버지가 내게 삿대질하며 무슨 말인가를 계속 쏟아낸다. 분노에 찬 끔찍한 말을. 나는 들으면서도 무슨 말인지 이해할 수 없다.

"너는 내 아들도 아니야! 나는 네 아비가 아니라고!" 아버지는 혼자 길게 독백을 이어나가며 이 말을 두 번이나 반복한다. 나는 약간의 두려움과 엄청난 충격에 아버지를 보며 멍하니 서 있다.

아버지는 주방을 나가며 혼자 있고 싶으니 내게 돌아가라고 말한다. 주방 한구석에 서 있던 탐신이 놀라서 들고 있던 딸기잼 통을 떨어뜨린다. 딸기잼이 튀면서 내 발에 피 같은 얼룩을 남긴다.

나는 계단 발치에 서서 위층을 올려다보며 소리친다.

"아버지, 대체 무슨 말씀 하시는 거예요? *아버지!*"

15
캘리

핼러윈이 지나고 며칠 후 조엘이 복도에서 나를 불러 세운다.

"저기, 그날 일 사과하고 싶어요."

목요일 밤 늦게 아래층에서 들렸던 소리 때문에 그러는 건가 싶어 나도 모르게 얼굴이 붉어진다.

그날 나는 침대에 누워 해양 플라스틱 쓰레기에 관한 다큐멘터리를 보고 있었다. 그때 쿵 하는 소리가 한두 번 크게 들렸다. 나는 놀라서 노트북 볼륨을 줄이고 숨을 죽였다. 그러자 신음소리, 헐떡이는 소리와 함께 또다시 쿵 하는 소리가 일정한 간격으로 반복되었다. 나는 보던 걸 완전히 끄고 누워서 가만히 듣기만 했다. 지금 조엘이 어떤 모습을 하고 있을까, 내가 멀리사라면 어떤 기분일까 하는 생각이 자꾸 들면서, 맥박이 요동치고 온몸에 열이 쫙 흘렀다. 머릿속에 떠오르는 장면을 밀어내려고 두 눈을 감는 순간 마지막으로 비명소리가 울리며 사방이 조용해졌다. 나는 괜히 죄지은 기분이 들어 노트북을 얼른 다시 켜고 플라스틱 쓰레기가 인도네시아의 해변으로 휩쓸려가는 암울한 장면에 집중해보려고 했다. 하지만 그날 밤은 물론이고 그 후로도 며칠 동안 상상 속의 그 장면은 좀처럼 지워지지 않았다.

주말에는 카페 일이 특별히 바빴고 나도 집에 거의 없었기 때문에 조엘을 마주쳐도 간단한 인사만 주고받았다. 그런데 지금 이렇게 조엘이 내 앞에 서 있으니 눈을 마주보기가 왠지 힘들다. 내가 그 일로 놀랐다거나 기분 상하지 않았다고 해도 조엘과는 상관없는 일이다. 아니, 솔직히 말하면 상관있었으면 좋겠다. 조엘도 약간 당황한 것 같은 눈치다. 조엘이 미안해할 만한 일은 아무래도 그것뿐인 것 같아서 나는 그냥 부딪쳐보기로 한다. "사과하실 필요 없어요."

"그날 술을 한잔했어요."

"그럴 수 있죠."

"원래 그런 친구는 아니에요."

"그렇군요."

"좀 직설적으로 말하는 버릇이……."

나는 그만하라는 의미로 한 손을 들어올린다. "알았어요. 진짜 괜찮아요."

"그날 그 의상도 그냥……."

"정말 그런 일로 사과하실……."

"그 친구가 농담한 거라는 말씀을 드리고 싶었어요. 그래도 그런 식으로는 말하지 말았어야 했는데."

"그날 편의점에서 친구분이 저한테 한 말 때문에 그래요?"

"네…… 그럼 무슨 다른 일이 또……?"

나는 침을 꿀꺽 삼킨다. "아니에요. 제가 착각했어요."

이제 와서 그날 밤 늦게 비명소리를 들었다는 이야기를 꺼낼 수는 없다. 총소리처럼 크게 울려서 잠이 확 깰 정도였지만 여자 목소리는 들리지 않았으니 말싸움은 아닐 것이다. 아마도 조엘이 악몽을 꾼 것 같다. 그러니 지금 그 이야기를 꺼내면 분위기만 더 어색해지고 주제넘게 참견하는 것처럼 들릴 수 있다. 말하다 보니 나처럼 참견하기 좋아하는 이웃이 있으면 진짜 끔찍할 것 같다.

조엘은 어안이 벙벙한 것 같지만 상관없다는 듯 미소를 짓는다. "머피는 불꽃놀이 무서워하지 않나요? 오늘이 본 파이어 나이트라고 벌써부터 하늘이 난리네요. 베이스가 울리고 네온사인이 번쩍이는 나이트클럽 같아요."

"벤이 맡아준다고 했어요. 벤 부모님이 시골에 사시거든요. 이웃집과 몇 킬로미터는 떨어져 있다고 하더라고요."

"좋은 생각이네요."

나는 재빨리 미소로 응답한다. "오늘 저녁에 무슨 계획 있어요?"

"그럴 리가요." 조엘이 진지한 얼굴로 농담을 시작한다. "사람이라면 지긋지긋해요."

"닷이 오늘 수상 스키 모임 사람들이랑 자연 공원에서 파티를 한대요."

우리 관계에 가능성이 있을지도 모른다. 나는 조엘을 초대하고 싶고 조엘을 진지하게 생각하고 있다. 하지만 멀리사와는 대체 무슨 관계일까?

나는 심호흡을 하며 좀 더 용기를 끌어모은다. "별다른 계획이 없으면……."

그리고 아주 천천히 미소를 지어 보이며 고통 속에서 대답을 기다려본다. "알았어요." 조엘이 마침내 대답한다. 그리고 진지한 목소리로 덧붙인다. "그래요, 같이 가요."

16

조엘

실은 계획한 일정이 있었다. 가족들과 함께 더그네 집 안마당에서 추위에 벌벌 떨며 폭죽 절반 이상이 불발되어 죽고 나머지 일부가 겨우 발사에 성공하는 장면을 지켜볼 예정이었다. 가지 않겠다고 말하려던 참이긴 했다. 지난 며칠 동안 잠을 제대로 못 자서 지금 상당히 지친 상태다. 게다가 꿈속에서 아버지에게 들은 말도 타격이 컸다. 그 꿈이 계속 머릿속을 맴돌아서 지금까지 아버지와 함께 찍은 사진을 죄다 뒤져보기까지 했다. 아버지의 문자 메시지를 다시 읽을 땐 고인을 추억하는 것처럼 눈물이 맺히기도 했다.

너는 내 아들도 아니야! 나는 네 아비가 아니라고!

이건 상처 주는 말을 하고 싶어서 아무렇게나 내뱉는 그런 말이 아니다. 나야 워낙 문제 많은 인간이니 아버지가 나를 비난하고 싶다면 굳이 그렇게까지 말하지 않아도 된다.

그렇다는 건 그 말에 분명 다른 의도가 있다는 뜻이다.

그 꿈의 의미를 알아내려면 정보가 더 필요하다. 하지만 아버지에게 직접 물을 수는 없다. 그렇게 심각한 이야기를 자연스럽게 주고받을 수 있을 것 같진 않다. 나중이라면 몰라도 일단 지금은 그렇다. 아버지가 안 계실 때 집에 한번 다녀와야 할 것 같다. 가서 진실이 무엇인지 찾아봐야 한다.

십 분 후 캘리와 현관 앞에서 만난다. 11월 초의 밤공기는 서리가 껴서 싸늘하고, 하늘에는 은은한 달무리를 거느린 달 주변으로 무수히 많은 별들이 흩뿌려져 있다. 그래서인지 이미 불꽃에 휩싸인 하늘이 묘하게도 한여름밤 같은 분위기를 풍긴다.

오늘 밤 캘리와의 외출이 데이트라고 생각할 근거는 전혀 없다. 그저 이웃끼리 불꽃놀이를 보러 가는 것뿐이다. 예전에 스티브, 헤일리와 그랬던 것처럼. 그냥 단순한 이벤트이고, 순수한 마음으로 가는 것이다. 다른 이유는 없다.

캘리와 나는 강 쪽으로 걸음을 옮긴다. 깊숙이 눌러쓴 회색 털모자와 칭칭 감은 빨간색 목도리 사이로 캘리의 얼굴이 보인다. 각자 주머니에 손을 넣고 걷다 보니 이따금 어깨가 맞부딪힌다.

"그럼 멀리사와 만난 지 얼마나 됐어요?" 순수한 호기심에서 묻는 게 느껴진다. 멀리사를 만나본 사람이라면 충분히 그럴 수 있다.

나는 약간 곤란하다는 미소를 짓는다. "그게…… 실은 그런 게 아니에요."

캘리가 나를 바라본다. "아니에요?"

"어떻게 설명해야 할지 모르겠네요. 설명을 해도 될지 그것도 잘 모르겠고."

"어째서요?"

"저를 안 좋게 볼까 봐……."

우리는 아무 말 없이 몇 걸음 걷는다.

"가끔 같이 자는 친구 사이?"

"네."

"별로 나쁠 것도 없는데요."

"좋을 것도 없죠."

"완벽한 인생은 없잖아요."

"그렇죠." 대답은 이렇게 하지만 속마음은 다르다. *진실은 그렇지 않아요.*

쾅 소리와 함께 머리 위로 빛의 폭포가 쏟아진다. 우리의 모습도 무지갯빛으로 샤워한 것처럼 순간 반짝인다.

희미하게 들려오는 노랫소리를 따라 걷다 보니 공원의 보트 하우스 근처에 닷과 수상 스키 멤버들이 보인다. 가면서 보니 한쪽에 완벽한 음료 테이블이 마련되어 있고, 아버지가 정원의 뿌리 덮개를 만들 때 쓰는 것과 같은 종류의 소각로에서는 건강과 안전을 고려한 모닥불이 타고 있다. 가족 파티가 아닌 다른 파티에 온 건 아주 오랜만의 일이다. 하지만 이곳의 건전한 분위기도 꽤 매력적이다. 마시멜로를 굽는 남자, 구운 감자를 나르는 사람들이 보인다. 아이들은 폭죽을 쫓아 이리저리 뛰어다닌다.

우리가 도착하자 닷이 두 팔로 나를 끌어안으며 반긴다. 닷은 마스카라를 짙게 바른 속눈썹과 잔뜩 부풀린 머리카락 때문에 육십 년대 초반의 분위기를 풍긴다. 코트는 살짝 밀리터리룩처럼 보이고 액세서리도 빈티지다.

닷이 내 왼뺨에 입을 맞추며 내 두 손에 컵을 하나 쥐어준다. "안녕, 고객님? 내 이럴 줄 알았지요."

"그게 무슨 말이에요?" 나는 기분이 좋아져서 묻는다.

"우리 뭐 마실까요?" 추운 날씨에 걷느라 볼이 빨개진 캘리가 얼른 묻는다.

"본 파이어 나이트 펀치. 바로 내 작품이지."

"뭐 넣고 만들었어?"

닷이 펀치는 아무나 만들 수 있는 거 아니냐며 어깨를 으쓱한다. "이것저것 다 들어갔지. 대부분은 럼이지만."

나는 한 모금 맛본다. 맛있다. 굉장히 달면서도 강한 맛이 느껴진다. 알코올이 첨가된 열대과일 주스 같은 맛이다. 원래 커피를 마시려고 했는데 이것부터 맛보고 나중에 마셔도 될 것 같다.

"제가 찜해둔 남자가 있어요." 닷이 내게 팔짱을 끼며 말한다.

캘리와 눈이 마주친 나는 미소를 짓는다.

"저기, 등 돌리고 앉아서 마시멜로 굽느라 정신없는 금발 남자요. 어떤 것 같아요?"

나는 뒤통수만 보이는 남자에 대한 의견을 내보려고 머리를 쥐어짠다. "음, 쓸모 있어 보이네요. 일 잘하겠어요."

닷은 말없이 펀치를 한참 들이켠다. "오, 맞아요." 닷이 입에서 잔을 떼고 숨을 들이켠다. "별로 제 취향은 아니에요. 그러고 보니 저 사람 우리 모임 총무잖아! 조심스럽게 마시멜로 돌리는 것 좀 봐요."

"제 말은……."

"아뇨, 맞는 것 같아요. 내가 무슨 생각이었던 거지? 전혀 방화광˚처럼 생기지 않은 남자한테!"

"안타깝네요." 나는 어떻게 하면 큐피드의 화살을 순식간에 다른 방향으로 돌릴 수 있을까 생각하며 상냥한 위로를 건넨다.

"맞아요. 술이나 더 마셔야지." 닷이 보트 하우스 쪽으로 가버린다.

"제가 말실수라도 했나요?"

캘리가 웃음을 터뜨린다. "몇 마디 하지도 않았는데요, 뭘."

"아무래도 방화광이 중요한 조건인가 보네요."

˚ 放火狂. 맘 내키는 대로 불을 지르는 변태적 습관이 있는 사람.

"저는 신경 안 쓸래요. 닷이 생각하는 완벽한 남자의 기준은 말로 설명이 불가능하거든요."

캘리와 나는 어두운 호숫가 쪽으로 걸음을 옮긴다. 원래 자갈 채석장이 있던 자리에 호수와 산책로를 만들고 주변에 나무를 심어 꾸민 곳이다. 잉크처럼 까만 호수 위에 달빛이 점처럼 박혀 있다.

"닷이 지어준 별명, 마음에 들어요."

"고객님요? 재미있는 친구라니까요."

"주제넘게 행동할 일은 없을 것 같아요."

캘리가 또 웃음을 터뜨린다. "닷도 당신 이름은 알아요. 오늘은 펀치 때문에 좀 횡설수설하는 걸 거예요."

"닷이 이럴 줄 알았다고 한 건 무슨 의미예요?"

캘리가 짧게 한숨을 내쉰다. "글쎄요. 저도 모르겠어요."

보트 하우스에서 어느 정도 떨어진 곳에서 닷의 '마시멜로 남'이 임무를 교대하고 있다. 사람들이 검은 덩어리를 이루며 모여 서자 한 무리의 펭귄들처럼 보인다. 그때 사람들 머리 위로 폭죽이 하늘 높이 솟아오른다.

하늘은 물감을 흩뿌려놓은 추상미술 작품이 된다. 잭슨 폴록의 그림에서 고음이 울려 퍼지는 것 같다.

"십 대로 돌아간 기분이네요." 일차로 쏘아 올린 폭죽이 잦아들자 캘리가 말한다. "캄캄한 밤에 공원을 거닐며 직접 만든 펀치를 마시고 있으니 그런 기분이 들어요."

나는 괜히 허풍을 떨어본다. "안 그래도 어디서 본 것 같았어요."

캘리가 웃으며 내 쪽을 바라보더니 멈칫한다. "이런, 얼굴에…… 닷이 립스틱 자국을 남겼네요."

"이런."

"제가 대신 좀……?"

내가 대답하기도 전에 캘리가 장갑을 벗고 손을 들어올린다. 내 차가운 뺨을 천천히 문지르는 캘리의 엄지손가락이 따뜻하다. "지워졌어요."

내 안에서 무언가가 회오리친다. 캘리가 팔을 내릴 때 손을 움켜잡고서 당신 진짜 아름답다고 말하고 싶은 충동을 힘겹게 억누른다. "고마워요."

사람들이 모여 있는 쪽에서 누가 캘리의 이름을 크게 부른다. 우리는 잔디 언덕을 지나 다시 보트 하우스 쪽으로 걸음을 옮긴다.

"같이 할래?" 닷이 결의에 찬 걸음걸이로 성큼성큼 다가온다.

"뭘?"

"제트 스키 타자고." 닷이 물을 가리키며 말한다.

캘리는 사레가 걸려 콜록거린다. "말도 안 돼. 얼어 죽어."

"그래서 잠수복 입잖아."

"닷, 너 취했어. 저거 안전한 거 맞아?"

"당연하지. 네이선은 전문 강사야."

캘리의 미간에 주름이 잡힌다. 캘리도 나처럼 네이선이라는 사람이 엉터리 강사일지도 모른다고 생각하는 게 분명하다. 무책임한 얼간이 같은 짓을 벌이려는 걸 보면 분명 그렇다.

닷이 손을 내저으며 덧붙인다. "아휴, 걱정 마. 네이선은 레모네이드밖에 안 마셨어." 그리고 나를 향해 묻는다. "같이 하실 거죠, 고객님?"

"아, 괜찮아요. 잠수복 입은 제 모습 봐서 좋을 게 없어요. 진짜예요."

닷이 깔깔 웃는다. "여기 다들 친구 사이인데 뭘 따져요."

"우리는 여기 앉아서 기다릴게." 캘리가 말한다.

닷이 한 팔로 캘리의 어깨를 감싸고 머리에 입을 맞춘다. 그 모습을 보니 괜히 질투가 난다. "내가 늘 하는 말 알지?"

캘리가 어깨를 으쓱한다. 닷은 다시 보트 하우스 쪽으로 총총 뛰어간다. 아마도 물에 빠져 죽고 싶은 사람을 더 모으려는 것 같다.

나는 펀치를 한 모금 삼킨다. "닷이 늘 하는 말이 뭐예요?"

캘리가 머뭇거린다. "좀 걸을래요?"

"닷이 무례했다면 사과할게요. 그 친구는 저한테 늘 늙고 지루한 사람이라고 하거든요."

우리는 워터펜으로 이어지는 구불구불한 산책로를 따라 걷기 시작한다. 까만 도화지에 커다란 구멍을 뚫어놓은 것처럼 달이 조금 전보다 더 환히 빛난다.

둘이 나란히 걸어가지만 길을 이끄는 사람은 캘리다. 고향을 찾아가는 철새처럼, 별자리를 이루는 별처럼 이곳 지리에 익숙해 보인다.

"닷은 몇 살이에요?" 나는 닷의 나이가 내내 궁금했다.

"이십 대예요." 캘리가 대답한다. 사람들이 '월요일'이나 '시부모' 같은 단어를 입에 올리는 듯한 말투다.

"그럼 늙었다는 건 당신 나이가……."

"서른넷이에요." 캘리가 내게 고개를 돌린다. "당신은요?"

"제가 더 늙었네요. 서른다섯이에요. 닷의 관점에서 보면 이제 희망은 찾을 수 없겠네요."

우리는 자연보호 구역이 시작되는 지점인 나무다리를 건넌다. 발을 디딜 때마다 나무판이 울리며 날카로운 소리를 낸다. 그림자 때문에 키가 더욱 커 보이는 나무들은 어둠 속에 서 있는 우리 두 사람에게 검은 팔을 뻗어 반겨준다.

"닷이 제게 늘 하는 말이…… 아, 무슨 관용구인데……."

"한번 사는 인생 화끈하게……."

"맞아요. 저더러 킥복싱이랑 수상 스키를 배우래요."

"배우고 싶어요?"

캘리가 미소를 짓는다. 모자 아래로 드러난 머리카락이 차가운 밤공기의 습기를 머금어 반짝인다. "닷이 그러더라고요. 제가 너무 잘 참는다고요."

"그냥 다른 사람과 좀 다른 걸 수도 있죠."

캘리는 내 말을 곱씹는 듯 잠시 뜸을 들인다. "그럴 수도 있고요."

자연보호 구역 안쪽으로 향하니 판잣길이 혈관처럼 구불구불 이어진다. 폭죽 소리가 먼 곳에서 울리는 메아리 같다. 우리는 자연의 밤이 들려주는 소리에 깊숙이 스며든다. 올빼미가 홀로 꾸루룩 우는 소리, 동물들이 지나가며 바스락거리는 소리, 깊은 숲속에서 새가 이따금 몸을 떨며 짹짹거리는 소리…….

"혹시나 해서 하는 말인데…… 지금 어디에 있는 건지 전혀 모르겠어요." 어두울 때 오니 방향 감각을 잃어버렸다.

캘리의 웃음소리가 잔잔하게 퍼진다. "괜찮아요. 저는 여기 밤에도 자주 와봤거든요."

"깊이 못 자는 편이에요?"

"가끔 그래요." 캘리가 고백한다.

판잣길을 벗어나 오솔길로 접어든다. 물이 거칠게 흐르는 좁은 수로가 나란히 이어져 있다. 수목 한계선이 커튼처럼 갈라지는 지점에 이르자 캘리가 멈춰 서며 내 쪽으로 고개를 기울인다. 은은한 시트러스 샴푸 향이 느껴진다. 갑자기 마음이 초조해진다.

"저는 여기서 보는 풍경을 제일 좋아해요." 캘리가 낮게 속삭인다.

오솔길 위에 서니 넓게 펼쳐진 습지가 내려다보인다. 습지에는 골풀이 잔뜩 깔려 폭신해 보이고 사이사이에 은색으로 반짝이는 물웅덩이는 마치 장신구 같다. 물 있는 곳을 찾아 점점이 흩어진 야생 조류들이 수면에 앉아 쉬고 있다. 캘리가 손끝으로 가리키는 곳을 바라보니 사슴들이 모여 풀을 뜯고 있다. 조심스럽게 풀을 뜯는 모습이 달빛에 비친 연약한 조각상 같다.

우리는 길 위에 웅크리고 앉아 사슴들을 바라본다. 물기를 머금은 풀 내음이 밑에서 스멀스멀 올라온다.

"아름답죠?" 캘리가 황홀한 표정으로 묻는다.

나는 고개를 끄덕인다. 이 광경이 아름답지 않다고 생각할 사람이 있을까?

그때 어디선가 낮게 우르르 울리는 소리가 들려온다. 흐릿한 휘파람 소리 같기도 하고, 잔잔하게 끓어오르는 물소리 같기도 하다. 나는 캘리에게 이게 무슨 소리냐고 묻는다.

"홍머리오리랑 쇠오리예요. 꽤 시끄럽죠?"

나는 다시 사슴에게로 시선을 돌린다. "예술 작품 같아요."

"저는 이렇게 숨어서 보는 게 좋더라고요. 예민한 짐승들이라 숨는 덴 아주 선수예요. 수백 미터 밖에 있는 사람 냄새도 맡을 수 있대요."

우리는 덤불 속에 숨은 포유동물이 되어 호기심 가득한 눈으로 조금 더 지켜본다. 잠시 후 캘리가 내게 미소를 지으며 이제 그만 가자는 무언의 신호를 보낸다.

17

캘리

나란히 걸으며 쉴 새 없이 이야기를 주고받다 보니 길이 점점 넓어지며 강을 끼고 둥글게 뻗어나간다.

나는 조엘에게 우리 부모님에 대해 얘기해준다. 엄마는 여성복 만드는 일을 하고 아빠는 종양학자다. 조엘이 내게 언제부터 자연에 관심을 두게 되었는지 묻자 나는 거의 평생을 그랬던 것 같다고 답한다. 아빠는 나를 처음으로 워터펜에 데려가줬고, 당신이 가꾸는 채소밭에 나를 위한 작은 공간도 만들어줬다. 내가 정원에서 지렁이를 집어들고 엄마한테 가서 기겁하게 만들었을 때도 아빠는 미소를 지어줬고, 어쩔 수 없이 지렁이를 돌려보내야 했을 때도 아빠가 나를 달래줬다. 개구리와 두꺼비를 구분하는 법도 가르쳐줬고, 하늘 높이 나는 독수리와 새매를 보며 차이점을 알려주기도 했다. 여름에는 아침 일찍 함께 정원에 앉아 새 소리를 들으며 무슨 새의 울음소리인지 하나하나 설명해줬다. 우리는 작은 곤충들을 위해 호텔을 짓고, 고슴도치용 주택 단지도 만들고, 꽃을 눌러서 압화도 만들고, 연못에 발을 담그며 놀기도 하고, 애벌레와 쥐며느리를 위해 퇴비를 만들기도 했다.

나는 생태학 학위는 있지만 아직까지 활용해보진 못했다고 조엘에게 말한다. 내친김에, 워터펜에서 지금 보조 관리인을 뽑고 있는데 아직 지원하지 않았다는 사실까지 말해버린다. 1, 2주 전 웹사이트에 구인 공고가 났고 마감일은 이번 주 금요일이다.

조엘이 왜 망설이느냐고 묻는다.

나는 잠시 그 이유를 생각해본다. "변화가 두려운 것 같아요. 저랑 친구들은 그레이스가 떠나고 나서 최근에야 겨우 일상을 되찾았거든요. 게다가 그 일은 임시직이라 계속 할 수 있다는 보장도 없어요."

"그래도 해볼 만하지 않아요?"

나는 얼굴을 찡그린다. "저는 위험을 감수하는 타입이 아닌 것 같아요. 부모님도 늘…… 분별 있는 삶을 중요시하셨죠. 그렇다 보니 여행도 거의 안 다녔던 것 같아요. 늘 같은 자리를 지키고 있으면 안전해 보이잖아요. 꿈을 꾸지 않으면 실망할 일도 없을 거고요."

"카페를 맡아 운영하기로 한 건 꽤 큰 위험을 감수한 거 아닌가요? 오랫동안 다닌 직장을 그만뒀잖아요." 조엘이 조심스레 말한다.

맞는 말이다. 하지만 그 당시에는 슬픔이 너무 커서 제대로 생각할 수 없었고, 두려움을 거의 느끼지 못했다. 이따금 사람이 무모해지는 것처럼. 그리고 카페를 운영하는 것이 죽은 그레이스의 뜻을 이어받는 거라고 생각했다. 맹목적인 믿음에서 나오는 변덕스러운 행동, 그게 그레이스가 살았던 삶의 방식이니까.

우리는 계속 길을 따라 걷는다. 검은 모직 코트와 목도리에 둘러싸인 조엘의 모습이 매력적으로 보인다. 조엘은 겨울과 잘 어울린다. 옷을 겹겹이 껴입은 모습에서 뭔가 절제된 매력이랄까, 무슨 사연 있는 사람 같은 분위기도 풍긴다.

나는 '조엘'이란 이름이 누구 이름에서 따온 거냐고 묻는다. 혹시 '빌리 조엘'에서 따온 건 아니냐고 묻자 조엘은 단호하게 아니라고, 그건 너무 이상하지 않으냐고 하면서 내게도 같은 질문을 던진다. 하지만 나와 같은 이름의 유명인은 결국 떠올리지 못한다.

"실은 말이죠…… 엄마가 저를 임신했을 때 어느 날 저녁 먹으면서 아빠가 저를 '캐리'라고 부르자고 했대요. 그때 아기 이름을 뭐라고 지을지 의논 중이었는데, 아빠가 평소처럼 입에 음식을 가득 넣고 '캐리'라고 하신 거예요." 생각하니 웃음이 난다. "아마 입안에 들었던 음식은 초콜릿 토르테였을 거예요."

"어머니는 '캘리'라고 들으신 거고요?"

나는 고개를 끄덕인다. "그런데 엄마가 그 이름을 너무 마음에 들어 해서 아빠가 사실대로 말할 수 없었다 하시더라고요. 그래서 캘리가 됐어요. 저는 그 이야기를 열여덟 살이 되던 해에 들었어요. 제 생일날 아빠가 레스토랑에서 이름에 대한 일장연설을 하셨거든요. 그래서 저는 생일 케이크 대신에 초콜릿 토르테를 먹었죠."

"아기 이름 짓기 사연 중에서 최고로 황당한 사연 같은데요."

"네, 제 생각도 그래요."

나는 조엘의 가족에 대해 묻는다. 조엘이 열세 살 때 엄마가 돌아가셨다는 말에 내 마음이 무거워진다. 조엘은 엄마가 암에 걸렸으며, 엄마와의 정이 무척 깊었다는 말뿐 자세히 설명해주지 않는다.

오래된 버드나무 아래서 나는 늘 그렇듯 걸음을 멈춘다. "어릴 때 그레이스랑 이 나무에서 많이 놀았어요. 나무 위에 올라가서 보면……."

"……숨어서 세상을 몰래 지켜보는 기분이 들죠."

"당신도 그런 경험 있어요?"

조엘이 고개를 끄덕이자 새로운 공통점을 발견했다는 사실에 마음이 따뜻해지며 가슴속에 불꽃이 타오른다.

"불꽃놀이는." 조엘이 잠시 후 입을 연다. "높은 곳에서 보면 더 장관이잖아요."

우리는 버드나무의 넓은 어깨 위로 기어오른다. 엉거주춤 나무를 타는 자세 때문에 조금 민망하다. 나무 위에 오르자 나무껍질에 새겨놓은 우리 이름을 조엘에게 보여준다. 저쪽 지평선 위에서는 본파이어 나이트의 불꽃이 화려하게 춤추고 있다. 폭죽 터지는 소리가 마치 거인의 발소리처럼 다가온다.

우리는 정적이 다시 숲에 내려앉고 하늘이 잠들 때까지 그렇게 이십 분 정도 불꽃놀이를 구경한다.

나무에서 내려오려고 할 때 원숭이올빼미가 어둠 속에서 모습을 드러낸다. 하얗게 곡선을 그리는 얼굴이 눈송이처럼 아름답다. 우리는 올빼미가 미끄러지듯 날아가다가 가파르게 솟아오르며 숲속으로 사라지는 모습을 지켜본다.

다음 날 밤, 에스터네 집에서 저녁을 먹고 돌아와보니 출입문 매트 위에 하얀 종이 상자가 놓여 있다. 상자를 여니 동네의 시칠리아 제과점에서 파는 초콜릿 토르테가 한 조각 들어 있다. 좋아하지만 엄두가 안 나는 가격이라 자주 먹진 못했다.

손으로 휘갈겨 쓴 쪽지도 한 장 들어 있다.

덕분에 많이 웃었어요. - J.

P. S. 어젯밤에는 주제넘은 말인 것 같아 망설였는데,
당신이 진짜 좋아하는 일을 했으면 좋겠어요.
그 일자리에 지원해봐요.

18
조엘

초콜릿 토르테는 실수였다. 지금 생각해보니 알겠다. 제과점에 가서 가장 예뻐 보이는 초콜릿 토르테 조각을 고르고, 제과점 직원이 그것을 상자에 담는 모습을 지켜보는 내내 가슴이 너무 뛰었고, 그래서 정신을 차리고 다시 생각해볼 여유도 없었다.

캘리를 위해서 좋은 일을 하고 싶다. 캘리를 웃게 해주고 싶고, 캘리의 하루에 자그마한 기쁨을 심어주고 싶다. 이유는 나도 잘 모르겠다. 그저 캘리를 처음 만난 후로 늘 그런 마음이 들었다.

그래서 캘리가 문을 열어주지 않았을 땐 기운이 빠졌다. 쪽지를 써놓고 와야 한다는 사실이 좀 실망스러웠다.

잠시 후 집으로 돌아와서야 겨우 진실을 받아들일 수 있었다. 양심이 조금이라도 남아 있다면 캘리와의 관계를 더 이상 진전시키지 말고 약간의 가능성도 그대로 날려버려야 한다는 다짐을 했다. 엄마가 돌아가신 후에도, 비키가 떠난 후에도 나는 변한 게 없다. 케이트와 헤어진 후에도 마찬가지다. 앞으로도 변할 일은 없을 것 같다.

하지만 문제는 우리가 위아래층에 살고 있다는 점이다. 그리고 다음 날 아침, 캘리와 가까워지면 안 된다는 생각을 하고 있는데 현관문 두드리는 소리가 들린다.

거실 한복판에 서 있던 나는 문을 열려고 하다가, 그러지 말아야 하는 온갖 이유가 떠올라 눈을 질끈 감고 가만히 있는다. 캘리가 돌아설 때까지 기다린다.

오후 늦게 개들을 데리고 공원을 산책하다가 아버지에게 이번 주 일요일에는 같이 점심을 못 할 것 같다고 문자를 보낸다.

전송 버튼을 누르고 나니 가슴이 아프다. 너무 많은 사실을 안다 는 이유로 또 한 사람과의 관계가 이렇게 무너져버린다. 하지만 그 렇게 하지 않으면 아예 되돌릴 수 없다.

나는 꿈속의 그 장면을 머릿속에서 재생해본다. 그 말을 내뱉을 때 아버지의 표정을 다시 떠올려본다.

너는 내 아들도 아니야! 나는 네 아비가 아니라고!

그래서 아버지와 마음이 통하지 않았던 걸까? 그래서 줄곧 나는 골칫덩이라는 느낌을 받았던 걸까? 아버지가 원하는 아들은 더그 뿐인 것 같다는 생각이 늘 있었지만, 그건 두 사람이 관심사가 같아 서 그런 거라고 생각했다. 두 사람은 기차 모형이나 붉은 고기, 럭비 를 좋아하는 건 물론이고 숫자를 잘 다루는 것까지 닮았다. (아버지 는 운영하던 회계사 사무실을 은퇴할 때 더그에게 물려주었다.)

그런데 처음으로 그보다 더 깊은 곳에 다른 이유가 숨어 있을지 도 모른다는 생각이 든다.

정말 내가 아버지의 아들이 아니라면 오히려 많은 부분이 설명될 수도 있다. 그로 인해 또 다른 커다란 의문이 생겨난다 하더라도. 내 진짜 아버지는 누구이고 어디에 있는가 하는 의문 말이다.

19
캘리

문 앞에서 초콜릿 토르테를 발견하고 하루가 지난 오늘 아침, 실수로 닷에게 그 사실을 말해버렸다. 닷은 자신을 내 연애생활의 전략 지휘관으로 직접 임명하더니 신나서 이런저런 전략을 짜기 시작한다.

하지만 조엘에게는 그런 전략을 사용하고 싶지 않다. 피어스 같은 남자라면 전략이 필요할 수도 있다. 피어스와 사귈 땐 처음부터 결과를 예측할 수가 없었다. 맛있는 음식을 맛보다가 혀를 데이거나, 멋지다고 생각한 옷을 입었는데 뚱뚱해진 기분이 드는 것처럼.

그런데 조엘과 함께 있을 땐 늘 마음이 편안하고 재미있다. 내가 냉담한 사람이 아니라 따뜻한 사람이라는 기분에 빠진다. 심지어 멜리사가 놀러 온 날 아래층에서 들리던 소리 때문에 조엘이 섹시하다는 생각까지 들었다.

오늘 아침 출근하면서 조엘의 현관문을 두드렸지만 아무 대답이 없었고 집 안에서도 전혀 소리가 들리지 않았다. 그래서 문 밑으로 쪽지를 넣어두고 왔다. 간단히 이렇게 적어서.

초콜릿 토르테 덕분에 저도 (많이) 웃었어요. 고마워요. - C.

P. S. 그 일자리에 지원했어요.

20

조엘

스티브가 건강 주스를 마시러 오라고 했다. 벌써 세 번째 연락이었다. 보통때 같으면 거절했겠지만 아직 스티브에게 미안한 마음이 남아 있었다. 그래서 본 파이어 나이트가 끝나고 며칠 후 그가 일하는 체육관의 카페를 찾았다. 이걸로 속죄할 수 있길 바라는 마음도 있었다.

내 생각이 맞았다. 지금 내 머리 위 스피커에서 흘러나오는 요란한 하우스 뮤직이 편두통처럼 내 두개골을 때리고 있다. 어릴 때도 이런 소리가 싫어서 나이트클럽에 가지 않았는데……. 그때 스티브가 주스 한 잔을 테이블에 내려놓는다. 토마토 수프처럼 보여서 먹어도 괜찮을지 걱정스럽다.

"뭘 넣어서 만든 거야?" 오늘은 너무 피곤해서 카페인이 좀 들어 있다면 색깔이 이상해도 극복할 수 있을 것 같다.

"당근이랑 비트, 케일, 오렌지 주스. 해독 주스야." 스티브가 말한다. 그렇게 말하면 생채소를 약간 갈아서 5파운드 가까운 가격에 파는 게 정당화되기라도 하는 것처럼.

어쨌든 속죄하는 마음으로…….

스티브가 휴대폰을 꺼내 새 집에서 찍은 사진들을 보여준다. 포피는 새해가 되면 한 살이 되고, 헤일리는 복귀한 직장에서 잘 지낸다는 소식도 전해준다. 스티브가 말하는 내내 그의 이두박근으로 자꾸 시선이 쏠린다. 꿈틀거리는 근육이 마치 덤벨 스테이션과는 조금도 떨어져 살 수 없다고 말하는 것 같다. 청바지에 긴팔 셔츠, 부츠 차림의 나를 보니 더욱 못 올 곳에 온 것만 같다.

드디어 스티브가 휴대폰을 넣고 묻는다. "캘리는 어때?"

나는 감정을 드러내지 않고 단조롭게 대답한다. "좋은 사람이야. 괜찮은 이웃이고. 세입자로는 아주 양호하다고 할 수 있지." 오늘 아침 캘리가 놓고 간 쪽지가 생각난다. 지금은 싱크대 위에 놓여 있다. 캘리를 순수한 이웃으로만 생각하려니 더욱 힘들다.

"잘됐네. 나중에 나한테 고마워하라고." 스티브가 쓴웃음을 짓는다.

나는 할 말이 없어서 원래의 형체가 전혀 남아 있지 않은 채소를 어쩔 수 없이 다시 한 모금 삼킨다.

"그래, 어떻게 지내? 생활이나 일이나 건강이나."

"그대로지 뭐."

"아직도 일은 안 하고?" 스티브가 다른 사람 이야기를 하듯 한마디 덧붙인다. "그러다 예금 다 날리겠네."

나는 할 말이 없어서 우물거린다. 그의 말이 대체로 사실이라 찔려서 그렇다. 처음에는 수도승처럼 살며 돈을 모았고, 이모할머니에게서 상속받은 ISA*도 현금화했다. 지출은 신경 써서 관리하고 있다. (매일 카페를 방문하는 것이 내 유일한 사치다.) 그리고 다행히 집주인이 부동산 투자에 관심이 많지 않아 지난 10년간 집세는 딱 한 번 올랐다. 그래도 돈이 영원히 그 자리에 머물러 있지는 않을 것이다.

스티브는 사적인 질문을 거리낌 없이 하는 편이다. 아마도 그런

＊ Individual Savings Account. 개인종합자산 관리계좌.

자신감은 저 검투사 같은 체격에서 나오는 게 아닐까? 하지만 동시에 다정한 사람이기도 하다. 운동하러 온 사람들에게 먼저 다가가 말을 걸어주고, 사람들이 죽을힘을 다해 윗몸일으키기를 하는 동안 고민도 들어주면서 그런 다정함이 근육처럼 붙은 게 아닌가 싶다.

스티브가 스무디를 내려놓는다. 그리고 지금 눈앞에 없는 무언가를 좇듯 잠시 딴생각을 하는가 싶더니 수류탄 던지듯 별안간 질문을 던진다. "신경심리학 석사 학위가 있다는 말을 내가 했던가?"

나는 간신히 정신을 차리고 아니라고, 그런 적 없다고 답한다.

"내 말은…… 이야기할 상대가 필요하면 말이지……." 스티브가 문을 활짝 열고서 문이 흔들리게 내버려둔다. 열린 문 밖의 풍경이 싸늘하고 변덕스러워 보인다.

"근데 왜? 신경심리학 전공해놓고 어쩌다 트레이너가 된 거야?"

"이유가 꼭 있어야 해?"

나는 조끼를 벗는 스티브의 모습을 바라보며 하얀 가운 차림의 그를 상상해보려다 실패하고 만다. "그렇지." 나는 눈을 끔벅거리며 말한다. "보통 그럴 땐 이유가 있지."

스티브는 대수롭지 않다는 듯 어깨를 으쓱한다. "공부 때문에 스트레스가 심해서 운동으로 풀어보려고 체육관에 갔다가 적성을 새로 발견했지. 그래서 박사 과정 밟는 동안 시간제로 트레이너 일을 시작했는데, 하다 보니 이게 내 천직인 것 같더라고."

세상에! 박사라니. "너 박사였어?" 스티브의 메일에서 왜 그런 인상을 못 받았던 거지? 이 비상사태를 예견할 만한 힌트를 그동안 다 놓쳤던 건가?

"아니야. 3년 하다가 그만뒀어. 그래도 헤일리는 가끔 박사님이라고 부르고 싶은지……."

나는 한 손을 들어 스티브의 말을 끊는다. "나한테 그런 얘길 하는 이유가 뭐야?"

"네가 알아두면 좋을 것 같아서."

"나를 도와줄 수 있다는 의미야?"

갑자기 대학교 의무실 의사에게 비웃음당했던 일이 생각난다. 그 사람이 지금 내 앞에 앉아 있는 것처럼 상황이 생생하게 떠오른다. 곁눈질과 멸시하는 말투, 이유 없는 짜증까지.

스티브가 고개를 젓는다. "그런 건 아니야. 내가 전문 상담가는 아니니까. 그냥 수다 떨고 싶을 때 연락하라고. 의외로 내가 괜찮은 대화 상대일 수도 있잖아. 나라고 늘 운동만 하는 건 아니야."

스티브에 대한 편견이 없었다고는 못 하겠다. 하지만 스티브의 석사 학위를 놓고 도박을 해야 하는 상황이 올 줄 알았다면 과연 함께 어울려 지냈을지 잘 모르겠다. "후회한 적 없어?"

"뭘?"

"박사 과정 그만둔 거."

"전혀. 안 그랬으면 헤일리도 못 만났을 거고, 포피도 없는 거잖아." 스티브가 카페를 휙 둘러보더니 말을 잇는다. "그리고 그저 그런 연구실보다 여기가 훨씬 나아. 방법은 달라도 사람들 마음을 건강하게 해줄 수 있잖아. 오히려 이게 더욱 직접적인 효과가 있지."

"근데 왜 나한텐 같이 운동하자는 말 안 해?" 무엇보다 이게 제일 궁금하다.

"네가 운동할 타입처럼 보이지 않아서."

"산책은 해." 나는 항변해본다.

"기분 나쁘라고 하는 말은 아닌데, 조엘, 산책은 우리 할머니도 하셔."

"산책하다 보면 동기부여도 되고 그런 거 아냐?" 예전에 공원에서 스티브가 낑낑대는 극기훈련 참가자들에게 고통은 몸을 떠나면 사라지는 나약함이라고 소리치는 모습을 본 적이 있다.

"운동하고 싶으면 하면 되지."

나는 반쯤 마시다 만 토마토 수프 같은 주스를 내려다본다. 스티브가 나를 가망 없는 인간이라 생각했다면 이 유감스러운 오렌지 덩어리는 원래의 자리를 굳건히 지키고 있었을 것이다.

"어쨌든 그 말이 하고 싶었어. 뭐든 필요한 게 있으면……."

"실은 부탁이 하나 있는데 말이지." 마침 캘리와 관련해서 부탁할 일이 있었다.

잠시 후 체육관을 나서는데 어디로 가야 할지 알 수가 없다. 속을 들킨 것 같은 기분마저 든다. 겨울바람에 내 위장막이 날아가버린 것만 같다. 바람에 날아가 다시 찾지 못할 목도리처럼.

집으로 돌아오는 내내 스티브가 한 말을 되새긴다. 한 가지 일에 몰두하다가 하고 싶은 다른 일을 찾아서 과감히 방향을 바꿀 수 있는 삶에 대해 생각해본다.

내게는 캘리를 알게 된 것이 그렇다. 집에서나 카페에서나 캘리를 보면 행복하다. 캘리와의 만남을 그만두고 싶지 않다. 캘리와 함께 있으면 존재하는지도 몰랐던 나의 모습이 살아나는 기분이다.

캘리를 전혀 모르고 지내는 것보다 친구로 지내며 알아가는 것이 훨씬 낫다. 내가 이런 사람이 아니라면 더 많은 걸 기대했겠지만.

대학교는 강도 높은 학업과 갑갑한 교우관계, 턱없이 부족한 수면으로 이미 엉망진창이었던 내 정신 상태를 더 망가지게 만든 곳이었다. 나는 밥 먹듯 수업을 빼먹었고, 수업에 들어갈 때도 상태가 좋지 못했다. 첫 학기부터 형편없는 학점을 받았다. 무슨 수를 써야 할 것 같았다.

고민 끝에 두 번째 학기가 시작되자마자 의사를 만나 상담을 받기로 결심했다. 결심은 한두 달이 더 지나서야 실천에 옮길 수 있었다. 루크가 개에 물린 일과 엄마의 죽음이 여전히 최근의 일처럼 여겨졌고, 내 잘못이라는 생각마저 들어서 선뜻 용기가 나지 않았다. 어쩌면 의사를 찾아갔다가 정신질환이라는 진단을 받고 강제로 입원당할지 모른다는 생각마저 들었다. 그런 상황이 왔을 때 나약함을 용납 못 하는 아버지가 뭐라고 하실지도 빤히 보였다.

그날 진료실에서 처음으로 우리 대학교 의사를 만났다. 나이 지긋한 분이었는데 내가 자리에 앉기도 전부터 조급하게 굴며 짜증을 냈다. 버티컬 블라인드로 둘러싸인 진료실은 울적한 분위기를 풍겼다. 병원 특유의 냄새도 났다. 소독제와 무관심의 냄새라고나 할까.

나는 이 분 동안 숨도 안 쉬고 내 증상을 설명했고, 그는 딱딱한 말투로 "불면증이네"라고 한마디 내뱉었다. 그때 나는 드디어 의사를 만나러 왔다는 사실에 고무되어 있던 상태였다. 이제 분명 내가 그동안 간절히 원했던 도움을 받을 수 있다는, 이 의사가 적당한 치료법을 찾아줄 거라는 기대에 부풀어 있었다.

"맞아요. 꿈 때문에 잘 못 자요. 예지몽을 꾸거든요."

그 말에 의사가 타이핑하던 동작을 멈추고 나를 노려봤다. 더 이상 기록할 마음이 없는 것 같았다. 씨익 웃는 의사의 입술에 얇은 조각 같은 것이 붙어 있어서 입술 크림이 묻었나 하는 생각을 했다.

"친구들은?"

"네?"

"학교에서 친구 많이 사귀었나? 아니면 친구들하고 어울리는 걸 좀 힘들어하는 편인가?"

솔직히 말하면 친구들과 어울리는 걸 힘들어한다. 루크 일 이후로 학교에서 친구들과 거리를 두기 시작했다. 혼자 있는 편이 좋았다. 꿈에 시달리느라 다른 사람을 마음에 들일 여유가 없었다. 그렇다 보니 대학에 들어와서 사귄 친구는 다섯 손가락에 꼽을 정도였다. 어쨌거나 이런 꿈은 증상이지 원인이 아니었다. 그리고 다른 사람은 몰라도 의사라면 원인을 찾아줄 수 있을 거라 믿었다.

내가 대답을 하지 않자 의사가 다른 질문을 던졌다.

"약은?"

"괜찮은 약이 있다면 먹어보려고요."

의사가 무시하는 듯한 미소를 지었다. "아니, 향락성 약물 말이야. 마약 같은 거 하나?"

"아, 아뇨. 해본 적 없어요."

의사는 못 믿겠다는 듯 두 눈을 빤히 뜨고 나를 쳐다봤다. "그럼 약은 복용한 적 없다는 거네."

"네." 나는 다시 설명해보려고 했다. "선생님, 엄마가 돌아가시는 꿈을 꿨어요. 그러고 나서 실제로 돌아가셨고요. 암으로 돌아가셨다고요." 그 일을 다시 말하려니 목이 메었다.

"바람 좀 쐬고." 의사는 내 말을 들으려고는 하지 않고 딱 잘라 말했다. "운동을 좀 해. 술도 끊고. 이거 가지고 가." 의사는 휘갈겨 쓴 처방전을 건네주었다.

"운동은 하고 있고요, 술도 거의 안……."

"불면증 때문이야. 지침 내용 잘 읽어봐."

"하지만 불면증은……." 나는 떨리는 목소리로 말했다. "그건 진짜 문제가 아니에요. 그건 오히려 부작용 같은 거라고요."

의사가 자세를 바꿔 앉더니 헛기침을 크게 했다. "대기실에서 앉아서 기다렸나?"

"네, 저······."

"운 좋은 줄 알아. 보통은 다들 서서 기다려. 학생들이 죄다 병자거든." 의사는 몸을 앞으로 숙이더니 화난 사람처럼 볼펜으로 수첩을 찔러댔다. 그리고 다른 사람들은 다 아는 규칙을 나만 모르고 있다는 듯 말했다. "진료 예약 한 건당 한 가지씩만 상담하는 게 원칙이야!" 그의 얼굴에 경멸이 그득했다. 나는 완전히 주눅이 들어 더 이상 아무 말도 할 수 없었다.

무엇 때문에 그런 건지(일진이 안 좋았는지, 개인적인 문제 때문인지) 모르겠지만 그는 내게 무척 짜증을 냈다. 그 모습을 보니 아버지가 떠올랐다.

침묵 속에서 의사의 책상에 놓인 시계가 딸각 소리를 냈다. 제약 회사의 보라색 로고가 박힌 흰색 싸구려 플라스틱 시계였다.

한 번 더 시도해봐야 했다. 마지막으로 한 번만 더. 진료를 예약하기까지, 진료실 문을 열고 걸어 들어올 용기를 내기까지 무척 오랜 시간이 걸렸다. 나는 욕실 거울 앞에서 며칠 동안 연습했던 문장을 반복했다.

"신경학적인 뭔가가······ 제 뇌에 문제가 있는 건 아닐까요? 예지몽을 꾼다는 게······."

의사가 웃음을 터뜨렸고, 나는 더 이상 말을 잇지 못했다. 진짜 웃겨서 웃는 웃음이었다. 무뚝뚝했던 그의 얼굴이 갑자기 환해졌다. "미래를 예측하는 건 불가능해. 지금 이게 장난인지, 누가 시켜서 그러는 건지 모르겠지만 들어줄 시간 없다. 그만 가봐."

21
캘리

본 파이어 나이트로부터 일주일 정도 지났다. 그 후 카페에서 조엘을 만나면 하려던 말이 있었다. 어떻게 말을 꺼내면 좋을까 싶어서 계속 연습했다. 하지만 막상 말하려고 하니 입이 바싹 마르고 약간 떨리기까지 한다.

더블 에스프레소를 그의 테이블에 내려놓는데 잔이 살짝 덜그럭거린다. "안녕하세요?"

"안녕하세요?" 조엘이 고개를 든다. 눈은 약간 피곤해 보이지만 미소는 따뜻하다.

갑자기 심장이 세게 요동쳐서 이러다 갈비뼈에 금이 가지 않을까 싶다. "어젯밤에 이메일 받았어요. 워터펜에서 면접 보러 오래요."

조엘이 환한 표정을 짓는다. "이야, 축하해요. 진짜 좋은 소식이네요."

나는 용기 내어 다음 질문으로 넘어간다. 깊게 생각하지 말고 일단 저지르자. "그래서 말인데요, 강가에 새로 생긴 이탈리안 레스토랑이 평점이 꽤 좋더라고요. 포모도로 스파게티가 그렇게 맛있다는데, 오늘 저녁에 같이 식사하면서 면접 준비 좀 도와주시겠어요?"

조엘은 살짝 놀란 모양이다. 그럴 만도 하다. 아직 아침 아홉시밖에 안 됐고, 카운터 앞에 테이크아웃 손님들도 길게 줄 서 있는데 내가 여기서 이렇게 미적거리며 스파게티 얘기나 하고 있으니.

그때 옆 테이블 손님이 우리 쪽으로 상체를 기울이며 내 말에 맞장구를 쳐준다. "저도 어제저녁 거기서 먹었는데 최고였어요. 강력 추천이에요." 그러더니 이탈리아 셰프처럼 손을 모아 키스를 날린다.

저 여자 손님한테 진짜 키스를 날려주고 싶지만 대신 가벼운 미소만 건네고 다시 조엘을 바라본다. 침묵 속에서 속이 뒤틀리는 것 같다.

마침내 조엘이 마른침을 삼키고 내가 기대했던 대답을 들려준다. "그래요, 좋아요. 당연히 가야죠."

음식점에서 자리 안내를 기다리는 동안 조엘이 오후에 개 산책시킨 이야기를 들려준다.

"……그래서 팅커벨, 그 몰티즈 녀석이 갑자기 쓰레기통 근처에서 자꾸 도망가려고 하는 거예요. 저는 계속 팅커벨을 뒤쫓으면서 팅커벨, 팅커벨, 부르고……"

조엘이 그 상황을 재현해 보인다. 아까부터 배를 잡고 웃었더니 이제 내 눈에는 눈물이 그렁하다.

"순둥이인 척하는데 깡패가 따로 없어요. 아주 외향적이에요."

"외향적이라고요?"

"아, '꺼져, 나는 내 갈 길 간다'를 순화해서 표현한 거죠."

"팅커벨한테만 뭐라고 할 수 없겠는데요." 나는 목도리 끝자락으로 눈물을 찍는다. "당신만 보면 다리가 근질근질한 것 같으니 말이에요."

조엘도 웃음을 터뜨린다. "음, 예리한 지적인데요? 그 생각은 미처 못 했는데."

"무료로 산책 봉사를 하다니 대단한 것 같아요. 개 주인들이 매력적인가 봐요?"

"글쎄요. 일단 아이리스는 여든다섯이고, 메리는 거의 아흔 살이네요. 제가 쉰 살만 더 나이가 많았어도……."

또다시 웃음이 터진 나는 한 손을 들어 항복을 표시한다. "제가 꺼낸 얘기긴 하지만 괜히 물은 것 같아요."

그때 웨이터가 와서 우리를 테이블로 안내해준다.

"미안해요. 이제 아슬아슬한 농담은 그만할게요."

"안 돼요, 그러지 말아요. 딱 제 타입이란 말이에요."

아늑한 구석 자리에 앉아 있으니 그런 느낌이 든다. 조엘은 사람을 기분 좋게 해주는 재주가 있지만…… 좀처럼 그의 생각을 읽을 수가 없다. 여러 감정이 뒤섞여서 그런 건지는 모르겠지만, 그가 나를 친구 이상으로 생각하긴 하는지 확신이 없다. 이따금 조엘과 눈이 마주쳐서 확 끌리는 느낌이 들 때면 분명 그도 똑같이 느끼는 것 같지만, 그는 이내 머릿속에서 어떤 변화가 있었던 것처럼 감정을 차곡차곡 접어서 손이 닿지 않는 먼 곳에 치워버리는 것 같다.

그리고 멀리사와 어떤 사이인지도 잘 모르겠다. 조엘은 가끔 같이 자는 친구라고 했지만 그건 모호한 설명이다. 다시 물어보고 싶은데 그러면 안 될 것 같다. 가끔 조엘이 선을 긋는 듯한 느낌이 들 때가 있는데, 괜한 질문으로 선을 넘는 짓은 절대 하고 싶지 않다.

"저는 와인을 이렇게 마시는 게 좋더라고요." 웨이터가 뚜껑 없는 유리병에 담긴 레드 와인과 잔 두 개를 내려놓을 때 내가 입을 연다. "지중해의 노천 카페에 앉아 있는 기분이 들어요."

조엘이 와인을 따라 내게 건네며 미소를 짓는다.

"아 참, 고맙다는 말 하고 싶었어요. 스티브한테 얘기해준 거요."

조엘이 주말에 스티브를 만나 머피에 대해 잘 얘기해준 덕에 문제가 해결됐고, 나는 더 이상 들킬까 봐 염려할 필요가 없어졌다.

"감사 인사라면 이미 들었는데요."

그렇다. 조엘이 얘기해주었을 때 이미 인사했다. 하지만 그 얘길 듣자마자 눈물샘이 터져서 울먹거리느라 제대로 인사하지는 못했다. "음, 이 자리에서 공식적으로 다시 할게요."

조엘이 반짝이는 눈으로 나를 보며 와인잔을 든다. "안 돼요. 이 자리는 축하하는 자리예요."

"조금 시기상조인 것 같은데요." 나는 민망해서 덧붙인다. "아직 완전히 합격한 것도 아니고 면접에 자신도 없어서 어떻게 될지 모르겠어요."

"별로 믿어지지 않는데요."

"아, 진짜예요. 땀 흘리고 부들부들 떨고, 아주 가관이에요. '캘리 쿠퍼 씨, 여기 지원한 이유가 뭔가요?'라고 묻기만 해도 아마 저는 쫄아서 울 거예요."

조엘이 나를 지그시 바라본다. "그렇다면 오히려 당신이 얼마나 그 일에 열정이 있는지 그 사람들도 잘 알게 될걸요."

바깥은 쌀쌀해도 식당 안은 무척 따뜻해서 조엘은 아까 스웨터를 벗었다. 팔에 아무것도 걸치지 않고 다정한 눈길로 나를 바라보는 조엘의 모습이 매력적으로 보인다. 나는 오늘 한참 고민한 끝에 단정한 캐주얼 복장을 하고 나왔다. 내가 가장 좋아하는 청바지에 별 무늬가 촘촘히 박힌 실크 블라우스 차림이다. 이 블라우스는 그레이스가 죽기 몇 주 전에 내게 잘 어울린다며 사라고 했던 것이다.

나는 다시 와인을 한 모금 삼킨다. "동물병원에 면접 보러 갔을 때 무슨 말을 했어요? 왜 수의사가 되고 싶은지 묻던가요?"

"아뇨, 저한테는 그런 질문 없었어요." 와인잔이 조엘의 얼굴을 살짝 가리고 있다. "전문 분야나 기술, 자격증 같은 걸 주로 물었죠."

"그래도 대학교에서 무슨 공부 했는지는 묻지 않나요?" 나는 무릎으로 조엘의 다리를 쿡 찔러본다. "그러지 말고 얘기해줘요. 무슨 이야기든 도움이 될 거예요."

"알았어요. 이제 더 이상 수의사는 아니지만…… 한번 해보죠."

"시작해봐요."

"음, 어릴 때부터 동물들과 함께 자랐어요. 아버지는 동물을 별로 좋아하지 않았지만 엄마가 무척 좋아하셨거든요. 집에서 토끼도 키우고 기니피그랑 오리, 닭도 키웠어요. 저는 동물보호 센터에서 케이지 청소하는 봉사활동을 했어요. 거기서 우리 개, 스캠프도 입양했죠. 스캠프는 하나뿐인 제 단짝이었어요. 항상 붙어 다니면서 모든 걸 같이 했죠. 스캠프는 달리기도 좋아했지만, 절대 멀리 가지 않고 그냥 두면 알아서 돌아왔어요. 하루는 함께 숲으로 산책을 나갔는데 스캠프가 갑자기 토끼를 뒤쫓기 시작했어요. 흔히 있는 일이었죠. 그런데 그날은 돌아오지 않았어요. 그래서 계속 이름을 부르며 찾아다녔는데…… 결국 찾지 못했어요."

조엘의 목소리가 살짝 가라앉는다.

"어두워질 때까지 찾아다니다가 집에 와서 엄마한테 말씀드렸죠." 조엘이 말을 잇지 못하고 잠시 머뭇거린다. "어쨌든 찾긴 찾았어요. 가시 철조망에 걸려서 못 빠져나왔더라고요. 철조망 가시들이 몸에 깊이 박혀서 출혈이 굉장히…… 살 수 있을 것 같지 않았어요. 그런데 우리가 자길 찾을 때까지 기다린 것 같았어요. 숨을 헐떡이면서 저를 바라보는데, 그렇게 뛰어가버려서 미안하다고 말하는 것 같더라고요. 그리고 몇 분 있다가 제 품에 안겨서 떠났어요."

내 눈에 눈물이 차오른다.

"어쨌든 사랑한다고 말했죠. 스캠프 몸이 차갑게 식을 때까지 계속 그렇게 안고 있었어요. 그날 처음으로 동물을 돌보는 일을 하고 싶다는 생각이 들었죠. 하지만 면접 자리에서 감상에 젖어 동물을 사랑한다고 늘어놓는 건 좋은 방법이 아니었어요. 이 일과 관련해서 어떤 경험이 있고, 포부가 어떻고, 어떤 기술이 있는지 설명해야 하는 자리거든요. 그런데 제 생각을 표현할 다른 방법이 없더라고요. 무슨 말로도 표현이 안 됐어요. 사랑하는 마음이란 게 그렇죠." 조엘이 길게 한숨을 내쉬며 나를 바라본다.

나는 가슴이 찢어질 것 같지만 간신히 미소를 지어 보인다. "제 눈에는 여전히 수의사로 보여요."

조엘이 테이블에 놓인 파스타와 치아바타 접시 너머로 음식점 안을 휙 둘러본다. "이탈리아에는…… 이렇게 멋진 모조 프레스코화가 즐비하지 않을 것 같은데 말이죠."

나는 그 말에 웃음이 터진다. 음식점 주인의 시도는 좋았지만 스텐실로 찍은 예배당과 가짜 피자 때문에 미켈란젤로의 의욕이 꺾이지 않을까 싶다.

"여행 가고 싶은 지역에 로마도 추가하지 그래요." 조엘이 빵 조각을 뜯어 오일에 찍으며 말한다. "유럽에서 가장 푸른 도시잖아요."

"실은 한 번 가봤어요. 진짜 아름다운 도시죠."

"가족 여행?" 조엘이 가볍게 던진다. 진짜 답이 궁금해서 일부러 틀린 답을 던진 것 같은 느낌이다.

"아뇨. 전남친하고요. 피어스라고."

조엘은 와인을 한 모금 삼킬 뿐 더 이상 묻지 않는다.

나는 아름다웠던 동시에 끔찍했던 휴가를 어떻게 하면 그럴듯하게 표현할 수 있을지 머리를 굴려본다. "그냥 혼자 엄청 돌아다녔어요. 공원에도 가고 유적지에도 가고 강변에서 산책도 하고요. 행복한 경험이었죠……." 그곳의 파란 하늘과 향긋한 공기가 다시 내 마음속에서 되살아난다. "그런데 피어스는 거의 호텔에만 있었어요. 거의 하루 종일 수영장에서만 놀더라고요. 저와는 너무 다른 사람이었어요. 노는 거 좋아하고 겉만 번드르르한 타입이었죠. 로마 여행이 우리의 세 번째 데이트였는데, 그것도 그 사람 아이디어였어요."

조엘이 웃는다. "진짜 번드르르하네요."

"늘 사건이 끊이지 않았어요. 싸움에 휘말리고, 돈을 빌리고, 연락 없이 갑자기 사라지기도 하고. 인간관계도 순탄치가 않았고, 고비를 하나 넘겼다 싶으면 또 고비가 찾아왔죠. 처음에는 제가 남자 보는 눈이 이상한가 보다 하는 생각이……." 나는 말끝을 흐린다. "이 말은 취소할게요. 각자의 취향에는 이유가 있으니까요."

조엘이 포크로 스파게티 면을 돌돌 말고 있다. 생각에 잠긴 듯한 얼굴에 그늘이 스친다. "안전한 게 좋다는 거죠?"

어떻게 대답해야 좋을지 몰라 나는 잠시 망설인다. "사건 사고만큼은 피하고 싶다는 거죠."

무언가가 또다시 조엘의 얼굴을 스치고 지나간다. 너무 순식간에 지나가서 대체 그게 무엇인지는 나도 모르겠다.

22

조엘

어젯밤 음식점에서 돌아올 때 캘리에게 우리 집에서 커피 한잔하자고 할까 고민했다. 말을 꺼낼까 말까 하고 몇 번이고 고민했다.

그러다 막판에 마음을 접었다.

캘리는 사건에 휘말리고 싶지 않다고 했다. 캘리와 내가 이어질 수 없는 이유가 또 하나 늘어난 것이다. 평생 동안 내 일상생활과 감정은 꿈에 휘둘렸고 기복이 끊이지 않았다. 비키가 지적했던 것처럼 나는 안정된 삶, 평탄한 삶과는 전혀 반대되는 삶을 살았다.

그래서 결국 캘리를 초대하지 못했다. 생각만으로도 혀끝의 셔벗처럼 달콤했지만 순식간에 녹아 사라졌다.

대신 캘리에게 건넨 작별인사는 한심하기 짝이 없었다. 괜히 어색하게 머뭇거리다가 짧게 두 번 볼키스를 날렸는데, 캘리도 당황했겠지만 나도 당황하긴 마찬가지였다. 코가 서로 맞부딪힐 때 유럽이 어쩌고 하면서 알아듣지도 못할 말을 웅얼거린 게 화룡점정이었다.

그 후로 캘리를 피해 다니는 중이다.

내 꿈과 관련해서 새로운 사실을 알아낼 수 있지 않을까 하는 생각에 아버지 집에 들렀다. 아버지는 금요일마다 시내에 나가 목공예를 하며 시간을 보낸다. 그리고 톱밥과 대팻밥을 온몸에 붙인 채 목재 냄새를 풍기며 집에 돌아온다.

한번은 아버지가 손끝을 베이는 꿈을 꾸고 곧바로 절단 방지 장갑을 선물했더니 아버지가 어리둥절한 표정을 지었다. 어쨌거나 결과는 괜찮았다. 아버지도 장갑을 종류별로 구비할 나이였다. 운전용 가죽장갑, 주유용 라텍스 장갑, 설거지용 고무장갑, 변기 닦기용 긴소매 고무장갑 등.

아버지는 엄마 물건들을 상자에 넣은 후 예전에 탐신이 쓰던 방에 보관해뒀다. 그 후로는 엄마 물건을 거의 들여다보지 않는다. 지금 보니 왜 그런지 알 것 같다.

아버지는 엄마에 대해 종류별로 분류해놓았다. 아버지에게는 별다른 방법이 없었을 것이다. 사람들 말처럼 애도가 일종의 과정이라면 아버지에게는 비교할 수 없을 정도로 처절한 과정이었다. 옷, 책, 신발, 잡동사니, 서류.

나는 커피잔을 내려놓고 '잡동사니' 상자부터 꺼낸다. 서둘러야 한다. 아버지도 나처럼 거의 틀에 박힌 생활을 하는 분이라 곧 집에 돌아오실 게 분명하다. 게다가 원래 경찰관이 되고 싶었던 사람답게 사람들 속마음을 꿰뚫어보는 재주가 있다.

잡동사니 상자에는 한 묶음씩 고무줄로 묶어놓은 사진들이 가득하다. 신문이나 잡지에서 스크랩한 옛날 기사들도 있다. 오려낸 티켓들과 아버지가 결혼 첫해 크리스마스에 엄마에게 선물한 원형 유리그릇처럼 자질구레한 장식품들도 있다. 액세서리 상자들, 그리고 향수도 몇 병 있다. (향수병을 꺼내보기는커녕 만져볼 엄두도 나지 않는다. 엄마의 향기를 다시 맡는 것이, 엄마의 따뜻한 품속에 안기는 기분을 다시 느끼는 것이 두렵다. 엄마가 돌아가신 후 한참 동안 우리 집이 집처럼 느껴지지 않았다. 엄마의 향기가 영원히 사라진 집은 더 이상 우리 집 같지 않았다.)

나는 사진을 꺼내 하나씩 넘긴다. 대부분은 아래층 가족 앨범에 들어가지 못한 가족사진들이다. 사진에는 단서가 전혀 없다. 이번에는 '서류'라고 적힌 상자를 꺼낸다. 출생신고서나 숨겨둔 편지 같은 게 있지 않을까? 어쩌면 내 출생과 관련한 다른 서류가 있을지도 모른다. 하지만 여기에도 별게 없다. 은행과 보험회사에서 보내온 서신들과 병원 서류만 잔뜩 있을 뿐이다. 첫 번째 편지는 의과장이 엄마의 담당 의사에게 보낸 편지인데 조직 검사 결과를 확인해주는 내용이다. 지금 보니 기분이 묘하다.

그 편지에 적힌 몇 마디 때문에 우리 가족의 삶은 완전히 바뀌어버렸다.

나는 다시 내 노트를 꺼내 아버지가 꿈속에서 내게 했던 말을 확인한다. 가슴속에서 슬픔이 똬리를 틀더니 조금씩 밀고 올라온다. 엄마의 물건들을 들여다본 직후라 더 크게 다가온다.

그때 아래층에서 쿵 하고 문 닫히는 소리가 들린다.

"조엘 오빠?"

탐신이다. 다행이다. "그래!" 나는 크게 외친다.

"차 세워둔 거 봤어."

"잠깐만." 나는 물건들을 다시 상자에 담고 원래 자리로 옮긴다. 아래층으로 뛰어 내려가 탐신과 가볍게 포옹을 나누는데, 내년 봄에 탐신이 우리에게 들려줄 소식이 떠오르며 가슴이 벅차오른다. 깊은 상실감에 빠져 있을 땐 나중에 만나게 될 새 생명을 떠올려보는 것도 괜찮은 방법이다. "회사에 있어야 할 시간 아냐?"

"점심시간이야." 탐신이 손에 든 쇼핑백을 들어 보인다. 탐신은 진한 분홍색 셔츠를 입고 소매를 팔꿈치까지 말아 올렸다. "냉장고에 음식 좀 넣어두고 가려고."

"무슨 음식?"

"아버지가 간단히 데워 드실 수 있는 것들."

나는 탐신을 가만히 쳐다본다. "언제부터 이런 걸 갖다놓기 시작한 거야?"

"별거 아니야." 탐신이 주방으로 가서 냉장고를 열고 플라스틱 통들을 차곡차곡 쌓는다.

"독립한 다음부터야?"

탐신이 대수롭지 않다는 듯 어깨를 으쓱한다. "음, 그런 것 같네. 하다 보니까…… 계속 하게 되더라고. 하다가 관두면 섭섭하잖아."

저 플라스틱 통들의 존재는 오래전부터 알고 있었다. 아버지가 식단 관리에 열심이구나 하는 생각만 했지, 직접 물어보지는 않았다.

자식들은 나이가 들면 이렇게 식사를 돌보거나 이런저런 방법으로 부모를 챙긴다. 무언가 이상하다는 생각이 몇 번 들었는데 나는 왜 물어볼 생각을 하지 않았을까?

갑자기 슬픔이 밀물처럼 밀려온다. 지금 이렇게 탐신을 보고 있으니 왜 슬픈지 알 것 같다. 우리는 피가 반만 섞였을지도 모른다. 그래서 이렇게 닮은 데가 없는 걸까? 탐신과 더그는 둘 다 머리카락이 빨갛고 여름 하늘처럼 눈동자가 파랗다. 반면 나는 두 사람의 그림자처럼 어둡다. 어릴 때도 학교에서 동생들과 닮지 않았다는 말을 종종 들었지만 엄마는 자신도 이모와 전혀 닮지 않았다면서 나를 달랬다. 내게는 그 말로 충분했다. 그래서 더 이상 외모에 의심을 품지 않았고, 동생들과 닮지 않았다는 말을 들을 때마다 엄마가 해준 말을 그대로 반복했다. 더 깊이 생각하지 않았다.

나는 마음을 가라앉히려고 생각을 다른 쪽으로 돌린다. 곧 있을 성탄극에서 앰버가 보여줄 대활약이라든가 크리스마스 선물로 받게 될 자전거 같은 것을……. 물론 탐신과 닐은 아직 모른다.

탐신이 냉장고 정리를 거의 끝내자 나는 내가 이곳에 온 목적을 떠올린다. "예전에 엄마 아버지가 이상하게 행동했던 적 없었어?"

"어떻게 행동하면 이상한 건데?" 탐신이 몸을 일으키며 묻는다.

탐신의 찡그린 얼굴을 보니 내가 경솔했구나 싶다. 내가 엄마의 외도 증거를 찾는 중이라는 걸 탐신이 알게 해서는 안 된다. 적어도 증거를 찾기 전에는 안 된다. "아니야. 못 들은 걸로 해. 내가 괜한 말을 했다."

"생각해봤는데 말이야." 탐신이 다른 생각에 빠진 듯 중얼거린다. "아버지가 다른 분을 만나게 우리가 도와드려야 하지 않나 싶어."

나는 억지 미소를 짓는다. "아버지가 마음을 열 수 있을지 잘 모르겠는데."

탐신이 나를 보며 웃는다. "딱 누구 같단 말이지."

나는 짝다리를 짚고 서서 가만히 탐신을 바라본다.

"오빠가 사람을 좀 만났으면 좋겠어." 탐신이 쭈빗거리며 내 옆으로 오더니 내 팔을 꽉 잡는다. "오빠는 참 좋은 사람이니까."

"그건 네 편견이고, 난 혼자가 좋아." 이렇게 말할 때마다 나도 점점 더 그렇게 믿게 되는 것 같다.

"진정한 사랑을 찾아야지." 탐신이 더 단호하게 나온다. 예상 밖의 반응이다.

"진정한 사랑 같은 거에 관심 없어. 진짜야."

"그럼 일단 누구든 한번 만나봐. 더그 오빠가 그러는데 거의 수도승처럼 살고 있다며?"

이미 한 여자를 만났어, 탐신. 정말 나비처럼 멋지고 아름다운 여자야. 우리가 이어져서는 안 되는 이유가 너무 많을 뿐.

"더그는 참 쓸데없는 얘길 하고 다니네."

"그럼 아니야?"

멀리사와의 관계를 여동생에게까지 세세히 털어놓고 싶지는 않다. "우리 이런 얘기는 하지 말자."

"비키 이후로 오랫동안 아무도 안 만났잖아."

비키의 얼굴을 떠올리기만 했을 뿐인데 고장 난 내 삶으로 캘리를 끌어들이는 건 절대 안 될 일이라는 확신만 더해진다. "비키는 내가 없으니 더 잘살 거야."

탐신이 계속 고집을 부린다. "내가 베스 얘기 했었나? 같이 일하는 친구인데 진짜 괜찮아. 내가 소개해줄 수…….'"

탐신이 베스라는 친구에 대해 칭찬을 늘어놓는 동안 휴대폰에서 진동이 울린다. 나 대신 택배를 받아놨다는 캘리의 간단한 메시지다. 이모티콘도 몇 개 있다. 어젯밤의 끔찍했던 볼키스가 캘리의 마음을 멀어지게 하는 덴 별로 효과가 없었던 것 같아 마음이 놓인다.

나는 동생의 뺨에 가볍게 입을 맞춘다. "아이구, 이뻐라." 그리고 주방에서 나와 위층으로 향한다.

"그런데 오빠는 뭐 하러 온 거야?" 탐신이 큰 소리로 묻는다.

"조사." 나는 낮게 웅얼거린다. 어차피 들으라고 한 대답은 아니다.

23
캘리

조엘과 저녁식사를 한 것도 벌써 일주일 전의 일이다. 나는 그날 스캠프 이야기를 들으며 감동해서 눈물까지 흘렸다. 어제 워터펜에 면접을 보러 가면서 스캠프의 이야기를, 또 열정에 관해 조엘이 해준 말을 가슴속 깊이 새겼다.

시내에 쇼핑하러 나왔다가 전화벨이 울려 받으니 반가운 소식이 전해진다. 너무 기뻐서 하늘을 날아갈 것 같다.

원래는 집에 들러서 머리라도 다시 빗으려고 했다. 하지만 집에 도착하니 당장 조엘의 집으로 달려가 문을 두드리고 싶다.

문이 열리자 조엘이 허리에 수건 한 장만 두른 채 물을 뚝뚝 흘리고 서 있다. 물방울이 이슬처럼 조엘의 부드러운 살갗에 흩뿌려져 있다. 달려온 이유를 설명하려던 나는 당황해서 허둥대고 만다.

"미안해요." 조엘이 먼저 입을 연다. "급하게 나오느라 그만……."

"저 됐어요."

"뭐가 돼요?"

"연락이 왔어요. 저 최종 합격했대요. 일 년 계약직이에요."

"캘리, 진짜 잘됐네요. 축하해요."

순간 조엘과 눈이 딱 마주친다. 조엘은 곧 어색하게 웃으며 고개를 숙이지만 그 순간 나는 내가 이 남자를 좋아한다는 사실을, 내가 지금 무슨 짓을 하는지 신경 쓸 겨를이 없을 정도로 좋아한다는 사실을 새삼 깨닫는다.

내가 한 걸음 다가서자 조엘이 고개를 든다. 우리는 코가 거의 맞닿을 정도로 가까이 서서 잠시 머뭇거린다. 온몸에서 피가 솟구친다. 지금 내 심장박동을 측정하면 킬로와트 단위가 나올 것 같다. 나는 발꿈치를 들고 조엘의 입술에 내 입을 맞춘다. 조엘도 키스로 화답한다. 처음에는 망설이듯 조심스럽다가 두 입이 맞물리는 순간 강렬한 키스가 되어버린다. 내 머리를 감싼 조엘의 손이 뜨겁다. 우리는 더욱 세게 끌어안는다. 아직 물기가 남아 있는 그의 몸은 따뜻하면서도 단단하다. 조엘의 몸이 쾌감으로 파르르 떨린다. 그 순간 내 입술을 촉촉하게 감싸는 그의 입술과 그의 몸에서 향긋하게 피어오르는 샤워젤 향기가 나를 완전히 사로잡는다.

결국 나는 몸을 떼고 숨을 깊이 들이마신다.

"미안해요." 조엘이 축축하게 젖은 내 티셔츠를 내려다보며 낮게 속삭인다.

밖에는 비가 내리기 시작했다. 자동차 지붕과 포장도로, 앙상한 나뭇가지에 규칙적으로 떨어지는 빗방울 소리를 들으니 마음이 편안해진다.

나는 웃으며 아랫입술을 깨문다. "괜찮아요."

"캘리, 저……." 내가 들어갈 수 있게 문을 더 열며 조엘이 말한다. "오 분만 기다려줄래요? 옷 좀 걸쳐야 할 것 같아서."

갑자기 부끄러워서 고개를 들 수가 없다. 심장이 주책맞게 요동치기 시작한다. "그럼 머피를 좀 풀어주고 올게요. 잠깐이면 돼요."

조엘이 고개를 끄덕인다. "그럼 문을 잠그지 않고 둘게요."

24
조엘

욕실 거울에 비친 내 모습을 바라본다. 거울에 서린 김이 닦은 지 몇 초 지나지 않아 다시 스멀스멀 거울을 덮는다.

가만히 서서 호흡을 가다듬는다. 누가 내 목을 끈으로 조르기라도 한 것처럼.

여기서 그만두고 싶어도 그럴 수가 없어. 더 이상 저항할 힘조차 없어. 캘리를 향한 마음이 너무 커져버렸어.

나는 세면대를 짚고 서서 고개를 떨군다. 캘리와 나, 우리 두 사람……. 자연스럽고 불가피한 관계처럼 느껴진다. 봄을 알리는 맑은 하늘처럼. 이제 막 뿌리를 내린 어린 묘목처럼.

그리고 좀 전의 키스…… 아직 몇 분밖에 지나지 않았지만 내 머릿속에서는 그 장면이 쉬지 않고 재생되는 중이다.

왠지 마음을 다잡을 수가 없다. 내 의지와 상관없이 목줄이 풀린 것 같은, 안전하지 않은 기분이 든다. 오래전에 했던 다짐을 다시 떠올려본다. 내 마음과 정신을 지키자고 했던 다짐을.

그렇다면 캘리의 마음과 정신도 지켜줘야 하지 않을까?

다시 고개를 들어 흐릿해진 내 모습을 바라본다. 그래, 그렇게 하자. 오랜 세월 동안 내 몸이 학습했던 대로 그렇게, 생각이 더 나아가지 않도록 브레이크를 꾹 밟는다. 캘리는 나에 대해 아는 게 거의 없다. 내 모습을 모두 까발렸을 때 캘리가 어떤 반응을 보일지도 알 수 없다.

아무리 생각해도 그 키스를 없던 일로 되돌려야 할 이유밖에 찾을 수 없다. 그래서 옷을 입다가 초인종 소리가 울리자 나는 현관으로 급히 달려간다.

그럼에도 캘리가 위층으로 올라가 있던 그 오 분간이 너무나 길게 느껴진다.

일단 인터폰을 누른다. "왔어요?"

"자기야, 나야."

심장이 철렁한다. "멀리사?"

웃음소리가 들린다. "그래, 조엘."

"왜 당신이……."

"설마 까먹은 건 아니지?"

갑자기 등을 타고 한기가 흐른다. 인터폰에 이마를 박고 한숨을 내쉰다. *제발, 제발 오늘이 생일이라는 말은 하지 말아줘.*

"안 들여보내줄 거야? 비가 이렇게 퍼붓는데?"

나는 눈을 질끈 감는다. *어떻게 이렇게 한심한 인간이 있지?* "미안, 잠깐만." 일단 문을 열어주고 잘 설명해보자.

핼러윈에 보고 그 후로 못 봤으니 거의 한 달 만이다. 그날 저녁 멀리사와 키스를 하고 다음 단계로 넘어가면서 생일 얘기를 했던 것도 같다. 얼마 전에도 생일 얘기가 나와서 오늘 우리 집에 오는 일에 대해 뭐라 얘기했던 것 같다. 결국 내 잘못이다.

나는 현관문을 연다.

"장난하는 거지? 그치?"

멀리사가 복도에 서서 코트에 달린 모자를 벗어 넘긴다. 코트를 벗으니 여름철 휴가지에서 그을린 갈색 피부가 드러난다.

나는 고개를 젓는다. "미안, 실은…… 다른 약속이 생겼어."

엄밀히 따지면 십 분 전만 해도 다른 약속 같은 건 없었다. 그래서 이렇게 대답하려니 이중으로 잘못을 저지르는 것만 같다.

"다른 약속 뭐? 여자?"

나는 눈짓으로 대답을 대신한다.

"약속 있으면서 이렇게 오게 내버려둔 거야?"

"깜박했어." 인정하고 사과하는 수밖에 없다. "미안해."

멀리사는 아무 말도 하지 않는다. 멀리사가 우는 건 아닌가 싶었지만 실제로 우는 건 본 적이 없다. 울어본 적이 있긴 한지 모르겠다.

멀리사가 일단 알았다는 듯 묻는다. "그럼 최소한 화장실은 써도 되지? 쌀 것 같아."

"아, 그럼. 미안, 얼른 가."

멀리사가 들어갈 수 있게 별생각 없이 옆으로 비켜서서 복도를 둘러본다. 그때 계단 맨 위칸에 놀란 새끼 사슴 같은 표정으로 서 있는 캘리와 눈이 마주친다. 발치에는 머피가 서 있다.

내가 이름을 부르려는 순간 캘리는 사라져버린다.

PART 2

25
캘리

시간이 지나면 괜찮아질까요? 보고 싶어요. 시간이 지나면 괜찮을 줄 알았는데 오히려 더 힘들어지는 것 같아요.

당신 목소리가 듣고 싶어요. 상상 속에서 말고 실제로요. 함께 이야기 나누며 웃고 싶고, 키스도 하고 싶어요. 그동안 어떻게 지냈는지 시시콜콜 다 얘기해주고 싶어요. 당신 품에 안겨서 숨결을 느끼고 싶어요.

그래도 이렇게 편지를 쓰다 보면 머지않아 직접 이야기를 나누게 될 것 같다는 느낌이 들어요. 당분간은 당신이 내 옆에 있는 척, 실제로 대화를 나누고 있는 척, 그렇게 행동할래요. 어찌 알겠어요. 그러다 보면 마지막으로 한 번만 더 보고 싶다는 마음이 사라져줄지도……

당신이 지금 내 곁에 있었으면 좋겠어요. 보고 싶어요, 조엘. 보고 싶어서 못 견디겠어요.

26
조엘

멀리사가 화장실 문을 약간 열어두고 떠드는 동안 나는 거실을 계속 맴돈다. 당장 위층으로 뛰어 올라가서 캘리가 생각하는 그런 게 아니라고 변명하고 싶은 마음이 굴뚝같다. (멀리사가 역사상 가장 긴 소변을 마치고 옷을 입기 전에 다녀올 수도 있을 것 같다.)

"당신은 뭘 깜박하고 그런 사람이 아니잖아. 절대 불가능한 일이지. 우리 엄마 생일까지 기억하면서, 참 나⋯⋯."

마침내 변기 물 내리는 소리와 함께 세면대에서 물 흐르는 소리가 들린다.

"그래서 그 여자는 대체 누구야?" 화장실에서 나온 멀리사가 통로에 가만히 서서 팔짱을 끼고 쳐다본다. 우아한 원피스와 열심히 컬을 말아 넣은 머리카락을 보니 또 마음이 좋지 않다.

"위층에 사는 여자지? 그치? 그때 편의점에서 만난 여자. 발끈하는 걸 보니 그럴 것 같더라."

저번에 멀리사가 만나고 있다던 도미닉이라는 남자가 떠오른다. 멀리사가 그를 만난다고 해서 뭐라고 하고 싶은 마음은 없다. 멀리사와 나는 그냥 이렇게 만나는 사이니까. 그렇게 합의한 사이니까.

"맘 안 좋게 왜 그런 소릴 해?"

"맘 안 좋으라고 한 소리 아니야. 그냥 당신 기분이 안 좋은 거 아냐?"

"미안해, 멀리사."

"이렇게 그지 같은 날씨에 다시 왓퍼드까지 운전해서 가야 해?"

그때 억수 같은 비가 유리창을 때린다. 나를 조롱하며 빈정대는 박수 소리처럼 들린다.

가만히 멀리사를 보고 있으니 나를 만나겠다고 M1 고속도로를 열심히 운전해왔을 모습이 눈에 선하다. 막상 나는 집에서 멀리 나가는 걸 싫어해서 한 번도 멀리사의 집에 가본 적이 없다. 멀리사는 그런 내 고집을 받아줬고, 내 행동에 대해 꼬치꼬치 캐묻는 일도 거의 없었다.

합의를 했든 안 했든 그동안 멀리사가 많이 양보한 건 사실이다.

나는 한숨을 내쉰다. "아니야, 어떻게 그래. 그냥 여기 있어. 난 그냥……."

멀리사가 약 올리듯 씩 웃는다. "나 때문에 그 여자 바람맞히지 마."

잠시 침묵이 이어진다.

"내 말 잘 들어…… 오늘 밤 너랑 나는 아무것도 안 하는 거야."

내가 무슨 귀여운 말이라도 한 것처럼 멀리사의 얼굴에 미소가 가득 퍼진다. "이렇게 지조 있는 남자인 줄은 몰랐네."

"그럴 리가." 나는 시선을 떨군다.

"죽을 때까지 아무도 안 만날 것 같더니. 영원히 자유롭게 살고 싶어 하는 줄 알았지."

"그랬지. 예전에는……." 별안간 멀리사와 눈이 마주쳐서 말끝을 더듬고 만다. 그리고 꽤 긴 침묵이 이어진다.

"진짜 특별한 여자인가 보네." 멀리사는 이렇게만 말할 뿐이다. 그리고 담배에 불을 붙이며 혼자 주방에 가서 와인을 한 잔 따른다.

27

캘리

눈앞에 펼쳐진 광경에 발을 돌리고 집으로 들어왔다. 가장 편안한 울 카디건으로 몸을 감싸고 머리를 땋아 묶는다. 그런 다음 '스코틀랜드의 바다새' 머그잔(깨끗한 잔이 이것뿐이다)에 위스키를 조금 따라 삼키며 쓰라린 가슴을 달랜다.

그때 현관에서 노크 소리가 들린다.

나는 조심스럽게 문을 연다.

"정말 미안해요, 캘리." 조엘이 비참한 몰골로 서 있다. "멀리사가 올 줄 몰랐어요."

이제 조엘은 청바지와 티셔츠를 걸치고 있다. 머리는 수건으로 대충 문질러 닦은 것 같다. 좀 전에 아래층에서 내게 문을 막 열어주던 조엘의 모습을, 아무것도 걸치지 않은 따뜻한 가슴과 나를 원하던 거친 숨소리를 떠올리지 않으려고 하지만…….

노력은 했지만 별 효과는 없다.

"괜찮아요." 위스키를 마시며 소리 없이 눈물을 흘렸으니 됐다. 그런데 내가 운 걸 조엘이 눈치채지 않을까 걱정이다. "멀리사의 존재를 몰랐던 것도 아니고, 그냥 모르는 척하고 싶었을 뿐이에요." 모든 상황이 그렇게 말하고 있었는데, 조엘은 그런 남자가 아닐 거라고 믿고 싶었던 것 같다.

"아니, 멀리사랑 난…… 사귀는 사이가 아니에요. 진짜예요. 우리는 그냥…… 그냥……."

조엘이 말을 맺지 못하고 침묵이 그 자리를 대신한다. 나는 조엘에게서 좀 더 위로가 되는 말을 듣고 싶었던 것 같다.

조엘이 나직한 목소리로 다시 입을 연다. "멀리사한테는 자고 가도 된다고 했어요. 오늘 밤만요. 운전을 오래 했거든요. 진짜 잠만 자고 갈 거예요."

핼러윈 날 밤 아래층에서 들렸던 소리가 다시 들리는 것 같아 나는 눈을 질끈 감는다. "이렇게 설명할 필요가……."

"그렇지 않아요, 캘리. 저는 당신을 많이 좋아해요."

나는 일단 고개를 끄덕이지만 무슨 말을 해야 할지 모르겠다. 이제 와서 그런 말이 무슨 소용인지도 잘 모르겠다.

머리 위에서는 거센 비가 계단통 채광창을 마구 두드린다. 안으로 들여보내 달라고 조르는 것 같다.

"내일 다시 들러도 될까요?"

나는 이마를 찌푸린다. "그게 저는……."

"부탁이에요, 캘리." 조엘이 한마디 내뱉을 때마다 가슴에서 유릿조각을 뽑아내듯 크게 숨을 내쉰다. "타이밍이 안 맞았던 것뿐이에요. 믿어줘요."

"저는 막 나가려던 참이에요." 나는 최대한 부드럽게 대화를 마치려고 이렇게 말한다. 물론 나도 내가 나가게 될 줄은 몰랐다. "이제 나갈 준비를 해야겠어요."

조엘이 몹시 괴로운 표정을 짓는다. 그 모습을 보니 갑자기 이 모든 걸 없었던 일로 해야만 한다는 게 화가 난다. 특히 아까 그 키스는 내 인생 최고의 키스였는데.

조엘이 낮게 한숨을 내쉰다. "알았어요. 그럼 잘 다녀와요."

"그럴게요."

하지만 조엘은 계속 문 앞에 서서 가려고 하지 않는다. 나는 할 수 없이 잘 자라는 인사를 건네고 면전에서 조용히 문을 닫는다.

28
조엘

그동안 살면서 아무거나 주먹으로 한 대 치고 싶은 충동을 자주 느끼긴 했지만 지금은 정말로 벽에 주먹을 날리고 싶다. 캘리에게 다시 문을 열어달라고 해서 이번에는 제대로 설명하고 싶다. 하지만 나는 캘리가 준 기회를 이미 한 번 날려먹었다. 하는 수 없이 아래층 으로 다시 내려간다. 생각할 시간이 필요하다.

집에 들어가자 멀리사는 원피스 대신 내 티셔츠를 걸치고 있다. 황갈색 머리카락은 어깨 위로 풀어 내렸고, 레드 와인이 담긴 잔을 한 손에 들고 있다. 안으로 들어가려는데 멀리사가 나를 현관문 앞 에 멈춰 세운다. 한 손가락으로 내 뺨의 움푹 들어간 부분을 어루만 지더니 주근깨 박힌 얼굴을 내게 들이댄다. 담배 냄새와 향수 냄새 의 익숙한 조합에 나도 모르게 키스할 뻔했다.

"귀엽네. 비밀로 해줄게."

나는 최대한 조심스럽게 몸을 빼내어 주방으로 걸음을 옮긴다. "별로 좋은 생각은 아닌 것 같은데."

멀리사는 소파에 자리 잡는다. 책상다리를 하고 앉으니 속옷이 보일 것 같다. "질문 좀 해도 돼?"

"배고파? 피자 주문할까?"

"나랑 그 여자랑 대체 뭐가 달라?"

그렇게 간단히 말할 수 있는 게 아니야. 이렇게 대답하고 싶다. 캘

리를 좋아하는 마음은 장단점 같은 걸로 설명할 수 없어. 다른 사람과 비교해서 어떤 점이 더 좋다고 말할 수도 없고.

미친 소리 같지만 내가 캘리에게 느끼는 유대감은 뭐랄까…… 보다 본질적인 것에 있다. 낙뢰나 조수가 발생하는 원인처럼 선천적이고 본질적인 이유가. 여러 감정이 휘몰아친다.

나를 바라보던 캘리의 표정이 떠오른다. 아름다운 무언가가 망가져버렸을 때처럼 금빛을 띤 초록색 눈동자가 파르르 떨렸다.

"페퍼로니 피자?" 나는 상냥하게 묻는다. 하지만 멀리사의 질문에 대답할 마음은 없다.

29

캘리

나는 집을 나와 에스터에게 연락해 시내에서 모히토나 한잔하자
고 했다. 또 아래층에서 조엘과 멀리사의 그렇고 그런 소리가 들리
면 견딜 수 없을 것 같았다. 그리고 일단 밖에 나가면 노이즈 캔슬
링 헤드폰을 쓰고 침대에 누워 취직을 축하하는 것보단 덜 비참할
것 같았다.

에스터와 함께 술집에 앉은 나는 급하게 술을 넘긴다. 가슴의 상
처를 무디게 하려는 사람들이 흔히 그러는 것처럼. 그렇게 한 시간
쯤 마시면서도 조엘 이름은 입에 올리지 않으려고 애쓴다.

하지만 에스터가 먼저 묻는 바람에 나는 멀리사 이야기를 하고
만다.

"잠깐. 그 여자 매춘부 아냐?" 에스터가 묻는다. 모히토를 너무
많이 마셔서 기억이 흐릿해진 모양이다.

"아니, 그냥 그렇게 입은 거라고. 핼러윈이었잖아."

"매춘부처럼 입는 건 어떻게 입는 거야?"

"〈귀여운 여인〉 있잖아."

에스터가 〈귀여운 여인〉이든 핼러윈이든 못마땅하다는 듯 인상을
찡그린다. "그래서 그 여자는 자고 간다고?"

"운전을 오래 했대."

에스터가 매우 딱하다는 듯 쳐다봐서 나는 기분이 상한다.

"그 말 믿는 거 아니지? 피어스 때랑 똑같네. 또 시작이야."

"조엘은 피어스랑 달라. 비슷하지도 않다고."

에스터가 빨대로 얼음 조각을 괴롭힌다. "기억 안 나? 피어스가 저녁 약속 취소하면서 사촌이 자고 가기로 했다고 거짓말했잖아. 사촌이 아니라 골프장에서 만난 여자였으면서."

나는 못 들은 척 어깨를 으쓱하며 쓰라린 가슴을 달래보려고 모히토를 또 한 모금 삼킨다. 생각보다 효과는 없다.

에스터는 내게 분별력이라는 걸 되찾아주려고 안간힘을 쓴다. "그 남자, 오래 만날 상대는 못 되는 것 같아."

"어딜 봐서?" 나는 에스터의 답변에 쉽게 반박할 수 있기를 바라며 묻는다.

에스터가 술 취한 사람 특유의 근엄한 표정으로 내게 얼굴을 들이대며 말한다. "말도 없이 찾아온 여자 때문에 널 차버렸잖아."

실은 나도 꽤 많이 취해서 반박하려면 쉽지 않을 것 같다.

다음 날 아침, 커피가 떨어졌는데 멀리사와 마주치고 싶지 않은 나는 거실 창문 옆에 딱 붙어 앉아 멀리사가 떠나길 기다린다. 하늘은 거위 깃털 같은 회색빛이고 공기 중에는 11월 말의 비 내음이 가득하다. 다가오는 봄에 꽃을 피우게 될 저 나무에서는 울새가 아침 알람을 울린다. 나는 점점이 흩어졌던 세상이 잠에서 깨어나 연결되기 시작하는 광경을 지켜본다. 집집마다 커튼이 활짝 열리고 거리에서는 발소리, 문소리, 자동차 시동 소리로 친숙한 합주가 시작된다. 하늘이 조금씩 밝아지고 회색빛이 옅어지면서 도시의 윤곽이 점점 뚜렷해지고, 보일러 굴뚝에서는 하얀 김이 뿜어져 나온다.

그 여자는 예상보다 일찍 집을 나와 빗물 고인 웅덩이를 피해 걸음을 내딛는다. 밝은 갈색 머리카락을 풀어 내리고, 인조 칼라가 달린 코트를 걸쳤다. 내 월세의 스무 배는 될 것 같은 차로 향하며 리모컨 키로 잠금을 풀고, 뒤도 돌아보지 않고 차에 올라탄다.

도로 끝에서 차 브레이크 등이 깜박이는 순간 나는 자리에서 일어나 집을 나선다.

편의점 냉장 식품 진열대 앞에서 멀리사와 마주치고 만다. 멀리사는 메이크업을 하지 않아도 고개를 돌리게 만드는 그런 여자다. 피부색이며 속눈썹이며 얼굴형이며 완벽하게 타고났다.

멀리사가 나를 보며 너무 활짝 웃어서 좀 당황스럽다. 지난번보다 훨씬 다정하고 여유로워 보인다. 일생일대의 멋진 밤을 보낸 사람 특유의 여유는 아니었으면 싶지만, 그럴 가능성이 높아 보인다.

"이게 없으면 운전을 못 하거든요." 멀리사가 아이스커피를 들어 보인다. 사람들은 보통 어색한 상황에서 이런 행동을 한다. 자신의 행동을 설명하며 잡담을 늘어놓는다. "그 사람 집에는 우유가 없고, 나는 블랙커피가 싫어서."

그 사람. 이름을 언급할 필요가 없다는 거네. 같은 사람을 떠올리고 있으니까.

멍하니 있던 나는 멀리사가 내 대답을 기다리고 있다는 걸 깨닫는다. "저기, 저도 두 분 관계가……."

"진지한 관계는 아니에요. 사실 조엘이 그런 스타일은 아니거든요."

이 여자가 진심으로 하는 말인지 모르겠다. "그렇군요."

"조엘이 아직 말 안 했죠? 본인…… 문제에 대해서."

나는 못 들었다고 대답한다. 조엘에게 문제가 있다면 내가 모르지는 않을 것 같은데, 멀리사가 얼굴을 가까이 대고 낮은 목소리로 속삭이자 괜한 죄책감이 든다. 어젯밤에 무슨 일이 있었든 조엘은 여전히 좋은 사람이다. 조엘이 없는 자리에서 이렇게 그의 이야기를 듣고 있자니 마음이 편치 않다. 멀리사는 지금 내게 유혹의 손짓을 보내며 선을 넘도록 유도하고 있다.

내가 아무 말도 하지 않자 멀리사 혼자 떠들기 시작한다.

"정말 혼자 있는 걸 좋아하는 사람이죠. 약간…… 불안증 같은 것도 있고. 모든 관계를 다 거부해요. 맨날 들고 다니는 그 노트 본 적 있어요?"

나는 여기서 벗어나고 싶지만 멀리사가 조엘에 관한 정보를 미끼처럼 조금씩 던지며 나를 끌어들인다.

"노트에 뭐가 적혀 있는지 알아요?"

결국 나는 미끼를 물고 만다. "몰라요."

멀리사는 계획적으로 뜸을 들이며 입술을 깨문다. "조엘한테 말해야겠어요. 댁한테도 알려주라고."

이 여자를 붙들고 계속 말해보라고 하고 싶지만 겨우 참는다. 조엘이 내게 해야 할 이야기가 있다면 그건 그가 결정할 문제다.

"그래요." 나는 이렇게만 말하고 이만 물러나려 한다.

"좀 속상하네요. 내가 대신 얘기해도 나를 못 믿을 테니까."

나는 멀리사를 똑바로 바라본다. "알고 싶지 않으니 그만하죠."

멀리사가 뿌듯한 미소를 짓는다. "맞아요. 나도 당신 입장이라면 모르는 게 속 편할 거예요."

"실례할게요. 늦어서요. 먼저 가볼게요."

아파트로 돌아오는 길에 아래층 현관문을 슬쩍 쳐다본다. 하지만 걸음을 멈추지는 않는다.

30
조엘

체육관에 딸린 자그마한 사무실에 들어서니 스티브가 바위 덩어리 같은 엉덩이를 테이블에 걸치고 앉아 있다. "운이 제법 좋은데? 열두시까진 예약이 비어 있거든."

나는 두 손을 바지 뒷주머니에 꽂은 채 문 앞에 서 있다. 옷을 더 껴입고 올 걸 그랬다. 스티브의 체육관은 순전히 땀을 흘리려고 오는 공간이라 난방을 하지 않는다.

문 바깥에서 들리는 하우스 음악에 맞춰 심장이 쿵쿵 울린다. 여기 오기 전에 마신 커피 때문이 아니다. *한번 해보는 거야. 이제 되돌릴 수 없어. 스티브…… 제발 나를 믿어줘.*

"너를 믿어도 될지 모르겠다."

스티브가 팔짱을 낀다. "당연히 믿어도 돼."

사람의 이두박근이 볼링공처럼 보일 수도 있다니 대단하다 싶다.

"아니, 그냥 하는 말이 아니라. 이 얘기는 아무한테도 하지 않았으면 좋겠어. 헤일리한테도 안 돼."

나를 아널드 슈워제네거로 만들어줄 수 있느냐는 말이라도 들은 듯 스티브가 견적을 따져보는 눈빛으로 나를 응시한다. "불법적인 일에 휘말린 거야?"

"아니야."

"알았어. 그럼 누구한테든 얘기할 일 없어."

나는 또다시 벼랑 끝에 올라선다. 예전과 다른 점이 있다면 이번에는 진짜 뛰어내릴 작정이라는 것이다. 내가 정말 낭떠러지에 섰구나 하는 느낌이 온몸으로 전해진다. 대학교 때 의사에게 실컷 비웃음을 산 뒤로 처음이다. "대학원에서 공부할 때 말이야…… 초자연적인 능력을 가진 사람 본 적 있어?"

초조한 침묵이 이어진다.

한참 후에 스티브의 대답이 침묵을 밀어낸다. "초자연적이라는 게 무슨 의미인지에 따라 대답이 달라질 것 같은데."

"어떤…… 어떤 것들이 있는데?"

스티브가 팔짱 낀 두 팔을 테이블에 걸치며 설명한다. "무대 마술사, 투시술사, 유료 사주 상담가……."

"아니, 내가 말하는 건 진짜로 미래를 예견할 수 있는 능력이야."

스티브는 또다시 깊은 침묵에 빠진다. 이번에는 좀 더 오래 이어진다. "네가 그렇다는 거야?"

갑자기 속이 울렁거린다. 결국 나는 허공에 발을 디딘다. "그래."

"그게 무슨 말이야? 세계의 중대 사건 같은 걸 미리 맞힌다는 말이야? 로또 번호나?"

"그런 건 아니야. 나는…… 꿈을 꿔."

"무슨 꿈?"

"내가 아끼는 사람들한테 일어날 일들이 꿈에서 보여."

침묵이 사람을 잡을 수 있다는 사실을 그동안은 미처 몰랐다. 스티브가 못 믿겠다는 표정을 지을까 봐 그의 안색을 살피는 내내 심장이 어지럽게 요동친다.

하지만 놀랍게도 그런 흔적은 보이지 않는다.

"계속 설명해봐."

스티브가 아직 비웃지도 않았고 장시간 산책을 권유하지도 않았다는 사실이 납득되지 않는다. 오히려 그가 너무 평온해 보여서 할 말이 얼른 생각나지 않는다.

"계속해봐, 조엘. 듣고 있으니까."

나는 다시 심호흡을 하고 스티브의 딸이자 나의 대녀인 포피 이야기로 설명을 이어나간다. 내가 꾸었던 꿈, 그러니까 스티브가 교차로에서 브레이크를 걸지 않아 차가 가로등을 들이받은 끔찍한 광경을 설명한다. 그 후에 있었던 일들과 두 달 전 그의 자동차 타이어에 펑크를 내야 했던 이유까지 모두.

스티브가 턱을 삐죽거리며 낮게 욕을 내뱉는다. 그리고 당장 깨부술 것 같은 눈길로 창문을 노려본다. "다른 일은?"

나는 계속 설명한다. 내 사촌 루크에게 일어났던 일과 엄마가 암에 걸려 돌아가신 일, 내 동생이 머지않아 임신할 거라는 소식, 그리고 케이트의 외도와 아버지의 폭언까지 모두.

스티브에게 내 노트를 건넨다. 남에게 이 노트를 보여주는 건 평생 처음 있는 일이다. 이 노트를 본다는 건 내 머리를 열고 들여다보는 것이나 다름없다. 내 꿈, 생각, 계획, 걱정거리, 아이디어를 비롯해서 관련이 거의 없는 내용들도 모두 적혀 있다.

스티브는 내가 미쳤다고 생각할까? 예전의 그 의사처럼 비웃지는 않을까? 정신 건강 테스트를 받아보라고 권유하지는 않을까?

그러면 나는 앞으로 어떻게 해야 하지? 지금 이건 실제 상황이다.

스티브가 노트를 조심스럽게 넘기며 묻는다. "패턴 같은 게 있어?"

"아니. 대체로 일주일에 한 번 정도 그런 꿈을 꿔. 좋은 꿈도 있고 안 좋은 꿈도 있고, 중간쯤에 해당하는 꿈도 있고 그래. 다음에 어떤 꿈을 꾸게 될지는 나도 몰라."

사실 안 좋은 꿈보다는 좋은 꿈이나 중립적인 꿈을 더 자주 꾼다. 내가 사랑하는 사람들의 삶이 반영되어서 그런 것 같다. 하지만 어쩌다 한 번 꾸는 끔찍한 꿈은 그 여파가 너무 크다.

어떤 꿈이든 더 이상 꾸고 싶지 않다. 보통 사람처럼 캘리의 곁을 지키고 싶다.

스티브가 주변을 두리번거리더니 뒤에 놓여 있던 탁상용 동기부여 달력의 앞장을 뜯는다. 달력 아래쪽에 '근육을 만들자'라는 구호가 적혀 있다.

스티브가 펜을 들고 적으면서 묻는다. "병원에 가본 적 있어?"

"딱 한 번, 대학 때."

"의사는 뭐래?"

"당장 눈앞에서 꺼지라고, 그리고 다시 나타나지 말라고."

스티브가 계속 끄적이며 눈썹을 찌푸린다. "불안증과 관련 있을 수 있다는 설명도 안 해줬나 보네."

"그 사람은 아무 설명도 안 해줬어. 그런데 아무리 불안증 때문이라고 해도…… 앞날을 미리 볼 수 있다는 건 말이 안 되잖아."

"꿈을 꾼 일이 실제로 일어나지 않은 적도 있어?"

"내가 개입하면 결과가 달라져. 그러니까 내 꿈은…… 일종의 예언인 셈이지."

스티브는 계속 적어나간다. 그 모습을 보고 있자니 점점 의기소침해진다. 스티브가 짠 하고 해결방법을 내놔줬으면 좋겠다.

사실 스티브에게 그런 해결책이 없다는 건 알고 있다. 잠깐 대화를 나누기만 했는데 바로 그 자리에서 해결방법을 얻어 집으로 돌아갈 수 있다면 그건 기적일 것이다.

"크게 아팠던 적은 없어?"

"이런 꿈도 포함해서?"

"아니."

"그럼 없어."

"머리를 다친 적도 없고? 머리를 세게 부딪힌 기억도 없어?"

"그런 적 없어. 그건 왜 물어?"

"공부한 지 오래돼서 정확하지는 않은데, 측두엽이나 전두엽과 관련 있을 수도 있거든. 우반구 말이야." 스티브는 내가 이해하기 쉽게 펜을 들고 자기 이마를 가리킨다.

나도 수의과 대학에서 신경학 강의를 들은 덕에 스티브의 설명을 알아들을 수는 있다. 내 의학 지식을 내 꿈과 연결해볼 생각은 해본 적이 없다. 하지만 스티브라면 연결점을 찾을 수 있지 않을까 기대했다.

스티브가 마침내 펜을 내려놓는다. "조엘, 나도 공부에서 손 뗀지 거의 20년이 다 됐어. 지금 당장 무슨 말이든 해주고 싶지만 그건 추측에 지나지 않겠지. 그래도 아직 연락하고 지내는 사람들이 있으니까…… 어쩌면 다이애나 조핸슨이 도와줄 수 있을 것 같아."

"그게 누군데?"

"뛰어난 신경과학자야. 예전에 같이 공부했던 동기인데 지금 대학에서 연구팀을 운영하고 있으니 연락처는 쉽게 찾을 수 있을 거야."

"그분이 이런 걸 연구 주제로 삼으려 할까?"

"글쎄. 요즘은 일이 어떤 식으로 진행되는지 나도 잘 몰라. 공식적으로 진행하는 연구라면 일단 자금부터 신청해야 할 거야. 윤리위원회 승인도 받아야 하고, 정밀 건강진단을 받아야 할 수도 있어."

"그렇다는 건, 빠른 해결책은 없다는 소리네." 나는 가라앉은 목소리로 대꾸한다.

"이걸 치료할 약 같은 게 있을 거라 생각한 건 아니지?" 스티브가 칭얼대는 어린아이를 달래듯 부드러운 목소리로 말한다.

너무나 무기력하다는 사실이 떨어지는 역기만큼이나 무겁게 내 가슴을 짓누른다. "그런 건 아니야."

"내가 할 수 있는 건 다 해볼게. 날 믿어." 스티브가 내 눈을 똑바로 바라본다. "그리고…… 고마워. 날 믿어줘서."

나는 고개를 끄덕인다. 잠시 침묵이 뒤따른다.

스티브가 턱을 문지르며 말한다. "그래도 한편으론 마음이 놓이네."

"마음이 놓이다니?"

"이제 앞뒤가 맞는 거 같아. 비키랑 헤어진 것도 이것 때문이야?"

"그렇다고 할 수 있지."

"그럼 캘리는?"

나는 당황해서 눈을 깜박이며 묻는다. "뭐라고?"

"여기 온 게 캘리 때문 아니야?"

"왜 그렇게 생각해?"

"지난주에 캘리한테 전화했었어. 뭐 필요한 거 없나 확인할 겸. 조엘은 잘 있느냐고 물었더니……." 스티브가 씩 웃는다. "캘리의 말을 끊을 수가 없더라고."

어젯밤 그 일이 있기 전에, 달콤했던 키스가 씁쓸한 맛으로 바뀌기 전에 이 이야기를 들었다면 기분이 무척 좋았을 것이다.

오늘은 아직 캘리를 만나지 못했다. 아침에 멀리사가 가고 나서 한 시간쯤 후에 집에서 나왔지만 캘리는 집에 없는 것 같았다.

"캘리한테 이런 얘기 해봤어?"

"아니."

"그럼 또 누가 알아?"

"너밖에 없어. 대학 때 그 의사 빼면."

"가족이나 다른 친구들에게도 얘기 안 했고?"

"전혀."

스티브가 한숨을 훅 내쉰다. "있잖아, 내 말이 다 맞을 순 없겠지만 주변 사람들과 대화를 나눠보는 것도 괜찮을 것 같아."

"대화 상대를 잘 만난다면 그렇겠지. 그래서 너한테 온 거고."

"캘리한테도 잘 설명하면 이해해줄 거야. 시도해봐야 알겠지만."

나는 아무 대꾸도 하지 않는다.

"그래. 일단 다이애나한테 연락해볼게."

스티브가 뒷목을 잡고 있던 손을 내려놓는다. 내가 괜한 이야기를 털어놓아서 부담을 준 건 아닌가 싶다.

"고마워."

"고마워해야 할 사람은 나지. 그날 밤 네가 포피를……." 스티브는 말을 끝맺지 못한다. 스티브가 어떤 심정일지 알 것 같다. 상상하는 것만으로도 너무 괴로운 그런 일들이 있다. 하물며 입 밖으로 내는 건 어떻겠는가.

스티브와 말없이 마주보고 앉아 있으니 밖에서 울리는 음악이 사무실 문을 뚫고 들어온다. 허름한 뒷골목 술집에서 쫓겨나 집에 가는 길을 떠올려보려고 애쓰는 취객들 같다.

"그럼 내가 한 말을 다 믿는다는 거야?" 실은 나도 내 말이 사실인지 확신할 수 없다.

"그래." 스티브가 다정한 어조로 답한다. "네 말 믿어, 조엘."

가슴 깊은 곳에 오랫동안 맺혀 있던 응어리가 풀리는 것 같다.

"네가 찾는 해답을 내가 줄 수 있다면 좋겠는데. 일단 오후에 다이애나에게 전화해볼게. 나는 네 편이야, 조엘. 같이 방법을 찾아보자. 연구팀의 도움을 받아야 할 수도 있겠지만."

'연구팀'이라는 말이 스티브의 입에서 나오는 순간 정신이 번쩍 든다. 실험실에서 실험 대상이 되는 그림이 떠오른다. 아까 스티브가 건강진단, 윤리위원회 승인이라는 표현도 쓴 것 같다. 어쩌면 다이애나와의 대화가 언론과 대중의 관심으로 이어질 수도 있다. 그 일로 유명세를 얻은 다이애나가 집값 올리는 방법에 관한 방송이나 퀴즈 쇼 같은 엉뚱한 프로그램에 출연하는, 그렇고 그런 과학자가 될지도 모른다.

"좀 더 생각해봐야겠어." 나는 급하게 덧붙인다. "아직은 다이애나에게 전화하지 마. 그전에 해야 할 일들이 있어서."

나는 스티브와의 대화를 곱씹으며 집으로 걸음을 옮긴다. 스티브가 옳다. 캘리를 믿어야 한다. 캘리에게 모두 털어놓아야 한다.

하지만 그보다 더 중요한 사실이 있다. 태어나서 처음으로 다른 사람에게 내 이야기를 하고 싶어졌다는 것이다.

31
캘리

세시 정각, 조엘이 카페에 들어선다.

"안녕하세요?" 그가 카운터로 다가오며 인사를 건넨다. 잿빛 코트와 검은 털모자를 쓰고서 진지하고 단호한 표정으로 다가오는 모습이 약간 우직해 보인다. "오 분 정도 시간 내줄 수 있어요?"

"오후 통째로 내줄 수도 있어요." 내가 대답하기 전에 닷이 선수를 친다. 내가 돌아보자 닷이 시계를 가리킨다. "진짜예요. 마감까지 두 시간 남았고 그때까지 여긴 죽은 거나 다름없어요. 저기 저 사람처럼." 닷이 플랫 캡을 쓰고 창가 자리에 앉아 있는 늙은 남자를 턱으로 가리킨다. "그냥 가. 나는 괜찮아. 문밖까지 사람들이 줄 서는 사태가 발생하면 전화할게."

닷은 어젯밤 무슨 일이 있었는지 모른다. 닷에게는 키스했다는 얘기도 하지 않았다.

조엘을 돌아보니 가슴에 슬픔이 차오른다. 조엘이 미소를 짓지 않으니 뭐가 잘못돼도 한참 잘못된 것 같다.

"밖에 재미있는 녀석들이 기다리고 있어요." 조엘이 조심스럽게 입을 연다. "머피도 같이 산책시키지 않을래요?"

밖으로 나가 조엘이 데려온 개들에게 머피를 소개하니 개들은 서로 엉덩이 냄새를 맡으며 자기소개에 열을 올린다.

"누런 래브라도는 루퍼스고요, 바로 저 몰티즈가 팅커벨, 달마시안은 스팟이에요. 브루노라고 한 마리 더 있는데, 그 녀석은 사회성이 부족해서 따로 산책시켜요."

조엘과 나는 목줄을 팽팽하게 당기며 앞서가는 개들을 따라 걷는다. 공기 중에 겨울 안개가 엷게 껴 있어서 물속을 걷는 기분이다. 하늘의 태양은 물이 빠져나가는 작은 구멍처럼 보인다.

"저, 혹시 케이크워크° 좋아해요?" 조엘이 묻는다.

"춤추는 케이크워크요?"

"아뇨, 이건 좀 달라요. 설명을 어떻게 해야 할지 모르겠네요."

이 상황에서도 미소가 나오긴 한다. "계속해봐요."

"일단은 당신에게 케이크를 대접할 멍청이가 하나 필요하고요, 그 다음엔 공원에 가서 걸으며 그 멍청이의 사과와 해명을 들어주는 거예요."

멀리사가 생각난다. 어젯밤 멀리사가 조엘과 함께 있는 모습을 봤을 땐 얼마나 처참했는지 모른다. 하지만 지금 조엘의 표정을 보니 그의 설명을 끝까지 들어봐야 할 것 같다.

우리는 시칠리아 제과점에 먼저 들른 후 공원에 가서 개들을 풀어준다. 개들은 케이지에서 풀려난 페럿°°처럼 쏜살같이 달려나가며 네 발로 진흙을 파헤친다.

"자요, 마지막 조각 먹어요." 조엘이 화해의 선물이라도 되는 것처럼 종이 봉투를 내민다.

° 가장 멋지게 걷는 사람에게 케이크를 선물한다는 미국의 흑인 놀이에서 비롯된 춤.
°° 유럽산 긴털족제비의 일종.

나는 봉투 속의 마지막 조각을 집어든다. 리코타 치즈가 든 동그란 시칠리아식 도넛인데 겉에 설탕이 입혀져 있어서 한입 먹으면 세상을 잊을 수 있을 만큼 달달하다.

조엘이 손가락에 묻은 설탕을 가볍게 털어낸다. "어젯밤 취업 축하를 제대로 못 한 것 같아요. 취직한 거 축하해요. 진짜 기쁜 소식이에요."

나는 갑자기 부끄러워서 조엘을 흘끗 보기만 한다. "당신 아니었으면 지원서도 못 냈을 거예요. 열정에 관한 조언도 좋았고요. 도움이 많이 됐어요."

함께 걷고 있으니 공기 중에서 조엘의 향기가 느껴진다. 지난밤의 키스와 등줄기를 타고 흐르던 전율이 되살아나는 것 같다. 뜨겁고 진했던 그 순간이. 내가 먼저 원한 키스였지만 우리 둘 모두 마법에 걸린 듯한 순간이었다.

"어젯밤 일 사과할게요, 캘리."

"키스요?"

"아뇨! 그건…… 진짜 좋았고요. 제 말은…… 멀리사요. 오는 걸 깜박했어요. 몇 주 전에 약속했던 거라."

조엘은 지금 사실을 말하고 있다. 긴장한 얼굴을 보면 그렇게 믿을 수밖에 없다.

"오늘 아침에 편의점에서 멀리사를 봤어요." 나도 솔직해지기로 한다. "길게 얘기하진 않았지만…… 제가 거의 도망치다시피 나왔거든요."

앞에서는 개들이 원을 그리며 껑충껑충 달리고 있다. 녀석들이 신나게 짖어대니 무거운 분위기도 흐트러지는 느낌이다.

"세상을 살다 보면 멀리사와의 만남 외에도 많은 일을 만나게 되는 것 같아요. 제가 지금 하고 싶은 말도 그런 일들과 관련 있어요. 하지만…… 전에 그랬죠. 사건은 피하고 싶다고요. 피어스 때문에." 조엘이 말을 멈추고 눈을 질끈 감는다. "미안해요. 괜한 말을 했어요. 당신을 무시해서 그런 말 한 건 아니에요."

"괜찮아요. 저한테는 무슨 말이든 해도 돼요." 나는 조엘이 무슨 말을 하려는 건지 궁금해서 부드럽게 달랜다.

조엘은 굉장히 높은 다이빙대에서 뛰어내리려는 사람처럼 숨을 내쉰다. "미안해요. 이거 참…… 생각보다 어렵네요."

"저 때문에 불편해하지 않았으면 좋겠어요."

"불편하지 않아요. 당신과 같이 있으면 더없이 맘이 편해요."

우리는 부잔교 옆을 지난다. 부잔교에는 겨울을 맞아 페달 보트들을 일렬로 묶어서 자물쇠를 채워놓았다. 호수면 위에 낮게 깔린 안개는 호수가 내뿜는 입김처럼 보인다. 구애 중인 청둥오리들과 꽥꽥 우는 회색기러기들은 안개를 위장막 삼아 몸을 감췄다. 반대편 둑에는 본 파이어 나이트 때의 그 보트 하우스가 버림받은 듯 홀로 쓸쓸히 서 있다.

"저는 꿈을……." 조엘이 갑자기 말을 끊고 뒷목을 주무른다. "미안해요. 정말 어렵네요."

나는 괜찮다는 듯 조엘의 팔을 살며시 잡는다. 조엘의 표정을 보고 있자니 나도 조금씩 겁이 나기 시작하지만 내색하지는 않는다.

"저는 꿈을 꿔요." 신호가 약한 라디오에서 흘러나오는 소리처럼 조엘의 목소리가 살짝 떨린다. "제가 꾸는 꿈은…… 제가 사랑하는 사람들에게 앞으로 일어날 일들을 미리 보여줘요."

침묵 속에 시간이 흐른다.

"아…… 저는……."

조엘이 조심스럽게 미소를 짓는다. "이상하게 들리는 거 알아요."

나는 생각을 집중한다. "앞으로 일어날 일들이 보인다는 게……."

"미래를 볼 수 있다는 뜻이에요. 며칠 후나 몇 달 후의 일이 보이기도 하고, 가끔 몇 년 후의 일도 보여요."

"지금 그 말이……."

"진심으로 하는 말이냐고요?" 조엘이 나를 바라본다. "아니라면 좋겠지만 진짜예요."

"아니, 제 말은……."

"미안해요. 말을 끊었네요. 그것도 두 번이나."

"괜찮아요. 저는 그저 그 꿈이…… 우연이 아닌 게 확실하냐고 묻고 싶었어요."

"우연이면 차라리 좋겠어요."

우리는 호숫가에 멈춰 선다. 무슨 말을 해야 할지, 어떻게 행동해야 할지 모르겠다. 어떻게 이런 일이 있을 수 있지? 하지만 조엘은 내가 아는 그 누구보다 진실한 사람이다.

"그래서 말인데, 혹시 도망가더라도……." 조엘이 우리가 걸어왔던 길을 고개로 가리키며 말한다. "당신을 원망하는 일은 절대 없을 거예요. 당신이 원한다면 저는 그냥…… 아래층의 좀 이상한 남자로 돌아갈 수 있어요. 마음 상하게 하는 일도 없을 거예요. 약속해요."

나는 위안이 될 만한 말을 급하게 지껄인다. "아래층의 이상한 남자라고 생각해본 적 없어요." 하지만 그렇다고 해도 방금 조엘이 한 이야기는 논리적으로 설명되지 않는 엄청난 일이고 어떻게 받아들여야 할지 전혀 모르겠다. "그런데 조엘, 당신이 방금 한 말은…… 과학적으로 설명이 되지 않아요. 현실을 부정하는 이야기라고요."

"맞아요. 그래도 설명할 수는 있어요."

우리는 다시 걷는다. 조엘이 사촌 루크가 개에게 물린 일, 엄마가 암으로 돌아가신 일, 가족들 이야기, 위험할 뻔했던 일들, 왜 이런 일이 생기는지 알 수 없어 괴로워했던 나날에 대해 차분히 설명한다. 대학교에서 만난 의사와의 끔찍했던 일화도 들려준다. 끔찍한 꿈을 꾸면 미리 수를 써서 불행을 막아야 하니 집을 멀리 떠나지 않는다고 한다. 그래서 여행을 한 번도 안 갔던 모양이다.

핼러윈 날 밤 꾸었던 꿈 이야기도 한다. 아버지가 꿈에 나타나 당신은 조엘의 아버지가 아니라고 말했다고 한다. 역시나 퍼즐 조각이 맞춰지는 것 같다.

"저도 들었어요. 그날 밤 비명 소리가 들렸거든요."

조엘은 당황한 기색이다. "아, 미안해요. 꿈속에서…… 아버지한테 고함을 질렀어요."

"아뇨, 미안해하지 마요. 저는 그냥…… 굉장히 힘들어하는 것 같아서. 혹시 아버지한테……."

"얘기해봤냐고요? 아뇨."

"왜…… 얘기해보지 그래요?"

조엘은 다정하게 웃어 보이지만 감정이 복받치는지 두 눈이 촉촉하다. 그가 대답하기까지 나는 잠시 기다린다.

"아버지한테 제가 무슨 말을 할 수 있겠어요."

그러고 나서 조엘은 거의 십 분 동안 설명을 이어나가더니 마침내 말을 멈추고 내 얼굴을 마주본다. 순간 온몸에 소름이 돋는다.

"캘리, 이런 일들을 이해하기 쉽지 않다는 거 알아요. 저도 오랫동안 믿을 수가 없었어요. 받아들이기까지 긴 세월이 걸렸고요. 그래서 오늘 당장 이 이야기들을 다 믿어줄 거라고 생각하지 않아요."

"당신을 믿지 않는 게 아니에요."

"아." 굳었던 조엘의 얼굴이 펴진다. "기대 이상인데요."

호수에 떠 있던 흑고니 두 마리가 하늘로 날아오른다. 펄럭이는 날갯짓 소리가 초음파 검사기를 통해 듣는 심장박동 소리 같다.

"그럼…… 또 누가 알아요?"

"거의 없어요. 스티브뿐이에요. 스티브가 친구한테 도움을 청할 수 있을 것 같다는데, 크게 기대하지는 않아요."

편의점에서 멀리사가 했던 말이 떠오른다. "멀리사도 아는 것 같아요."

"멀리사한테는 말한 적 없어요. 그냥 제게 수면장애가 있다고 생각하는 것뿐이에요."

멀리사를 원망한 게 새삼 미안해진다. 내 기분을 상하게 하려고 멀리사가 그런 말을 한 게 아니라…… 단순히 영역 표시가 목적이었다는 생각을 하니 납득되는 것도 같다. "당신 노트에 어떤 내용이 적혀 있는지 아느냐고 물었어요."

"허풍이에요. 노트는 항상 제 손이 닿는 곳에 두거든요."

우리는 계속 이야기를 주고받는다. 조엘의 여동생이 곧 임신할 거라고 한다. 이런 일을 미리 안다는 게 어떤 느낌일지 상상도 되지 않는다. 조엘이 한 손가락으로 내 손바닥에 그림을 그려가며 수면주기에 대해 설명해준다. 그 설명을 들으며 나는 달달한 사탕을 먹는 기분에 빠진다. 가지고 다니는 노트를 보여주며 그동안 시도했던 자가치료 방법에 대해서도 얘기해준다. 라벤더와 따뜻한 우유에서부터 필름이 끊길 정도의 폭음, 허브 차, 수면제, 건강 보조제, 백색소음까지 시도해봤지만 아무것도 도움이 되지 않았다고 한다.

요즘에는 정신 건강을 위해 수면시간과 술을 줄였다고 한다. 운동을 하면 감정 조절에 도움이 될 것 같다고도 한다.

"혹시 그런 것도 가능해요? 꿈이 실현되는 걸…… 막는 거요."

"사고 같은 경우에는 그 장소에 제때 도착하면 가능해요." 조엘이 마른침을 삼킨다. "암 같은 건 힘들죠. 아니 불가능하죠."

나는 조엘의 손을 꼭 쥔다. 조엘이 짊어진 무게가 내 일처럼 느껴진다.

몇 시간 후 집에 도착하자 조엘이 이런 제안을 한다. "괜찮으면 머피는 앞으로 제가 돌볼게요. 당신이 워터펜에서 일하게 되면."

다른 방법이 없어 강아지 탁아소를 알아보던 중이었는데, 조엘에게 그런 부탁까지 해도 될지 모르겠다. "그러지 않으셔도 돼요."

"왜요?"

발밑을 보니 머피도 나를 올려다본다. "무리한 부탁 같아서요."

"당신이 부탁한 게 아니라 제가 제안한 거예요. 낮에는 집에 있으니까 제가 돌보면서 다른 개들과 같이 산책도 시킬게요. 머피도 좋아할 거예요."

이렇게 고마울 수가 없다. "무슨 말을 해야 할지 모르겠어요."

"좋다고 해요."

"저는…… 그게 참……."

"정말 괜찮아요."

수의사 조엘의 모습이 떠오른다. 조엘이 차분하고 상냥하게 개들을 잘 다루고 믿음직한 사람이라는 건 이미 잘 안다. "수의사일 때 모습이 보이는 것 같아요."

조엘이 두 손을 주머니에 찔러 넣고 복도에 깔린 카펫을 가만히 응시한다. "이젠 아니에요. 별로 좋은 수의사도 아니었어요." 다소 무뚝뚝한 말투다.

"그게 무슨 말이에요?"

"예전에 카페에서 잠든 적 있었잖아요. 직장에서도 그랬어요. 유일한 차이점이 있다면 병원에서는 나가달라는 부탁을 받기 전에 제 발로 먼저 나왔다는 것뿐이에요."

"그만둔 지 얼마나 됐어요?"

"3년요." 조엘이 목을 가다듬는다. "그만두기 전에 돈을 거의 안 쓰고 모아뒀어요. 정말 미련한 짓이었지만 나중에 돈 필요할 일이 생길 것 같았거든요."

"자유를 사는 건 미련한 짓이 아니에요."

조엘이 세상에서 제일 다정한 말이라도 들은 듯 활짝 웃는다. 그 순간 나도 모르게 고개를 들어 입을 맞춘다. 조엘에게 나를 맡기고, 내 몸을 던진다. 조엘의 입술이 내 목에서 쇄골로, 다시 목으로 옮겨 가는 사이 내 몸이 뜨겁게 불타오른다. 나는 조엘이 입은 티셔츠를 올리고 단단한 배를 어루만진다. 손끝이 그의 맨살에 닿은 순간 뜨거운 체온이 전해진다. 우리는 벽에 붙어 서서 몸을 뜨겁게 밀착시키고 입술로 서로를 거칠게 탐한다. 우리 둘 모두 이 순간을 간절히 원했다는 걸 깨닫자 일분일초가 아쉽다.

이만 멈추고 몸을 떼어내기까지 어마어마한 결심이 필요했다.

나는 전율에 숨을 헐떡이며 머리를 쓸어 넘긴다. "그럼 이만⋯⋯."

조엘 역시 거칠게 숨을 헐떡이며 내 손목을 잡는다. "내일 볼까요?"

이렇게 가슴 떨리는 약속이 또 있을까? "좋아요. 내일 봐요."

32

조엘

잠에서 깨고 잠시 있으니 정신이 든다. 꿈은 꾸지 않았다.

한결 편안해진 마음으로 침대에 똑바로 누워 천장을 바라본다. 내 침실과 캘리의 침실이 나뉘는 그 부분을.

"어쩌면 이 우주가 우리의 만남을 응원하고 있는지도 몰라요." 캘리의 침대가 놓여 있을 것 같은 자리의 얼룩 무늬를 바라보며 혼자 속삭여본다.

벌써 캘리가 보고 싶다. 당장 올라가서 문을 두드리고 커피나 브런치를 함께하자고 말하고 싶다. 또다시 열정적인 키스를 나누고 싶다.

참아야 하는 이유는 여전히 많다. 캘리를 깊이 사랑하게 되면 꿈속에서 보고 싶지 않은 것을 보게 될까 두렵고, 결국 그렇게 됐을 때 뒤따르게 될 많은 일들이 두렵다.

하지만 참지 말아야 할 이유도 점점 많아지고 있다. 이제 캘리는 내가 어떤 꿈을 꾸는지 안다. 케이트와 헤어지고 처음으로 내가 사랑하는 사람에게 내 영혼을 모두 보여줬다. 그리고 캘리는 내 가슴에 희망을 불어넣어줬다. 비록 어젯밤 복도에서 뜨겁게 키스를 나눌 때 캘리가 먼저 멈추긴 했지만 중력만큼이나 강력한 힘이 우리를 끌어당기고 있다. 지난 몇 달은 마음이 몹시 괴로웠지만 이제는 그 힘에 몸을 맡길 준비가 되었다.

예전에도 다른 사람을 만날 기회가 몇 번 있었지만 그럴 때마다 망설이며 뒤로 한 걸음 물러섰다. 만난 지 오 분 만에 식탁 밑에서 내 다리를 건드리던 키런의 사촌 루비도 그랬고, 바에서 더그가 부추기는 통에 함께 이야기를 나눴던 똑똑한 수의과 간호사도 그랬다. 소포 크기를 놓고 음란한 농담을 던지던 우체국 여자는 아직도 떠올리면 웃음이 나지만 그래서 다시 가지 않게 되었다.

하지만 그들을 다 합쳐도 캘리와는 비교가 되지 않는다.

캘리 생각을 하는 순간 나도 모르게 베개에 얼굴을 파묻고 웃게 된다. 그때 위층에서 캘리의 욕실 수도관이 덜컹하는 소리를 낸다. 물 떨어지는 소리가 마치 내 천장에 대고 기립박수를 치는 소리처럼 들린다. 그리고 마침내 올 것이 왔다. 음정 따위 가볍게 무시하는 캘리의 오늘 아침 첫 곡.

"나도 사랑이라는 걸 알고 싶어요."

내가 불러도 저렇게 멋지게 부르지는 못할 것 같다.

캘리의 현관문 앞에서 머뭇거리다 보니 이십삼 분이 지났다.

결국 굴복하고 문을 두드리자 캘리가 문을 열며 수줍게 인사를 건넨다. "좋은 아침." 캘리는 청바지에 오버사이즈 니트 스웨터를 걸치고 슬리퍼를 신었다. 스웨터 색이 아침 안개를 닮았다.

아, 어쩜 이렇게 예쁠까. 무슨 말을 하려고 했는지도 모르겠네.

나는 캘리를 향해 씨익 웃는다. "배가 얼마나 고파요? 일에서 십까지 중에 골라봐요."

캘리가 아랫입술을 깨물며 아직 물기가 남은 머리카락을 귀 뒤로 넘긴다. "꽉 채운 구?"

"같이 아침 먹자고 해도 될까요?"

"언제든지 환영이죠."

"뭐 먹고 싶어요?"

캘리가 얼굴을 약간 붉히더니 답한다. "팬케이크에 환장하는 타입이에요."

"간단해서 좋네요. 맛있는 집 알아요."

팬케이크 가게가 아담하다. 새로 생긴 지 얼마 되지 않았는데 오늘 같은 11월 말의 일요일 아침에도 가게 밖까지 줄이 길게 늘어서 있다. 그래도 우리는 운이 좋아서 창가 쪽에 자리를 차지했다. 캘리는 신이 나서 이 가게가 생겼을 때부터 와보고 싶었다고 말한다.

자리를 안내해준 종업원은 바깥 날씨만큼이나 쌀쌀맞았지만, 일단 팬케이크 맛을 보면 그 정도는 감수하게 될 거라며 캘리를 설득한다.

"안됐어요. 일요일 아침부터 이렇게 바쁘면 저 같아도 짜증 날 것 같아요." 캘리는 다른 사람들의 행동을 긍정적으로 해석하는 습관이 있다. 캘리가 얼굴을 가까이 들이민다. "그래서 말인데, 여기 팬케이크 진짜 기대돼요."

허기 때문인지, 무엇 때문인지 갑자기 가슴속에서 무언가 팔딱팔딱 뛴다.

캘리는 앉아서 가게 안을 둘러본다. "진짜 빽빽하네요. 제가 음식점을 운영했다면 엄청 샘났을 거예요."

"눈에 보이는 것만 그럴 뿐이죠. 가게가 비좁잖아요."

캘리가 팔꿈치로 나를 쿡 찌른다. "진짜 좋았어요, 어제."

캘리와 눈이 마주치자 가슴속에서 희망의 깃발이 솟아오른다. 그래도 물어는 봐야겠지. "좋았다는 게…… 치과 치료에 비해 좋았다는 말인가요? 아니면 세금 정산?"

캘리는 웃으며 인상을 찡그린다. "미안해요. '좋다'는 별로 괜찮은 표현이 아니네요."

"어떤 상황에서든 '좋다'는 말만큼 괜찮은 표현은 없을걸요."

드디어 팬케이크가 나왔다. 시럽을 듬뿍 먹인 큼직한 버터밀크 팬케이크가 겹겹이 쌓여 있다. 휘핑 버터를 잔뜩 발라놓아 캐러멜처럼 끈적거린다.

한입 맛본 캘리가 말한다. "오, 이제 왜 줄 서는지 진짜 알겠어요."

나는 캘리의 몸짓을 관찰하며 기분이 어떤지, 어느 정도 밝고 어느 정도 어두운지 판단해보려고 한다. 겉보기처럼 진짜 마음 편하고 행복한 기분일까? 어제 내가 그런 얘길 했는데도 마음이 바뀌지 않은 걸까? 도저히 믿기지가 않는다.

마침내 배가 꽉 차도록 먹고 나서 캘리에게 어제 내가 한 얘기에 대해 생각해봤는지 묻는다.

캘리가 입을 닦고 나를 바라본다. "그럼요. 생각해봤는데 하려던 걸 그만두고 싶지는 않더라고요. 우리 둘이 만나는 거 말이에요."

대답을 들으니 마음은 놓이지만 그래도 아직…… "제 얘기를 믿기 어렵다는 거, 저도 잘 알아요."

캘리가 내 손을 잡는다. "아뇨, 저는……."

"저도 생각해봤는데…… 당신한테 증명할 수 있는 방법을……."

"그럴 필요 없어요."

"그러고 싶어요."

캘리가 커피를 한 모금 삼키고 다음 말을 기다린다.

"내일 저녁 마켓스트리트에서 상수도관 파열 사고가 발생할 거예요. 한창 퇴근시간이라 길이 엄청 막힐 거고, 제 여동생은 정체에 묶여서 요가 수업을 못 갈 거예요."

이 말에 캘리의 마음이 바뀌는 것 같다. 아마 이렇게 생각하겠지. *이 사람이 제정신은 아니어도 상수도관까지 파열시킬 순 없을 거야.*

"조엘, 이렇게까지 할 필요 없어요."

"저는 하고 싶어요. 제가 미치지 않았다는 걸 증명하고 싶어요."

커피를 다 마시자 캘리가 비키에 대해 묻는다. 유리창 쪽을 보고 나란히 앉아 있어서 다행이라는 생각이 든다. 지금은 눈을 마주보고 앉을 엄두가 나지 않는다.

"비키하고는 8년 전에 헤어졌어요."

"얼마나 사귀었어요?"

"3년요."

"행복했어요?"

나는 싸늘한 거리에 시선을 고정시킨다. "처음에는 그랬죠."

"누가 헤어지자고 했어요?"

"비키요. 좀 평범한 사람을 만나고 싶었던 것 같아요."

캘리가 두 손으로 머그잔을 감싼다. 더 자세한 설명을 기다리는 것 같다.

"내가 별로 좋은 남자 친구는 아니었어요." 나는 솔직히 털어놓기로 한다. "내가 좀…… 나한테만 몰두하는 편인 데다 신경쇠약까지 있으니 곁에 두기 좋은 사람은 아니죠."

"정말 솔직하네요." 캘리는 내 솔직함에 깊은 인상을 받은 모양이다.

"당신은 그런 내 모습이 신경 쓰이지 않아요?"

나를 바라보는 캘리의 얼굴이 빗방울을 기다리는 나뭇잎처럼 활짝 열려 있다. "완벽한 사람만 사랑받을 자격이 있는 건 아니에요."

"맞아요. 그래도 당신한텐 장점이 훨씬 많아요."

결국 비키가 내게 준 목록을 아직 갖고 있다는 말은 하지 않는다. 나는 그 목록을 단어 하나하나 다 외우고 있다.

"비키가 꿈에 나온 적 있어요?"

"비키를 사랑했느냐는 말인가요?"

캘리가 부끄러움에 약간 위축된 것 같은 표정을 짓는다. "네."

"비키는 꿈에 나온 적 없어요."

"그럼 다른 사람과…… 사랑에 빠졌던 적은 있나요?"

우리 뒤로 학생 여럿이 자리를 안내받아 이동한다. 학생들이 우르르 지나가며 뿜어내는 낙관적인 열정이 묘한 향수를 불러일으키는 것 같다. 왜 그런지는 나도 잘 모르겠다.

"딱 한 번 있어요. 아주 오래전에." 캘리 쪽으로 시선을 흘끗 던지며 목을 가다듬는다. 케이트와 만났을 때의 이야기를 간단히 들려준다. 그리고 이렇게 덧붙인다. "달아나고 싶다면 말리지 않을게요."

"왜 자꾸 그런 말을 해요."

"별로 내세울 게 없어서……." *내세울 게 있으면 좋겠다고 생각한 적은 없지만.*

캘리가 자기 손을 내 손 위에 살며시 포갠다. 캘리의 따뜻한 체온에 오히려 내 몸은 가볍게 떨린다. "아니에요. 그렇지 않아요." 캘리가 말한다.

나는 캘리의 눈을 바라본다. 그 순간 나를 묶어놓았던 닻이 스르르 올라간다.

33
캘리

나는 에버스포드 지역신문 웹사이트에 접속해 눈을 크게 뜨고 뉴스를 확인했다.

오늘 저녁 상수도관이 파열되어 시내 중심가에 큰 교통 혼잡을 야기했다. 마켓스트리트와 인접 도로의 통행이 중단되었고, 한 시간 가까이 통행이 지연되고 있다는 운전자들의 제보가……

숨을 크게 내쉬었다. 조엘의 말을 믿지 않은 건 아니지만, 막상 뉴스를 확인하고 나니 정말 부인할 수 없게 됐다. 조엘을 내 곁에 딱 붙여놓고 영영 떠나보내고 싶지 않다.

이유는 모르겠지만 이 상황을 내 눈으로 직접 보고 싶었다. 거의 기적 같은 일이니까. 아래층에 내려가 조엘에게 패스트푸드를 먹으러 가자고 했다. 우리는 마켓스트리트에 위치한 햄버거 가게에 들어가 창가에 자리를 잡았다. 혼돈이 한눈에 내려다보이는 VIP석이다.
"내가 못된 걸까요?" 내가 묻는다.
"왜요? 여기 와서 구경하는 것 때문에요?" 조엘이 케첩에 프렌치프라이를 찍으며 되묻는다.
나는 얼굴을 찡그린다. "다른 상황이었다면 구경하러 오지 않았을 거예요. 사고나 다른 위험한……."

"괜찮아요." 조엘이 팔꿈치로 부드럽게 나를 툭 치며 말한다. "저도 가끔 구경하고 그래요."

"깨어 있는 게 맞는지 확인하려고요?"

조엘이 웃는다. 우리는 먹느라 잠시 아무 말도 나누지 않는다.

"음." 조엘이 마침내 입을 연다. "적어도 내가 여자와 시간을 잘 보낼 줄 모르는 남자라는 말은 안 하겠네요. 러시아워에 패스트푸드를 먹으며 교통정체를 구경하는 것보다 더 좋은 게 뭐겠어요?"

"말 돌리지 마요. 여기 오자고 한 건 나예요." 내가 대체 여기 왜 왔나 싶은 생각이 다시 든다. "어쨌든 진짜 이상한 일이에요. 이런 일이 일어날 줄 알고 있었다는 게."

조엘의 얼굴에서 미소가 살짝 옅어진다. "조금만 지나면 별로 신기하지 않을걸요."

그때 유리창 너머에 있던 차에서 문이 열리더니 두 운전자 사이에 말싸움이 벌어진다. 두 사람이 주먹을 들고 가슴을 내밀며 서로 밀치고 있을 때 조엘이 음료수를 손에 든다. "그만 갈까요? 저 장면은 보고 싶지 않네요."

"당신 잘못은 아니잖아요." 손에 음료수를 들고 패스트푸드점을 나와 내가 말한다. "수도관이 터져서 그런 거죠. 당신이 막을 수 있었던 일이 아니에요."

"뭐든 할 수 있었어요. 수도 회사에 전화했다면 점검하러 나왔겠죠."

"아무도 안 다쳤잖아요." 내가 조심스럽게 그 사실을 강조한다.

"맞아요. 오늘 밤 당신에게 이걸 직접 보여주는 것도 내게는 중요한 일이었고요."

34

조엘

우리는 캘리의 집으로 돌아왔다. 캘리가 원했던 건 아니지만 어쨌든 내 말을 증명해 보이고 나니 마음이 조금 놓인다. 하지만 직접 목격한 광경 때문에 괴로운 심정이라 뭐든 다른 이야기를 하고 싶다. 그래서 집에 도착하자 캘리에게 오늘 하루 어땠는지 묻는다.

캘리는 점심시간에 카페에서 벤에게 소식을 전했다고 한다.

"벤은 어떻게 받아들이던가요?"

"예상보다는 괜찮았어요. 아마도 닷을 승진시키고, 직원을 새로 구할 것 같아요." 캘리가 짧은 한숨을 내쉰다. "벤은 정말 아무렇지 않은 것 같았어요. 저에게 격려의 말도 해줬고요. 그런데 오히려 마음이 편치 않더라고요. 벤을 배신한 것 같아서. 그레이스를 배신한 것 같기도 하고요."

캘리와 소파에 나란히 앉아서 같은 곳을 바라본다. 창밖의 달은 어둠 속에 걸렸고, 하늘의 별들은 점점이 연결되어 있다.

"당신에게 좋은 기회니까 벤도 격려의 말을 해준 거예요. 완전히 새로운 삶을 시작하는 거잖아요."

땋아 내린 캘리의 머리채가 한쪽 어깨에 드리워져 있고, 가녀린 목선이 훤히 드러나 보인다. 귀에는 진짜 꽃을 압화해서 만든 드롭 귀고리를 했다.

"오래전부터 그랬던 것 같아요. 그레이스의 장례식 날부터 이상하게 두려웠거든요. 내가 죽으면 사람들이 뭐라고 할까 하는 생각에 한밤중에 자다 깬 일이 한두 번이 아니에요. 거의 집착이나 다름없었죠. 에스터는 내가 그레이스의 죽음을 인정하기 싫어서 그런 것 같다고 하더라고요. 가슴속에서 슬픔을 지우려고 다른 문제에 몰두하는 그런 거 있잖아요."

엄마 생각이 난다. 꿈에 심하게 집착하기 시작한 것도 엄마가 돌아가신 이후부터다. 꿈 내용을 노트에 꼼꼼히 적고 꿈에서 본 장면 하나하나까지 빼먹지 않고 적기 시작한 것도 그때부터다.

"내가 죽었을 때 추도 연설이 이력서 읊는 것처럼 들리면 어쩌나 싶더라고요." 캘리가 말한다. "그런 거 있잖아요. *정말 믿음직한 사람임. 에버스포드 금속 회사에서 장기근속으로 상을 받음. 성실하고 시간을 정확히 지킴…….* 생각이 거기에 미치니까 더 이상 가만있을 수가 없었어요. 그래서 회사를 그만두고 카페를 맡았죠. 그 몇 달 동안은 제정신이 아니었던 것 같아요."

"어느 정도였는데요?"

캘리가 어깨를 으쓱한다. "경솔한 짓은 다 하고 다닌 것 같아요. 일단 머리를 이상한 스타일로 잘랐어요. 원래 앞머리 내리는 거 엄청 싫어하는데 앞머리도 잘랐죠. 그리고 집을 어두운 회색으로 칠할까 하는 생각도 했어요. 그런데 막상 칠해보니 끔찍했죠. 아파트 손실 보상금을 이미 절반은 까먹은 상태라 원래 색으로 다시 칠할 수밖에 없었어요." 캘리가 후회 가득한 한숨을 내쉰다. "또 뭐 있더라? 데이트 사이트에 가입한 거, 그것도 결과는 끔찍했죠. 술에 잔뜩 취해서……." 캘리가 말끝을 흐린다.

"그러면 안 되죠." 내가 웃으며 말한다. "거기서 끊으면 어떡해요. 술에 잔뜩 취한 다음 어떻게 됐어요? 데이트 상대랑 눈 맞아서 달아난 거예요? 경찰에 체포되기라도 했어요? 아니면 다섯 자리 술값이 나온 거예요?"

캘리가 기어들어 가는 목소리로 답한다. "문신을 했어요."

나는 씩 웃는다. "멋진데요?"

침묵.

"어떤 거예요?"

"뭐가요?"

"문신이요."

캘리가 입술을 깨문다. "별거 아니에요."

"어쩌다 어디에 어떤 문신을 한 건지 말해줘요."

"설명하면 너무 길어요."

나는 있지도 않은 손목시계를 확인하는 척한다. "아, 시간 넉넉해요."

"그럼, 알았어요. 내가 술에 잔뜩 취해서…… 문신을 했어요." 캘리가 한숨을 내쉬며 조심스레 두 손을 무릎 사이에 끼워 넣는다.

나도 쉽게 넘어갈 마음은 없다. "그 부분은 이미 말했잖아요. 더 자세히 설명해봐요."

캘리가 또 입술을 깨물며 삐져나온 머리카락을 땋은 머리에 잘 밀어넣는다. "그게…… 저는 새 그림을 넣고 싶었어요. 그런데 술에 취해서 제 의도를 충분히 전달하지 못했어요. 제가 원한 건 우아하게 날아가는 제비였는데…… 그래서 직접 그려서 보여줬거든요. 문제는 제 그림 솜씨가 엉망이었다는 거죠."

"어디에 있어요?"

"허리 약간 아래쪽에."

나는 깜짝 놀란 표정을 짓는다. "봐도 돼요?"

"그럼요. 그런데 웃으면 안 돼요."

"알았어요."

캘리가 청바지의 허릿단을 살짝 내린다.

내가 들여다보고 있으니 캘리가 다시 끌어올린다. "이거 참……
그렇네요."

분명 제비는 맞다. 그런데 스테로이드를 맞은 제비 같다. 밝은 빨
간색과 파란색이 섞인 엄청나게 큰 제비다. 만화에 나오는 것처럼 생
긴, 힘이 넘치고 포동포동한 제비. 부리 쪽에 글씨 없이 말풍선이 그
려져 있어서 인상이 더욱 강렬해 보이는데, 의도한 것처럼 보이지는
않는다.

어쩌면 타투이스트가 그때 약에 취해 있었던 건 아닐까 싶다.

"이건 정말…… 그러니까 제 생각에 이건……." 내가 중얼거린다.

캘리의 눈이 휘둥그레진다. "억지로 좋은 말 해줄 필요 없어요. 술
깬 다음에 나도 이걸 보고 울었을 정도니까요. 인터넷에서 문신 제
거 시술을 검색할 때 얼마나 참담한 심정이었는지…… 절대로 다시
는 무모한 짓 하지 않겠다고 다짐했어요."

"뭘 적으려고 했어요?" 나는 헛기침을 하며 묻는다. "……이 말풍
선 안에?"

"아, 문신 가게에서는 제가 사람 이름을 넣고 싶어 하는 줄 알았
대요. 난 그쪽에서 적당히 보완해주지 않고 내가 그린 대로만 해줘
서 당황했고요."

"세상에! 놀랄 노자네요."

캘리가 쿠션을 빼서 나를 위협한다. "웃지 않는다고 했잖아요."

"안 웃었어요. 그냥 멋지다는 말이었어요."

"하나도 안 멋있어요. 지우지 못하는 낙서나 다름없다고요. 나중

에 레이저로 지울 거예요."

나는 손을 뻗어 캘리의 손을 잡는다. "그 문신을 자랑스럽게 생각해도 괜찮을 것 같아요. 레이저 시술 같은 건 하지 마요. 그 문신도 캘리의 일부니까요."

캘리가 환하게 웃자 입술 주름이 매끈하게 펴지면서 입술이 선홍색으로 빛난다. "진심으로 하는 말이에요?"

"완전 진심이죠. 용감한 미친 짓 한번 해봤다고 생각해요. 이제 그 문신을 볼 때마다 기분이 좋을 테니까." 나는 캘리의 문신이 있는 쪽으로 시선을 옮긴다. 그리고 다시 캘리의 얼굴을 바라보자 이게 행복이구나 싶은 생각이 든다. 행복이 온통 넘쳐흐르는 기분이다. "미친 짓 더 해봐요." 나는 캘리의 손을 꼭 잡으며 말한다.

"정말요? 또 이런 문신 넣기 같은 짓을 해보라고요?"

나는 환하게 웃는다. "뭐 어때요? 좋은 쪽으로 미친 짓이라면, 캘리식 미친 짓이라면 괜찮지 않아요?"

"워터펜에서 꽤 힘든 일을 하게 될 것만 같아요. 내 생각이 그렇다는 거예요." 캘리가 웃으며 말한다. "그럼 다음에는 뭐 하죠? 나랑 칠레에 가지 않을래요?"

캘리가 농담으로 하는 말이라는 걸 안다. 하지만 캘리와 함께 있으면 내 삶에서 아주 멀리 달아나 있는 것 같은 기분이 든다. 캘리에 대해 조금씩 알아가는 것만으로도 다른 나라에서 산책하는 기분이다. 가끔 궁금하긴 했지만 절대 실제로 여행할 용기는 나지 않았던 그런 나라에서……

우리는 동시에 서로에게 다가간다. 그리고 입술을 맞댄 채 비행을 시작한다.

35

캘리

오늘은 에스터의 생일이라 에스터가 조엘과 나를 집에서 열리는 파티에 초대했다.

"집에서 하는 파티에 가본 게 언제인지 모르겠어요." 파티에 가려고 준비하는데 조엘이 말한다.

"어쩌다가요?"

"그런 데 가면 별로…… 내가 있을 자리가 아닌 것 같더라고요." 조엘은 친구들과 차츰 거리를 두고 아웃사이더처럼 살다 보니 그런 마음이 든다고 설명한다.

나는 저녁에 입을 원피스를 다림질하고 있다. 허리에 벨트가 달린 감청색 원피스인데 입으면 엉덩이를 따라 라인이 딱 떨어져서 예쁘다. 여기에 과감한 색깔의 립스틱을 바르고 발가락이 보이는 핍토힐까지 신으면 완벽할 것이다. "걱정하지 말아요. 그렇게 느끼는 사람 없을 거예요."

조엘이 내게 입을 맞춘다. "그건 당신이 바라는 거고요."

"다른 사람들이 어떻게 생각하든 난 신경 쓰지 않을래요."

조엘과 함께 파티에 등장하면 분명 이야깃거리가 될 것이다. 하지만 조엘이 꽤 긴장한 것 같아서 그런 말은 입 밖에 내지 않는다.

에스터가 '사랑스러운 마흔 살'이라고 적힌 배지를 달고 문 앞에서 우리를 맞아준다. "개빈이 장난친 거야." 에스터가 나와 조엘에게 차례로 입을 맞추며 말한다. "저는 서른여섯이에요."

"저는 조엘이에요." 조엘이 손을 내밀며 자기소개를 한다.

에스터는 올해의 농담이라도 들은 것처럼 활짝 웃는다. "정말 재미있는 분이시네! 잘 왔어요. 다들 반가워할 거예요."

현관으로 들어서는데 어디선가 살짝 상기된 얼굴의 그레이스가 양손에 술잔을 하나씩 들고 나타나 사람들에게 끊임없이 입을 맞출 것만 같다.

조엘이 다른 사람을 대할 때 보이는 따뜻한 마음을 보면 은둔자인 척하는 게 본모습은 아니라는 걸 알게 된다. 우리가 마실 걸 받아 들자마자 개빈이 지속가능한 자연친화 건축에 대한 대화로 조엘을 끌어들인다. 그 대화는 지속가능성이라는 게 궁극적으로는 집을 거저 얻으려는 중산층의 수작이라고 주장하는 에스터와 개빈의 말다툼으로 이어진다. 나는 조엘과 얘기할 기회를 노려보지만 번번이 실패하고 만다. 조엘이 잘 어울리고 있는지 찾아볼 때마다 그는 처음 보는 사람에게 잡혀서 이야기를 나누고 있고, 결국 나는 처음 보는 사람들 속에서 그를 놓친다. 그래도 우리는 태양계를 맴도는 위성처럼 틈날 때마다 눈으로 서로를 찾으며, 어쩌다 눈이 마주치기라도 하면 성운을 통과하는 것처럼 가슴 떨림을 느낀다.

그러다 한두 시간쯤 지났을 때 누군가 한 팔로 내 허리를 감싸 안는다.

에스터다. "네가 정말 자랑스럽다, 친구야."

"자랑스럽다니?"

"하고 싶은 일을 하게 됐잖아. 내가 좀 더 응원해줬어야 했는데 못 해줘서 미안해."

하지만 에스터는 나를 충분히 응원해줬다. 내가 대학 졸업 직후 지원한 회사들에 모조리 떨어지고 완전히 움츠러들었을 때 꿈을 버리지 말라고 계속 조언해준 사람이 에스터다. *비행 패턴만 보고 새 이름을 맞힐 수 있는 사람은 너밖에 없어.* 어느 상쾌한 겨울 아침, 내가 잔주름 잡힌 원단 같은 하늘에 바늘땀 같은 자국을 내며 날아가는 고방오리들을 가리키자 에스터가 그런 말을 말했다. *나무 껍질만 보고 나무 이름 맞힐 수 있는 사람도 너밖에 없다니까. 네가 하고 싶은 일을 포기하지 마, 캘리. 삶을 즐겨야지.*

하지만 여러 군데서 낙방 통보를 받은 나는 자신감이 바닥난 상태였다. 에스터에게는 나중에 꼭 다시 도전하겠다고 둘러대고 현실에 안주하는 편이 더 안전하고 덜 속상한 결정 같았다. 그래서 에스터도 한동안 그 이야기는 꺼내지 않았다.

"응원해줬잖아." 이제 에스터에게 솔직히 이야기할 수 있다. "그땐 내가 네 말을 들을 준비가 안 돼 있었어."

"목걸이 예쁘다." 에스터가 내 쇄골을 바라보며 말한다. "그레이스가 이거 살 때 나도 같이 있었는데."

백랍으로 만든 내 자그마한 도토리 목걸이 얘기다. 그레이스가 벤을 만난 지 얼마 되지 않았을 때 크리스마스 선물로 내게 준 것이다. 그레이스는 상수리나무에는 도토리가 달려 있다고 주장하면서 내 기분을 달래주려고 했다. 에스터는 나를 한 번 더 꼭 안아주더니 개빈을 찾아야 한다며 자리를 비운다.

시간이 좀 흐른 후 지하실 주방에 내려와보니 조엘이 개빈, 에스터와 수다를 떨고 있다. 조엘과 내가 시작하는 단계에서 멀리사 때문에 삐걱거린 일로 두 사람이 조엘을 안 좋게 볼까 봐 걱정했는데 그렇지 않은 것 같아 마음이 놓인다. 아니면 내일 문자로 나를 놀려 먹을 생각에 지금은 참고 있는 건지도 모르겠다.

"여기 있었네요." 나는 두 팔로 조엘의 허리를 감싼다. 스웨터를 다른 곳에 벗어두고 왔는지 티셔츠만 입고 있어서 따뜻하고 부드러운 피부의 감촉이 고스란히 전해진다. 돌아오는 봄에 필 꽃의 향기처럼 조엘의 체취도 이미 익숙한 느낌이다. "한참 찾았어요."

"나도 한참 찾았어요."

"*끊어. 아니야, 자기가 먼저 끊어.*" 에스터가 조엘과 나를 놀린다. 에스터의 손에는 레드 와인이 들려 있고, 입술은 선명한 주황색이다.

내가 웃으며 묻는다. "무슨 얘기 하고 있었어?"

"벤." 에스터가 말한다. "조만간 회사를 그만둘 거래. 집도 팔고 이사 갈 거라는데?"

"정말?" 오늘 저녁 벤과는 대화를 별로 나누지 못했다. 아까 아래층 화장실 앞에 줄 서 있는 벤을 보긴 했는데 그때도 꽤 취해 있었다.

"말려야 하나 말아야 하나 고민 중이야." 개빈이 말한다.

"왜? 그러지 마."

에스터가 손톱을 물어뜯으며 말한다. "성급한 행동 아닌가 해서."

나는 한 팔로 따뜻한 조엘의 허리를 더욱 꼭 감싸며 조용히 말한다. "하지만 그레이스가 떠난 지도 벌써 2년이 되어가잖아."

다들 말이 없다.

"잘된 거 아냐? 안 그래? 벤도 이제 앞날을 생각하게 된 거 아니냐고. 그레이스가 죽고 나서 처음으로 긍정적인 계획을 세운 것 같은데."

"다음 단계로 넘어가는 거라면 다행이지. 도망치는 것 같아서 그래." 에스터가 진지하게 대답하는데 어디선가 유리잔 깨지는 소리가 들린다.

개빈이 주방 밖으로 고개를 내민다. "이런! 벤이잖아. 토하고 있어."

"이런 게 하우스 파티의 묘미지." 에스터가 남은 와인을 입에 털어넣고 윙크를 날리며 개빈을 데리고 사건 장소로 이동한다. 이제 주방에는 조엘과 나뿐이다.

밖에는 지하실 유리창 너머로 테라스의 검은 기둥이 보인다. 구름 낀 밤하늘은 안개 때문에 더 희뿌연 색을 띠고 있다.

"벤은 괜찮을까요?" 조엘이 내게 묻는다.

"아, 그럼요. 에스터의 위기관리 능력을 믿어봐요." 나는 인상을 찡그린다. "난 다만……."

조엘이 가만히 기다린다.

"……벤이 카페 걱정은 안 했으면 좋겠어요. 내가 떠나는 게 아니라…… 상황이 바뀐 거니까요. 앞으로 한 단계 나아가는 거죠."

조엘은 잠시 생각에 잠긴 듯한 표정을 짓는다. "시간이 좀 흐른 뒤 돌이켜보면 괜찮은 선택이었다는 걸 알게 될 거예요. 벤이 새출발하고 싶다는 생각을 했다면……."

나는 웃어 보인다. "그래요. 내가 벤과 얘기해봐야겠어요. 일단 오늘 숙취에서 살아남아야겠지만."

조엘이 주변을 찬찬히 둘러본다. "정말 예쁜 집 같아요."

"맞아요." 나는 떡갈나무로 만든 오래된 조리대의 갈라진 부분을 손끝으로 어루만진다. "옛날 집처럼 아늑하죠."

조엘이 고개를 끄덕인다. "전형적인 가정집이에요."

"아기를 가지려고 했었어요." 나도 모르게 이런 말을 해버린다. "에스터와 개빈 말이에요."

"아, 미안해요. 내가 하려던 말은……."

"나도 알아요. 그냥 좀……."

"그래서 두 사람이……."

"시도는 했어요. 그런데 그레이스가 죽고 나서 그만뒀어요."

"죽음을 겪으면 그렇게 되죠. 주변을 돌아보게 되니까. 일시정지 버튼을 누른 것처럼."

웃고 싶은데 좀처럼 쉽지 않다. "나중에 다시 재생 버튼 누르는 걸 잊지 말아야 하는데."

우리는 잠시 말없이 서서 위층에서 가냘프게 울부짖는 애절한 아메리칸 블루스에 귀 기울인다. 그때 조엘이 몸을 낮추고 내게 키스한다. 아늑한 집의 한가운데 이렇게 단둘이 함께 있으니, 바깥세상을 피해 안전하게 숨은 새끼 캥거루처럼 흡족하다.

"립스틱이 번졌어요." 잠시 얼굴을 떼자 조엘이 나를 보고 말한다.

조엘의 입술에 내 립스틱이 벌겋게 번져 있다. "마찬가지예요." 나는 다시 고개를 들어 입을 맞춘다. 그리고 고집스럽고 간절하게 서로 몸을 밀착하며 촉촉하고 뜨거운 입술을 맞댄다. 견고하게 짜맞춘 벽에 둘러싸인 주방 한가운데 서서 오븐에 남은 따뜻한 열기를 느끼며, 지금 우리의 심장은 오로지 서로를 위해 뛰고 있다.

36

조엘

캘리는 지금 침대 위 내 옆자리에 옷을 그대로 입은 채 잠들어 있다. 옷은 다 구겨지고 머리도 온통 헝클어졌다. 아까 에스터의 집 주방에서 나누던 키스는 그대로 우리 집으로 이어졌다. 공동현관 앞에서 열쇠를 찾으면서, 복도를 지나오면서, 내 아파트 문을 열고 들어오면서, 그리고 소파에 반쯤 누워 키스를 나누다가 결국 침대에 이르렀다. 우리는 뜨거운 손으로 서로를 꼭 움켜잡고 함께 침대 위로 몸을 던졌다. 심장이 쿵쾅거렸고 피부는 땀으로 촉촉하게 젖었다. 침대 옆 탁자의 전등을 발로 눌러서 끄는 순간(어떻게 그런 자세가 가능했던 거지?) 우리는 달콤한 어둠 속으로 떨어졌다. 캘리가 골반을 살짝 떨며 옷을 땐 욕망에 몸을 가눌 수 없을 정도였다.

캘리와 내가 처음으로 키스를 하고 내가 캘리에게 완전히 빠진 날로부터 일주일이 지났다. 이번에는 제대로 하고 싶다. 시간이 걸리더라도 천천히, 할 수 있는 것들을 다 하면서…… 캘리는 내게 무척 소중한 사람이니까 서두르지 않는 것이 맞다.

그래서 지금 캘리는 내 옆구리에 붙어 고양이 같은 자세로 잠들어 있고, 나는 헤드폰을 끼고서 인간 압사 사고에 관한 테드TED 강의 영상을 보고 있다.

어쩌면 멜리사 때문에 이러는 걸지도 모르겠다는 생각이 든다. 자꾸 내 머리는 멜리사와 캘리는 서로 다르다고 주장하며 두 사람을 구분하려 한다. 어쩌면 키스 이상의 단계로 넘어가기 전에 이 관계를 망치고 싶지 않아서 그럴 수도 있다.

그건 그렇고 지금 위에서 우리를 내려다본다면 매우 이상해 보일 것 같다. 내 작은 세상 속에 갇힌 나와 옷을 모두 입고 옆에서 잠들어 있는 캘리의 모습이…….

37
캘리

짜릿할 정도로 이른 12월의 아침 하늘에 태양이 높이 떠올라 이글이글 타오르고 있다. 오늘은 워터펜 첫 출근일이다. 나는 트랙터를 타고 습지대 한복판에 나와 있다. 덜컹거리는 트랙터의 운전석에 앉아 있는 사람은 놀랍게도 나이고, 옆 좌석에는 새 직장 상사인 피오나가 앉아 있다. 뒤에서는 울타리 기둥을 가득 실은 트레일러가 우리를 따라오는 중이며, 다른 직원 몇 명과 자원봉사자들도 트랙터타이어가 밟고 지나간 움푹 파인 자리를 따라 걷고 있다.

나는 이게 실제 상황인지, 조엘의 꿈에서 튕겨나와 엉뚱한 곳을 헤매고 있는 건 아닌지 확인하려고 핸들을 쥐었다 놓기를 몇 번 반복한다.

그러면서도 트랙터를 몰고 가는 동안 주변 풍경에 시선을 자꾸던진다. 꽁꽁 언 겨울 땅 위에 햇빛이 반사되면서 겨울옷을 입은 풍경이 반짝반짝 빛난다. 잿빛개구리매가 티 하나 없는 하늘을 도화지 삼아 빙글빙글 돌자 황갈색 사슴 한 마리가 쏜살같이 덤불 속으로 숨는 모습을 두 번이나 목격한다.

밝은 갈색을 띤 작은 습지를 지나는데 자꾸 늪지처럼 보여서 불안하다. "트랙터가 늪에 빠지거나 하는 일은 없죠?"

"아, 그럼요." 피오나가 기분 좋게 대답한다. 검은 머리에 두 뺨이 불그스레한 피오나는 조산사처럼 간단명료하게 대답하는 걸 좋아하는 것 같다.

"혹시라도 트랙터가 늪에 빠지면 어떡해요?"

"음, 그러면 안 돼요."

"뭐가 안 된다는 말씀이에요?"

"빠지면 안 된다고요. 늪에 빠지면 진짜 곤란해져요." 피오나가 온화한 미소를 지으며 말한다.

나는 앞에 보이는 진창에 시선을 똑바로 고정한다. "그렇군요. 알았어요."

피오나가 웃는다. "긴장 풀어요. 승용차 운전하는 것과 똑같아요. 문제가 생기면 곧장 느낄 수 있을 거예요." 나를 바라보는 피오나의 시선이 느껴진다. "운전은 하죠? 운전면허증 확인한다는 걸 깜박했네요."

나는 활짝 웃으며 정식으로 발급받은 운전면허증 소유자라고 당당히 말한다. 피오나는 일하면서도 꽤 느긋해 보인다. 커피를 조금만 쏟아도 인터넷에 가혹한 평점이 달리는 카페에서 2년간 일한 내게 피오나의 여유는 숨통을 틔워주는 것 같다. 머릿속에서 차선이 변경되고 마음속에서는 기어가 낮춰지는 변화가 일어나는 것 같다. 지금 당장 트랙터를 몰면서 옆 배수로에 머리부터 처박히지 않으려고 조심하는 상황만 아니었다면 마음이 찡해졌을 것 같다.

피오나는 머지않아 이 트랙터를 사랑하게 될 날이 올 거라는 말로 나를 격려한다. 그러면서 햇볕에 흠뻑 절여져 최면에 걸린 듯한 여름이 오면 소택지의 목초지를 계속 돌면서 비료를 뿌리고, 잡초를 뽑고, 길고 긴 오후가 되면 이따금 사색에도 잠기며 햇빛 속에서 춤추는 나비들을 볼 수 있을 거라고 설명한다. 지금이 일 년 중 가장 안 좋을 때라고 한다. "난 사실 그 점이 마음에 들어요. 앞으로 날씨가 계속 좋아질 일밖에 없으니까요." 피오나가 말한다.

"저는 겨울도 좋아요." 내가 말한다.

피오나가 나를 보며 안됐다는 표정을 짓는다. "수로 청소를 아직 안 해봐서 그래요."

오전에는 기둥에 철사를 엮어 울타리를 세우는 일을 하는데 엄청난 팔 힘이 필요하다. 내 실수로 동료들이 구급차에 실려가는 일이 생길까 봐 겁이 나지만, 두려움이 오히려 집중력을 높여주는 것 같다. 실수로 다른 사람의 머리를 날려버리지 말자, 트랙터를 늪지에 처박지 말자, 발을 헛디뎌서 수로에 굴러 떨어지지 말자, 하며 집중하다 보니 오히려 일하는 데 좋은 자극제가 된다. 페인트통 회사에 다닐 때부터 이런 아드레날린 같은 자극을 내내 원했다.

점심은 소택지 안에 쌓아놓은 갈대 더미 위에서 먹는다. 실제 기온은 겨우 영상을 맴도는 정도지만 오전 내내 일하며 땀을 많이 흘린 탓에 다들 플리스 재킷과 스웨터를 벗어 던진다. 사냥을 나선 황조롱이 한 마리가 하늘을 뱅글뱅글 돌다 하강하는 모습을 지켜보고 있노라니 땀이 송골송골 맺힌 살갗 위로 차가운 공기가 물을 끼얹듯 쓸고 지나간다. 헐벗은 나무들이 띠를 이루며 모인 곳에서는 갈까마귀 울음소리가 소나기처럼 쏟아진다.

사람들이 수프와 샌드위치를 흡입하듯 삼키면서 방랑벽을 주제 삼아 이야기를 시작한다. 생태학과를 졸업하고 자원봉사 중인 데이브는 다음 주부터 브라질에서 진행되는 자연보호 사업에 참여해 그곳 주립공원에서 야생동물 모니터링과 연구를 맡을 예정이라고 한다. 나는 데이브가 이야기를 꺼낸 순간부터 경이를 금치 못한다.

피오나가 사람들에게 죽기 전 가보고 싶은 곳이 있는지 묻는다.

"라트비아요." 넓은 어깨와 꿀 같은 색깔의 머리카락을 소유한 리엄이 무뚝뚝하게 내뱉는다. 리엄은 정규직 연구보조원인데, 회계 감사에는 영 소질이 없다는 걸 깨닫고 5년 전 이곳에 들어왔다고 한다. "아름답고, 평화롭고, 조용하고, 귀찮게 하는 사람도 없고요."

"라트비아는 가봤잖아. 다녀온 곳은 빼야지." 피오나가 지적한다.

순간 집에 있는 내 여행책들이 떠오르면서 어쩌면 리엄은 나와 공통점이 많을지도 모르겠다는 생각이 든다.

리엄이 상관없다는 듯 퉁명하게 대꾸한다. "다른 덴 가기 싫어요."

"더 이국적인 나라도 있지 않아요?" 데이브가 이렇게 물으며 이런 대화가 처음이 아니라는 듯 내게 눈웃음을 지어 보인다. "아프리카도 있잖아요."

"됐어. 나 냉한 체질인 거 알잖아. 어쨌거나 세상도 이제 볼 만큼 봤어."

피오나가 내 쪽으로 돌아앉는다. "캘리도 얘기해봐요. 어디 가고 싶어요?"

"라우카 국립공원요. 그게 어디 있느냐면……."

"칠레." 모두 동시에 말한다.

나는 흥분해서 엉덩이를 앞으로 당겨 앉는다. "거기에 유명한 새가……."

데이브가 웃음을 터뜨린다. "아, 그 다이어뎀드플러버, 유명하죠."

리엄이 코웃음을 치며 감자칩 봉지를 입에 대고 흔든다. "눈표범을 볼 확률이 더 높을걸요."

"유니콘이나." 데이브가 자기 말에 깔깔 웃는다.

"아는 사람이 그 새를 직접 봤다고 하던데요." 피오나가 말한다.

나도 대학 때 같은 수업을 들었던 그 학생을 떠올리며 격하게 고개를 끄덕인다. "저도 그런 사람 알아요."

데이브가 씩 웃는다. "나중에 사진 찍거든 저한테도 꼭 보내줘요."

피오나가 내 눈을 마주보며 말한다. "저 친구 말은 신경 꺼요. 내친구도 그곳이 살면서 한 번은 꼭 가봐야 하는 멋진 곳이라고 했어요. 그 새까지 볼 수 있다면 금상첨화겠죠."

"맞아요." 리엄이 다 먹은 감자칩 봉지를 구기고 시계를 확인하며 말한다. "흥미로운 대화지만 이만 마치고 울타리 작업을 마저 해야겠네요."

"저 친구한테 곧 익숙해질 거예요." 피오나가 한쪽 눈을 찡긋하며 내게 말한다. "시베리안 허스키 같은 면이 있어서 한군데 오래 앉아있질 못해요."

벌써 리엄이 마음에 든다. 나와 비슷한 사람 같다. 나는 일등으로 갈대 더미를 내려와 부지런히 리엄의 뒤를 따른다.

퇴근해서 조엘의 집 현관문을 두드리니 그가 문을 열고 나를 꼭 안아준다.

"미안해요. 땀을 많이 흘려서 꼴이 엉망이에요." 내가 말한다.

"땀을 많이 흘려서 예뻐 보이는데요? 오늘 하루 어땠는지부터 말해봐요."

나는 오늘 있었던 일을 설명하며 물집 잡힌 두 손을 조엘에게 내민다. "내 몸이 이렇게 약한 줄 몰랐어요. 그래도 트랙터 운전하는 법을 배워서 기분은 좋아요."

"첫날에요? 아주 강행군이었나 봐요."

"그러니까요. 겁먹을 시간도 없었어요."

"사람들은 좋아요?"

"정말 좋아요. 다들 멋지고." 나는 웃으며 머피를 내려다본다. "머피는 어땠어요?"

"처음엔 당신이 없어서 풀이 많이 죽어 있었어요. 하지만 산책, 공놀이, 간식, 배 마사지 등 내 특급 서비스에 완전히 넘어갔죠." 조엘이 갑자기 목소리를 낮추고 속삭인다. "당신만 알고 있어요. 아무래도 머피가 팅커벨에게 마음이 있는 것 같아요."

나는 웃고 만다. "팅커벨은 머피보다 나이가 훨씬 많잖아요. 거의 열 살 아닌가?"

"너무 그러지 마요. 관심을 다른 데 돌려보는 것도 괜찮으니까."

순간 폭풍이 가라앉은 뒤 배의 돛을 느슨하게 풀 때처럼 가슴속에서 긴장의 끈이 풀리는 기분이다. "정말 고마워요."

"언제든 말만 해요. 마실 것 좀 줄까요?" 조엘이 냉장고로 가서 병을 하나 꺼내더니 두리번거리며 코르크 따개를 찾는다.

문득 내 집을 떠올리니 부끄러워진다. 조엘의 집은 늘 깨끗하게 정돈되어 있어서 여기 있으면 차분해진다. 거실에는 이인용 소파가 하나 있고 등받이에는 청록색 커버를 깔끔하게 씌워놓았다. 딱 적당한 크기의 텔레비전과 블루투스 스피커 외에는 별다른 물건이 없다. 벽난로 앞에 놓인 다육 식물과 노트와 펜을 항상 올려두는 탁자를 제외하면.

나는 소파에 털썩 앉는다. "좋은 와인을 샀나 봐요."

"뭐라고요?"

"코르크 마개가 있는 와인은 비싼 와인이잖아요. 저만 그렇게 생각하나요?"

"글쎄요." 조엘이 잔에 와인을 가득 따른다. "코르크가 좋긴 한 것 같아요. 코르크나무가 친환경 소재라고 하더라고요. 당신이 자연보호 구역에서 일하니까 나도 환경에 대한 글을 좀 찾아봤죠." 조엘이 소파로 다가와 내게 잔을 건넨다. 와인이 얼음만큼이나 차갑다. "자요, 와인 마시는 동안 목욕물 좀 받아놓을게요."

아, 내 심장. 심장이 노래하고 있어.

"고마워요"라고 말하기도 전에 조엘은 욕실로 향한다. 그의 딱 벌어진 어깨와 검은 머리카락을 보고 있으니 가서 안아주고 싶다.

지난 몇 주 동안 거의 붙어 있다시피 했지만 조엘과 나는 아직 잠자리를 같이하지 않았다. 조엘이 관계를 복잡하게 생각하는 편이고 다른 사람을 사랑하기에는 자기가 부족하다고 생각해서 서두르려 하지 않는 것 같다. 나도 천천히 가는 게 좋다. 우리 두 사람에게는 그게 맞는 것 같다.

잠시 후 욕실로 가보니 조엘이 촛불을 켜고, 새 수건을 따뜻이 데우려고 난방기의 발열 레일에 걸어놓는다. 마치 애정 어린 몸짓으로 이루어진 느린 춤곡을 보는 기분이다. 예전에 나도 피어스에게 이런 걸 해줬지만 돌려받은 적은 한 번도 없었다. 그런 걸 해주기에는 내가 별로 대단치 않다고 여겼던 걸까?

최근까지 조엘의 집에는 욕조에 넣은 라벤더 버블 입욕제는 둘째 치고 양초도 없었을 것이다. 조엘은 누군가를 위해 이런 일을 해주려고 수년을 기다린 사람 같다.

38

조엘

캘리가 워터펜에서 일을 시작한 지 며칠이 지났다. 지금은 키런과 조이의 집에서 저녁을 먹고 집으로 걸어가는 길이다. 바닥까지 난방이 되는 따뜻한 집에서 식사하다가(두 사람은 에버스포드에서 집값이 가장 비싼 동네의 엷은 벽돌색 주택에 살고 있다) 밖에 나오니 머리가 얼얼할 정도로 춥다.

"친한 친구는 키런 하나뿐이에요?" 집으로 걸어가는 길에 캘리가 묻는다. 12월의 차가운 공기에 입김이 하얗게 얼어붙는다.

"스티브도 좋은 친구죠." 스티브가 그동안 나를 묵묵히 지켜봐준 걸 생각하면 그만한 친구도 없지 싶다.

"왜요?"

"왜냐니, 뭐가요?"

"어째서 친한 친구가 키런과 스티브뿐이에요?" 캘리가 내게 팔짱을 끼며 대수롭지 않다는 듯 묻는다. 하지만 캘리가 이 문제를 심각하게 생각한다는 걸 알고 있다. 성격에 심각한 결함이 없는 남자라면 삼십 대 중반에 함께 어울리는 친구가 한 무더기쯤 있는 게 보통이다. 총각 파티를 위해 상시 대기 중인 친구들 말이다. 학교 동창들에 럭비 친구, 직장 동료, 아내의 친구들까지 믿음직한 친구들이 한 무더기 있는 더그는 잘 모를 것이다. 더그는 내 생일에 음식이 적거나 여름에도 청첩장 한 장 오지 않는 걸로 항상 나를 놀렸다. 나는 월드컵이 시작돼 끝날 때까지 친구들과 술 한잔하는 일이 없었다.

"그런 꿈을 꾸기 시작하면서 그렇게 된 것 같아요." 나는 솔직히 말한다. "친구 사귀는 데 관심이 없었어요. 꿈에서 본 단서들을 추적하고 마음을 다잡느라 바빠서 그게 내 직업처럼 느껴질 정도였어요. 솔직히 지금도 다르지 않고요."

어젯밤에 딱 그런 꿈을 꾸었다. 가까운 친척이 현금카드를 복제당해서 은행 계좌가 탈탈 털린 꿈을 꾸었다. 아직 몇 달이 남아 있긴 하지만 어떻게 해야 할지 난감했다. 그 친척에게 6월까지는 현금만 사용하고 인터넷 보안을 강화하라고 해야 할까? 나는 아침 내내 고민하다 결국 이메일을 보내기로 했다. 이런 문제에 정통한 친구가 있다는 식의 이야기를 날조해서. 그 이메일을 받고 어떻게 대처할지는 순전히 그 사람 몫이다.

이메일을 보내고 고개를 들어보니 벌써 정오였다. 캘리가 아침에 어떻게 출근했는지도 거의 기억나지 않았다. 캘리가 아침에 일어났을 때 키스도 못 해줬고, 커피도 타주지 못했다. 이번 주말에 뭐 하고 싶은지도 물어보지 못했다. 캘리와 소통할 수 있는 짧은 시간이 손끝에서 날아가버렸다.

"안타까워요." 캘리가 말한다.

나는 다시 목을 가다듬는다. "가져본 적 없는 걸 그리워할 수는 없어요. 내가 어떤 사람인지 누구에게도 설명할 수 없다면 우정에 마음을 쏟는 게 결코 쉽지 않죠."

"당신이 어떤 사람인지 꼭 설명할 필요가 있을까요."

내겐 필요한 일이에요. 나는 속으로 생각한다. *그 문제에 있어서는 선택의 여지가 없어요.*

우리는 영춘화를 묶어서 장식한 연철 울타리를 지난다.

"음, 내 친구들은 당신이 좋은가 봐요. 에스터의 생일 파티 이후로 메시지가 너무 많이 와서 답장도 다 못 하고 있어요."

나는 "그거 좋네요" 하며 웃는다. 정상적인 사람이 될 수 없다면 정상적인 사람처럼 보일 수 있는 행동을 하는 게 그나마 좋다.

"당신이 생각하는 당신 모습과 다른 사람 눈에 비치는 모습이 늘 같은 건 아니니까요."

캘리의 말이 달콤하게 들린다. 나는 팔을 접어 내 팔을 잡고 있는 캘리의 손을 꾹 누른다. "그러고 보니…… 혹시 박사 학위 있어요? 척척박사?"

캘리가 웃음을 터뜨린다. "뭐라고요?"

"어떻게 일반상식을 그렇게 많이 알아요? 모르는 게 없던데요?"

저녁식사 후에 넷이 함께 퀴즈 게임을 했는데 캘리가 나머지 셋을 가뿐히 제압했다.

"뭘요. 과학이랑 자연에만 좀 자신 있는 정도예요." 캘리는 대수롭지 않다는 듯 말한다.

"지리학에도 밝던데요? 페루에 관한 잡다한 상식을 어쩜 그렇게 많이 알아요? 탄자니아의 수도를 묻자마자 곧바로 대답하는 사람은 살다 살다 처음 봤어요."

캘리가 목도리에 얼굴을 묻는다. "와! 피어스는 내가 그럴 때마다 엄청 싫어했는데."

"왜 싫어해요?" 캘리에게 남들이 싫어할 만한 면이 있다는 게 상상도 되지 않는다.

"별 잡다한 걸 다 알고 있다고요. 내가 자기한테 무안 주려고 그런다고 생각했나 봐요."

"유치하네요." 그냥 그렇게 말하고 만다. 쫓아가서 때려주고 싶은 생각까지는 들지 않는다. 그 남자는 세상에서 가장 멋진 여자와 함께할 수 있는 기회를 제 발로 걷어차버렸다. 이미 백 대 영으로 진 남자다.

"피어스가 오늘 당신처럼 나한테 졌다면 일주일은 삐져 있었을걸요."

나는 이해 못 하겠다는 듯 인상을 찡그린다. "잠깐만요, 나처럼이라뇨? 그래도 조이보다는 내가 나았다고요. 조이는 전화 발명가 이름도 못 맞혔잖아요."

캘리가 웃음을 터뜨리며 내 팔을 약간 더 세게 움켜쥔다. "'텔레폰 씨'라고 말하고 싶어서 입이 근질근질한 것 같았어요."

"맞아요. 키런이 발로 건드리지 않았다면 결국 말했을 거예요."

숨이 넘어가도록 웃다가 캘리와 눈이 마주친다. 우리는 몸을 비비 꼬면서 웃음을 참는다. 늦은 밤 홀로 개 산책을 나온 사람이 우리를 보고 빙 둘러 가며 조용한 골목 쪽으로 걸음을 옮기면서 어깨 너머로 흘긋거린다.

캘리에게는 말하지 않았지만 아까 키런의 집 주방에서 설거지를 거드는 동안(아이가 있는 집에선 이 정도만 해줘도 큰 도움이 된다는 걸 탐신에게 배웠다) 키런이 내게 계속 질문을 던져서 곤란했다.

"대체 어디서 저런 여자를 만났어?"

키런도 대답을 들으려고 물은 건 아니었다. 조금 전 파스닙 수프를 먹으면서 캘리가 다 이야기했기 때문이다. 캘리는 한 손으로 내 손을 꼭 쥐고 한 발은 내 발목 안쪽에 걸친 채 열심히 설명했고, 나는 그저 옆에서 웃기만 했다.

"정말 잘됐어."

"고마워."

"앞으로 너한테 좋은 일이 많이 생길 것 같은 예감이 든다."

나는 식기 세척기에 접시를 차곡차곡 쌓았다. 캘리가 뭐라고 말하자 비명 같은 조이의 웃음소리가 넘어왔다. 와인을 따르는 소리도 들렸다.

나는 키런을 마주보고 말했다. "실망시켜서 미안해."

"조엘." 키런이 내 이름을 부드럽게 부르며 다가와 한 손으로 내 어깨를 잡았다. "그런 말은 이제 하지 않기로 했잖아."

동물병원에서 여러 해 동안 같이 일하며 지켜본 키런은 주변 사람의 마음을 편하게 해주는 능력이 있었다. 함께 일할 땐 내게 그런 사람이 필요하다는 걸 미처 알지 못했다. 항상 차분하고 한결같은 모습인 키런은 내가 까다로운 손님을 대할 때나 임상적으로 중요한 결정을 내려야 할 때 늘 확고한 지지를 보여줬다. 힘든 일을 끝낸 날은 함께 맥주를 한잔하고 당구를 치기도 했다. 당구를 칠 땐 키런의 눈가에 주름이 언제 잡히나 살펴보곤 했다. 주름이 잡히는 순간 그건 곧 게임이 끝났다는, 내가 또 졌다는 의미였다.

키런의 얼굴에 주름이 잡히는 순간은 또 있었다. 그건 내가 이루어놓은 삶에서 자꾸 멀리 도망가려 할 때마다 그의 안타까움을 드러내는 주름이었다. 그래도 내 앞에서는 항상 냉정한 모습을 지켰다. 나를 삶에서 떠밀어낸 물결의 방향이 바뀌길 기다리듯 나를 조용히 기다려줬다. 내가 길고 고통스러운 싸움에서 승리해 다시 해안으로 헤엄쳐 돌아오기라도 할 것처럼.

나는 식기 세척기의 맨 위칸에 수프 접시를 뒤집어서 넣었다. 키런은 내 어깨에 올린 손을 거두었다.

"딱 한 번 그런 거잖아, 조엘." 키런은 결국 이렇게 말했다.

한 번도 충분히 많아.

"그날 있었던 일은 네 잘못이 아니야."

수없이 들어도 절대 믿을 수 없는 말이 있다. 새가 한 번도 쉬지 않고 알래스카에서 뉴질랜드까지 날아갈 수 있다는 말처럼, 또 곁을 지키던 사랑하는 사람의 손을 꼭 잡고 자는 동안 평안하게 죽음을 맞았다는 말처럼.

주방에 잠시 침묵이 흘렀다.

"내 부탁 하나 들어줄래? 캘리와 관련된 일이야."

나는 장난스레 눈을 찡그리며 키런을 쳐다봤다. "망치지 말라고?"

키런이 겸연쩍은지 어깨를 으쓱했다. "그래. 캘리가 널 볼 때 표정이 너무 좋았어. 캘리 눈엔 너밖에 안 보이는 것 같더라. 그런 일은 흔치 않지."

나는 조리대 모서리에 손을 짚고 섰다. 키런이 이 일에 신경 쓰지 말았으면 했다. "어떻게 하면 관계를 망치지 않을지 알려주든가."

하지만 키런은 신경 쓰고 있었다. "굉장히 간단한 방법이 있지."

"알려줘."

하지만 키런은 알지 못한다. 알지 못하는 게 당연하다. 내가 무엇 때문에 그렇게 두려워하는지 전혀 모르니까.

"헌신이야. 온몸을 던져. 그런 다음에는 절대 뒤돌아보지 마."

우리는 잠시 후 조이와 캘리의 곁으로 돌아갔다. 저녁 내내 내 머릿속에선 이런 생각이 떠나지 않았다. *사랑에 빠지는 것조차 너무나 두려운데, 대체 어떻게 나를 내던지라는 말인가?*

39
캘리

워터펜에서 일한 지 2주쯤 되자 가슴속에 묻어뒀던 불씨가 되살아나는 기분이다.

내 몸이 이렇게 살아 있음을 느낀 적이 있었나 싶다. 피가 혈관을 타고 바쁘게 흐르기 시작하자 폐도 더 활기차게 움직이고 근육도 서서히 깨어난다. 오랫동안 잠들어 있던 관절도 삐거덕거리며 원래의 자리를 찾아가는 것 같다.

일터에 가면 통나무를 들어 옮기고, 갈퀴로 잡초를 뽑고, 물속을 헤치고 걸으며 헐떡이는 숨소리의 매력을 음미한다. 영하의 날씨에 땀을 뻘뻘 흘리는 내 모습이 어처구니없어서 웃기도 하고, 커다란 낫을 부드럽게 휘두르며 뿌듯함을 느끼기도 한다. 밤만 되면 피로가 엄습해 머리가 멍하고, 조엘이 엄지로 내 등을 문질러줄 땐 근육이 심하게 뭉쳐서 오히려 아무 느낌도 없지만 그런 상태가 왠지 반갑다.

피어스는 내가 잼이나 술 병 뚜껑을 따며 바들거릴 때마다 나를 놀렸다. 트레일러에 20킬로그램짜리 통나무들을 실을 때면 속으로 피어스에게 말한다. *지금 내 모습을 잘 봐.* 수로에서 잡초를 뽑느라 등이 뻐근할 때, 뽑은 잡초를 모아 하늘 높이 쌓아 올릴 때, 그렇게 해서 쥐들이 살기 좋은 고층 건물이 하나 탄생할 때도.

매일 내 손가락 사이에서, 내 머리 위에서, 내 발밑에서 지구가 돌고 있다. 이 땅에 두 발을 붙이고 서면 고향에 돌아온 것 같다.

금요일 오후. 나는 소택지에서 갈대를 베고 있다. 앞에서는 리엄과 자원봉사자 몇 명이 예초기로 작업 중이고, 나는 피오나와 함께 갈퀴를 들고 뒤따라가는 중이다. 바람이 세게 불고 가랑비까지 바람에 날리고 있지만, 일을 하다 보니 덥고 걸리적거려서 티셔츠 한 장만 걸친 상태다.

최근 들어 이렇게 뜨겁게 살아 있다는 느낌을 받는 건 당연히 조엘 덕분이기도 하다. 이렇게 누군가에게 미친 듯이 이끌리고 있는 모습이 내 눈에도 신기하고 낯설다. 조엘의 두 손이 내 몸을 어루만지고 그의 입술이 내 입술에 맞닿을 때마다 내 가슴 깊은 곳에서 다이너마이트가 터지는 기분이다.

하지만 조엘은 다음 단계로 나아가기 전에 잠시 기다리고 싶어 하는 것 같다. 함께 몸을 맞대고 있을 때면 되돌릴 수 없는 지점을 앞두고 내 귀에 이렇게 속삭인다. *서두르고 싶지 않아요. 그래도 괜찮죠? 당신이 내게 정말 중요한 사람이라서 그래요.*

물론 나야 당장 조엘과 뜨거운 사랑을 나누고 싶어 미칠 지경이지만, 이렇게 자제력을 발휘하며 참는 것도 극도의 흥분을 가져다준다.

옆에 있던 피오나가 내게 결혼했는지 묻는다. 여기서는 일하다가 반지를 자연에 방생할 가능성이 높아서 아무도 결혼반지를 끼고 다니지 않는다.

"아뇨. 안 했어요."

"그럼 같이 사는 사람은 있어요?"

나는 웃으며 흘러내린 머리카락을 뒤로 넘긴다. "비슷한 사람은 있어요. 아래층 남자와 사귀거든요."

피오나가 포크로 음식을 찌를 때처럼 갈퀴로 갈대를 찌른다. 오랜 세월 동안 갈고닦았을 저 기술이 부럽다. 피오나는 작업 속도가 나보다 두 배 더 빠르다. 더 빨리 하고 싶어도 나를 위해 기다려주는 것 같다. "그래요? 어떤 사람이에요?"

나는 조엘이 어떤 사람인지 설명한다. 다른 사람에게 조엘에 대해 설명할 때, 조엘의 이름을 발음할 때의 느낌이 좋다. 조엘의 이름이 내 혀끝을 떠나는 순간, 마치 존재하지 않는 상상 속의 친구를 설명하는 어린아이가 된 기분이다. 한 달 사귀었다고 하니 피오나는 진지한 관계라기보단 잠깐 즐기는 사이라고 생각하는 것 같다. 물론 피오나가 어떻게 생각하는지 확실히 알 수는 없다. 갈대밭에서 일할 땐 상대방의 몸짓이나 표정에서 힌트를 얻기가 쉽지 않다.

"무슨 일 하는 사람이에요?"

"수의사였어요."

잠시 아무 말도 없던 피오나가 갑자기 놀란 표정을 짓는다. "잠깐, 조엘이라. 조엘 모건은 아니죠?"

"맞아요! 조엘을 아세요?"

피오나가 계속 갈퀴를 휘두르며 고개를 끄덕인다. "우리 셰퍼드를 살려준 사람이 조엘이에요. 해변에서 미끼가 걸려 있는 낚싯바늘을 먹었거든요. 낚싯줄까지 삼켰어요."

"저런, 아팠겠어요."

"그러니까요. 게다가 우리 개가 남자 수의사는 별로 좋아하지 않는데 조엘이 잘 어르며 치료해줬어요. 차분하게. 좋은 사람이더라고요. 우리 개를 돌봐주던 모습은 절대 잊지 못할 거예요."

조엘을 대신해서 칭찬을 듣다니 이보다 더 행복할 수 있을까?

"조엘이라면 정말 그랬을 것 같아요."

"그런데 일주일쯤 지나서 정식으로 감사인사를 하려고 병원에 들렀더니 그만뒀다고 하더라고요."

우리는 잠시 말없이 갈퀴질을 한다. 두꺼운 장갑을 꼈는데도 손바닥에 물집이 생겨서 쓰라리고 숨은 계속 차오른다.

"그럼 요즘은 무슨 일 해요?"

"그냥 잠시 쉬고 있어요." 나는 별거 아니라는 듯 최대한 자연스럽게 대답한다. "거동이 힘든 동네 어르신들 대신 개들을 산책시켜주고요."

"아, 저런. 빨리 병원에 복귀하라고 해요. 정말 훌륭한 수의사예요. 그런 수의사는 드물죠."

"고마워요. 꼭 전할게요."

"사람을 대할 때도 동물 대할 때 모습과 같다면 정말 좋은 사람이니까 놓치지 말아요."

몇 시간 후 시내에서 조엘을 만난다. 저녁으로 중국 음식을 먹기로 했다. 여덟 시간 내내 힘 쓰는 일을 했더니 배고파 죽을 것 같다.

"아까 카페에 갔다가 닷이랑 인사 나눴어요." 조엘이 말한다.

내가 직장을 옮긴 후 조엘도 예전만큼 카페에 자주 가지 않는다. 조엘은 꽤 피곤해 보인다. 이번 주 들어 잠을 거의 못 자서 그런 것 같다. 그래도 오늘 하루 동안 있었던 일을 늘어놓는 나를 찬찬히 살피는 그의 눈빛은 따뜻하고 사랑이 가득 차 있다.

"카페가 아직 망하지 않았단 말인가요!"

"카페 떠난 지 얼마나 됐다고 그래요? 사업이 망하는 덴 시간이 걸리는 법이라고요."

나는 웃으며 물을 한 모금 삼킨다. "나 없으니까 어색하죠?"

"조금요. 닷이 내 테이블에 와서 앉더니 좀처럼 일어나지 않으려고 해서 약간 당황했어요."

"소피란 사람 봤어요? 이번 주부터 출근할 거라고 들었는데."

소피는 벤이 고용한 열정 넘치는 새 직원이다. 닷에게 들은 바로는 벌써부터 유니폼을 입자고 하거나 테이블 서빙을 없애자는 등 적극적으로 의견을 피력한다고 한다. 그리고 닷의 표현을 빌리면 '무모하게 아보카도로 메뉴를 더럽히려' 하기도 했다.

그레이스는 아보카도에 알레르기가 있었다. 아보카도를 먹으면 심한 경련으로 바닥에 쓰러져 뒹굴 정도였다.

조엘이 한 발로 내 다리를 쓰다듬으며 까만 눈으로 나를 뚫어지듯 바라본다. "봤어요. 당신이 있던 때와 비교하면 좀 다르던데요. 좀 사무적인 느낌이랄까."

나는 손으로 춘권을 쪼개다 말고 얼굴을 찌푸린다. 그레이스는 친숙한 분위기의 카페를 원했다. 커피잔을 사이즈별로 구분하지도 않았고, 혼자서도 편하게 드나들 수 있는 공간을 원했다.

가끔 카페 밖에까지 그레이스의 웃음소리가 흘러나왔다. 하늘에 색종이 조각을 뿌려놓은 듯한 웃음이었다. 그레이스는 카페 앞에 내놓은 테이블을 닦다가 지나가는 사람들과 수다를 떨기도 했다. 주변 세상에 온전히 자신을 드러내 보이는 친구였다. 늦은 밤 불 켜진 창문처럼 곁에 있으면 자꾸 보게 되는 사람, 따뜻하고 밝은 빛으로 주변까지 비추는 사람이었다.

조엘이 오늘 하루 어땠는지 묻기에 피오나의 개 이야기를 꺼낸다.

"당신 덕분에 자기네 셰퍼드가 살았다고 하더라고요. 그게 당신이 병원을 그만두기 일주일 전이었대요."

조엘이 내 잔과 자기 잔에 차례로 물을 따른다. "낚싯바늘 삼킨 녀석요?"

"맞아요, 그 개요." 낚싯바늘을 삼킨 개가 병원에 실려왔을 때 정확한 처치를 내릴 수 있다는 게 새삼 대단하게 느껴진다.

"생각나요. 착한 녀석이었어요."

"원래 남자 수의사를 좋아하지 않았대요."

"피오나가요? 아니면 개가?"

나는 웃음을 터뜨린다. "개요."

"아, 그 개는 괜찮았어요. 보통 겁먹으면 그래요."

"어쩌면 당신을 알아본 거 아닐까요?"

"뭘 알아봐요?"

"당신이 좋은 사람이라는 걸."

조엘은 불편한 듯 자세를 바꿔 앉는다. 여전히 칭찬 듣는 게 익숙지 않은가 보다.

"피오나가 전해달래요. 너무 오래 쉬지 말라고. 그렇게 훌륭한 수의사도 없다면서요. 피오나가 한 말이에요, 내가 아니라. 물론 저도 같은 생각이지만."

"차우멘 좀 더 먹어요. 그러다 식겠어요." 조엘이 민망한지 젓가락으로 음식을 가리키며 웅얼거린다.

40
조엘

캘리와 나는 동네 원예시장 겸 백화점에 꾸며놓은 겨울 속 동화 나라에서 시각적, 청각적으로 시달리다가 방금 막 빠져나온 참이다. 거의 한 시간을 시달렸다. 마치 환각제에 취해 경험하는 크리스마스, 온갖 자극적인 요소를 한데 모아놓은 크리스마스 같았다. 썰매 방울인 척 달려 있는 탬버린, 진저브레드 라테의 텁텁한 향기, 공격적으로 판매 중인 엘프 인형 한 부대까지.

이전에는 크리스마스 분위기를 느끼고 싶을 때 탐신의 집으로 갔다. 그런데 원예시장에서 나무 대여 서비스를 발견한 캘리가 이번에 함께 크리스마스 분위기를 내보자고 제안했다. 나도 좋다고 했다. 하지만 그건 크리스마스 사흘 전에 빽빽한 주차장에서 전나무 한 그루와 씨름하게 될 줄 모르고 한 소리였다. 크리스마스가 끝나면 나무는 다시 원예시장을 거쳐 재배지로 돌려보낸다고 한다.

"이래서 사람들이 가짜 나무를 사나 봐요." 나는 원예시장 쪽을 돌아보고 숨을 헐떡이며 말한다.

"하지만 플라스틱 나무는 재미없다고요."

"저 겨울 속 동화 나라처럼 재미없는 곳은 살면서 처음 봤어요. 죄다 상술이에요."

"산타 할아버지를 만나지 못해서 화난 거 아니고요?"

"그건 정말 아니에요. 선글라스 쓴 산타 할아버지는 봤거든요."

"조명이 너무 밝아서 그랬을까요?"

나는 고개를 젓는다. "어제 과음한 거겠죠. 그것밖에 없어요."

캘리가 웃는다. "아, 불쌍해요. 지금 얼마나 괴로울까요."

"별로 생각해보고 싶지 않아요. 소리 지르며 뛰어다니는 아이들과 쉬지 않고 흘러나오는 크리스마스 캐럴 사이에서 토하고 싶은 걸 꾹 참고 있으려면…… 이렇게 말하고 보니 꼭 우리 가족과 보내는 크리스마스를 설명한 것 같네요."

우리는 마침내 차에 도착해서 나무를 범퍼에 기대놓는다. 나는 허리에 두 손을 짚고 신선한 공기를 한껏 들이마신다. 내 팔 힘이 이것밖에 안 되는 걸 알면 스티브가 기절초풍하지 않을까. 캘리가 직장에서 매일 하는 일을 내가 단 오 분간이라도 할 수 있을지 모르겠다. (나와 달리 캘리는 전혀 땀을 흘리지 않는다.)

"하여튼……." 캘리가 한 발을 뒤 타이어에 걸치고 나무를 차 지붕에 올릴 준비를 한다. "진짜 나무가 있으면 당신 집에 좋은 향이 흐를 거예요."

"잠깐만요. 이 나무, 우리 집에 놓기로 한 거였어요?"

캘리가 놀리듯 씩 웃는다. "우리 집까지 옮길 수 있겠어요?"

"내가 이층까지 못 들고 올라갈 것 같아요?"

캘리가 옳았다. 결국 우리 집 좁은 베란다에 나무를 놓고 장식용 반짝이와 꼬마전구, 초콜릿 등으로 꾸미기 시작한다. 그냥 지나갔던 크리스마스들이 문득 아쉽게 느껴진다.

아버지는 엄마가 돌아가신 후 크리스마스를 챙기지 않았다. 집이나 나무를 장식하는 일도 없었고, 특별한 음식을 먹는 일도 없었다. 그저 쇼핑센터 상품권을 사서 우리에게 나눠주는 게 아버지가 할 수 있는 전부였다.

그러다 앰버가 태어나고 탐신이 자기 집에서 크리스마스를 보내자고 제안했다. '이번에 지금껏 겪어보지 못한 광란의 크리스마스를 계획 중'이라고 탐신은 취기 오른 얼굴로 말했다. 가족들은 다들 말 없이 반겼다. 우리 집 분위기도 바뀔 수 있으리란 기대가 생겼다. 탐신은 대접하기 좋아하는 엄마의 성격을 그대로 물려받았다. 가족들을 위하는 탐신의 다정한 마음씨만으로도 큰 위안이 되었다.

반짝이는 것들은 모두 나무에 달았다. 나는 캘리 뒤로 다가가서 두 팔로 감싸 안는다. 캘리가 내 가슴에 등을 기대고, 나는 은은한 향기가 나는 캘리의 풍성한 머리카락에 고개를 파묻는다. 우리는 잠시 그렇게 서서 심장박동을 공유한다. *미친 듯이 날뛰는 내 심장이 느껴져요?* 이렇게 묻고 싶다. *나한테는 당신뿐이에요, 캘리.*

"생각해봤는데요. 올해 크리스마스는 정말 재미있을 거예요." 캘리가 속삭인다.

캘리의 다정한 마음씨에 오히려 가슴이 아프다.

"작년 크리스마스는 형편없었나 보죠?"

캘리가 고개를 돌리고 나를 노려본다. 캘리의 두 눈이 야간등처럼 부드럽게 빛난다. "그러는 당신도 고난의 시간을 보냈나 본데요?"

"조카들이 태어난 다음에는 한결 나아졌죠. 지금은 그 애들 때문에 의례적으로 하는 거고요."

"아이들도 무척 좋아할 거예요."

"준비는 전부 동생들이 해요. 내 역할은 그냥 선물만 들고 가서 아이들이 내 몸을 타고 올라와도 가만히 있는 거고요. 과음하지 않는 거하고."

"오, 전형적인 조카바보군요."

조엘

"맞다. 심판 역할도 해요. 작년에는 가족들끼리 난투극을 벌일 뻔했죠. 제스처 게임 하다가."

"자세히 얘기해봐요!"

"힌트는 비치 보이스의 노래 〈굿 바이브레이션스Good Vibrations〉였어요. 그런데 남동생이 취해서 문제를 내다가 음란한 동작을 해서……."

캘리가 웃음을 터뜨린다. "아, 어떡해."

"음, 진짜 웃겼어요. 탐신과 나는 손으로 아이들 눈을 가렸고…… 술에 손도 대지 않은 아버지는 얼굴이 창백해졌죠. 결국 다른 가족들이 남동생을 마당으로 끌어내고 내가 참견할 수밖에 없었어요."

캘리가 아주 감동적인 이야기를 들은 사람처럼 따스한 미소를 짓는다. "나도 당신 가족 만나보고 싶어요."

"음, 당장은 나도 가족들 얼굴 보기가 쉽지 않을 것 같아요." 조만간 완전히 다른 모습으로 해석될지도 모르는 지난날을 떠올렸다가 향수에 사로잡힌 나는 착잡해진 마음을 다시 억누른다. 아직 아버지에 관해 아무것도 알아내지 못했지만 꿈속에서 들은 말을 떨쳐버릴 수가 없다. "아버지의 비밀을 알게 되니, 아니 비밀을 안다고 생각하니 아버지를 볼 엄두가 나지 않아요."

캘리가 내 손을 꼭 움켜잡는다. 괜찮다고 말하는 것 같다.

"그래도 크리스마스니까." 나는 한발 물러선다. "가족들을 보긴 해야겠죠. 그때 같이 가요."

"좋아요."

우리는 함께 소파에 앉는다. 한쪽에서는 장작이 타며 불길을 내뿜는다. "그럼 당신 부모님은요? 당신은 부모님 뵈러 안 가요?"

"크리스마스 당일은 고모 집에 가요. 그게 우리 집 전통처럼 됐어요. 그런데 사촌들이 좀 사람 기분 나쁘게 하는 타입이라, 같이 있으면 오히려 기분이 가라앉더라고요."

그때 불쑥 떠오른 생각에 가슴이 콩닥콩닥 뛰기 시작한다.

"음, 우리 둘 다 가족들하고는 불편하니까, 그럼 단둘이 보내는 건 어때요?"

캘리가 내게 입을 맞춘다. "그거 좋은데요? ……엄마 아빠한테 먼저 말씀드려야겠지만."

"나 때문에 일부러……."

"아니에요, 괜찮아요." 캘리가 급하게 내 말을 막는다. "진짜 괜찮아요."

잠시 후 캘리가 창가로 가더니 블라인드를 내리고 내게 불을 꺼 달라고 한다. 불을 끄자 캘리가 쪼그리고 앉아 나무에 감아놓은 꼬마전구를 전원에 연결한다. 자그마한 불꽃놀이가 시작된 것 같다. 형형색색의 불빛이 벽을 아름답게 수놓는다. "어쩌면 올해부터 우리의 크리스마스가 좀 달라지지 않을까요?" 캘리가 소곤거린다.

나는 다가올 날에 대한, 지나간 날에 대한 모든 생각을 한구석으로 치운다. 오늘 밤 이 순간만큼은 더없이 행복하니까. "그렇게 될 것 같아요."

41

캘리

조엘과 단둘이 크리스마스를 보내려면 크리스마스이브에 넷이 함께 저녁식사를 하자는 두 분의 의견에 동의할 수밖에 없었다. 부모님은 수수께끼 같은 내 남자 친구가 몹시 궁금한 모양이었다. 엄마는 조엘의 존재 자체를 의문스러워하는 것 같았다.

부모님은 당연히 조엘을 무척 마음에 들어 했다. 조엘은 두 분이 좋아할 만한 질문을 하고, 아빠의 농담에 시원하게 웃음을 터뜨렸으며, 엄마에게 말할 땐 무척 다정하게 굴었다.

집으로 돌아오기 전, 조엘이 잠시 화장실에 간 사이 엄마가 내 귀에 대고 속삭였다. "아주 매력적인 사람이야. 건실해 보여."

아빠는 한 팔로 엄마의 어깨를 감싸고 말했다. "착한 친구야." 그리고 두 분이 마주보며 웃었다. 제대로 인정받은 것 같았다.

크리스마스 아침, 주방에서 들리는 달가닥 소리에 잠이 깬다. 주방에 가보니 청바지에 체크 셔츠를 걸친 조엘이 맨발로 서서 멍하니 냄비를 들여다보고 있다. 머피는 기대에 찬 눈으로 조엘의 발치에 앉아 있다.

조엘이 뒤돌아보더니 나를 향해 미소 짓는다. "달걀로 뭐 해먹고 싶은지 물어보려고 했는데, 계획에 결함이 있네요."

나는 의자에 걸터앉으며 묻는다. "무슨 결함요?"

"달걀로 뭘 해야 할지 모르겠어요." 그러더니 조엘이 갑자기 활짝 웃으며 내게 벅스 피즈Bucks Fizz 칵테일 한 병을 건넨다. "이걸로 대신해도 되죠? 메리 크리스마스."

점심 준비는 아침에 비해 순조롭다. 마트의 냉동 식품을 모두 사다놔야 한다는 조엘의 선견지명 덕에 오븐에 돌릴지 전자레인지에 돌릴지만 결정하면 된다. 반조리된 감자를 데우고, 그레이비소스 분말을 사용하고, 브레드소스도 전자레인지에 돌려서 만들고 있다. 이런 우리를 열렬한 집밥파인 엄마가 알면 뭐라고 할까. 죄책감과 동시에 짜릿한 쾌감이 든다. 이게 바로 반항의 달콤한 맛인가 싶다.

점심을 먹고 나서 내가 이런 이야기를 하니 조엘이 웃는다. "전자레인지 쓰는 걸로 반항하는 기분을 느끼다니, 당신 부모님은 참 행복한 분들이에요."

"두 분은 아직 내 문신도 못 보셨다고요."

"싫어하실 것 같아요?"

"어떻게 생겼는지 벌써 까먹었어요?"

조엘이 나를 지그시 바라보더니 부드러운 목소리로 말한다. "글쎄요. 한 번 더 봐야 할 것 같은데요."

못 이기는 척 바지를 살짝 내리고 보여주는 사이 내 가슴은 점점 뜨거워진다. 조엘이 다가와 더없이 진지하게 내 입술에 입을 맞추고, 약간 물러나서는 한 손가락으로 내 허리 아래서 쉬고 있는 새를 어루만진다. 몇 분쯤 흐르자 천천히, 부드럽게 조엘의 손이 더 아래쪽으로 내려간다. 내 눈에서 한순간도 눈을 떼지 않고서 조금씩 아래로 또 아래로. 조엘의 손이 내 속옷 한끝을 가볍게 어루만지며 계속 약을 올린다. 그리고 더 이상 못 참을 것 같은 그 순간, 조엘의 손이 내 다리 사이로 들어온다. 나는 고개를 뒤로 젖히고 눈을 꼭 감은 채 몸을 맡긴다.

"줄 게 있어요." 조엘이 내 머리에 얼굴을 파묻고 따뜻한 입김을 불어넣으며 말한다. 손가락은 여전히 내 문신 위에서 놀고 있다.

조엘이 나무 밑에서 선물을 꺼내 온다. 나는 똑바로 앉아서 조엘의 시선을 느끼며 선물 포장을 뜯다가 환하게 미소 짓는다. 뚜껑 없는 유리병과 유리잔 두 개가 들어 있다. 워터펜에 면접 보러 가기 전날 저녁, 이탈리안 레스토랑에서 본 것과 똑같은 제품이다.

"이제 언제든 지중해에 있는 노천 카페에 앉아 있는 기분을 느낄 수 있어요." 조엘이 말한다.

조엘에게 입을 맞추고 고맙다는 인사를 하는데 너무 감동해서 눈물이 나려고 한다.

"아…… 하나 더 있어요."

두 번째 선물을 뜯자 부드러운 하얀 면이 손끝에 닿는다. 까만 트랙터 그림 아래 '*내 두 번째 차는 트랙터*'라고 적힌 티셔츠다. 나는 소리 내어 웃는다. "정말 잘 골랐네요."

"보자마자 캘리 생각이 났죠."

"길 가다가 발견한 거예요?"

"음, 그럴 리가요. 따로 주문 제작한 거죠."

당연히 그랬겠지. "고마워요. 정말 마음에 들어요."

조엘이 내 손을 잡는다. "좋아요. 그럼 일어나봐요. 이제 충분히 어두워진 것 같아요."

"긴장해야 하는 상황이에요?"

조엘이 웃는다. "나랑 같이 있을 땐 긴장하는 습관을 들이는 것도 나쁘지 않겠네요."

나는 두 눈이 조엘의 손에 가려진 채 태어난 지 몇 분 안 된 망아지처럼 비틀거리며 정원으로 걸어나간다. 내 얼굴을 덮은 조엘의 따뜻한 손바닥과 어둠 속에서 조심스럽게 나를 이끄는 손길이 기분 좋다.

차가운 바깥 공기가 몸에 닿는 순간 조엘이 손을 내린다. 나는 놀라서 짧게 숨을 삼킨다. 정원 울타리를 장식한 수백 개의 꼬마전구가 환한 빛을 내뿜는다. 반딧불이로 만든 자그마한 은하수 같다.

"세상에! 엄청난 변신인데요? 흉하기 그지없던 정원이 이렇게 아름다워지다니."

"음." 조엘이 소심하게 덧붙인다. "그렇게까지 칭찬할 일은 아니에요."

조엘은 다시 내 손을 잡고 간이 창고로 이끈다. 문에 담쟁이덩굴이 빽빽하게 달라붙어 있어 문을 열지도 못하는 쓸모없는 창고다. 그런데 창고 지붕 밑으로 나무로 만든 둥지 상자가 삐죽 나와 있다. "내년에는 아기 새들을 볼 수 있을 거예요. 울새든 뭐든."

아, 조엘. 당신은 내가 평생 기다렸던 사람이에요. 나는 조엘을 끌어안고 입을 맞추며 마음속으로 속삭인다.

잠시 후 조엘은 머피를 데리고 산책을 나간다. 가끔 밤늦게 이렇게 머피를 데리고 동네를 한 바퀴 돈다. 내 생각에는 잠들지 않으려고 그러는 것 같다.

조엘이 밖에 나가 있는 동안 나는 그레이스에게 전화를 건다. 미친 짓인 걸 알지만 크리스마스에는 항상 그레이스와 대화를 나누었기에 전화라도 걸어보고 싶었다. 그레이스가 죽고 나서 제일 힘들었던 게 이런 거다. 그레이스와 매일 자연스럽게 하던 일들을 그만두는 것 말이다.

전화할 때마다 오늘은 그레이스가 전화를 받지 않을까 생각하곤 한다. 전화를 받으면 대체 그동안 어디 있었느냐고 묻고, 그레이스는 사람들과 수다 떠느라 바빴다며 그 애를 사랑했던 사람들 이름을 끝없이 늘어놓는 상상을 이어간다.

하지만 나를 반기는 건 음성사서함으로 연결되는 영혼 없는 삐 소리뿐이다.

"메리 크리스마스, 그레이스. 여기는 다들 잘 지내고 있어. 너한테 조엘을 보여주고 싶다. 너도 조엘을 보면 맘에 들어 할 텐데. 어쨌든…… 사랑해."

잠시 큰 소리로 엉엉 운다. 그레이스가 너무 보고 싶어서, 그리고 크리스마스라서.

42

조엘

늦은 밤이지만 나는 아직 깨어 있다. 캘리는 내 침대 옆자리에서 잠든 채 이따금 움찔거린다. 자면서 꿈꾸는 강아지 같다.

아까는 화가 나서 견딜 수가 없었다. 캘리에게가 아니라 나 자신에게 화가 났다. 캘리의 선물을 받고도 기꺼이 즐거워할 수 없는 나 자신에게. 두꺼운 미색 종이에 인쇄된 팸플릿과 상품권은 청첩장처럼 화려했다.

음식과 부대 비용이 포함된 일주일짜리 건강관리 이용권이었다. 하지만 나 한 사람만 쓸 수 있는 것이었다. 두 사람 몫을 지불하기에는 금전적으로 여유롭지 않았던 것 같다.

여기는 수면 치료가 전문이라고 한다. 캘리는 자꾸만 말을 더듬으면서도 열정적으로 설명했다. (지금이든 나중이든 숙면 같은 것에는 관심이 없다고 말할 용기는 없다.) 거기 가면 명상과 요가를 배울 수 있다고 했다. 캘리는 다이애나에 관해 질문하면서, 스티브와 연락을 계속 주고받고 있는지도 물었다. 그러면서 내년에는 모든 게 달라질 것 같다고도 했다.

나는 희망을 품는 방법을, 변화에 낙관적으로 대처하는 방법을 잊은 지 오래다. 이제는 생각만 해도 기분이 이상하다. 허공에 높이 떠서 예전에 살았던 곳을 내려다보는 기분이다. 오랜 세월 동안 많은 시간과 돈을 쏟아부으며 시험해봤다. 라벤더 향기, 백색소음, 수면제, 과음을 비롯해서 인터넷으로 주문한 온갖 물건들. 하지만 매번 아무런 소득이 없었다. *이 문제에는 해결책이 없어요, 캘리.*

지금 당장은 캘리와 함께 보내는 시간 덕분에 다가올 미래에 대한 두려움이 무뎌졌다. 하지만 캘리의 선물을 받고 나니(좋은 의도라는 걸 알지만) 영원히 내 꿈에서 벗어날 수 없을 거란 예감만 더욱 강하게 든다.

캘리가 잠든 후에 인터넷으로 그 건강관리 이용권을 검색해봤다. 너무 속상해서 심장이 둘로 쪼개지는 것 같았다. 캘리의 석 달치 집세에 맞먹는 금액이었다.

나는 침실용 탁자에 올려둔 캘리의 크리스마스 카드를 다시 집어 든다. 북극곰 두 마리가 코를 비비는 그림 밑에는 캘리의 서명과 함께 '사랑을 담아'라고 적혀 있다.

나는 그 구절을 뚫어져라 바라본다. 머릿속에 까맣게 구멍이 생길 때까지.

43
캘리

크리스마스 다음 날 아침 우리는 아직 침대에 누워 있다. 살짝 벌어진 블라인드 틈새로 빛이 쏟아져 들어와 방 안을 가득 채운다. 나는 손끝으로 조엘의 가슴을 느긋하게 어루만지며, 근육과 뼈로 이루어진 아름다운 지도를 그린다. 조엘의 노트가 그의 무릎 위에 놓여 있고 노트를 감싼 고무밴드에 펜이 끼워져 있다. 어젯밤에 꿈을 꾼 모양이다.

"오늘은 기분이 어때요?" 내가 묻는다. 어느 날 갑자기 우리 아빠가 친부가 아닐지도 모른다는 의문이 들면 어떤 기분일까? 조엘의 입장에서 생각해보려고 하지만 잘 되지 않는다.

"좋아요. 빨리 가족들한테 당신을 소개해주고 싶어요."

여덟 명이나 되는 조엘의 가족들을 처음으로 만나는 자리라니, 꿈의 직장에 단체 면접이라도 보러 가는 것처럼 무진장 긴장된다. 크리스마스이브에 조엘이 우리 부모님을 만나 잘하고 온 것처럼 나도 그랬으면 좋겠다.

그래도 짚고 넘어갈 건 짚고 넘어가야 한다. "내 말은…… 오늘 아버지 댁에 가는 거 괜찮겠냐고요?"

조엘이 내 쪽으로 돌아눕는다. "음, 아버지와 열 시간씩 같은 집에 있는 게 쉬운 일은 아니죠."

조엘은 일부러 말을 돌리는 것 같다. 너무 괴로워서 그런 거겠지.

"당신 아버지도 크리스마스엔 잔소리하지 않으실 거예요."

"당신이 옆에 있으면 좀 덜할 것 같긴 해요." 조엘이 얼굴을 찡그리며 말한다. "그리고 미리 힌트를 주자면 오늘 남동생 부부가 점심식사 후에 다툴 거예요."

"아, 설마……."

"꿈에서 봤어요. 아이들에게 초콜릿 주는 문제로 다투는 것 같았어요. 하지만 우리가 설거지를 맡으면 직접 볼 일은 없을 거예요."

"좋은 생각이네요." 나는 웃으면서 말하지만 속으로는 한 대 맞은 듯 어안이 벙벙하다. 조엘의 예지력에는 매번 놀랄 수밖에 없다.

물론 조엘에게는 일상이 된 일이다. 조엘이 앞으로 일어날 일을 계속 곱씹지 말자는 듯 크게 심호흡을 하며 탁자에 놓인 시계를 확인한다. "슬슬 준비해야겠어요."

"조금만 더 있다가." 나는 손가락으로 조엘의 가슴을 어루만지다가 아래쪽으로 슬금슬금 방향을 튼다.

"그래요. 조금만 더 있다가." 조엘이 눈을 감고 거친 숨을 내쉰다. "크리스마스니까, 서두를 필요 없겠죠."

조엘의 동생들을 만나보니 조엘과 닮은 데가 정말 거의 없다. 행동은 물론 외모도 그렇다. 엉뚱한 계절에 활짝 꽃을 피운 것 같은 붉은 머리 사이에서 검은 머리의 조엘은 고향 땅으로 돌아온 희귀 새처럼 보인다.

이곳에 도착한 후 조엘의 행동에서 미묘한 변화가 감지된다. 조카들에게 입을 맞추고, 닐과 악수하고, 남동생의 등을 찰싹 때리는 모습에서 불안한 모습이 전혀 드러나지 않는다. 속마음을 드러내지 않으려고 얼마나 노력했을까 싶다.

음식은 탐신이 집에서 가지고 왔다. 어제 만든 음식들을 산처럼 쌓아서 가져왔는데, 여러 음식을 함께 담아두고 하룻밤 지났을 때 우러나는 풍미 때문에 더 맛있게 느껴진다. 식탁에 앉자마자 조엘이 식탁 밑으로 발을 뻗어 내 다리를 더듬는다. 식탁 위에서는 탱고를 추듯 끊임없이 나와 시선을 주고받는다. *고마워요.* 조엘이 눈빛으로 말한다. *나와 같이 와줘서.*

식사 중에 약간 거친 농담이 등장한다. 주로 더그의 입에서 나온 말이다. "식물도 감정이 있긴 마찬가지 아니에요?" 나도 조엘처럼 채식주의자라고 하자 더그가 보인 반응이다. 잠시 후에는 내가 일하면서 전기톱을 쓴다고 하자 이렇게 말한다. "나무가 쓰러질 때 엉뚱한 방향으로 도망갈 것 같은데요!" 그러다 더그의 아내 루가 우리 부모님에 대해 물어서 아버지가 종양학자라고 답하자 잔잔한 침묵만 흐른다.

점심식사 후 더그가 초콜릿 상자를 꺼낸다. 조엘과 나는 설거지를 핑계 삼아 주방으로 피신한다. 거실에서 말싸움 소리가 들리지 않는지 귀 기울이고 있는데 어느새 진짜 들리기 시작한다. 언성을 높이며 문을 쾅 닫는 소리에 이어 누군가 계단을 뛰어 올라가는 소리가 들린다.

마침내 다시 모여 산책 가자는 이야기를 한다. 바람을 쐬면 다들 진정이 될 수도 있겠다는 생각이 든다. 나는 가까운 들판에 가면 석양 아래서 붉은솔개가 하늘을 날다가 횃대에 내려앉는 모습을 볼 수 있다고 말한다. 그러자 아이들은 기대에 부풀어 날뛰는데, 탐신은 붉은솔개를 보러 가는 일은 없을 거라고 웃으며 말한다. 아이들은 금세 풀이 죽는다. 아이들에게 극장에 가자고 했다가 취소한 것처럼 내가 괜히 민망해진다. 아이들이 붉은솔개를 봤다면 정말 좋아했을 거라는 생각이 머리를 떠나지 않는다.

  울퉁불퉁한 들판의 고랑에 땅거미가 파도처럼 밀려 올라온다. 떨어지는 태양을 잡으러 달려오는 것 같다. 태양이 마지막으로 맹렬한 불을 내뿜는 들판 저 끝에서는 새들이 미끄러지듯 날며 잡목림 위를 빙글빙글 돈다. 연기처럼 사방으로 흩어졌던 새들이 다시 모여 둘이 되고 여덟이 되고 스물이 된다. 스물다섯, 서른이 된다. 내 옆에서 더그의 아들 버디가 머피의 머리를 쓰다듬는다. 나는 버디, 조엘과 나란히 앉아 붉은솔개가 어떻게 두 날개로 마법을 부리는지 설명한다. 버디는 어스름 속의 까만 점들처럼 바람을 타고 떠다니는 붉은솔개들을 넋을 잃고 바라본다. 새들이 한 마리씩 한 마리씩 하늘에서 모습을 감출 때까지.

  나의 크리스마스 다음 날 저녁은 이렇게 마무리된다. 조엘과 그의 가족들에게 자연의 오묘한 섭리를 소개하면서. 이보다 더 좋을 순 없을 것 같다.

44

조엘

전혀 다른 세상으로 통하는 문은 어처구니없게도 너무나 간단히 열렸다. 보통때였다면 못 보고 지나쳤을 것이다. 아버지 집에서 점심 식사를 하기 전 의자를 가지러 다락방에 올라갔을 때 무언가가 반짝 눈에 들어왔다.

엄마의 커다란 가죽 쇼퍼백을 담은 아이보리색 천주머니였다. 엄마는 어딜 가든 이 가방을 들고 다녔다. 버스를 타고 가까운 시내에 갈 때도, 링컨셔에 있는 할아버지 할머니 댁에 갈 때도 이 가방을 들었고, 마지막으로 병원에 가던 날에도 이 가방과 함께였다.

천주머니에 찍힌 상표를 보고 알았다. 내게 익숙한 그 가방의 금색 장식과 똑같은 무늬였다. 주머니를 들어보니 다소 무겁게 느껴졌다. 안을 들여다보니 엄마의 쇼퍼백이 들어 있었다.

너무나 익숙한 향기에 가슴이 터질 것 같았다. 수십 년 된 가죽 가방과 함께 녹슨 기억이 다시 떠올랐다. 가방에는 엄마가 마지막으로 병원에 갈 때 가져갔던 물건들이 들어 있었다. 아버지는 다시 꺼내보지 않은 것 같았다.

밝은 분홍색 꽃무늬의 면 잠옷. 나는 그 잠옷을 꺼내 다락방의 희미한 형광등 빛 아래 펼쳤다. 엄마를 안을 때마다 목둘레선 부근에 내 턱이 닿았던 기억이 떠올랐다. 솔이 다 망가진 칫솔(위생을 중시해서 잇몸에 피가 날 정도로 양치하던 엄마의 칫솔이다). 그리고 엄마의 안경. 나는 안경을 꺼내 들고 이리저리 뒤집어보았다. 이 안경은 엄마의 얼굴에 완벽하게 들어맞아서 엄마가 안경을 쓰고 있을 땐 다정한 성격을 더욱 돋보이게 해줄 정도였다.

엄마가 읽던 책도 들어 있었다. 모르는 작가의 스릴러 소설이다. 엄마는 이 책을 몇 달 동안 붙들고 있었지만 끝까지 읽지는 못했다. 삼 분의 이쯤 되는 부분의 책장이 접혀 있는 걸로 보아 엄마가 돌아가셨을 때 여기까지 읽으신 것 같다.

나는 별생각 없이 책장을 넘기다가 표지 안쪽에 무언가 적혀 있는 걸 보았다.

몇 시간 후 우리는 집으로 돌아가는 차 안에 있다. 캘리가 계기판에 발을 올리고 있어서 산타 양말이 적나라하게 드러나 보인다(고마워요, 아버지). 차가 심하게 밀리지만 상관없다. 캘리와 영원히 차 안에 있고 싶다. 은은하게 기분 좋은 상태를 만끽하면서.

그럭저럭 괜찮은 하루였다. 크리스마스의 어수선한 분위기와 날뛰는 꼬마들 덕분에 아버지에 대한 꿈을 떠올리지 않을 수 있었다. 그리고 어젯밤 더그 부부가 싸우는 꿈을 꿨으니 앞으로 며칠간은 꿈을 꾸지 않을 것이다. 마치 휴가를 맞은 기분이다.

"더그의 비밀 하나 알려줄까요?"

"오, 말해봐요."

"그 녀석, 나무 공포증이 있어요."

캘리가 웃음을 터뜨린다. 이 얘기를 해주면 다들 웃는다.

"나뭇가지가 머리 위로 떨어질까 봐 무서워해요. 그래서 강풍이 부는 날엔 재택근무를 하죠." 나는 캘리 쪽으로 살짝 돌아본다. "그러니 아까 나무 자르는 얘기 하다가 당신을 놀린 건 순전히 허세예요. 괜히 큰소리친 거죠."

캘리는 졸린 듯 나른한 미소를 지으며 빗방울 맺힌 유리창에 머리를 기댄다. "나도 그런 인상을 받았어요. 더그는 우두머리 수컷처럼 보이고 싶어 하는 것 같아요."

나는 고개를 끄덕이다 말고 갑자기 궁금해진다. "그런데 그건 아니지 않아요? 나무를 베고 나서 재빨리 도망가야 해요? 어디서 그런 얘기가 나왔죠?"

"글쎄요. 그냥 만화에 나온 얘기 아닐까요? 어쨌든 나무를 제대로 베면 나무가 어느 방향으로 쓰러질지 알 수 있어요."

"다행이네요." 나는 약간 과장된 말투로 답한다.

앞차들의 불빛으로 도로는 붉은 강을 이룬다. 정지 신호에 걸려 브레이크를 밟는데 캘리가 내 허벅지에 한 손을 올린다. "조엘, 그런 생각 해봤어요?" 차 안의 따뜻한 공기 때문에 캘리의 목소리가 더 나른하게 들린다. "당신이 꾸는 꿈이…… 재능일 수도 있다는 생각."

"재능요?"

"미래를 볼 수 있다는 건 엄청난 능력이잖아요." 캘리의 손가락이 피아노 치듯 내 허벅지를 두드린다. "시내에서 상수도관 터진 날, 그런 생각이 들었어요."

"어떤 생각요?"

내 쪽을 향한 캘리의 시선이 느껴진다. "어떤 면에서는 당신의 꿈이 특권일 수도 있겠다는 생각요. 다른 사람들은 모르는 무언가를 알고 있으니까."

"아니에요." 나도 모르게 말투가 딱딱해진다. "난 그렇게 생각해본 적 전혀 없어요."

"미안해요." 잠시 후 캘리가 다시 입을 연다. "꿈 때문에 괴로워하는 걸 몰라서 한 소리는 아니에요."

길이 조금 뚫린다. "당신이 무슨 생각으로 그런 말 한 건지는 알아요." 또 마음이 갈팡질팡한다. "어쨌든 오늘 고마웠어요. 남의 가족을 처음 만나는 게 보통 스트레스받는 일이 아닌데."

"당신도 우리 부모님 만났잖아요. 난 오늘 좋았어요. 다들 좋은 분들이에요."

"아이들이 엄청 좋아하던데요. 버디가 좀 곤란하게 했죠? 미안해요." 아까 버디가 캘리와 헤어지기 싫다며 울고불고 난리를 쳤다. (나와 헤어지는 건 괜찮았던 모양이다.)

"사과할 필요 없어요. 귀엽던데요. 앰버랑 벨라도 그렇고요. 저 원래 아이들 좋아해요. 대학 졸업 후 취업할 때 자연보호 시설과 어린이집 중에서 고민 많이 했어요. 지금 생각하니 웃기네요. 결국 둘 중 아무것도 못 했으니."

"뭐 어때요. 지금 하고 있잖아요."

"맞아요." 캘리가 기분 좋게 숨을 내쉰다. "그런데 아까 다락방에서 찾은 건 뭐였어요?"

갑자기 코트 주머니에 숨겨놓은 훔친 보물이 뜨거워지는 것 같다. "책이에요. 엄마가 병원 갈 때 쓰시던 가방에서 찾았어요. 표지 안쪽에 전화번호하고 이름이 적혀 있더라고요. 머리글자뿐이지만."

"무슨 글자인데요?"

"W요."

"혹시 짐작 가는 사람 있어요?"

"없는 것 같아요. 지역번호를 찾아보니 뉴키 지역이었어요. 난 뉴키에 가본 적이 없고, 아마 다른 가족들도 그럴 거예요."

"어쩌면 기증품일 수도 있어요. 친구한테 빌리셨을 수도 있고요."

"그럴 수도 있죠."

나는 동물병원 근처에서 방향을 꺾는다. 병원이 잘 있나 확인이라도 하듯 획 둘러본다. 이제 집에 거의 다 왔다.

"당신이 보기에 우리 아버지가 좀 괴팍하지 않던가요?"

"괜찮은 표현이네요. 괴팍."

나는 웃는다.

"전혀 모르겠던데요. 말씀이 좀 직설적이긴 해도 당신을 보는 아버지 눈에 애정이 가득했어요."

캘리 눈에는 정말 그렇게 보였을까? 나는 왜곡된 시선으로 볼 수밖에 없어서 잘 모르겠다. "내가 보기엔 실망감이 너무 커서 날 보는 눈빛이 흐려진 거 같은데요. 내가 이제 수의사가 아니라는 말씀을 대체 왜 자꾸 하시는지."

"실망해서가 아니라 이해할 수 없어서 그러시는 걸 거예요."

"그럴 수도 있겠죠. 어쨌든 더 그 같은 아들만 둘이었다면 더 좋아하셨겠죠."

"언제부터 그런 생각 했어요?" 캘리가 나보다 더 상처받은 목소리로 묻는다.

"거의 평생 동안 그랬죠. 그러다 보니 드는 생각이……."

"계속해봐요." 캘리가 잠시 기다리더니 재촉한다. "어떤 생각이 드는데요?"

"어쩌면 진짜일 수도 있겠다고요. 내가 아버지 아들이 아니라는 말."

45
캘리

새해가 시작되고 몇 주가 지났다. 나는 처녀 파티 때문에 케임브리지에 가야 한다. 페인트통 공장에서 같이 일했던 알라나의 처녀 파티다. 알라나는 꿈이 많아서 목표도 자주 바뀌는 타입인데, 지금은 금융업계에서 헤드헌터로 일하고 있다. 예전에 비해 꽤 높은 사회적 성취를 이룬 셈이다. 알라나는 내가 그 공장을 그만뒀다는 걸 까먹었는지 나를 다른 직장에 연결해주겠다면서 두 번이나 명함을 쥐여주었다. 처음에 그렇게 말했을 땐 마약 얘기인 줄 알고 놀라서 손에 든 명함을 들여다보지도 못했다.

처녀 파티 같은 행사에서는 누가 누굴 싫어하는지 알아내기가 불가능하다. 신부 들러리가 여섯 명인데 다들 같이 어울릴 생각은 없는지 각자 휴대폰만 들여다보았다. 대표 들러리가 칵테일 펀팅°을 예약했는데, 지금이 1월 중순이 아니고 알라나가 물을 무서워하지만 않았다면 괜찮은 계획이었을 것이다. 결국 우리는 칵테일 펀팅을 취소하고 술집에 갔으나, 대표 들러리는 화장실을 들락거리며 토하느라 바빴고, 나머지 여자들은 처녀 파티 내내 대표 들러리의 비위를 맞추느라 시간을 낭비했다.

그레이스의 처녀 파티는 내가 계획했다. 브라이턴 근처에서 오프

° cocktail punting. 일종의 칵테일 만들기 체험으로 케임브리지의 유명한 관광 상품이다.

로드용 사륜구동차를 타고 달리는 것이었다. 그레이스가 두바이에서 사륜구동차와 함께했던 사막 투어의 경험을 최소한 부분적으로라도 재현해주고 싶었다. 그런 다음 커리를 먹고 괜찮은 술집에 가서 맥주를 마셨다. 여행하는 동안 제일 그리웠던 게 커리와 맥주였다고 했다. 하지만 그날의 하이라이트는 비였다. 비가 정말 제대로 쏟아졌다. 자비라곤 모르는 영국의 차가운 비. 그레이스는 영화 〈네 번의 결혼식과 한 번의 장례식〉에 나오는 로맨틱한 비를 좋아했지만 현실은 그렇지 않았다.

그날 그레이스는 존 스미스 맥주 0.5리터를 놓고 마시다가 내게 몸을 기대고 쓰러졌다. 너무 많이 웃어서 눈에 마스카라가 번져 있었다. 그 모습을 보고 결혼식장에서 핼러윈 분장을 한 신부처럼 보이지 않게 하려면 방수 마스카라를 사줘야겠다는 생각을 했다. "너도 어서 결혼해, 캘리."

"뭐?"

"네가 빨리 결혼했으면 좋겠어."

"왜?"

그레이스는 주변을 휙 둘러보더니 말했다. "나도 이렇게 네 처녀파티 해주고 싶으니까."

나는 한 손가락으로 그레이스의 뺨에 묻은 검은 자국을 문질러 닦아줬다. "결혼하고 싶은 남자 만나면 너한테 제일 먼저 말할게."

그땐 피어스를 만나기 전이었고, 결혼해야겠다는 생각도 전혀 없었다. 진지하게 남자를 만나지 않던 때라 데이트를 해도 더 이상 진전이 없었다. 이제는 결혼하고 싶은 남자가 생겨도 그레이스에게 보여줄 수 없다고 생각하니 슬프다.

그저 그런 처녀 파티는 이제 최악의 처녀 파티가 되어가는 중이다. 칵테일 펀칭은 대체 누구 아이디어였냐고 따지며 들러리들이 서로 싸우기 시작한다. 나는 몰래 빠져나와 조엘에게 전화를 건다.

"파티는 어때요?"

"완전 끔찍해요. 이런 처녀 파티는 처음이에요. 다들 아무렇지 않은 척하면서 속으론 서로 죽이고 싶어 안달이 났어요."

"결혼식 앞두고 별로 좋은 상황은 아니네요."

"내 말이요. 몰래 도망갈까 생각 중인데, 공범 되고 싶지 않아요?"

전화기 너머로 조엘의 웃음소리가 들린다. "당연히 되고 싶죠. 그런데 다른 사람들이 싫어하지 않을까요?"

"알라나는 지금 대표 들러리랑 한판 붙으려고 몸 푸는 중이에요. 내가 없어져도 신경 쓰지 않을걸요." 나는 잠시 망설이다 제안한다. "저가 호텔에서의 하룻밤 어때요?"

대표 들러리가 케임브리지 외곽에 있는 저렴한 호텔을 하나씩 예약해줬다. 단체로 예약하면 할인받을 수 있다는 이유였지만 알라나는 호텔방을 보고 기겁했다. 두 눈을 뜨지 않아도 움직이는 데 지장 없고 방에 있는 모든 물건이 약간씩 끈적거리는 걸 좋아하는 사람에게는 괜찮은 방이라고 할 수 있다.

"저가 호텔요?"

"인터넷 평점이 매우 낮아요."

"더 말하지 마요. 그냥 갈게요."

한 시간쯤 후 노크 소리가 들린다. 방문을 열자 조엘이 내뱉는다. "와! 정말 아름다워요."

나는 모처럼 장화와 플리스 스웨터에서 벗어나 검은 원피스와 엄청나게 높은 하이힐로 기분을 냈다. 머리에 컬도 넣고 아이라이너도 진하게 그렸다. 지금은 하이힐도 벗어 던졌고 머리에 컬도 많이 죽어서 그 효과는 많이 감소했지만 조엘이 아름답다고 말해주니 기분은 좋다.

"안으로 곧장 들어오는데 프런트 남자가 아무 반응도 없더라고요. 그게 우리에게 좋은 건지 나쁜 건지 모르겠네요." 조엘이 두 팔로 나를 꼭 안으며 말한다.

나는 웃으며 조엘에게 입을 맞춘다. "좋은 거 아닐까요. 분명 좋은 걸 거예요. 이렇게 구제하러 와줘서 고마워요."

"나는 공짜 비스킷 먹으러 온 건데요."

나는 주춤한다. "미안해요. 쇼트 브레드 한 개뿐이었는데 배가 고파서 그만."

"어땠어요?"

"눅눅하더라고요."

우리는 함께 침대에 털썩 앉는다. 아니, 최소한 앉으려고는 했는데 침대 프레임 때문에 꼬리뼈를 잃을 것 같아서 포기했다.

조엘이 진지하게 인상을 쓴다. "이 침대는 눕기 위한 용도가 아닌 것 같아요."

"미안해요. 생각보다 더 엉망이네요. 별 반 개도 못 주겠어요."

조엘이 손바닥으로 매트리스를 눌러보지만 전혀 들어가지 않는다. "그건 너무 가혹한데요. 이것 봐요. 정말 편리한 기능이잖아요. 알람 안 맞춰도 저절로 깰 수 있는 침대예요."

방에는 싱글 침대가 두 개 있다. 처녀 파티 참석자 수가 홀수여서 대표 들러리가 방을 다른 사람과 같이 써도 괜찮겠느냐고 물었을 때 상관없다고 했다. 그래서 조엘이 오기 전에 침대 두 개를 붙였는데 이렇게 해놓으니 오히려 더 이상해 보였다.

나는 방을 다시 둘러본다. "이렇게까지 영혼 없는 방은 처음이에
요. 그리고 저 커튼은 혹시…… 비닐이에요?"

"영혼 없다는 표현은 좀 부당한 것 같아요." 조엘이 고개를 숙여
내게 입을 맞춘다. "잠깐 여기서 기다려요. 저 UHT° 우유 혼자 다
마시면 안 돼요. 금방 올 거예요."

십오 분쯤 후 조엘이 돌아와 방 안으로 머리를 삐죽 들이민다.

"눈 감아요. UHT 우유는 내가 놔둔 자리에 그대로 두는 게 좋을
거예요."

나는 조엘이 시키는 대로 손으로 두 눈을 가린다. 그러자 조엘의
발소리, 라이터 켜는 소리, 수도꼭지 트는 소리가 더 잘 들리는 것
같다. 이어서 뭔가 찢는 소리와 함께 금속성의 음악 소리가 흘러나
온다. 마침내 딸각 소리와 함께 방이 암흑에 잠기는 게 느껴진다.

"됐어요. 이제 눈 떠요."

테이블 위에 작은 양초가 놓여 있고 꽃 한 다발이 머그잔에 위태
롭게 꽂혀 있다. 노랫소리는 조엘의 전화기에서 흘러나오고 있다. 조
엘이 한 손에 샴페인 병을 들고 나를 기다린다. 그리고 별거 아니라
는 듯 어깨를 으쓱한다. "영혼은 셀프 서비스라고 하더라고요."

"어떻게 이걸 다……?"

"양초는 식당에서 훔쳤고 샴페인은 샀어요. 그리고 친절해 보이는
관리직원에게 로맨틱한 밤을 위해 라이터 좀 기부하라고 했죠. 아,
꽃은 로비에서 슬쩍했어요." 조엘이 윙크를 날린다. "나일론 카네이

° Ultra Heat Treated. 초고온 멸균 처리.

선이라면 다들 좋아하잖아요. 미안해요. 먼지가 좀 앉았네요."

나는 조엘에게 다가가 두 팔로 그의 허리를 꽉 안는다. 웃는 동시에 우는 게 가능하다는 걸 처음으로 깨닫는다. "조금 전까지 최악의 밤을 보내고 있었는데 이제 최고의 밤이 됐어요."

우리는 얼굴을 마주 댄다. 거의 키스할 것 같지만 키스하는 건 아닌 상태다.

"제일 좋은 건 아직 안 보여줬는데, 볼래요?"

"네." 대답하는 순간 말이 혀끝에 닿으며 녹아버린다. "보여줘요. 얼른."

조엘이 내게 입을 맞춘다. 지난 몇 주 동안 기다렸던, 하늘을 가득 채운 불꽃놀이 같은 키스다. 우리는 빨리감기를 한 것처럼 바쁘게 두 손으로 서로의 몸을 어루만지며 팔다리를 붙잡고, 옷을 벗기며 머리를 풀어헤친다. 그리고 눈 깜짝할 사이에 옷을 다 벗고 서로 부둥켜안은 채 자갈밭 같은 침대 위에 쓰러져 눕는다. 조엘이 내 실크 속옷을 걷어올리는 순간 머리가 아찔해진다. 몇 주를 기다린 지금, 우리 둘 모두가 고대하던 순간이 비로소 왔다는 걸 느낀다.

"캘리, 당신은 내 전부예요." 조엘이 숨을 헐떡이며 얼굴을 맞댄다.

"당신도 내게 전부예요." 나 역시 황홀감에 몸을 비틀며 거칠게 숨을 뱉는다. 조엘에게 사랑한다고 말하고 싶다. 조엘을 사랑하니까. 전부터 조엘을 사랑한다는 걸 알고 있었으니까. 하지만 나는 아무 말도 하지 않고 눈을 감는다. 그리고 지금 이곳에서 내 안의 조엘을 느끼며 내가 원하던 것이 바로 이것임을 깨닫는다.

46

조엘

"아, 저런. 루퍼스도 밸런타인데이가 싫은가 봐요." 아이리스의 개 루퍼스가 버스 정류장에 대고 뒷다리를 들자 캘리가 웃으며 말한다. 버스 정류장에는 2월 14일에 개봉하는 로맨틱 코미디 영화 포스터가 걸려 있다.

"뭘 봐서요? 그런데 밸런타인데이를 싫어하는 사람도 있어요?"

"내가 아는 사람들은 다 싫어해요. 그것도 광적으로."

"광적인 혐오라. 그것참 이성적이네요. 그런데 왜요?"

"이런, 자본주의 기업이 만들어낸 지나친 감상주의의 산물이자 소비주의의 상징이잖아요. 에스터는 매년 '안티 밸런타인데이' 파티를 연다는 얘기 내가 안 했나요?"

나는 웃음을 참으며 다시 묻는다. "에스터는 휴 그랜트 DVD 컬렉션을 빠짐없이 갖고 있잖아요."

"에스터가 반대하는 건 사랑이 아니라 상업주의예요."

"하지만 그런 고예산 영화들을 분명 비영리 목적으로 만들지는 않았을 텐데요."

"에스터한테 묻는다면 DVD를 사려고 한 이유가……."

"DVD 삼십 개를 말이죠."

"밸런타인데이는 에스터에게, 우리에게, 그리고 이 세상에 억지로 강요된 로맨스일 뿐이고요."

"안티 밸런타인데이에는 뭘 해요? 장미꽃 태우기? 변기에 초콜릿 넣고 물 내리기?"

캘리는 머피의 앞다리에 꼬인 목줄을 풀려고 잠시 멈춰 선다. "그러진 않는데 굉장히 진지한 파티예요. 그리고 굉장히…… 몰입하게 돼요."

"네? 혹시 빙 둘러앉아서 밸런타인데이를 얼마나 싫어하는지 외치는 거예요?"

다시 허리를 펴고 일어선 캘리의 표정이 꽉 닫혀 있다. 이런 표정을 지으면 다음에 어떤 말을 하려는 건지 좀처럼 알 수가 없다. "뭐, 의견을 제시할 수는 있는데 해마다 주제가 있어요. 작년에는 좀비였고요."

"올해 주제는 뭐예요?"

"시대별 헤비메탈 패션."

"와." 나는 턱을 어루만지며 전혀 놀라지 않은 척한다. "당신은 누구로 분장할 거예요? 파티에 간다면 말이에요."

캘리가 웃음을 억지로 참는 것처럼 입을 오물거린다. "모르겠어요. 파티에 갈지도 아직 모르겠고요."

결국 캘리는 파티에 가지 않기로 했다. 그리고 내게는 밸런타인데이 날 저녁 여덟시에 카페로 오라고 2주 전에 말해줬다.

나는 이번이 처음이다. 밸런타인데이를 밸런타인데이답게 보낸 적이 한 번도 없었다. 과거에 누가 밸런타인데이에 대한 내 견해를 물었다면 에스터와 같은 입장을 취했을 것이다. 사랑을 기념하고 축하한다는 게 내게는 그리 간단한 일이 아니었으니까.

하지만 지금 내게는 캘리가 있다.

나는 와인 한 병과 꽃 한 다발을 들고 십오 분 일찍 카페에 도착한다. (무려 한 '다발'이다. 나는 사람들이 밸런타인데이에 목숨 건 것처럼 보이기 싫어한다는 사실을 뒤늦게 알았다. 그래서 내가 꽃집에 갔을 땐 소소한 꽃들은 모두 팔리고 없었다. 결국 나는 열다섯 종류의 꽃이 이국적인 푸른 잎사귀들과 뒤섞여 자체적으로 대기권을 만들어낼 것 같은 소행성만 한 크기의 꽃다발을 고를 수밖에 없었다. 그래도 빈손으로 오는 것보다는 소행성이 나을 것 같았다.)

카페에 도착하니 블라인드를 다 내려놓아서 안이 보이지 않는다. 하지만 안에서 반짝이는 불빛이 마치 깊은 산속 오두막처럼 발길을 붙든다.

캘리가 문을 열어주며 웃음을 터뜨린다. "얼굴이 안 보여요!"

"그러게요. 이렇게 큰 꽃다발로는 될 일도 안 될 것 같단 예감이 드네요."

캘리가 꽃다발 너머로 바라본다. "그건 꽃다발을 누가 들고 있느냐에 따라 다르죠."

"준비성 없는 멍청이가 들고 있는데요. 미안해요. 너무 늦게 준비했나 봐요. 버리고 싶으면 버려도 돼요. 이걸 들고 걸어오는 게 별로 즐거운 경험은 아니더라고요. 야유도 들었어요."

"꽃을 주면서 미안하다고 하는 사람은 당신밖에 없을 거예요."

"꽃다발이 사과할 만하게 생겼잖아요."

"아니에요. 내 눈에는 예뻐요."

"이 정도면 작은 식물원 하나 차려도 될 것 같아요." 나는 꽃다발을 카운터에 내려놓는다. "그나저나 당신 오늘 참 예쁘네요."

캘리는 머리를 말아 올려서 높이 묶었고, 소매 없는 반짝이는 상의를 입어서 빛이 난다. 용광로에 금을 녹여 만든 것만 같다.

"고마워요. 원래 에스터의 파티에 갈 때 입으려고 한 옷이에요. 그런데 꼭 파티 갈 때만 입으란 법은 없잖아요?" 캘리가 짠 하고 두 팔을 벌린다.

금색 민소매 상의, 플라밍고 모양의 금색 귀고리, 금색 아이섀도. 생각해보니 알겠다. "시대별 헤비메탈 패션……이 아니라 중금속 패션이네요."

"나름 전복적인 사고를 시도해봤죠."

"좋은 생각인데요?" 나는 오늘 입고 온 옷을 슬쩍 내려다본다. 검은 진에 파란색 셔츠. 여느 때처럼 안전한 선택이다. "난 너무 밋밋하게 입고 온 것 같네요. 나한테도 말해주지 그랬어요."

"왜요? 어떻게 입고 오려고 했는데요?"

나는 머피에게 인사하려고 쪼그려 앉는다. "나도 금색 점프슈트 있단 말이에요. 특별한 날 입으려고 아껴뒀는데."

"오늘보다 더 특별한 날이 어딨어요?"

"웬만해선 아치웨이에서 열리는 부기 나이트Boogie Night를 이기기 어렵죠."

"그렇게 말하니까 돈을 내고라도 보고 싶네요."

"여기 오니까 과거로 살짝 돌아간 기분이에요." 나는 다시 똑바로 일어서서 코트를 벗는다. "당신 만나러 카페에 오는 거 말이에요."

캘리가 수줍게 미소 짓는다. "나도 당신 보고 싶어서 많이 기다렸어요."

내가 늘 앉던 창가 테이블에는 양초와 식기, 와인잔이 놓여 있다. 그 옆에는 와인병을 담은 얼음통이 있고, 카페 안에는 엘라 피츠제럴드의 노래가 잔잔히 흐른다.

"벤에게 부탁해서 저녁 동안 카페를 빌렸어요. 우리가 처음 만난 곳이잖아요. 좀 가식적인가요?"

나는 캘리에게 입을 맞춘다. "전혀 그렇지 않아요. 아름다운데요."

"그래요? 오늘은 에스프레소와 달걀 토스트 말고 다른 걸 대접할 거예요."

"요리했어요?"

"아뇨, 파니니 그릴과 전자레인지로 요리는 무리고요. 저 아래 식당에 잘 부탁해놨어요."

식당 오븐에서 노릇노릇 구워져 나온 염소 치즈가 참 맛있다. 와인잔은 와인으로 가득 찼고, 양초가 로맨틱하게 불타오른다.

"크리스마스 때 아버지 집 다락방을 뒤지다가 부모님이 34년 전 신혼여행에서 받은 영수증을 발견했어요."

내 말에 캘리가 약간 움찔한다. 마치 '영수증' 대신 '버려진 강아지'라는 말을 듣기라도 한 것처럼.

"무슨 영수증이었어요?"

스피커에서는 엘라 피츠제럴드가 에타 제임스에게 정중히 경의를 표하고 있다.

"크라이스트처치의 고급 음식점이었어요. 식사비가 얼마 나왔을 것 같아요? 세 가지 코스 요리와 음료까지."

"20파운드 정도?"

"8파운드 39페니요."

"신기해요. 영수증만으로 남의 인생을 들여다볼 수 있다는 게."

"엄마는 감성적인 분이었어요. 자잘한 물건도 쉽게 버리지 않았죠. 아버지랑 첫 데이트를 하고 집에 갈 때 아버지가 사준 버스 티켓을 우리에게 보여준 적도 있어요."

"정말 로맨틱한 분이셨네요."

"아버지가 약간 무뚝뚝한 성격이라 엄마가 더 그랬는지도 몰라요." 나는 웃으며 고개를 절레절레 젓는다. "동물병원에서 일하는 사람들에게는 밸런타인데이가 힘든 날이에요."

"정말요? 왜요?"

나는 예전의 기억을 떠올린다. "몰래 초콜릿을 주워 먹은 강아지에 꽃을 뜯어먹은 고양이, 또 포장지와 접착테이프를 삼킨 녀석들도 있고요, 양초가 넘어져서 불에 그슬린 아이들까지…… 열거하자면 끝도 없어요."

캘리가 와인을 한 모금 삼키고 잔을 내려놓는다. 하루 종일 눈깜박이지 말고 캘리의 두 눈만 바라보고 있으라고 해도 나는 할 수 있을 것 같다. "어휴, 그런 얘기 들으면 밸런타인데이를 좋아할 사람 없을 것 같아요."

"대부분 그렇겠죠. 전부는 아니겠지만."

디저트까지 마친 뒤 나는 캘리의 손을 꼭 잡으며 말한다. "오늘 참 좋았어요."

"저도요."

"너무 좋아서 오히려 겁이 나요."

우리는 손을 맞잡고 깍지를 낀다. 풀리지 않게, 단단히.

"왜요?"

"왜냐하면 지금까지……." 캘리도 내가 사랑을 어떻게 생각하는지 어느 정도는 알고 있다. 하지만 사랑이든 단지 로맨틱한 감정이든 영원히 피하고 싶어 했다는 건 모른다. 오늘 밤 캘리에게 그런 것까지 알게 하고 싶지는 않다.

조엘

"당신이랑 같이 있는 게 좋아요." 캘리가 속삭인다.

"나도 같이 있는 게 좋아요."

"더 정확히 말하면 당신을 사랑해요." 캘리의 목소리에서 당당함이 배어난다. "얼마든지 말할 수 있어요. 사랑해요, 조엘."

나는 반사적으로 고개를 숙이고 테이블을 바라본다. 디저트 접시에 뿌린 초콜릿 소스 위에 하트와 우리 이름 이니셜이 그려져 있다. 캘리가 그려 넣은 것이다.

'C'가 하트 왼쪽에 자리 잡고 있다.

"사랑해요." 캘리가 확실히 해두려는 것처럼 다시 한 번 속삭인다.

"그 말을 하기가 두려운 거죠?" 자는 줄 알았던 캘리가 묻는다.

나는 잠을 자지 않으려고 건성으로 테드 강의를 들으며 아버지 집에서 발견한 책을 훑어보고 있었다. 어떻게 해야 하나 고민만 하다가 몇 주가 흘러갔다. 새로 발견한 사실들을 가지고 뭐든 하는 게 좋을까, 아니면 지나간 일은 그대로 두는 것이 나을까?

유선 전화 번호로 검색하면 주소와 그 주소지에 거주하는 사람까지 알아낼 수 있을 것이다. 하지만 알아낸 다음에는? 다음 단계로 넘어갈 수 있는 단서가 생기자 갑자기 겁이 난다. 내가 무엇을 발견할지, 그게 어떤 의미일지 두렵다.

나는 캘리의 물음을 제대로 알아듣지 못하고 헤드폰을 벗어서 목에 걸친다.

"당신은 말하기 두려운 거예요. 나를 사랑한다고 말하기가."

캘리는 오래된 내 나이키 티셔츠를 입고 머리카락을 늘어뜨린 채 누워 있다. 그 모습이 순간 연약하고 아름다워 보여서 잠꼬대를 들은 줄 알았다.

"당신과 함께하는 건 두렵지 않아요." 엄밀히 따지면 사실이 아니다. 그래도 우리의 미래가 어떨지 궁금하긴 하다. 예전처럼 온몸이 마비된 기분은 들지 않는다.

하지만 사랑은…… 사랑은 아직 쉽게 받아들일 수 있는 대상이 아니다.

"당신은 나를 사랑하는 게 두려운 거예요. 사랑한다고 말해버리면 불행한 일이 생길까 봐 겁내는 거라고요."

"내가 당신을 어떻게 생각하는지 잘 알잖아요." 하지만 이 말을 입 밖에 내는 순간에도 마음이 찜찜해지는 건 어쩔 수 없다. 이보다 더 애매모호하게 돌려 말할 수 있을까?

캘리는 내가 좀 더 적극적으로 이 문제를 해결하길 바라는 것 같다. 신경과학자인 다이애나와 만나기로 한 건 어찌 되었느냐고 한두 번 묻기도 했다. 크리스마스 선물로 준 건강관리 이용권을 언제 쓸 계획인지도 물었다. (내 생각에는 별 소용이 없을 것 같지만.) 그렇다고 캘리를 원망하는 건 아니다.

캘리에게 사랑한다는 말도 못 할 거라면 한 침대에서 자지 말아야 하는 게 아닌가 싶다.

나는 이불 속으로 손을 넣어 캘리의 손을 잡는다. 방 안은 공기가 쌀쌀하지만 이불 속 캘리의 살갗은 따뜻하다.

"당신이 날 사랑하는 거 알아요." 캘리의 목소리가 서서히 작아진다. "겁먹을 필요 없어요."

겁먹은 게 아니에요, 걱정하는 거지.

47

캘리

몇 주가 휘리릭 지나가더니 야금야금 다가오는 봄을 맞아 세상은 점점 더 밝고 가벼운 옷으로 갈아입는다. 긴긴 겨울 동안 납작하게 엎드려 있던 땅도 조금씩 기지개를 펴고 일어서기 시작했다. 아침부터 지저귀는 아기 새들의 노랫소리에 땅은 잔뜩 새 숨을 들이마시고, 나무들은 새 잎을 틔우면서 나뭇가지도 통통하게 살이 오른다. 나비들은 방향을 잃은 불똥처럼 만발해 있는 황갈색 수선화 사이를 노닐고 있다. 이제 워터펜은 번식기를 맞았다. 검은다리솔새는 내게 일하라며 노래를 지저귀고, 붉은발도요는 비틀거리며 바쁜 걸음을 걷는다. 머리 위로 끝없이 펼쳐진 하늘에선 댕기물떼새가 개구리매를 괴롭히며 귀찮게 하고 있다.

겨울도 좋긴 하지만 몇 주 동안 방수복에 장화를 신고 뒤뚱거리면서 배수로 청소를 하고 다녔더니, 막 부화하려는 알처럼 태양이 서서히 뜨거워지며 발밑의 땅이 단단해지자 마음이 놓인다. 공기 중에 흐르던 흙과 고인 물의 냄새가 사라지고 어느덧 향긋한 4월의 꽃과 꿀 향기가 스며든다. 자연이 스스로 치유를 시작하면서 우리도 전기톱과 예초기를 내려놓았다. 대신 울타리를 손보고 기계 장비를 점검하면서 엉겅퀴도 뽑고 잔디도 깎으며 한결 수월해진 작업을 즐기고 있다. 번식기 조류 연구에 몰두하기 시작한 나는 몇 시간씩 하늘을 바라보거나 길게 늘어선 관목 쪽으로 귀 기울이며 새들의 날갯짓이나 깃털 뒤집기, 감미로운 노랫소리를 기다린다.

우리 집 정원의 작은 창고에 만든 둥지 상자에도 울새 한 쌍이 살림을 차렸다. 알 낳을 자리를 마련하려고 낙엽과 이끼를 물어 나르는 암컷이 이따금 오렌지색 줄무늬를 그리며 날아간다. 그 모습을 지켜보고 있으면 새가 우리의 존재를 허락해준 것 같아서, 조엘이 고른 나무 상자를 마음에 들어 하는 것 같아서 우쭐해진다. 몇 주만 지나면 보송보송한 갈색 솜털을 두르고 세상에 나아가기 전 둥지에 숨어 몸을 파르르 떠는 아기 새들을 볼 수 있을 것 같다.

초록색 잎을 풍성하게 싹 틔운 강가의 버드나무는 나른한 자태를 뽐낸다. 나는 가끔 일을 마치면 단 오 분이라도 나무에 올라가 따뜻한 나무껍질과 듬직한 나무 줄기를 어루만진다. 그렇게라도 그레이스와 가까이 있고 싶다. 그리고 또 한 번의 겨울을 나는 동안 나무껍질에 새겨놓은 우리 이름이 얼마나 선명하게 남아 있는지 확인한다. 계절이 바뀔 때마다 그레이스의 이름이 지워질까 봐 겁이 난다. 가을의 낙엽이 땅에 흡수되어 무늬가 흐릿해지고 색이 변하다가 마침내 땅속의 흙이 되어버리는 것처럼 사라질 것 같아서.

나무에 올라오면 언제나 그레이스에게 사랑한다는 말을 속삭인다. 영원히 듣지 못할 대답을 기다리고 있다는 점에서 어쩌면 조엘에게 사랑한다는 말을 할 때와 별다를 게 없다.

조이의 친구가 출판기념회를 한다고 해서 나갈 준비를 하던 중 나는 그 이야기를 꺼내야겠다고 마음먹는다. 벌써 몇 주 동안 생각한 문제다. 크리스마스 때부터인 것 같다. 위험 요소도 있고 역효과를 낳을 수도 있지만 일단 부딪쳐보고 싶다.

원래는 내일 아침 창가에 앉아 나른하게 비치는 햇빛을 받으며 커피 한잔하다가 그 문제에 대해 한번 생각해보라고 할 참이었다. 하지만 조엘의 침실 거울 앞에 책상다리를 하고 앉아 머리에 컬을 넣으며 내 뒤의 조엘을 보고 있으니 지금만큼 좋은 타이밍이 없는 것 같다. 거울 속의 조엘은 셔츠 단추를 채우고 있다. 지금 거울에 비친 우리 모습에서 해답이 보인다. 편안하고 여유 있어 보이는 그림이다.

"너무 놀라지 말고 들어요." 나는 일단 운을 뗀다.

좋아, 캘리. 잘하고 있어.

거울 속의 조엘이 미소를 짓는다. "이런 꿈은 꾼 적이 없는데."

"계속 생각해봤는데요……."

조엘이 고개를 끄덕인다. '계속해봐요'라고 말하는 것 같다.

"……그러니까 그러는 게 어떨지…… 그러니까, 그게 낫지 않겠어요?" 나는 입을 다물어버린다. 거울에 비친 조엘의 까만 눈동자가 나를 뚫어져라 보고 있으니 다음 말이 생각나지 않는다.

"아직 놀랄 부분은 아닌 것 같은데……."

나는 다시 심호흡을 하고 곧장 내뱉는다. "한 집에 같이 사는 것도 괜찮을 것 같다고요."

거울 속의 조엘은 잠시 아무 말 않고 나를 바라본다. "그게…… 당신이 원하는 거예요?"

거울 속의 조엘과 눈이 마주친다. *이런, 이제 제대로 놀랐나 보네.* 하지만 용감하게 대처해야 한다. 나는 진심을 담아 고개를 끄덕인다. "네, 당신은요?"

"난 딱히……."

"너무 이르다는 말이네요."

"아니, 그런 게 아니라……."

"괜찮아요. 지금 당장 대답할 필요 없어요." 이렇게 말하면 조엘이 좋든 싫든 당장 대답해주지 않을까 하는 기대가 약간은 있었다.

하지만 그는 단지 이렇게 대답할 뿐이다. "알았어요. 고마워요."

우리는 환기가 잘 되지 않는 비좁은 서점의 출판기념회에 와 있다. 사람이 많고 너무 갑갑하다. 다행히 연설이 끝나갈 때쯤 조엘이 내 손을 잡으며 바람을 쐬고 싶다고 말한다.

"책 한 권 사야 하나요?" 길거리로 나오자 조엘이 묻는다. 바깥 공기를 쐬니 한결 기분이 좋다. 오늘 날이 좋아서 저녁인데도 바람에서 온기가 느껴진다.

나는 부드럽게 조엘의 팔을 툭 친다. "당연하죠! 출판기념회잖아요. 이런 데 왔으면 한 권 사줘야죠."

"근데 저게 과학 소설이에요, 에로 소설이에요?"

나는 웃는다. "그냥 에로틱한 과학 소설이라고 생각하면 되죠."

조엘이 웃음을 터뜨린다. "아, 그렇겠네요."

"당연하죠. 로봇도 사랑은 해야 하니까요."

퇴근 후 쇼핑을 나온 사람들이 우리를 스치고 지나간다. 아이스크림을 먹는 커플도 있고, 티셔츠에 선글라스 차림으로 느긋하게 산책하는 남자도 있다. 저 사람들을 보니 둥지를 짓는 새나 꽃을 피우는 꽃봉오리를 볼 때처럼 봄 특유의 신선하고 낙관적인 분위기가 물씬 풍기는 것 같다.

"미안해요, 캘리." 조엘이 갑자기 화제를 바꾼다. "아까 말이에요. 대답을 제대로 못 했어요."

아, 함께 사는 문제 말이구나. 그 얘기는 하지 말 걸 그랬다. 지금 생각해보니 그렇다. "아니에요, 내가 좀 성급했어요. 자책하지……."

"계속 생각해봤어요." 조엘이 목을 가다듬는다. "이렇게 하는 게 어때요? …… 당신이 내 집으로 들어오는 거예요."

갑자기 희망의 날개가 돋아난다. "당신 집으로요?"

"네, 오해하지 말고 들어요. 당신네 집이 싫다는 게 아니라 우리 집에는 정원이 있어서 머피에게도 좋을 것 같……."

웃지 않으려고 하지만 웃음이 비실비실 새어 나온다. "정말이에요? 억지로 그럴 필요는……."

"나도 알아요. 이렇게 하는 게 맞는 것 같아서요."

"그건 그렇죠."

"물론 당신이 동의한다는 조건하에……."

"동의 안 할 거면 물어보지도 않았죠." 그렇다. 가끔 아침에 자고 일어나면 조엘은 정신없이 노트에 무언가를 적느라 내 질문에도 단답형으로만 대답할 때가 있다. 밤에 잘 때도 같이 잠드는 일이 거의 없다. 내가 잠들어도 조엘은 잠을 자지 않으려고 머피를 데리고 산책을 나가거나 밤을 새우는 날이 많다. 조엘이 꿈 때문에 자다가 화들짝 깨서 둘 다 잠을 설치는 경우도 있고. 하지만 어쩌겠는가? 그런 모습도 조엘을 사랑하는 내 마음에 아무 영향을 주지는 못한다.

조엘이 자세를 낮추고 입을 맞춘다. "그렇다면 당신이 속으로 내 집을 싫어하진 않았다는 얘기네요."

"속으론 내 집보다 더 마음에 들어 했죠."

"그럼 이제 우리 같이 사는 거예요?"

"같이 살아보자고요."

조엘이 무슨 말을 하려는 듯 잠시 머뭇거리다 내게 입을 맞춘다. 무슨 말인지 들으려고 숨죽였으나 그의 입술이 먼저 내게 다가왔다.

48
조엘

캘리의 얼굴에는 흙이 얼룩덜룩 묻어 있고, 포니테일로 묶은 머리는 사방으로 삐죽삐죽 삐져나와 있다. 하루 종일 햇볕 아래서 일하고 돌아온 캘리는 지금 소파에서 내게 몸을 기대고 쉬는 중이다. 이제 겨울처럼 힘들게 일하지는 않는 것 같아 마음이 놓인다. 손가락이 꽁꽁 얼고 옷에는 온통 진흙이 엉겨붙어도 캘리는 불평 한마디 하지 않았다.

창문 너머로는 금요일 밤의 불빛이 하늘에서 서서히 지워지고 있다.

머피는 탐신의 무릎에 턱을 올리고 참을성 있게 탐신을 올려다본다. 탐신의 입에서 곧 무슨 말이 나올지 아는 것 같다.

"나 임신했어."

나는 자리에서 벌떡 일어나 두 팔로 탐신을 꼭 안는다. 지금 내가 느끼는 기쁨은 진짜지만, 놀라움은 꾸며낸 것이라는 걸 탐신이 몰랐으면 좋겠다. 나는 이미 꿈에서 해리를 만났다. 갓 태어난 아기의 분홍빛 피부에 감탄을 금치 못하며 그 뽀얀 이마에 입을 맞췄다. 가슴속에서 사랑이 마구 솟아나는 기분이었다.

"탐신, 넌 최고의 엄마가 될 거야. 축하해." 나는 탐신을 끌어안고 조용히 속삭인다.

그리고 캘리에게 한 팔을 열어서 함께 포옹하자는 신호를 보낸다. 우리 세 사람은 서로 부둥켜안고 웃다가 울면서 잠시 그렇게 서 있다. 캘리가 마실 걸 더 가지러 간 사이 탐신에게 몇 주째인지 묻는다. (물론 나는 팔 주째라는 걸 알고 있다. 다른 사람의 사적인 정보를 내가 먼저 알고 있다는 건 아무리 겪어도 여전히 이상한 기분이다.)

탐신의 대답을 들으며 나는 미소를 짓는다. "닐이 엄청 기뻐하겠네."

"오빠도 그 사람 성격 알지? 복권에 당첨돼도 '좋군' 그러고 말 사람이잖아." 탐신이 머피를 계속 어루만지며 말을 잇는다. "그런데 임신했다고 하니까 눈물이 그렁그렁한 눈으로 날 보는 거야. 그러는 거 처음 봤어."

"그럼 크리스마스 베이비네요." 캘리가 탐신에게 허브티를 건네며 말한다. (꿈에서 해리를 본 날 곧장 가서 사온 차다.) "멋지네요!"

탐신이 크게 웃음을 터뜨린다. "내년 생일에 꼭 미리 말해줘요. 그 다음 해랑, 다다음 해에도 계속. 너무 신기하네요."

"딸인지 아들인지 확인할 거야?"

"아니. 그냥 비밀로 남겨두려고."

나는 캘리를 보며 씩 웃다가 다시 재빨리 고개를 돌린다. 탐신은 일곱 달 이후에나 알게 될 가장 놀라운 소식을 지금 우리끼리만 알고 있다는 게 왠지 찜찜하다. (너는 아들을 낳을 거고, 그 아이 이름은 해리야.) 동시에 익숙한 두려움이 발밑에 깔리는 기분이다. 제발 해리에 관한 꿈은 항상 좋은 꿈이기를.

탐신이 허브티를 홀짝거린다. 탐신은 아이보리색과 감청색이 섞인 체크무늬 면 원피스를 입고 우븐 샌들을 신었다. 머리에 얹은 선글라스가 폭포수처럼 쏟아지는 빨간 머리를 머리띠처럼 고정하고 있다. "엄마가 더그 오빠를 임신한 다음 결혼식 올렸다고 했잖아. 그

때가 팔 주째였다고 했던 것 같아."

예전에 집에서 어색한 사진을 한 장 본 적 있다. 동생들이 태어나기 전, 긴장한 듯 뻣뻣한 모습으로 등기소 계단에 서 있는 부모님 사이에 내가 끼여 있는 사진이다.

머릿속에서 그 어색한 광경이 또 다른 어색한 상상을 만들어낸다. 엄마 엉덩이에 붙어 있는 아이가 다른 남자의 아들이라서 마음이 편치 않았던 걸까? 아버지는 그 사실을 알았던 걸까? 아니면 그저 짐작만 했던 것일까?

대체 무슨 일이 있었던 거예요, 엄마? 왜 나에게 아무 말도 해주지 않았어요?

"조엘 오빠는 결혼 전에 태어났고요." 탐신이 캘리에게 말하며 내게 윙크를 한다. "그래서 우리끼리는 그렇게 얘기해요. 그래서 아마도 오빠가…… 좀 괴짜라고요."

갑자기 피가 요동친다. *결혼 전에 태어났다면…… 다른 사람의 아들이라서?*

탐신이 아직 불러오지 않은 배에 한 손을 올리며 캘리를 바라본다. "아직도 믿기지가 않아요. 앰버가 한 살이 되던 해부터 아기를 가지려고 계속 노력했거든요. 정말로 임신하게 될 줄은 몰랐어요."

"너무 잘됐어요." 캘리가 말한다.

"난 그냥……." 탐신이 갑자기 말을 우물거린다.

나는 움찔한다. "그런 생각은 하지 마."

"하지만 진짜 오래 기다려서 얻은 아기라. 만약 무슨 일이……."

"아무 일 안 생겨."

"오빠가 그걸 어떻게 알아?"

"난 알아. 진짜야." 그리고 나는 다시 천천히 탐신에게 눈빛으로 반복한다. *난 알아, 다 안다고.*

"어떻게?"

캘리가 내 손을 움켜쥔다. 나는 애써 아무렇지 않은 표정을 짓는다. 오늘은 이런 얘길 할 날이 아니다. 탐신을 축하해야 할 날이다. "내가 그렇다면 그런 거야. 아무 일 없을 거니까 걱정하지 마."

그 정도면 충분했던 것 같다. 탐신이 딱 한 번 고개를 끄덕인다. 그리고 캘리가 건네준 화장지를 받아 눈물이 지나간 자리를 가볍게 두드린다. "욕심이 과하면 괜한 걱정을 하게 되는 것 같아요."

"아기를 원하는 건 욕심이 아니죠."

탐신이 캘리를 보며 미소를 짓는다. "언니는 계획 없어요?"

"내 계획요?"

"두 분 계획 말이에요. 조카 만들어줄 생각 없어요?"

나는 여전히 캘리의 손을 잡은 채 무표정한 얼굴로 탐신을 바라본다. "사귄 지 여섯 달밖에 안 됐어." 스티브에게 말은 해뒀지만 캘리는 아직 주소를 옮기지 않았다. 지금은 캘리가 가져다놓은 자잘한 물건들이 이 집에서 새끼를 치고 있다. 캘리의 허브 화분들은 이제 우리 집 창턱에 늘어서 있다. 어제 캘리가 창가용 화단과 함께 가지고 온 것들이다. 덕분에 집 안이 녹색식물로 넘치면서 신선한 공기가 가득 찬 느낌이다. 이번 주에 캘리는 꽃 화분들을 가져다가 여름꽃과 함께 심어 벌과 나비가 놀 수 있는 공간을 만들 계획이다.

"더 놀라운 일도 잘만 일어나던데."

그야 그렇지. 놀라운 일들은 언제든 일어나. 언제든. 그때 나도 모르게 머릿속에 어떤 장면 하나가 번쩍 떠오른다. 임신한 캘리와 행복해서 어쩔 줄 모르는 내 모습이다.

사랑에 대해 깊이 생각할수록 겁이 나는 건 사실이지만 막상 그 장면을 떠올리니 묘하게 기분이 좋다. 내가 캘리의 배를 내려다보며 그 안에서 포근하게 몸을 말고 자고 있을 우리 아기를 생각하는 내 모습이.

"됐어." 내가 한 말은 이게 전부다. 방금 전까지 머릿속에 떠오른 장면은 모른 척하기로 하고 머그잔만 들여다본다.

캘리가 잠든 뒤 나는 머피를 데리고 산책에 나선다. 밖에 나오자 휴대폰에서 불이 반짝이며 메시지가 왔음을 알린다. 멀리사가 보낸 문자다. 어떻게 지내느냐고 물으며 얼굴 본 지 오래됐다고 말한다. 모르는 척하지 말라는 말도 있다.

이게 처음은 아니다. 크리스마스에도, 그리고 2월에도 멀리사에 게서 연락이 왔다. 그때마다 답장을 쓰긴 했지만 전송 버튼을 누르지는 못했다. 말이 안 된다는 걸 알지만, 아무 연락도 하지 않는 것보다 문자 메시지를 보내는 게 더 비겁하게 느껴졌다.

지금 생각해보니 어리석은 행동이었다. 멀리사에게 답장을 보내야 한다. 되도록이면 감정이 드러나지 않게. 나는 멀리사에게 캘리와의 관계에 대해서 확실히 설명하고 더 이상 연락하지 않는 게 좋겠다는 문자를 보낸다. 정중하면서도 모호하지 않게 전달하고 싶다.

문자를 작성해서 전송 버튼을 누르고 나니 부끄러워진다. 내가 멀리사를 대했던 방식은 물론 멀리사와의 관계가 이렇게 되어버린 것까지 모두 부끄럽다. 언젠가 멀리사가 이런 나를 용서해주기를 막연히 바랄 뿐이다.

49
캘리

6월 초, 내 이사를 기념해 조엘과 시내 화덕 피자집에 가서 식사를 한다. 피자가 너무 커서 한 판을 겨우 다 먹었으면서 디저트 숍에도 들른다.

"상자를 그렇게 많이 옮겼는데 이 정도는 먹어야죠." 나는 초콜릿 토르테와 치즈케이크를 산처럼 쌓아놓고 말한다. "짐이 너무 많아서 미안해요. 전에 이사 올 땐 그 정도로 많지 않았던 것 같은데."

"괜찮아요. 자고 일어나면 엉뚱한 데까지 아플 것 같긴 하지만."

"나도요. 날씨가 따뜻해지면서 근육이 흐물흐물해진 것 같아요. 요즘에는 트랙터도 거의 안 타요. 땀 흘릴 일도 많지 않고요."

"일이 전보다 수월하겠어요."

"맞아요. 힘들지 않아요. 계절은 또 바뀔 테니 현재를 누려야죠."

조엘이 치즈케이크를 한 스푼 뜬다. 밝은 데님 셔츠의 소매를 팔꿈치까지 말아 올린 모습이 꽤 멋있어 보인다. "그래요. 겨울보다는 나은 것 같아서 다행이에요."

나도 스푼으로 초콜릿 토르테의 한쪽 모서리를 베어내며 잠시 생각에 잠긴다. "그건 모르겠어요. 겨울도 겨울만의 매력이 있거든요. 황량한 매력이랄까……." 어떻게 설명해야 할지 몰라서 나는 그냥 웃으며 어깨를 으쓱한다. 대부분의 사람은 겨울을 싫어한다. 겨울이 되면 하늘은 칙칙하고 가랑비는 사방으로 흩날리며 몸도 으슬으슬 떨린다. "어쨌든 겨울은 더 거친 느낌이에요. 그런데 난 그게 좋아요. 바람이 휩쓸고 지나간 풍경, 온갖 풍상을 겪은 가건물, 난 그런 게 좋아요."

조엘이 밝게 미소를 짓는다. "틈새를 노려서 나쁠 건 없죠."

나는 어린 시절 이야기를 푼다. 방학이면 아빠와 함께 밖에서 시간을 많이 보냈다. 등산을 갔다가 길에서 발견한 다양한 수집품과 함께 집에 돌아오곤 했다. "그래서 그렇게 칠레에 가고 싶었나 봐요. 야생의 세계로 곧장 이어질 것 같은 광활한 풍경이 멋져 보였던 것 같아요." 그리고 워터펜 직원 리엄에게 약간 빙의되어 라트비아가 얼마나 멋진 곳인지 열성적으로 설명한다.

"그런데 왜 한 번도 가지 않았어요?" 조엘이 인상을 찡그려서 이마에 주름이 잡힌다. "지금까지 그렇게 책도 많이 읽었고, 그곳에 가서 하고 싶은 것도 많으면서……."

조엘이 비판하려는 의도가 아니라는 건 알지만 나도 모르게 몸이 움츠러든다. "타이밍이 늘 안 맞았던 것 같아요. 자연에 대한 호기심은 많지만 어릴 때부터 줄곧…… 모험과는 거리가 있는 삶을 살았고요, 그레이스와 경험을 공유하고 싶어서 모험을 좀 해보려고 하면 늘 결과가 좋지 않았어요." 끔찍했던 앞머리와 문신의 추억이 떠오른다.

"그렇다고 해서 꿈을 접을 필요는 없잖아요."

"맞아요. 언젠가는 꼭 칠레에 가서 그 새를 보고 싶어요. 가서 데이브와 리엄이 틀렸다는 걸 증명할 거예요."

"그렇게 희귀해요?"

나는 입에서 스푼을 뺀다. "거의…… 수수께끼 같은 새라고 할 수 있죠." 그때 머릿속에서 흐릿한 기억 하나가 떠오른다. "우리 아빠도 희귀한 새를 발견한 적이 있어요. 엄마랑 내가 장 보러 나가 있었는데 아빠가 잔뜩 흥분해서 엄마에게 전화를 했어요. 카메라 좀 가져다달라고요. 그래서 엄마랑 난 얼른 차에 올라탄 다음 집에 가서 카메라를 찾아 아빠에게 갔어요. 차로 삼십 분 정도 거리였는데 어느 우회도로 근처의 호수였던 것 같아요. 엄마는 차들을 추월하느라 지그재그로 운전을 하고……" 말하다 보니 웃음이 난다. "내가 그때 조류 관찰자는 아니었지만 일곱 살짜리에게도 그건 신나는 경험이었어요. 경찰 드라마 속 추격 장면 같았거든요."

조엘이 나를 지그시 바라본다. "이제는 당신이 직접 희귀한 새를 찾아봐요."

"지금은 꿈의 직장을 떠날 수 없으니 여행은 좀 더 나중에요."

여행을 가지 못하는 이유가 직장 때문만은 아니다. 조엘과 떨어져 있고 싶지 않다. 조엘은 내가 직접 발견한 희귀 새다. 그토록 오랜 세월 염원했던 사람을 바로 여기, 내 고향에서 발견했다. 지금은 조엘과 떨어져서 멀리 떠난다는 생각을 할 수 없다. 잠깐 떠났다가 돌아온다고 해도, 그게 내 꿈을 좇는 일이라 해도 지금은 아니다.

아파트로 돌아와서 공동현관 열쇠를 찾느라 더듬거리고 있을 때 조엘이 두 팔로 나를 감싸 안는다. 조엘이 웃으며 내뱉은 숨결이 내 목을 어루만진다. 조엘이 중얼거린 말을 알아듣지 못해 몸을 빼고 돌아서서 무슨 말인지 묻는다. 그러자 조엘이 내가 원하는 일은 모두 할 수 있다고, 못 할 거라는 생각은 하지 말라고 한다.

우리는 복도에서 다시 끌어안고 입을 맞춘다. 난간 쪽으로 몸을 밀어붙이고 키스를 주고받는 사이 우리의 호흡이 점점 빨라진다. 서로 급하게 상대방의 옷을 잡아 벗기면서도 재킷은 굳이 벗지 않고 딱 필요한 만큼만 단추를 풀고 지퍼를 연다. 어느새 우리는 욕구를 숨기지 않은 눈빛으로 서로 바라보며 카펫 위에 몸을 눕힌다. 간절한 욕망으로 몸이 파르르 떨린다. 우리가 몸을 움직이기 시작하는 순간, 내 심장은 수천 개의 유성으로 산산이 조각나지만 조엘을 향한 내 사랑은 세포 단위까지 느낄 수 있다.

50
조엘

캘리네 가족의 오랜 친구라는 휴고의 결혼식에 함께 가기로 했다. 휴고는 대학 졸업 후 스위스로 이주해 사모펀드 자금을 대는 일을 하고 있다. 그런데 캘리 부모님은 원래 결혼식에 참석하지 않으려고 했었다. 그 이유를 알아내는 데는 그리 오래 걸리지 않았다. 휴고의 성격을 보니 그럴 만도 했다. 우리가 제임스 1세 시대에 지었을 법한 저택의 연회장에 도착한 후 휴고는 캘리 이름을 두 번이나 잘못 불렀고, 나에게는 케이터링 업체 직원이냐고 물었다. 아마 내가 너무 각 잡힌 정장 차림이라 오해했나 싶지만, 흔한 농담도 못 알아듣는 그를 보면 그냥 좀 독특한 사람인 것 같기도 하다.

휴고의 새 아내 서맨사는 멀쩡해 보인다. 저런 허세꾼과 결혼하는 걸 보면 그것도 확실하진 않지만, 어쨌든 두 사람이 잘 살길 바랄 뿐이다.

안 그래도 암울했던 휴고에 대한 인상은 그가 우리를 나이 많은 어르신들과 나란히 앉혔을 때 더욱 암울해졌다. 그분들 중 건전한 사고가 가능한 사람은 전혀 없어 보여서 결국 캘리와 나는 우리끼리 자리를 옮겨 앉았다. 그래도 그 정도는 양호하다. 채식 요리를 찾아 헤매는 것 정도는 지적으로 흥미로운 도전이라고 할 수 있다.

"아무래도 착오가 있는 것 같아요. 이건 고기잖아요." 캘리가 자기 접시에 담긴 자그마한 비프 웰링턴을 내려다보며 투덜거린다. 지금 캘리의 얼굴에 띄워진 미소는 거의 프로그래밍된 수준이라 할 만하다.

하루 종일 나도 모르게 시선이 자꾸 캘리에게로 향한다. 캘리의 쇄골을 따라 입을 맞추고 싶고 움푹 들어간 부분을 손가락으로 어루만지고 싶다. 머리카락은 동그랗게 말아 올려서 묶었고 선명한 초록색 원피스는 살아 있는 듯 생동감이 넘쳐 보인다. 에메랄드가 박힌 잎사귀 모양의 귀고리는 내가 이 초록색 드레스에 맞춰 선물한 것이다.

몇 주 전에 침실에 들어가니 캘리가 이 원피스를 입어보고 있었다. 하지만 불과 몇 분 만에 원피스는 바닥에 떨어지는 운명을 맞아야 했다.

하지만 지금처럼 팔십 대 노인들에게 둘러싸여 있는 상황에서는 캘리에게만 집중할 수가 없다. 노인들은 예측이 불가능하다. 어떤 분은 현악 사중주에 맞춰 갑자기 몸을 격렬히 흔들기도 했다. 지금 연주 중인 곡이 놀랍게도 브리트니 스피어스의 〈톡식Toxic〉과 상당히 비슷하긴 하다.

캘리가 두리번거리며 웨이터를 찾는다. "설문지에다 채식주의자라고 분명히 적었단 말이에요."

"설문지요?"

"네, 설문지요. 한 장씩 작성하라고 하더라고요. 무슨 구직활동도 아니고. 그런데 선물 목록은 별로 다양하지 못하네요."

나는 와인을 벌컥 마신다. "휴고가 총각 파티를 몇 번 했다 그랬죠?"

"세 번요."

나는 좀 더 몸을 바짝 붙이고 묻는다. "결혼식은요?"

"두 번요. 오늘 한 번, 그리고 예전에 취리히에서 한 번."

"신혼여행은요?"

"그것도 두 번요. 한 번은 거하게, 한 번은 소소하게."

나는 잔을 들어올린다. "우리는 절대 휴고처럼 되지 말아요."

"건배."

우리는 잔을 맞부딪친다. "그건 그렇고 그 원피스 입은 모습, 무지 아름답다는 말, 내가 했던가요?"

"했죠, 여섯 번. 입자마자 벗어야 했던 그날까지 합하면 일곱 번."

"어쨌든 내 마음은 진심이에요. 그냥 유혹하려고 내뱉은 말은 아니라고요."

캘리가 한 손으로 내 무릎을 잡는다. "상관없어요. 그 정장 입은 모습, 무지 섹시하다고 내가 말했던가요?"

지난주에 백화점 피팅 룸에 캘리와 함께 들어가서 우당탕거린 일이 생각나서 웃음이 난다. 지퍼와 단추를 찾아 한참 더듬거리는 바람에 이러다 경찰에 체포되는 건 아닐까 싶은 생각까지 들었다. 뭐 그래도 상관없다는 결론에 곧바로 도달했지만.

웨이터가 나타났다. "부르셨나요?"

캘리는 허리를 세우고 앉아 웨이터에게 우리가 채식주의자라는 사실을 전달한다.

웨이터는 캘리의 미모에 충격을 받은 사람처럼 얼어붙는다. 다른 이유 때문에 저런 반응을 보인 거라면 용서하지 못할 것 같다. "채식 메뉴를 준비해달라는 요청은 못 받았는데요."

채식 메뉴가 하나도 없다고? 백오십 명이 넘게 모인 결혼식 피로연에?

웨이터가 어떤 대책을 내놓지 않을까 하고 기다려보지만 웨이터는 우리를 빤히 보고만 있을 뿐이다. 캘리가 괜찮다고 말해주길, 오늘 하루만 육식동물이 되어보겠다고 말해주길 기다리는 게 분명하다. 아니, 어쩌면 그냥 단순히 눈을 마주보고 있는 건지도.

"아." 한참 후 캘리의 입에서 나온 말은 이게 전부다.

웨이터는 대담하게도 캘리에게 윙크를 날리고 돌아간다.

"와우! 이상한 채식주의자들 때문에 혼이 빠졌나 봐요."

캘리의 얼굴이 일그러진다. "그게 무슨 뜻이에요?"

나는 캘리의 귀에 대고 말한다. "웨이터가 당신한테 반한 것 같다고요."

"아니에요. 그냥 정신이 없어서 그런 거겠죠."

그렇다. 캘리가 너무 아름다워서 정신을 잃은 것이다.

캘리가 접시를 유심히 쳐다보며 포크로 비프 웰링턴을 찔러본다. "이제 어떡하죠?"

"선택지는 하나뿐인 것 같네요."

"말해봐요."

나는 방금 새로 따른 와인잔을 들어올린다. "마시는 수밖에."

"이게 결혼식 피로연인 건 알고 하는 말이죠?"

"대답하려면 길어질 것 같으니 묻지 말아요."

결국 우리는 배를 전혀 채우지 못하고 조명이 어두워지자 제일 먼저 댄스 플로어에 오른다. 캘리가 내 손을 잡고 리드하며 웃음을 터뜨린다. 어두운 방을 밝히는 등불 같은 미소다.

우리는 어지러워질 때까지 춤추고 노래하고 웃는다. 더할 나위 없이 완벽한 날이다.

자정이 되자 우리는 잔뜩 취해 초췌한 몰골로 몰래 빠져나온다.
맑은 밤공기에서 곧 다가올 여름이 느껴진다. 캘리는 우리가 묵을
숙소로 가는 길에 축축한 잔디밭을 지나면서 구두를 벗어 한 손에
든다. 다른 한 손으로는 내 손을 꼭 쥐고 이슬을 머금은 잔디밭을
성큼성큼 걸을 때마다 원피스가 살랑살랑 춤을 춘다.

머리 위로는 하늘에 촘촘히 박힌 별들을 바라보며 이 순간을 가
슴에 새겨 넣는다. *살면서 지금처럼 행복했던 적이 있었던가.*

캘리는 최근에 읽은 자연수영에 관한 책 이야기를 들려준다. 캘
리가 좋아하는 작가가 쓴 책으로, 영국 제도를 수영해서 통과한 한
남자의 이야기를 담고 있다. "그 책을 읽었더니 당장 강에 뛰어들고
싶어졌어요. 일 년 중 가장 괜찮은 시기 아니에요? 강이나 바다에서
수영하는 것만큼 자연과 가까워지는 방법도 없는 것 같아요."

우리는 잔디밭이 깔린 또 다른 언덕에 이른다. "지금이에요." 나는
캘리를 멈춰 세운다. "해봐요."

"뭘요?"

"지금이 가장 좋은 기회라고요."

잔디밭 한가운데 위치한 한밤의 빛깔을 닮은 장식용 호수가 시
원한 아이스 레모네이드처럼 우리를 유혹한다. 밤공기는 뜨겁고 우
리도 뜨겁다. 자연수영이라, 제법 괜찮을 것도 같다.

"진심이에요?"

나는 캘리의 손을 놓고 어깨를 털어 재킷을 벗는다. 재킷을 바닥
에 떨구고 허리를 굽혀 신발 끈을 푼다.

"조엘, 안 돼요." 캘리가 주변을 두리번거린다. "경찰이 올지도 몰
라요."

이제는 셔츠의 단추를 끄른다. "그럼 빨리 해야겠네요."

캘리가 숨을 내쉬듯 웃음소리를 내쉰다. 그리고 한 번 더 주변을 둘러보고 말한다. "좋아요."

"좋아요?"

"좋아요." 캘리가 씩씩하게 대답을 반복한다. 그리고 손을 등으로 뻗어 원피스 지퍼를 내린다. 어깨 끈을 내리자 원피스가 잔디밭으로 스르륵 떨어진다. 짙은 초록색 속옷만 걸치고 서 있는 캘리의 모습이 아름답다. 햇볕 아래 오래 있던 탓에 그을린 피부에 자국이 남았다. 캘리는 내 옆으로 스윽 다가와 나 대신 셔츠의 단추를 풀기 시작한다. 공동 작업처럼 되어버린 나의 탈의 과정 때문에 우리는 동시에 웃음을 터뜨린다.

내가 발을 털어 구두를 벗는 동안 캘리는 내 바지 지퍼를 내리고 벨트를 끄른다. 속옷만 걸친 채 손을 맞잡은 우리는 호수를 향해 가파른 경사를 내달리기 시작한다. 가속도가 붙은 우리는 한 번도 멈춰 서지 않고 곧장 호수에 몸을 던진다. 물은 깊은 바다처럼 차갑고, 우리 몸은 액체 질소에 한 대 맞은 것처럼 얼얼해진다. 우리는 곧 숨을 헐떡이며 마구 발을 차서 다시 수면 위로 올라온다. 그물에서 빠져나가려는 물고기처럼 필사적으로 팔다리를 휘젓는다. 물에 빠져서 숨을 쉬겠다고 허우적거리는 꼴이 우스워서 우리는 눈이 마주치자 다시 크게 웃음을 터뜨린다. 계속 웃고 있으니 이러다 익사하는 게 아닐까 하는 위기감이 든다. 결국 생에 대한 본능으로 다시 헤엄쳐 나온다.

드디어 두 손이 땅에 닿는다. 우리는 간신히 뭍에 올라선다. 수초 찌꺼기가 종아리에 엉겨붙는다. 둘 다 숨이 차서 아무 말도 하지 못한다.

우리는 등을 땅에 대고 누워 하늘의 별을 바라본다. 짐승처럼 숨을 헐떡이고 있으니 뇌와 혈관이 충격에서 서서히 회복되는 게 느껴진다.

내가 먼저 입을 연다. "어땠어요?"

"완전 신나요."

나는 고개를 돌려 캘리를 바라본다. 물기를 잔뜩 머금은 캘리의 머리카락이 별빛을 받아 반짝인다. 흡사 모래톱 위의 미역 같기도 하다. "그렇게 좋았어요?"

"자연수영 꼭 하러 가요. 우리 둘이 가는 거예요. 동호회에 가입하면 되겠네요. 그런 동호회가 있겠죠? 그럼 주말마다 같이 할 수 있어요."

나는 몸을 돌려 캘리에게 입을 맞추고 한 손으로 캘리의 몸을 어루만진다. 아름답지만 기이한 그 문신 때문에 캘리를 더 사랑하게 되는 것 같다. "추워요?"

캘리의 다리를 휘감은 잡초를 떼어내고 있으려니 캘리가 몸을 파르르 떤다. "네." 그리고 짧은 침묵. "이 순간이 영원했으면 좋겠어요. 당신과 함께 이곳에 있는 지금 이 순간이. 정말 사랑해요."

전율이 온몸을 타고 흐른다.

캘리가 고개를 들어 나를 본다. "이제 아무 말 안 할게요."

나는 캘리의 얼굴에서 축축한 머리카락을 떼어내며 묻는다. "왜요?"

"당신이 겁먹는 건 싫으니까요."

캘리의 말 때문에 겁먹을 일은 없을 거라고 말하고 싶다. 하지만 나도 확신할 수가 없다.

대형 홀에서 흘러나오는 디스코 음악의 베이스 선율이 심장박동처럼 울린다. 아마도 헬리콥터를 타고 왔다는 그 이탈리아 디제이인 것 같다.

캘리가 한 팔로 머리를 받치고 눕는다. 고개를 비스듬히 기울이고 은하수를 찾는 것처럼 캄캄한 허공을 응시한다. "하지만 무서운 건 사실이에요. 당신을 향한 내 사랑이 너무 뜨거워서." 캘리의 또렷한 목소리가 따뜻한 밤공기에 산뜻하게 퍼져나간다.

"알아요." 나는 다시 몸을 굽혀 캘리에게 입을 맞춘다. "나도 그래서 무섭거든요."

51

캘리

다음 날 아침, 살짝 벌어진 커튼 틈으로 들어오는 햇살이 단검처럼 뜨겁게 내 피부를 찌른다. 조엘의 노트가 엉덩이 옆에 있는 걸 보니 어젯밤에 또 꿈을 꾼 모양이다. 조엘은 꿈에 대해 얘기하고 싶어 하지 않을 때에는 얘기하지 않고, 나도 굳이 묻지 않는다.

"모임을 찾았어요." 조엘이 속삭인다.

"음?" 머릿속이 지나치게 오래 치댄 밀가루 반죽 같다. 얼마 남지 않은 UHT 우유로 인스턴트커피를 두 잔 타서 침대에 다시 앉는다.

"자연수영 모임요. 이것 봐요." 조엘이 아이패드를 내 앞에 들이댄다. "여름에는 일요일 아침마다 모임이 있대요."

나는 눈을 질끈 감는다. "으악, 생각나버렸어요."

"호수의 일도 생각나요?"

나도 모르게 끙 하고 신음을 내뱉는다.

"방으로 돌아와서 무슨 일이 있었는지도 기억나요?"

나는 갑자기 두 눈을 번쩍 뜬다.

"창밖에 젖은 속옷을 널어 말리려고 했던 그때 말이에요."

조엘의 말을 들으니 기억이 점점 더 되살아난다.

"에이, 설마. 혹시 진짜로……?" 내가 묻는다.

"아, 그럼요." 조엘이 웃지 않으려고 꾹 참으며 대답한다. "혹시 구조할 수 있지 않을까 싶어서 가운을 입고 내려가봤는데 말이죠……."

"제발, 제발 구했다고 말해줘요."

"안타까운 일이에요." 조엘은 결국 마음껏 웃기 시작한다. "팬티는 주웠는데 브라는 가고일 석상°에 걸렸더라고요. 가져올 방법이 없었어요."

"아, 말도 안 돼!" 나는 벌떡 일어나 앉는다. 두개골 안에서 지각 대변동이라도 일어나는 것처럼 머리가 지끈거린다. "아니죠? 농담이죠?"

조엘은 웃느라 정신을 놓은 것 같다. "농담이면 다행이게요."

"그럼 지금 당장 떠야 해요. 당장 체크아웃해야 한다고요!"

침대에서 내려온 조엘이 내리닫이창으로 가서 아래 창을 열고 고개를 삐죽 내민다. "음, 정말 그래야 할 것 같아요. 해가 점점 높아지니까 저 멋진 광경도 더 눈에 잘 띄네요. 초록색이 아주 확 튀어요. 어쨌든 잘 마르긴 하겠어요."

나는 베개를 들어 조엘에게 던진다. 하지만 이렇게 다차원적으로 괴로운 와중에도 웃음이 나는 건 어쩔 수 없다. "농담 아니고 정말 가야 해요."

"모르는 척하고 아침 먹으러 가면 안 돼요?"

"안 돼요!"

"샤워하는 동안 〈아가두 Agadoo〉를 잠깐 불러보는 건요? 어젯밤에 기가 막히게 부르던데."

끔찍한 공포가 홍수처럼 나를 삼킨다. "가자니까요, 지금 당장!"

° 성당 등 중세 유럽 건축물 지붕에 있는 괴물 형태의 석상.

우리는 집으로 돌아가는 길에 휴게소를 겸한 카페 앞에서 잠깐 차를 세운다. 마실 건 딱 한 사이즈의 인스턴트커피뿐이지만 달걀 요리는 열다섯 종류나 있다.

창문 너머의 도로에서는 경주 트랙처럼 차들이 흐릿한 흔적만 남기며 지나간다.

조엘의 얼굴은 피곤해 보이지만 표정에서는 행복이 묻어난다. 그 표정을 보고 있으니 오늘 아침 침대에서 나눈 키스와 어젯밤 촛불을 켜놓고 음악을 배경 삼아 나눈 대화가 다시 떠오르는 것 같다.

반면 지금 내 꼴이 어떤지는 별로 알고 싶지 않다. 빨리 호텔에서 나와야 한다는 생각에 머리 말리는 과정을 완전히 생략했다. 마스카라를 슬쩍 바르고 향수 한 번 찍 뿌린 거 빼면 화장도 전혀 하지 못했다.

"어제 댄스 플로어에서 인기 폭발이었던 거 알아요?" 내가 조엘에게 묻는다.

"'가장 놀리고 싶은 사람' 같은 건 아니겠죠?"

"아니에요! 진짜로요. 자칭 집돌이치고는 꽤 잘 움직이던데요?"

"당신도 나쁘지 않았어요."

"됐어요. 춤출 때는 왼발만 두 개인데요, 뭘. 밴드랑 부딪칠 뻔한 거 못 봤어요?"

조엘이 에그 롤을 마저 먹고 손가락을 닦는다. "밴드는 별로 개의치 않는 것 같더라고요. 오히려 한계를 모르는 당신의 열정에 감탄한 것 같았어요."

"살짝 놀랐다고 표현하는 게 더 나을 것 같아요."

"그리고 아이들한테 인기 많던데요."

그 부분만큼은 사실이다. 어느 순간 주변을 둘러보니 나는 열 살

미만의 어린아이들에게 둘러싸여 트위스트를 가르치고 있었다. 가벼운 야유와 함께 조엘이 합류했고, 그 후 약 이십 분 동안 다 함께 춤을 추었다. (춤추는 건 우리 두 사람과 달콤한 간식에 환장하는 어린아이들뿐이었다.) 그때 이런 생각이 들었다. *우리 정말 괜찮은 부모가 될 수 있을 것 같아. 아이들이 있다면 정말 행복할 것 같아. 아이들을 몇이나 낳는 게 좋을까? 둘? 다섯? 열?* 너무 피곤하기도 했고 또 너무 달콤한 상상이라 마음대로 뻗쳐나가는 상상의 나래를 억누를 수가 없었다. 그래서 그냥 상상에 몸을 맡기고 함께 즐겼다. 거의 상상에 취했던 것 같다.

나는 검지로 조엘의 팔뚝 위에 남겨진 게으름의 흔적을 따라간다. "춤은 어디서 배웠어요?"

"엄마요. 학교 끝나고 집에 오면 아버지가 퇴근하실 때까지 엄마와 거실에서 춤을 췄어요."

가슴 깊숙한 곳에서 뜨거운 기운이 몰려오기 시작하더니 이내 눈가도 뜨거워진다. "아름다운 얘기예요."

"아, 더그는 그렇게 생각할 것 같지 않은데요."

나는 고개를 숙여 테이블을 바라본다. 나무 테이블에 누런 얼룩이 묻은 걸 보니 먼저 다녀간 손님이 커피를 먹었나 보다.

조엘이 머그잔을 내려놓고 한 손으로 머리를 쓸어 넘기자 호텔 샴푸 냄새가 은은하게 흩어진다. "한심한 바보가 연 파티치고는 꽤 멋졌어요. 휴고 말이에요."

"내가 무슨 생각 하는지 알아요?" 내가 묻는다.

커피에서 모락모락 올라오는 김 너머로 조엘의 눈길이 나를 뚫어져라 바라본다. "말해봐요."

"우리가 파티를 멋지게 즐겼다고 생각해요. 우리는 허허벌판에서도 재미있게 놀 사람들인 것 같아요."

"음, 실제로 그렇게 놀아본 적은 없지만 당신이 원한다면 집에 가는 길에 허허벌판을 하나 찾을 수 있을 거예요."

갑자기 호수에서 있었던 일이 떠올라 나는 고개를 절레절레 젓는다. "뻥 뚫린 공간에서 광란의 파티는 자제하는 게 좋겠어요."

"맞아요. 차 안에서 노는 게 훨씬 안전하죠."

나는 손가락으로 계속 조엘의 팔뚝에 장난을 친다. "가끔 이러는 것도 재미있을 것 같아요. 어제 재미있지 않았어요? 집 아닌 다른 곳에서 하룻밤 지내는 거 말이에요."

"그러게요." 조엘이 꽤 놀란 반응을 보인다. 지금까지 그런 생각을 한 번도 못 해본 것 같은 반응이다. "재미있었어요."

"그럼…… 해볼래요? 다음에 또?"

"좋아요." 조엘은 더없이 소극적으로 대답한다. 하지만 내 손을 잡고 나를 바라보는 조엘의 눈빛은 무성 영화를, 대사 없는 로맨스 영화를 보는 것 같은 착각을 불러일으킨다.

52
조엘

그리고 한 달이 지나서 결국 그 일이 일어난다. 딱 내가 두려워했던 그대로다.

너무 끔찍한 꿈이라, 너무 생생한 꿈이라 머리에 번개를 맞은 듯 얼얼하다.

나를 깨우는 캘리의 목소리가 들리지만 나는 아직 꿈속에 머물러 있다. 여기서는 내가 캘리를 흔들며 깨운다. 매트리스에 얼굴을 묻고서.

제발 안 돼요, 캘리.

이런 식으로는 아니라고요.

안 돼요, 안 돼. 안 돼.

PART 3

53

캘리

아직도 나는 우리가 함께했던 그때 생각을 자주 해요. 그러면 안 되지만. 잠깐만 떠올려도 당신이 내게 돌아온 것 같은 기분이 들어요.

어젯밤에는 해수욕장에 가서 수영을 했는데, 우리 둘이 함께 호수에 뛰어들었던 그날 밤이 생각났어요. 몇 주 전에는 드뢰메카게를 만들다가 울음을 터뜨렸고요. 처녀 파티에 갔을 땐 우리 둘이 케임브리지에서 보냈던 환상적인 밤이 떠올랐어요.

요즘은 그 과학 소설을 읽고 있어요. (기억나요?) 생각보다 꽤 재미있던데요? 당신도 시간 날 때 꼭 읽어봐요. (저는 74쪽을 읽을 때 큰 소리로 웃었어요. 그 장면을 읽을 땐 소리 내서 읽어봐요. 그럼 내 말이 무슨 뜻인지 알게 될 거예요.) 그때 구입한 책을 아직 가지고 있어야 할 텐데, 없으면 내 책을 빌려줄게요.

우리가 함께 웃던 그때가 까마득한 옛날 같아요. 그래서 자꾸 그때의 즐거웠던 기억을 떠올리게 되나 봐요. 당신이 매일 내 마음속에 환한 불빛을 켜주던 그때가 그리워요.

54
조엘

폭풍우를 잔뜩 머금은 8월 초의 하늘이 곧 터질 것 같은 모습이다. 나는 침실 창가에 서서 샤워 소리가 끝나길 기다린다.

이건 내가 생각했던 것보다 훨씬 끔찍하잖아. 천장이 삐그덕 소리를 낸다. 캘리가 살던 집에 대니라는 사람이 새로 이사 왔다. 대니는 하루 종일 직장에 있어서 마주칠 일이 거의 없다. 이따금 모습을 드러내고 가벼운 인사를 건넨 뒤 다시 유령처럼 자취를 감춘다.

몇 주 전 캘리가 이사 왔던 일도 곧 잊혀질 기억이 되어버린 것 같다. 그날 캘리의 아버지가 와서 짐 나르는 걸 도와주다가, 내가 여기서 10년째 살고 있다는 사실을 잊으신 듯 문단속에 대해 일장 연설을 하셨다. 이사 첫날 밤 우리는 소파에 앉아 캘리의 부모님이 선물로 주신 샴페인을 마셨다. 냉장고에는 우리가 좋아하는 음식이 나란히 자리를 잡았다. 우리는 이제 샤워실을 함께 쓰고 커피를 끓이면 함께 마신다. 뒤쪽 계단에서 머피가 공놀이하는 모습도 함께 지켜본다. 내 손끝은 캘리와 함께 온 새로운 물건들을 탐색하느라 바쁘다. 잡다한 물건과 장신구들이 다양하다. 캘리는 이런 나 때문에 민망해하지만 내 눈에는 흥미로운 보물들 같다.

너무 후회스럽다. 절대 방심하지 말아야 했다. 스티브에게 진작 연락했어야 했다. 진작 무슨 조치를 취했다면 이런 일은 일어나지 않았을지도 모른다.

55

캘리

욕실에서 나와 열린 서랍장을 멍하니 바라보며 서 있다. 서랍은 내 물건들로 흘러넘치기 일보 직전이다. 나는 딱히 정리되지 않은 상태가 좋다. 아니, 최소한 과거에는 좋아했다. 내가 이사 들어온 후 집이 좁게 느껴지고, 주변 세상이 우리를 담을 수 없다는 사실이 마음에 들었다.

"미안해요." 조엘이 창가에 서서 미련 없이 뛰어내리려는 사람처럼 말한다.

어젯밤 있었던 일을 떠올리면 다 내려놓고 펑펑 울고 싶다. 잠든 조엘의 눈가를 타고 흐르던 눈물을 생각하면 너무 괴롭다. 내 이름을 부르며 숨겨워하던 모습을 잊을 수가 없다.

"조엘…… 그게 사과할 일은 아니잖아요."

조엘이 머뭇거린다. 벅차오르는 감정을 주체하지 못하고 금방이라도 쏟아버릴 것 같은 모습이다. 하지만 아슬아슬하다 싶을 때 겨우 억누른다. "오늘 저녁 약속 취소해도 돼요?"

나는 기억을 더듬는다. 오늘 저녁이라니. 오늘 저녁……?

이제야 기억난다. 오늘 벤의 집에서 저녁을 먹기로 했다. 에스터와 개빈도 올 예정이다. "그럼요."

"아무래도 힘들 것 같아서……." 조엘이 문장을 마치지 못하고 입을 다문다. 나는 조엘이 무슨 생각을 하는 건지, 뭐가 힘들 것 같다는 것인지 모르겠다.

"조엘, 제발 이러지 말아요."

"뭘요?"

"나를 밀어내지 말라고요."

우리는 그저 멍하니 서로 바라보기만 한다. 슬픔에 온몸을 두들겨 맞아서 달아날 기운조차 없다.

"당신을 사랑한다는 말, 진심이에요." 나는 겨우 작은 소리로 내뱉는다.

"알아요."

"당신만 사랑하는 게 아니라 당신에 관한 모든 걸 사랑한다고요."

조엘은 엄습하는 고통에 아찔한 표정을 짓는다. 밖에서는 하늘이 우르릉 소리를 내기 시작한다.

"나에 관한 꿈이죠? 그렇죠? 어젯밤 당신이 꾼 꿈 말이에요."

조엘이 까만 두 눈을 올빼미처럼 동그랗게 뜨고 나를 바라본다. 잠시 아무 말 없이 바라보기만 한다. 마치 그에게서 떠나가는 나를 그저 지켜보는 수밖에 할 수 있는 일이 없는 사람처럼.

마침내 조엘이 부드러운 목소리로 내뱉는다.

"이러다 늦겠어요."

56
조엘

캘리는 여섯시 직전에 집에 돌아왔다. 나는 거의 하루 종일 밖에서 개들과 산책을 하거나 정원에 머피와 앉아 시간을 보냈다. 멍하니 앉아 성큼성큼 하늘을 삼키고 지나가는 구름을 보며 내가 뭘 할 수 있을지, 과연 무슨 말을 할 수 있을지 생각했다.

캘리의 화분이 눈에 들어왔다. 벌과 나비가 주변에서 즐겁게 날아다니고 있었다. 창밖에 놓은 화분에는 여름 꽃이 바깥을 향해 고개를 쭉 내밀었고 꽃에서는 꿀 향기가 그윽하게 풍겼다. 마치 캘리를 꽃으로 표현해놓은 것 같은 모습이었다. 무채색 위에 뿌려놓은 색색의 물감이나 관성을 몰아내고 자리 잡은 생명력처럼 보였다.

새끼 울새들은 한참 전에 독립해 둥지 상자는 지금 텅 비어 있다. 하지만 수컷은 얼마간 가끔 찾아와 옆집의 자두나무 가지에서 뜬금없이 노래를 부르기도 했다. 캘리는 수컷이 아이들에게 노래를 가르치는 것이라고 했다. 사실인지 아닌지는 몰라도 나는 마음에 들었다. 허공에 적어둔 수백 년 된 악보가 있다고 생각하면 기분이 좋았다.

"왔어요." 숨을 내쉬면서 함께 내뱉는 지친 목소리다. 가방을 내려놓은 캘리는 두 팔로 내 목을 감싸고 입을 맞춘다. 땀이 흘러서 얼굴에 가느다란 하얀 물결을 그렸다. 캘리에게서 소금과 슬픔의 맛이 동시에 느껴진다.

"오늘 어땠어요?" 나는 캘리의 머리카락에 얼굴을 묻고 속삭인다. "끔찍했어요." 캘리가 내 티셔츠에 얼굴을 묻고 웅얼거린다. 그 말에 왠지 마음이 놓인다. 다른 이유는 없다. 그저 내가 위로의 대상이 되고 싶지 않았을 뿐이다. 현실은 그렇지 못한데 다 잘될 거라는 말을 듣고 싶지 않았다. 차라리 캘리가 화를 내며 이게 다 무슨 일이냐고 소리를 질렀으면 좋겠다.

재앙, 그게 지금 내게 일어난 일이다.

"당신이 꿨다는 꿈 생각에서 벗어날 수 없었어요."

"우리……." 말이 좀처럼 입 밖으로 나오려 하지 않는다. "그 얘기를 좀 해야 할 것 같아요."

캘리가 뒤로 물러서서 나를 바라본다. "그래요. 밖으로 나갈까요?"

이런 이야기를 사람 많은 곳에서 하고 싶지는 않다. 하지만 캘리의 삶이 나 때문에 산산조각 날지도 모르는 상황에서는 캘리가 원하는 대로 하는 게 공정할 것 같다.

우리는 강이 내려다보이는 루프톱rooftop 바에 있다. 막상 와보니 생각보다는 괜찮다. 가격도 비싸고 사무실 건물 꼭대기 층이라 손님이 많은 곳은 아니었다. 딱히 특징 있는 경관이 아니어서 그렇지 전망 자체는 좋다. 에버스포드에 유명 건축물이나 눈길을 끄는 명소가 원체 없기도 하다. 단조로운 건물, 고층 건물들이 평범하게 얽혀 있고 교회 첨탑이나 기와가 가끔 건물 사이로 고개를 내밀고 있는 정도다. 여러 시대가 공존하고 있어서 딱히 어떤 특징이 있다고 정의하기도 애매하다. 그래도 수은처럼 은빛으로 반짝이는 강이 내려다보인다. 아침의 폭풍우는 이미 지나가버렸다. 머리 위로 펼쳐진 담청색 낙하산 같은 하늘이 유독 맑고 커 보인다.

도시에는 생각보다 나무가 꽤 많았다. 초록색 나무들이 조그만 화산 분화구처럼 빌딩 사이로 삐죽 고개를 내밀고 있다.

우리는 커다란 유리 칸막이 옆에 자리한 모서리 테이블에 앉는다. 이 유리 칸막이는 밖으로 뛰어내리지 못하도록 세워둔 게 아닌가 싶다. 나는 맑은 정신을 유지하고 싶어서 커피를 주문하지만 캘리는 화이트 와인 한 잔을 주문한다. 내가 캘리를 원망할 입장은 아니다. 캘리가 지금 입고 있는 꽃무늬 원피스는 이 상황과 어울리지 않게 너무 밝아서 보고 있자니 마음이 괴롭다.

캘리가 먼저 입을 연다. "어젯밤 꿈은 나에 관한 거였죠? 그렇죠?"

나는 고개를 끄덕일 뿐 입을 열진 않는다. 입이 붙어버린 것 같다.

"내 이름을 부르고 또 부르더라고요. 정말 가슴 아파하는 것 같았어요. 그 모습을 보고 있으니…… 나까지 슬프더라고요."

심장이 조여든다. 이제 내가 말할 차례다. 하지만 하루 종일 머릿속에서 연습을 했는데도 어떻게 말을 시작해야 할지 모르겠다. 이렇게 해도 저렇게 해도 말이 안 되는 소리 같다.

"캘리, 어떻게 말을 해야 할지……."

캘리가 말을 끊는다. "그럼 말하지 말아요. 말할 필요 없어요. 내가 질문할 테니까 고개를 끄덕이든 가로젓든 해요."

나는 숨을 들이마신다. 어쩌면 내뱉은 건지도 모르겠다. 캘리의 굳은 의지에 머리가 살짝 띵하다.

캘리는 마주앉아 내 눈을 똑바로 바라본다. "가끔 말로 하는 게 제일 어렵잖아요."

"지금 그러네요."

결국 질문은 세 개로 끝난다. 가장 중요한 세 개의 질문으로.

"내가 죽었어요?"

네.

"어떻게 죽는지 알아요?"

아니요.

나는 죽은 듯이 땅바닥에 쓰러져 있던 캘리의 모습을 간신히 다시 떠올린다. 상처나 피는 보이지 않았다. 단서가 없다.

"언제 죽는지는 알아요?"

네.

또다시 침묵이 흐른다. 굳게 입을 다문 얼굴에서는 눈동자만 형형히 빛난다. 멀지 않은 테이블에서 웃음소리가 터져 나오고 발밑에서는 에버스포드의 차들이 끊임없이 움직인다. 세상은 고집스럽게 굴러가고, 삶은 매정하게 이어진다.

무슨 말이든 해야 한다. 빈약하게나마 계획을 세워야 한다. "어쩌면 다른 방법이……."

"잠깐만요." 캘리가 한 손으로 내 손을 감싼다. 지독하게 차갑다. "아무 말도 하지 말아요."

"하지만 당신이……."

"진심으로 하는 말이에요. 아무 말도 하지 말아줘요. 대신 내 말을 들어줘요."

나는 입을 다물고 캘리의 목에 걸린 날아가는 제비만 가만히 바라본다. 몇 달 전 카페에서 처음으로 캘리를 봤을 때 차고 있던 목걸이다.

"난 아무것도 알고 싶지 않아요. 당신 꿈과 관련해서는 전혀 알고 싶지 않아요. 당신이 꿈속에서 뭘 봤든, 그게 언제 벌어질 일이든 영원히 모르는 걸로 할래요. 절대 알고 싶지 않아요. 알았죠?"

나는 가만히 캘리를 바라본다. 금방 울 것 같았던 캘리의 두 눈에 이제는 강인한 의지만 남아 있다.

"캘리, 내 생각에는 당신이……."

"잘 알고 있어요." 캘리의 목소리가 은은한 저녁 공기를 가르며 지나간다. 캘리는 내 손을 감싸고 있던 손을 거두어들이며 말을 잇는다. "나도 잘 안다고요. 내가 죽을 거라는 얘기잖아요. 하지만 당신이 말하지 않으면 어떻게 죽는지도 모르고 언제 죽는지도 몰라요. 그럼 여기 있는 다른 사람들과 다를 게 없잖아요." 캘리는 웨이터 쪽으로, 그리고 조금 떨어져 있는 시끌벅적한 테이블 쪽으로 시선을 돌린다.

"하지만 내가 알잖아요."

"그래요. 그리고 당신이 내게 말해버리면 난 영원히 고통 속에 살아야 해요. 지금 바로 이 순간부터 말이죠."

"캘리, 왜 모르는 채 묻어두려고 해요? 어쩌면 우리가 방법을 찾을……."

"그런 건 존재하지 않아요. 당신이 이미 말했잖아요. 어떻게 죽는지 모른다고요. 당신도 나만큼이나 무력하긴 매한가지예요. 당신도 잘 알잖아요."

"캘리." 감정에 북받쳐서 목이 잠긴다. "그러지 말고 우리……."

"싫어요. 나는 이미 결정했어요. 사형 선고를 받은 채 살 수는 없어요."

엄마 생각이 난다. 엄마는 자신에게 시간이 얼마나 남아 있는지 알지 못했다. 엄마가 돌아가신 후 내 마음속에 뿌리를 내린 사랑에 대한 두려움이 이제는 캘리를 대상으로 반복되고 있다. 이건 내가 감당할 수 있는 문제가 아니다.

"정말, 진심으로 하는 말이에요?"

캘리가 딱 한 번 고개를 끄덕인다.

나는 캘리의 손을 다시 잡는다. 아주 단단히. 내 마음을 가득 담아서. "캘리, 당신은 모르는 걸 나만 알고 있을 수 없어요."

"마음의 짐을 덜고 싶어요?"

"아뇨, 그런 게 아니고." 순간 그런 걸지도 모른다는 생각이 든다.

"이게 무슨 의미인지 당신도 알잖아요."

"너무 많은 의미가 담겨 있죠."

"조엘 당신이 나를 사랑한다는 의미예요."

캘리는 이 상황마저도 긍정적으로 보려고 애쓰고 있다. 더없이 부드러운 미소로 나를 바라보면서.

"캘리……."

"이제 나를 사랑한다고 말해봐요. 최악의 상황은 이미 벌어졌어요. 그러니 더 이상 겁낼 필요도 없어요." 캘리가 테이블 위로 몸을 뻗어 내게 입을 맞춘다.

하지만 캘리에게 입을 맞추려 하는 순간 내 눈앞에는 바닥에 쓰러진 캘리의 모습밖에 보이지 않는다.

캘리의 몸은 미동도 하지 않고 순식간에 우유처럼 차갑고 하얗게 변해버린다.

57
캘리

조엘이 그 꿈을 꾼 이후 나는 평범한 일상을 유지하려고 애쓰는 중이다. 점심시간에는 피오나, 리엄과 함께 식사를 하지 않고 강가로 내려와 나의 오래된 버드나무 위로 올라간다. 동료들과 대화를 나누는 것도 예전 같은 느낌이 들지 않는다. 저녁마다 내가 죽을 날짜를 알려주려는 조엘과 말다툼하다 보니 텔레비전 프로그램이나 마트의 할인 행사에 대한 대화에 끼어들기가 쉽지 않다.

금요일 저녁, 나는 산업용 잔디깎이를 몇 시간이나 밀고 다녀 녹초가 된 몸으로 버드나무에 오른다. 양말과 장화를 벗고 나뭇가지 사이에 숨어 내 맨발 밑으로 지나가는 행인들을 바라본다. 어느덧 종아리에서 발끝까지 피가 도는 느낌에 짜릿해진다. 잠자리 여러 마리가 반짝이는 작은 헬리콥터처럼 윙윙 날개 소리를 내며 내 주변을 맴돈다. 강 건너편 습지에서는 길게 소리 내 우는 소들의 오래 묵은 열망이 들려온다. 하루 종일 따뜻한 날씨에 바람 한 점 없다. 앞다투어 고개 내밀기에 바쁜 이삭들을 제외하면 더할 나위 없이 잔잔한 여름 날씨다.

조엘 생각을 떨칠 수가 없다. 극도의 고통 속에서 열병을 앓으면서도 자제력을 발휘해 내색하지 않으려는 따뜻한 마음을 도저히 모른 척할 수가 없다. 조엘이 알고 있는 것들을 내가 알게 된다면, 이미 조엘을 덮친 거대한 파도가 해일이 되어 나까지 삼키려 든다면……. 그러면 우리 두 사람의 인생은 어떻게 될까? 우리는 어떻게 변할까?

내가 어떤 모습으로 변할지 알 방법은 없다. 너무나 치명적인 사실을 알게 된 내가 완전히 다른 사람으로 변할지 여부도 알 수 없다. 어찌 보면 그게 당연하다. 인간이란 본디 이런 것들을 알고 싶어 하지 않도록 생겨먹었으니까.

내게 남은 시간이 얼마나 될지 가늠해본다. 내 삶에 품고 있던 기대가 어떻게 변질될지도 생각해본다. 내게 소중했던 모든 것들을 가차없이 내다 버릴지도 모르겠다. 그러다 보면 어느새 종말이 토네이도의 검은 기둥처럼 점점 더 가까이 다가오겠지.

두려움이 이토록 큰데 어떻게 조엘과 내가 함께 삶을 꾸려나갈 수 있을지 모르겠다.

하지만 조엘은 지금까지 혼자 그렇게 살아왔고, 못 본 척 숨어버릴 공간도 없다. 조엘을 향한 내 마음이 진심이라면 그가 짊어진 짐을 함께 나눠 지고 가슴속 말을 털어놓으라고 해야 하는지도 모른다. 사랑에는 늘 쉬운 선택과 간단한 해결책만 존재하는 게 아니니까. 사랑에는 언제나 힘겨운 노동과 어려운 결정이 뒤따르기 마련이다. 희생하고 싶지 않더라도 감수해야 할 때가 있다. *손에 쥘 만한 가치가 있는 것은 쉽게 손에 쥐어지지 않는다.* 아빠는 늘 이렇게 말씀하셨다.

나는 그레이스 이름 옆에 새겨놓은 내 이름을 멍하니 바라보다 주머니에서 휴대폰을 꺼내 그레이스의 번호를 누르고 삐 소리가 날 때까지 기다린다.

"나 지금 우리 나무에 올라와서 너를 생각하는 중이야. 아니, 실은 조엘 생각 중이었어. 그레이스, 너한테 얘기할 수 있다면 얼마나 좋을까. 너는 분명 어떻게 해야 할지 알고 있을 텐데. 아니, 적어도 무슨 말을 해야 할지 알고 있을 텐데. 너라면 아무것도 모른 채 현재를 즐기며 살라고 말할 것 같긴 해. 내 말이 맞지? 너는 좋아하는 일을 하다가 죽고 싶다고 늘 말했잖아. 실제로 그렇게 되지는 못했지만. 그래도 죽을 거라는 사실을 전혀 모르는 상태에서 죽었으니 그나마 다행이 아닐까 싶어. 그나마."

나는 눈을 질끈 감는다.

"그레이스, 내게 신호든 뭐든 좀 보내줘. 어떤 신호든 괜찮으니까 내가 어떻게 해야 하는지 좀 알려줘……. 네가 직접 만나봤다면 정말 좋아했을 텐데…… 조엘 말이야. 조엘 덕분에 행복해하는 나를 보면 너도 분명 행복해했을 거야. 그랬을 것 같아. 어쨌든 잊으면 안 돼, 알았지? 내게 신호를 보내줘."

통화 종료 버튼을 누르고 버드나무의 단단한 기둥에 잠시 등을 기댄다. 그레이스가 내 말을 들었다는 신호를 보내지 않을까 싶어 바보처럼 벌써부터 신호를 찾아 두리번거린다. 하지만 허공도 강물도 잔잔하기만 하다.

58

조엘

그 꿈을 꾼 지 2주가 지났다. 마비된 상태로 2주가 지난 것이다. 나는 머릿속에서 캘리와 나의 이야기가 담긴 책장을 넘겼다. 내가 늘 펼치기 두려워하는 책이다. 캘리를 잃을까 봐 두렵기도 하지만, 파도가 캘리를 휩쓸어갈 때까지 가만히 앉아 기다리고 있을 수도 없다. 뭐든 시도해봐야 한다.

스티브가 숨을 헐떡이며 전화를 받는다. "조엘?"

나는 브루노와 산책 중이다. 브루노를 데리러 갈 때가 아니면 좀처럼 시간을 확인하지 않는다. 지금은 밤 아홉시가 다 됐다. "아, 미안. 혹시 지금……."

"자기 전에 팔굽혀펴기 좀 하고 있었어." 스티브가 군인처럼 호흡을 크게 내뱉는다. "살아 있긴 했네."

"어, 그래. 미안. 내가 좀……."

"내 문자를 씹었지."

순간 극기훈련을 빼먹어서 야단맞는 기분이 든다. "이제 다이애나를 만날 마음의 준비가 된 것 같아."

"참 오래도 걸렸네."

"좀 그랬지. 미안해."

"진심으로 하는 말이야?"

"그래."

"요즘은 좀 어때? 꿈꾸는 거 말이야."

"최악이야."

스티브는 잠시 말이 없다. "캘리와 관련 있어?"

"지금은 설명하기 힘들어. 그냥…… 나 대신 약속 잡아줄 수 있어?"

"당연하지. 내가 연락할게."

나는 전화를 끊는 순간 깨닫는다. 스티브 같은 친구는 좀처럼 얻기 힘들다는 사실을. 어쩌면 너무 늦게 깨달았는지도 모르겠다.

59
캘리

일어나 앉아서 시계를 찾는다. 아직 새벽 두시인데 휴대폰 진동 소리에 놀라 잠에서 깼다.

조엘은 내 옆에서 완전히 정신을 잃고 잠들어 있다. 나는 전화기를 들지 않은 손으로 조엘의 머리에서 헤드폰을 조심스럽게 빼낸다. 헤드폰을 끼고 있다가 잠든 모양이다.

조엘의 노트에 내 시선이 머문다. 저 노트 안에는 나에 관한 내용도 적혀 있겠지. 단순히 페이지를 넘기기만 하면 내 인생이 바뀔 수도 있다는 생각을 잠시 해본다.

"그레이스의 음성사서함을 확인했어." 벤이 말한다. "너랑 조엘 사이에 무슨 일 있는 거야?"

이런, 세상에. 벤이 다 들었구나.

"미안." 나는 한 손으로 얼굴을 감싼다. "그냥 삭제해도 돼." 몇 주 전에 메시지를 남겨놓고서 까맣게 잊고 있었다.

침대에서 빠져나와 거실로 향하는데 머피가 따라온다. 수영장 탈의실에 들어와 있는 것처럼 밤공기가 습기를 가득 머금고 있다. 나는 창턱의 화분들 틈에 엉덩이를 걸치고 앉아 블라인드를 젖히고 밤하늘을 내다본다.

"괜찮은가 해서 전화해봤어." 벤이 말한다.

"괜찮아."

벤이 잠시 머뭇거린다. "네 말이 맞더라."

"뭐가?"

"네가 남긴 음성 메시지 말이야. 사람들은 좋아하는 일을 하다가 죽고 싶어 한다는 거. 그건 죽음이 다가오고 있다는 걸 알고 싶지 않다는 뜻이잖아."

그레이스는 늘 그렇게 말했다. 그래서 그레이스가 벤과 함께 테이블마운틴을 오르다가 죽거나 란사로테섬에서 하프 마라톤을 하던 중 죽을지도 모르겠다는 생각을 가끔 했다. 하지만 정말 모르겠다. 다른 건 몰라도 그레이스가 필라테스에 늦어서 골목을 뛰어가다가 엉뚱한 사람의 손을 잡고 죽을 거라고는 예상하지 못했다. 그러나 삶이란 불안한 현실의 연속인 것 같다. 내가 선택할 수 있는 것은 없다.

경솔한 행동을 했다는 생각에 속이 쓰린다. "미안해, 벤. 내가 생각이 짧았어."

"캘리, 네가 신경 끄라면 끄겠지만…… 너희 두 사람 무슨 일 있어?"

벤은 조심스럽게 질문하지만 그의 말은 내 가슴에 화살처럼 날카롭게 날아와 박힌다. "그냥 좀 복잡해." 내가 할 수 있는 말은 이것뿐이다. 지나치게 단순화한 표현이지만.

"알았어. 그럼 한마디만 할게. 진정한 사랑을 찾았다는 생각이 들면 말이야, 캘리…… 꼭 붙잡아. 앞일은 모르는 거니까……." 잠시 침묵이 흐른다. "사람이란 가진 걸 잃을 때까지 뭘 가지고 있었는지 모르는 것 같아. 뭐, 뻔한 말이지만 어쨌든 사실이잖아."

조엘을 생각하니 갑자기 마음이 어지럽다. "벤, 뭐 하나만 물어봐도 돼?"

"얼마든지."

"네가 생각하기에…… 네가 생각하기에 말이야. 그레이스가 그 자리에서 세상을 떠난 게 차라리 나았을까? 아니면 떠나기 전에 준비할 시간이 있는 편이 나았을까?"

"준비할 시간이라…… 암처럼?"

"미안." 나는 자신 없이 중얼거린다. "대답하기 싫으면 안 해도 돼."

"아니야, 괜찮아. 솔직히 말해서 다른 사람이 아니고 그레이스라면 아무것도 몰랐던 게 축복이었다고 생각해. 물론 그레이스가 죽었을 땐 충격이 컸지. 끔찍했어. 그 개자식이 우리들 인생까지 차로 뭉개버린 것 같았지. 하지만 그레이스가 죽음이 올 걸 미리 알았다면 힘들어했을 것 같아."

"내 생각도 그래."

"너 어디 아픈 거 아니지?" 벤의 목소리에서 두려움이 묻어난다.

"아니야."

"어쩜 내 생각이 틀렸을 수도 있어." 벤이 다시 말한다. "죽기 몇 달 전에 알고 싶어 했을 수도 있었을 것 같아. 알았다면 남은 시간을 좀 더 알차게 살다가 갔을지도 모르지."

나도 모르게 얼굴에 미소가 떠오른다. "그게 가능한 일인지 모르겠어."

"그러게. 나도 그래."

60
조엘

다이애나는 자기가 근무하는 대학에서 만나자고 했다. 지금은 9월 중순, 개강 직전이다. 이것이 좋은 징조일지도 모른다. 새 학기, 새 페이지. 다시 시작할 수 있는 기회.

"앉으세요."

우리가 앉아 있는 콘크리트 벽돌 사무실은 빛이 충분히 들지 않아 비좁고 갑갑하다. 마치 처벌을 위한 목적으로 설계된 공간 같은 느낌이라 나는 의자를 문 쪽으로 비스듬히 돌려 앉는다. 만약의 경우를 대비해서.

다이애나가 자기소개를 하며 어떻게 도울 수 있을지 묻는다. 쌀쌀맞은 건 아닌데 사무적인 투로 줄줄 읊듯 말한다. 오십 대 중반쯤으로 보이고 교수라고 하기엔 꽤나 멀쩡해 보인다. 인체공학 의자를 사용하는 걸 보면 알 수 있다. 옛날 가수 버디 홀리의 안경과 비슷한 안경에 검은 스키니 진을 입고 컨버스 하이탑 스니커즈를 신고 있다. 마치 광고회사에서 아이디어를 내다가도 퇴근시간이 되면 그냥 퇴근해버릴 사람처럼 보인다.

"스티브가 말씀드렸다고 하던데요. 그…… 제 상태에 대해서."

급격히 위축된다. 다이애나는 나를 쳐다보지도 않고 메모지에 뭔가를 적는다. "미래를 본다고 말했나요?"

"그렇게 말한 게 아니라, 실제로 그렇습니다."

다이애나는 아무 말 없이 고개만 한 번 끄덕인다.

나는 전혀 인체공학적이지 않은 내 의자에서 어색하게 자세를 고쳐 앉는다. "이런…… 혹시 전에 이런 경우를 보신 적 있나요?"

"직접 본 적은 없어요. 어떤 경험을 했는지 좀 더 얘기해주세요."

나는 다시 벼랑 끝에 올라선다. 대학교의 그 의사가 부르튼 입술로 지어 보이던 조롱의 미소가 떠오른다. 하지만 지금은 그때와 다르다. 그래서 다시 심호흡을 하고, 다이애나는 스티브를 통해 들을 얘기는 이미 다 들었다는 사실을 떠올린다. 그 이야기를 듣고도 다이애나는 나를 만나겠다고 했다.

나는 비교적 단순한 이야기로 시작한다. 어젯밤 꿈이다. 6주 정도 후에 탐신과 닐이 앰버를 데리고 인근에 있는 사파리 공원에 놀러 간다. (사자들과 호랑이들은 전혀 위협적이지 않지만, 원숭이들이 탐신의 차를 살짝 망가뜨린다. 나는 머지않아 유튜브 클립을 보내 이런 상황에 미리 주의를 줄 작정이다.)

그다음에는 루크와 엄마에 대한 이야기로 넘어간다. 그리고 포피와 교통사고, 탐신의 임신 소식. 잠을 안 자고 버티며 보내는 고통스러운 밤들에 대해서도 이야기한다. 아버지에 관한 이야기도 빠뜨리지 않는다. 마지막으로 캘리에게 몇 년 후 일어나게 될 일에 대해서도 설명한다. 다이애나가 나를 도와주지 못한다면, 나를 위해 할 수 있는 일이 없다면 벌어지게 될 일에 대해.

"제가 사랑하는 사람들만 꿈에 나타나요." 나는 또다시 강조해 말한다.

다이애나 안의 과학자가 몸을 움찔한다.

"스티브가 이런 말을 하더라고요." 나는 고개를 숙여 내 노트를 본다. 설명할 때 참고하려고 무릎 위에 펼쳐둔 상태다. "……측두엽과 전두엽, 그리고 우반구와 관련이 있을 수 있다고."

"혹시 예전에 머리를 다친 적 있어요? 아니면 큰병을 앓았던 적이
나?"

"아니요."

"빠뜨리고 지나가는 사건도 있나요? 꿈속에 등장하지 않은 중대
한 사건이 현실에서 일어나기도 하는지 궁금해서요."

"그럼요. 그런 일은 항상 일어나죠. 제가 모든 걸 다 보는 건 아니
니까요. 제가 모르는 것도 많아요."

"현실이…… 꿈과 다르게 나타난 경우는요?"

"제가 개입하는 경우에는 그래요. 그 일이 일어나지 않게 어떤 조
치를 취할 때가 있어요."

다이애나는 나의 대답을 물고 늘어지는 대신 내 병력에 대한 질문
으로 넘어간다.

"그렇군요." 다이애나가 마지막으로 메모를 들여다보며 한 부분
에 동그라미를 친다. (대체 무슨 내용인지 궁금해서 미칠 것 같다.) "제
동료들과 조사를 좀 더 해봐야겠어요. 조사를 진행하는 데 필요한
자금을 모으고 윤리위원회 승인을 받아야 할 거예요."

"기간이 대략 얼마나 걸릴까요?"

다이애나가 대답을 교묘히 피한다. "일단 펀딩 주기를 살펴봐야
하고, 다른 분야와의 협업 여부도 결정해야 해요. 물론 당신에 관한
정보를 동료들과 공유하고 몇 가지 초기 조사를 진행하는 데 기꺼
이 동의해준다면 그렇겠지요."

"그래요." 나는 다소 시큰둥하게 대답한다. 도움이 필요해서 이곳
까지 오긴 했지만 정밀검사 같은 걸 받아야 한다고 생각하니 발을
잘못 들인 기분이 든다. 어두운 곳에 너무 오랫동안 갇혀 있다가 풀

려난 사람처럼 밝은 빛에 적응하지 못하고 있는 것 같다. 정신을 똑바로 차려야 한다. "그럼…… 저를 도와주실 수 있나요?"

그동안 겪은 세월이 있다 보니 선뜻 믿을 수가 없다.

다이애나는 인체공학 의자가 허용하는 한도 내에서 최대한 등을 뒤로 기대앉는다. 가만히 메모를 들여다보는 모습이 당황스러울 정도로 태연하다. 다이애나가 펜 끝으로 노트를 탁탁 치며 말한다. "당신이 생각하는 도움이 어떤 것이냐에 따라 다르죠. 당신을 위해 미래를 바꾸는 건 당연히 불가능하고요. 하지만 꿈에 대해서는 할 수 있는 일이 있을 거예요."

"더 이상 꿈을 꾸지 않게 해줄 수 있다는 말씀인가요?"

"지금 단계에서 해줄 수 있는 말은 없어요."

나를 보통 사람들과 똑같이 만들어줄 수 있다는, 그런 말도 안 되는 약속을 해줄 리가 없다.

그때 문득 이런 사실을 깨닫는다. 그동안 나는 어떻게 하면 꿈을 꾸지 않을지에 대해서만 골몰하고, 막상 꿈을 꾸지 않게 된다면 어떻게 될지 생각해보지 못했다는 것이다.

다이애나가 캘리를 도울 수 없다면 이게 다 무슨 소용인가?

캘리의 죽음을 꿈에서 목격한 후 내 걱정은 온통 캘리뿐이다. 내 뇌세포가 어떻게 생겨먹었는지는 내 알 바 아니다.

"빠뜨린 질문이 하나 있는데, 혹시 가족 중에 이런…… 증상이 나타나는 사람이 또 있어요?"

내 머릿속에서 열쇠가 천천히 돌기 시작한다. "자…… 잘 모르겠어요."

"일단 가족력부터 살펴보는 게 좋을 것 같아요."

갑자기 숨이 턱 막히며 눈앞이 까매진다. 왜 진작 그 생각을 못

했지?

나는 네 아비가 아니라고!

"생각해보니까……." 나는 서둘러 노트를 덮고 일어서며 말한다. "당분간은 혼자만 알고 계셔주세요. 시간이 좀 필요해서요. 다시 생각해봐야겠어요."

"편할 대로 하세요." 다이애나는 상대적으로 덜 골치 아픈 일들이 책상에 잔뜩 쌓여 있다는 말투로 대답한다.

"시간 내주셔서 감사합니다."

"스티브에게 안부 전해줘요." 다이애나가 말한다. 하지만 나는 다이애나가 말을 마치기 전에 사무실을 나와 문을 닫는다.

콘크리트 빌딩들이 미로처럼 늘어선 대학 캠퍼스를 지나 주차장으로 걸음을 옮긴다. 건물 사이를 훑고 지나가는 가을바람의 휘파람 같은 소리를 제외하면 기이하리만치 고요하다.

내 머릿속에서는 질문들이 꼬리에 꼬리를 물고 이어진다.

그동안 나는 치료방법을 찾는 일에만 매달려서 그 후 벌어질 일들에 대해서는 깊게 생각해보지 못했다. 꿈이 사라진다면 나는 영원히 걱정에 빠져 살아야 할지도 모른다. 복권 당첨 후에 오히려 나락으로 떨어지거나, 집을 구입한 후 안 좋은 일이 생기는 경우처럼 원하지 않던 상황이 생길 수도 있다. 소원을 빌 땐 신중해야 한다.

내가 진짜 바라는 건 꿈이 실현되지 않게 하는 것인지도 모른다. 하지만 이 세상에 이 문제를 해결해줄 수 있는 학문은 없다.

해결할 수 있는 유일한 사람은 나뿐이다.

61

캘리

조엘이 다이애나를 만나기로 한 날 나는 직장에서 아슬아슬한 일을 겪는다. 나무 베는 일을 돕다가 헬멧의 바이저를 잠깐 올린 사이 벌목용 플라스틱 쐐기가 나무에서 튕겨 나온 것이다. 도어 스토퍼처럼 짧다랗고 두껍지만 훨씬 날카로운 쐐기가 내 얼굴 바로 옆을 스치고 지나갔다. 단 몇 밀리미터 차이로 실명할 수도 있었다. 물론 목에 박혔다면 더 안 좋은 결과를 맞았겠지만. 부주의해서 멍청한 실수를 저질렀다는 생각에 마음이 어지럽다.

조엘의 꿈 때문에 죽음이 그리 멀지 않을 수도 있다는 걸 알고 나니 계속 이렇게 마음을 졸이며 살아야 하나 싶다. 뇌졸중이나 심장마비를 겪고 살아난 사람들 심정이 이럴까. 가슴이 죄거나 머리가 아프면 이걸로 끝일지도 모른다고 생각하며 영원히 두려움에 떨어야 하는 걸까. 매일 아침에 침대에서 눈을 뜰 때마다 그런 두려움을 마주해야 할지도 모른다. 가슴속에 두려움이라는 새 한 마리를 가두어놓고 미약하지만 끈질기게 이어지는 날갯짓을 계속 모르는 척해야 할지도 모른다.

분명 오래 살지는 못하는 것 같다. 조엘이 그렇게 괴로워하는 모습을 보면 알 수 있다. 내가 백발성성하고 야윈 모습으로 침대에 누워 평화롭게 죽는다면 조엘이 그렇게까지 괴로워하지는 않을 것이다.

나는 죽을 때 벌어질 수 있는 모든 시나리오를 떠올려본다. 나무를 베다가 깔려 죽을 수도 있고 나무에서 떨어져 죽을 수도 있다. 익사, 질식사도 가능하고, 혈전이나 암이나 분쇄 골절로 죽을 수도 있다. 여기서 내가 궁금한 건…… 죽음에 고통이 뒤따를지, 그 자리에 조엘이 함께 있을지, 그 자리에…….

나는 잠시 눈을 감고 마음을 다잡는다. 그만해. 그냥 좀 놀란 거야. 불안은 잠시야. 두려움도 곧 사라질 거고.

"이봐요, 캘리." 리엄이 다음 작업을 위해 바이저를 다시 내리며 나를 부른다. "너무 깊이 생각하지 말아요. 우리 같은 사람들에겐 늘 생기는 일이니까."

리엄은 좋은 의도로 한 말이겠지만 오히려 더 겁이 난다. 지금이라도 조엘을 앉혀놓고 죄다 얘기해보라고 해야 하나 싶을 정도다. 하지만 정신을 차리고 다시 생각해보니 가끔 이런 일로 놀라고 조심하는 게 시한폭탄을 안고 사는 것보다 훨씬 나은 것 같다. 일몰을 볼 때, 여름이 지나갈 때, 키스할 때마다 몇 번 남았는지 세야 한다면 그보다 불행한 일은 없을 것이다.

왜 모르는 게 약이라고 하는지 알 것 같다. 결말이 끔찍하거나 임박해 있다면, 혹은 끔찍한 데다 임박하기까지 했다면 그 두려움을 안고 살아갈 자신이 없다.

잠시 후 리엄과 나는 뒤로 물러서서 나무가 쓰러지는 모습을 지켜본다. 병에 걸린 이 상수리나무는 산책로에 가까이 있어서 위험할 수 있기에 베어내야 했다. 우리는 그 옛날 전쟁터에서 쓰러진 왕처럼 잘려 넘어가는 나무를 보며 아무 말도 하지 않는다. 이 나무는 빅토리아 여왕 시대에 처음 햇빛을 보았고, 이 나무에서 떨어진 도토리들은 찰스 디킨스와 조지 엘리엇이 지켜보는 가운데 초록색 묘목으로 자라났다. 그리고 언제나 침묵을 지키던 이 나무는 거의 이백 년이 지난 오늘, 천둥보다 요란하게 쩍 갈라지는 소리를 내지르며 땅에 쓰러진다. 순간 하나의 역사가, 수천 개의 은밀한 이야기가 뿔뿔이 흩어져 사라지는 느낌에 나는 완전히 압도당하고 만다.

"끔찍하지 않아요?" 주변이 다시 조용해지고 놀란 관목들이 마음을 가라앉히자 나는 리엄에게 묻는다. 다른 나무에 몸을 숨기고 있던 새들은 민들레 씨앗처럼 여기저기로 뿔뿔이 흩어졌다. "오랜 삶을 끝내는 모습을 지켜보는 거 말이에요."

"끔찍하기도 하고 아니기도 하고." 리엄이 헬멧을 벗고 머리에 붙은 톱밥을 턴다. "떨어진 나뭇가지에 사람이 죽는 게 더 끔찍하죠."

나는 아무 말도 하지 않는다.

리엄과 함께 쓰러진 나무를 다시 쪼개는 동안, 조엘이 알고 있는 것들을 나도 알게 된다면 내 인생이 어떻게 변할지 생각해본다. 중요한 정보가 하나 빠진 것이 조엘의 잘못이 아닌데도 나는 결국 퍼즐을 완성하라고 조엘을 닦달하게 되지 않을까, 그렇게 해서 우리에게 남은 마지막 가능성의 빛을 꺼버리는 건 아닐까. 내 삶에 마침표를 찍는 것이야말로 내가 절대 원한 적 없는 일이다.

하지만 우리는 지금 여기 이렇게 있고, 나는 조엘을 너무나 사랑해서 극복하지 못할 일이 없을 것 같다. 그레이스도 늘 그렇게 말했다. *나는 길을 찾을 거야, 길이 없으면 만들면 돼.*

자른 나무들을 사륜 오토바이로 공터까지 옮긴 다음 집에 돌아오니 평소보다 늦은 시간이다. 머피는 여느 때처럼 난로 옆에 앉아 있는데 아파트는 고장 난 시계처럼 고요하다.

조리대에 올려놓은 주전자에 쪽지가 한 장 붙어 있다.

며칠 뉴키에 가요. 다녀와서 설명해줄게요.

나는 안절부절못하고 소파에 앉아 손에 든 쪽지가 협박 편지라도 되는 양 뚫어져라 바라본다. 머피가 코를 내 무릎에 비비며 그렁그렁한 눈으로 나를 올려다본다.

조엘이 발견한 책에 적혀 있던 지역번호가 뉴키 지역번호라고 했다. 뉴키에 사는 사람이 누구든 그 사람이 우리를 도와주길, 너무 늦기 전에 도와주길 바라는 마음뿐이다.

62
조엘

그는 나를 꼭 닮았다. 스무 살 정도 나이가 많아 보이긴 하지만. 턱 가운데가 살짝 파인 것도 똑같다. 눈가의 잔주름이나 인중의 모양…… 그리고 밤하늘처럼 까만 눈동자까지.

"진정해, 진정하고…… 자네, 괜찮나?" 이 남자 눈에는 내가 기절할 것처럼 보인 모양이다. 뉴스에서 자연재해 소식을 들은 사람들 같은 표정인 걸 보면. 남자가 내 팔꿈치를 잡고 집 안으로 데리고 들어간다.

형형색색의 물건들로 가득 찬 거실에 들어서니 캘리의 집에 처음 갔을 때가 생각난다. 실내용 화초에 벽걸이 장식들과 파도 사진들, 수납장에 기대놓은 서핑 보드 세 개, 방금 시장에서 사온 것 같은 소파 덮개, 옛날 오디오와 CD 더미, 라바 램프…….

"자, 여기 앉아. 차 한잔 줄까?"

내가 고개를 끄덕였는데도 남자가 계속 앞에서 서성인다.

"이런 일이 자주 있나?"

"모르는 사람의 집에 불쑥 찾아가는 거요? 또 그럴 생각은 없습니다."

"아니, 자네 얼굴 말이야. 하얗게 질렸잖아."

"차에 브랜디 약간 타서 마시면 괜찮을 겁니다." 나는 기도라도 하는 것처럼 무릎 사이에 얼굴을 묻는다. 어쩌면 정말 기도하고 있는지도 모르겠다.

남자가 내 어깨를 툭 친다. 그의 손가락이 내 어깨에서 잠시 머뭇거린다. "똑바로 앉아봐."

남자는 전화 통화를 할 때 자기 이름이 워런 구드라고 밝혔다. 내가 아는 건 그게 전부다. 다이애나를 만나고 집에 가자마자 엄마의 소설책 안쪽 표지에 적힌 번호로 전화를 걸었다. 나는 워런과 짧은 대화를 나눈 다음 곧장 차에 올라타 5단 기어를 넣고 곧장 뉴키까지 달렸다. 운전하는 내내 머릿속에는 캘리 생각뿐이었다.

다이애나와 대화를 나누는 동안 잃어버린 퍼즐 조각을 찾은 기분이 들어 더 이상 지체할 수 없었다. 시간은 절대 내 편이 아니니까.

워런은 브랜디를 넣은 차가 담긴 머그잔을 내게 건네고 맛있어 보이는 무언가가 담긴 유리잔을 손에 들고 서 있다. 좀 머뭇거리는가 싶더니 내 맞은편의 안락의자에 앉는다.

나는 차를 한 모금 마신다. 거실은 곧 정적에 잠기고 나는 마음의 준비가 될 때까지 기다린다. "저기…… 당신이 제 아버지인 것 같아요."

워런은 줄곧 궁금했었다는 눈길로 나를 뚫어지게 바라본다. 그리고 마침내 입을 연다. "그래, 맞아. 내가 네 아버지다."

심장박동이 빨라진다. 감정이 폭발하며 피가 솟구친다.

워런이 목을 가다듬는다. "전화로 말했지……. 작년 크리스마스에 내 전화번호를 발견했다고."

그 후로 다시 침묵이 이어진다. 침묵이 너무 길어져서 내가 여기 온 게 실수는 아닐까 하는 생각마저 들기 시작한다. 내가 무어라 말하길 기다리는 것 같다. 하지만 대체 무슨 말을 한단 말인가? 번호를 발견하고 한참 있다 연락해서 화가 난 걸까? 대체 무슨 생각인 거지? 내가 크리스마스 다음 날 곧장 차를 몰고 고속도로를 달려 왔어야 한다는 거야?

"그래요. 그런데…… 왜 그 책에 전화번호가 적혀 있었던 거죠? 엄마가 병원에서 읽던 책인데요."(직접 만나 자세한 설명을 듣고 싶어서 전화로는 간단하게만 언급했다.)

워런이 생각을 정리하려는 것처럼 고개를 젓는다. "병문안 갔었다. 그 사람이 죽기 직전에."

"왜요?"

"마지막으로 한번 보고 싶었어. 그날 네 얘기를 들었고, 어쩌면 내 연락처를 네게 전해주고 싶어 할 수도 있을 것 같았어."

"그럼 저에 대해 전혀 모르고 있었어요?"

또다시 고개를 절레절레 젓는다.

"대체 뭐예요? 엄마의 외도 상대였어요?"

"아니야, 우리는 그냥 잠깐 사귄 거야. 네 엄마가…… 톰을 만나기 전에."

톰. 그럼 워런도 우리 아버지를 알고 있었구나. "엄마를 사랑했어요?"

"그럼. 사랑했지. 많이 사랑했어."

"그런데 왜……."

"바람 좀 쐬러 나갈까? 머리를 좀 식혀야 하지 않겠니?"

"엄마가 아픈 건 어떻게 아셨어요? 우리 아버지…… 톰과 연락하지는 않았을 것 같은데요?"

"그냥 친구의 친구에게서 들었어."

대서양에서 상쾌한 미풍이 불어온다. 과감히 하얀 파도를 향해 다가가는 서퍼 몇 명을 제외하면, 대부분의 사람들이 해변에 모여 있다. 개를 산책시키거나 곶을 따라 걷는 사람들이다. 9월의 하늘은 감상적인 편지지처럼 파스텔 톤의 보랏빛과 분홍빛으로 흠뻑 물들어 있다.

"그럼 엄마와 사귈 땐 어떻게 살았어요?"

"내 캠핑카를 끌고 세계일주를 하려고 했지. 난 서퍼거든. 너도 봐서 알겠지만. 지금은 아닐지 몰라도."

온 세상을 떠돌아다니는 사람. 적어도 그 점은 나와 다르다. "그럼 지금은 무슨 일 하세요?"

워런은 내가 같은 질문을 들었을 때 짓는 표정과 똑같은 표정을 짓는다. "아이들한테 서핑도 가르치고, 사람들 사진 찍어주면서 푼돈 버는 거지. 나도 서퍼로 성공하고 싶었지만……." 워런은 내게서 시선을 거두고 먼 바다를 바라본다. "돈이 말라버려서."

우리는 해변에서 곶으로 이어지는 경사로를 따라 걸으며 절벽 꼭대기에 자리한 빅토리아 시대풍의 호텔을 지나간다. 궁전처럼 으리으리하면서도 로맨틱한 분위기를 풍기는 호텔이다.

로맨스라. 이제는 그게 뭔지도 잘 모르겠다. 부연 유리창을 통해 아끼는 풍경을 내다보는 기분이다.

"왜 헤어졌어요?"

"파도를 타는 게 내 일이었으니까. 다음 세계 챔피언은 나라고 생각했어." 워런이 아쉬움 담긴 웃음을 짓는다. "내가 네 엄마를 버리고 떠났어. 이기적인 쓰레기였지. 그리고 얼마 되지 않아 네 엄마는 톰을 만났어. 네 아버지 말이다."

적어도 솔직하긴 한 것 같다. "그게 다예요?"

"거의 그렇지." 그게 다가 아니길 바라는 아쉬움이 묻어난다.

"엄마가 임신한 걸 알았다면 남아 있었을 것 같으세요?"

워런이 에둘러댄다. "내가 늘 올리비아에게 그랬어. 나는 자식을 원치 않는다고. 내게는 그런 삶이 어울리지 않는다고 말이야. 그래서 내게 말을 하지 않기로 마음먹었던 것 같아."

올리비아. 올리비아. 오랫동안 들어본 적 없는 이름. 그 이름이 음악처럼 내게로 흘러온다.

"톰과 함께 사는 게 네 엄마에게는 최고의 선택이었어. 너한테도 그렇고. 완벽한 파도에 집착해서 캠핑카를 타고 파도만 따라다니는 내가 너에게 어떤 삶을 줄 수 있었겠니? 돈도 없고, 재산도 없고, 직업도 없고…… 내 이름으로 된 건 하나도 없는데."

근무시간을 철저히 지키던 아버지가 생각난다. 평생 체계적인 삶과 근면한 노동을 위해 헌신한 사람. 아버지는 매일같이 막 입대한 군인처럼 살았다.

"그럼 엄마가 저를 임신한 상태로 지금의 아버지를 만나신 거예요?"

"그래. 내 기억에 따르면 그 사람 회사에 취직했어. 하지만 만나자마자 사귄 건 아니야."

나는 고개를 들어 곶머리를 바라본다. 재갈매기들이 곡예하듯 바람을 탄다. 아버지가 왜 그렇게 나에게 적개심을 보였는지 이제 알 것 같다. 어느 정도는. 나는 아버지가 손쉽게 바로잡을 수 있는 장부 오류 같은 것이 아니었다. 그보다는 아버지의 집 구석구석에 워런이 자기 이름을 새겨놓은 것처럼 보였을 것이다. 평생 동안 매일같이 억지로 들여다봐야 하는 치부 같은 존재 말이다.

"너희 엄마처럼 사랑스러운 여자는 세상에 또 없었어. 모두가 그 사람을 좋아했어. 그 사람은 물론 몰랐겠지만.”

캘리를 생각하자 가슴이 따뜻하게 채워진다.

“그럼 더그와 탐신은…… 저한테 이부형제인 거네요.”

“그래.”

탐신이 이 사실을 알면 어떻게 받아들일까 생각하니 가슴이 쓰라린다. 우리는 제일 친한 친구였는데.

“지금 아버지의 부모님도…… 제 친조부모님이 아닌 거고요.” 링컨셔에 갈 때마다 늘 따뜻하게 맞아주시던 두 분의 모습이 떠오른다. 그분들도 아셨을까? 문 앞에 나타난 검은 머리의 꼬맹이를 보고 한 번도 의심한 적이 없었을까?

“유감이구나.” 워런이 조용히 말한다. “내 부모님은, 그러니까 네 생물학적 조부모는 오래전에 돌아가셨다.”

우리는 다시 걸음을 옮긴다. 보폭이 정확히 똑같다. 대서양이 지는 해를 한가운데 품고 용광로처럼 불타오른다.

“병원에 찾아갔을 때 엄마가 뭐라고 하던가요?”

“나를 보고 반가워했어. 대화를 하다가 네 엄마가 전화번호를 물어봤지. 나중에 생각하니 좀 우스운 일이었던 것 같다.”

“저한테 주려다가 까먹으신 것 같아요.” 일시적으로 진행했던 항암 치료로 엄마의 기억력이 많이 무너졌었다.

“그랬던 것 같다.” 워런의 목소리가 갈라진다.

나는 그를 바라본다. 갑자기 화가 치밀어오른다. “그런데 왜 저한테 연락할 생각을 안 하셨어요? 엄마가 돌아가시고 23년이 지났는데.”

워런이 인상을 찡그리며 턱을 비죽거린다. 변명을 생각해내는 중인가 하는 생각이 든다. “아, 그것참 어려운 질문이구나.”

이 말에 화가 더 치솟는다. "대답해봐요."

"연락했었다, 조엘. 연락했었어. 그것도 몇 번이나."

예상을 빗나가는 답변이다. "뭐라고요?"

"네 엄마가 죽고 몇 년 후에 처음 연락했어. 생각이 분명히 정리되자마자 톰에게 연락했어. 네가 열다섯 살 때야."

거친 바람이 얼굴을 휘갈긴다.

"톰은 네가 너무 어려서 안 된다고 하더라. 그러면서 네가 열여덟 살이 되면 그때 연락하라고 했어. 그래서 3년 후에 다시 연락했더니 이번에는 네가 시험 때문에 바쁘다는 핑계를 대고, 그다음에는 대학 생활하느라 바쁘다는 거야. 늘 적당한 시기가 아닌 것 같다며 거부했지. 네가 대학을 졸업한 후에 또 연락을 했는데, 이번에는 그 사람이 너하고 마주앉아 이야기를 해봤다는 거야. 그런데 네가 관심이 없는 것 같다고, 나를 만나고 싶어 하지 않는다고 했어."

말도 안 된다. "그 말을 그대로 믿었단 말이에요?"

"내가 네 인생을 망칠지도 모른다며 겁을 줬어. 너는 예민한 아이인데 내가 너를 흔들면 돌이킬 수 없게 될지도 모른다고……. 미안하다. 톰은 너를 지키고 싶어서 그랬던 것 같아." 워런이 마른침을 삼킨다. "그런데 몇 년 후에 말이다. 내가 꿈을…… 꿈을 꿨어. 오늘 이 상황을."

"무슨 꿈이었는데요?"

우리는 마주보고 서서 서로 멍하니 바라본다. 워런은 내가 알아들을 때까지 가만히 바라보기만 할 뿐, 아무 말도 하지 않는다.

갑자기 짐승처럼 울부짖고 싶은 이상한 기분에 휩싸인다. 이걸 뭐라고 해야 할까? 안도? 기쁨? 좌절? "당신도 그런 거였네요. 그런 거였어."

워런이 내 팔을 붙잡는다. "괜찮다."

"저를 기다리고 있었다고요? 오늘 제가 찾아올 걸 알고?"

그의 얼굴이 석양을 받아 주황빛으로 타오른다. "그래."

유전이었다.

나는 돌아서서 온몸으로 바람을 맞는다. 바람을 폐 속으로 깊숙이 삼키려고 하자 소금기 때문에 코가 간지럽다.

그렇게 잠시 서 있으니 다시 걸음을 옮길 수 있을 정도로 마음이 가라앉는다. "언제부터요?" 이렇게 묻긴 하지만 아버지가 워런에게 한 거짓말도 아직 전혀 납득할 수 없다.

"어릴 때부터."

"고칠 수 있는 방법은 못 찾은 거네요."

워런은 잠시 망설이더니 본인이 시도한 방법들을 들려준다. 젊을 땐 약물과 술에 절어 살다가 그 후에는 내가 시도한 방법보다 좀 더 정통에 가까운 방법들을 시도했다고 한다. 의사와 전문 상담가도 많이 만나고, 최면요법에 침술, 약물까지 시도했지만 결국 나와 마찬가지로 막다른 골목에 도달한 것이다.

워런에게도 징글징글한 노트가 하나 있다. 내 것과 비슷한 검정색 하드커버 노트다.

"잠은 주무세요?"

"가끔."

"애인이나 아내는 없었어요?"

"너무 어려운 질문이구나." 워런이 나를 쏘아본다. "너는 어떠냐?"

나는 허무하게 웃는다. "제가 여기 왜 왔을 거라고 생각하세요?"

"평생 독신으로 살았다는 말은 아니겠지."

캘리와 그 꿈을 떠올린다. 그러자 순간 심장이 반으로 쪼개지는 것 같다. "그러려고 했는데, 생각만큼 독하지 못했어요. 결국 항복했죠."

이야기를 반쪽만 들은 워런이 내 말을 긍정적으로 해석한다. "그 말을 들으니 더없이 기쁘구나."

잠시 후 워런이 내게 자고 가라며 침대를 내준다. 하지만 그러기엔 너무 이른 감이 있다. 게다가 머릿속을 복잡하게 뒤흔드는 여러 생각들로부터 잠시 벗어나고 싶기도 하다. 그래서 결국 워런이 동네 민박집을 알아봐주겠다며 전화를 돌린다.

워런이 통화하는 동안 나는 복도를 서성인다. 벽에 걸린 사진 액자 하나가 눈에 들어온다. 래시가드를 입고 머리가 젖은 채 하와이식 화환인 '레이'를 목에 두르고 있는 어느 서퍼의 사진이다. 주변 사람들이 헹가래치려는 듯 그를 머리 위로 높이 들고 있다. 처음에는 워런인 줄 알았는데 다시 자세히 들여다보니 밑에 금색 펜으로 서명이 적혀 있다. 간신히 그 글자를 읽어본다. *조엘 제프리스.*

엄마가 내 이름을 지을 때 워런이 가장 좋아하는 서퍼의 이름을 따서 지은 것 같다. 워런을 잊지 않으려는 방법이었는지도 모르겠다.

다음 날 아침, 네 시간도 못 자고 일어난 탓에 몹시 피곤하다. 게다가 벽을 대신하는 레이스 커튼이 기분 개선에 별로 도움이 될 것 같지도 않다. 그래서 나는 근처 카페에서 진한 커피와 에그롤을 사들고 워런의 집으로 향한다.

워런과 나는 정원에 자리를 잡고 앉는다. (실은 자기주장이 강한 콘월 야자나무가 울타리에 비스듬히 서 있는, 누렇게 바랜 조그만 잔디밭에 불과하다.) 해변에서 소금기 섞인 바람이 불어오고 초가을 하늘은 구름으로 짠 스웨터를 입고 있다.

워런이 포장을 벗기며 말한다. "참 오래도 걸렸구나."

"배고프셨어요?"

워런이 웃는다. "아니, 지금 이 순간 말이야. 꿈꾼 적 있거든. 어젯밤 네가 문 앞에 나타나던 순간도 그렇고."

나는 워런을 가만히 바라본다. "꿈에서 봤다고요? 지금 이 장면을?" 기분이 묘하다. 내가 다른 사람의 꿈에 등장하는 건 어떤 느낌일지 생각해본 적은 없었다.

"꿈에서 네가 블랙커피를 가져왔지."

나는 의아한 표정을 짓는다.

워런이 일회용 커피잔에서 뚜껑을 벗긴다. "이런 것까지 닮다니." 워런이 미소를 짓는다. "나도 블랙만 마시거든."

블랙커피를 홀짝거리며 에그롤을 먹는 동안 나는 다이애나를 만난 이야기를 늘어놓는다. 캘리에 관한 이야기는 일부러 언급하지 않는다. 내 연애생활에 워런이 희망을 품고 있는 것 같아 망설여진다.

"다이애나 말이 맞아." 내가 설명을 마치자 워런이 말한다.

나는 고개를 들어 워런의 주름을 바라본다. 눈가에 주름이 자글자글하다. 언제나 햇볕과 바람에 노출되어 피부가 그을려 있는 얼굴이다. 하루 중 해가 대략 여섯 시간 정도만 떠 있는 한겨울에도 변함없을 것 같다. "어떤 부분이요?"

"어쩌면 다이애나가 꿈을 없앨 수도 있어. 어쩌면 말이다. 네가 실험실 쥐로 몇 년을 살고 나면 가능할지도 모르지. 하지만 그 여자가 미래까지 바꿀 수는 없어."

"그게 무슨 말씀이세요?"

"우리에게는 꿈이 고통의 근원이지. 하지만 이제 서로가 있잖아.

오늘 일을 꿈에서 본 후로 나는 몸을 관리하기 시작했다. 집도 조금 더 깔끔하게 꾸미고 서핑도 자주 나갔지. 은둔자 생활에서 벗어난 거야." 그가 배를 두들긴다. "살도 좀 뺐지."

이 순간 왠지 모르게 따스하고 달콤하게 느껴진다. 워런이 나를 만나길 기다리며 지금까지 부지런히 살아왔다니…….

"내가 도울 수 있다면 돕고 싶구나. 내가 저지른 실수를 되풀이하진 말았으면 해. 인간관계나 직장생활을 망치는 그런 짓은…….."

"이미 엎질러진 물이에요." 나는 어쩌다가 최악의 수의사가 되었는지 설명한다. 그러자 워런도 나름 괜찮았던 서퍼 경력을 망친 사연을 들려준다. 술과 마약에 빠져서 모든 것을 망쳐버린 이야기를.

"하지만 너는 다시 되돌아갈 수 있어. 아직 늦지 않았다." 워런이 말한다.

아버지 톰이라면 뭐라고 할까. 나를 전혀 인정하지 않으면서도 거짓말로 워런을 밀어낸 아버지라면……. 워런은 내게 친구가 되어줄 수 있었다. 친구가 되어 내가 인생에서 힘든 시기를 보낼 때 옆에서 지켜봐줄 수 있었다. "아버지를 용서할 수 있을지 모르겠어요." 나는 워런에게 이렇게 털어놓는다.

"너무 원망하지는 마. 톰은 올리비아가 죽고 난 후 너까지 잃을까 봐 두려웠던 거야. 톰 입장에서는 다르게 보였을 수도 있어. 힘든 일이 다 지나가고 나서 내가 갑자기 툭 나타나서 끼어들려는 것처럼 보였겠지."

나는 인상을 찡그리며 커피를 한 모금 삼킨다.

"그래서 이제 어떻게 할 거냐?" 워런이 묻는다.

"제가 원하는 건 꿈을 그만 꾸는 거였어요." 나는 솔직히 털어놓기로 한다. "오랜 세월 동안 그 생각밖에 하지 않았어요. 그런데 이제……."

"정말 그렇게 될 수도 있다고 생각하니 미래를 모르는 채 살 수 없을 것 같다는 거니?"

나는 깊은 한숨을 내쉬고 곰곰이 생각한다. "어쩌면요. 너무 이상한 생각인가요?"

"오랜 세월 동안 꿈 때문에 괴로웠으니 꿈을 꾸지 않길 바라는 게 이상한 건 아니지. 그런데 평생을 은퇴만 기다리고 살다가 막상 은퇴하면 뭘 해야 할지 몰라서 방황하는 사람들도 있거든."

"그래서 무슨 말씀을 하시려는 거예요?"

"과학이니 치료제니 하는 건 다 잊어. 잊고 그냥 네 삶을 살아. 캘리와 함께 그냥 최선을 다해서 살아."

"하지만 그게 어떻게 살아가는 건지 잘 모르겠어요." 내가 대답한다. 내 꿈이 검은 구름처럼 캘리와 내 머리 위에 그림자를 드리우고 있어서인지 파멸이 멀지 않은 것 같다.

63

캘리

나는 예전처럼 부모님 댁 정원에서 아빠와 함께 일요일 점심상에 올릴 채소를 뽑고 있다. 엄마는 늘 그렇듯 우리 두 사람에게 그 일을 맡겼다. 엄마는 창밖으로 우리 모습을 지켜보며 옛 시절을 추억하는 게 아닌가 싶다. 어린 내가 상하의가 붙은 조그만 우비를 입고 양손에는 플라스틱 양동이와 모종삽을 든 채 바람에 휘청거리며 아빠 뒤를 졸졸 쫓아다니던 시절.

어린 시절을 떠올리다 보니 감상적이 되어 그런가, 미래를 모르는 채 남겨두기로 한 내 선택이 이기적인 결정은 아닐까 하는 생각에 갑자기 휘둘린다. 부모님께 준비할 시간을 드리고 나를 사랑하는 사람들에게 미리 경고를 줘야 하는 건 아닐까? 어쩌면 나도 생전 장례식 같은 걸 열어서 사람들을 불러놓고 추억을 한마디씩 이야기할 시간을 갖는 것도…… 아, 이건 아니다. 생각하니 소름이 끼친다. 자기 장례식을 직접 체험해볼 필요는 없을 것 같다. 진짜 아니다.

"그래서 어딜 갔다고?" 아빠가 조엘의 갑작스런 여행에 대해 질문한다.

"콘월에요."

"둘이 무슨 문제 있는 건 아니지?"

"그럼요, 우리는 그런……."

"절대 떼어낼 수 없는 사이라고? 그건 나도 알지. 그냥 요즘 좀 달라 보여서."

나는 미소를 짓는다. 아빠 눈에는 언제나 내가 어린 꼬마로만 보이겠지.

조엘과는 어젯밤과 오늘 아침에 영상 통화를 했다. 조엘은 의문점 몇 가지를 확인했다고 한다. (톰은 정말 조엘의 친아버지가 아니었다.) 그리고 다른 궁금증들을 해결하고 화요일 밤까지는 돌아오겠다고 했다. 나는 조엘보다도 더 놀라서 사랑한다고 말하고, 생각이 정리될 때까지 충분히 시간을 보내고 오라고 했다.

"아빠, 뭐 하나 물어봐도 돼요?"

"그럼."

"아빠 환자들 말이에요······." 나는 침을 꿀꺽 삼킨다. "죽기 전에 준비할 시간이 있다면 다행이라고 생각할까요?"

"그럴 수도 있겠지." 아빠는 깊이 생각하지 않고 당근을 뽑으며 대답한다. "그럴 시간이 있다면 다행이라고 생각할 사람들도 있겠지만, 반대로 생각하는 사람들도 있을걸."

"반대로 생각하는 사람들은 왜 그런 걸까요?"

"글쎄, 이유가 각자 다르겠지. 똑같은 사람은 없으니까. 모든 사람들이 천천히 죽는 걸 이상적으로 생각하지는 않겠지만 죽기 전에 마음의 준비가 필요하다고 생각할 수는 있지. 물론 몇 달 동안 슬픔과 두려움에만 빠져서 아무것도 못 하고 시간을 낭비할 수도 있어. 인생이 늘 잡지 기사 같지는 않으니까."

"그러니까 죽기 전에 미국에 가서 캠핑카를 타고 번지점프를 하거나 관광을 하지는 않을 거라는 말씀이죠?"

아빠가 슬픈 미소를 지으며 나를 바라본다. "그럴 가능성은 거의 없지. 최후의 순간에 하고 싶었던 일들을 하나씩 해나가는 건, 신체적으로 가능한 상황이라고 해도 정신적으로는 감당하기 힘들어."

우리는 아무 말 없이 채소를 조금 더 뜯는다. 근처 들판에서 농기계 소리가 희미하게 들려오고, 그 소리에 정원의 저쪽에서 칼새 몇 마리가 울타리를 스치듯 날아간다. 이곳은 언제나 이렇게 평화롭다. 차선을 바꾸고 경적을 울리는 차들이 보이지 않고, 시끌벅적한 도시 생활로부터 자유로운 곳이다.

"그럼 아빠는 어느 쪽이 나은 것 같아요? 고통 없이 곧바로 죽는 거나 아니면……."

아빠가 왼쪽 뺨에 흙을 묻힌 채 나를 가만히 바라본다. 나중에 엄마가 저 뺨을 보면 혀를 차겠지. "캘리, 이런 이야기를 하고 있으니 아무래도 걱정이 되기 시작하는데……."

"걱정하실 필요 없어요." 나는 얼른 변명을 늘어놓는다. "그냥 궁금해서 여쭤봤어요."

"네가 그런 말을 하는 게 만약……."

"아빠, 진짜 아무것도 아니에요. 그냥 못 들은 걸로 하세요." 나는 허리를 펴고 일어나 신선한 공기를 들이마신다. "이제 뭐 뽑을까요?"

"파슬리 좀 뽑아줘." 아빠는 여전히 안심할 수 없다는 표정이다.

채소 뽑기를 마무리하던 중 나도 모르게 이런 질문을 한다. "아빠, 아빠는 사랑하는 사람을 위해서 어느 정도까지 희생해야 한다고 생각하세요?"

"뭘 희생하느냐에 따라 다르겠지."

"다른 사람들은 행복하게 해줄 수 있지만 나 자신은 더욱 불행해지는 그런 희생이랄까요?"

아빠가 인상을 찡그린다. "정확히 어떤 상황인지 모르니 대답하기 어려울 것 같다."

최악의 상황이에요. 아빠가 상상할 수 있는 가장 최악의 상황요. 나는 속으로 대답한다.

"찾았다!" 내게 주려고 챙겨놨다며 신문 스크랩을 찾으러 간 엄마가 위층에서 소리를 지른다.

나는 아빠에게 입을 맞춘다. "그 정도면 충분한 대답이에요. 사랑해요, 아빠."

"결국에는 조엘이 너를 얼마나 사랑하느냐에 달려 있겠지."

속을 들킨 기분이 들어 나는 바닥만 내려다본다.

조엘은 나를 사랑해요, 아빠. 사랑한다는 말을 못 할 뿐이죠.

64
조엘

워런과 나는 피스트럴비치가 내다보이는 바의 나무 테라스에 앉아 있다. 나초를 안주 삼아 맥주 한 잔씩 마시는 중이다. 하늘과 바다가 희미하게 빛나고 파도는 점점 높이 솟구친다.

점심시간이 막 지난 월요일 오후인데도 해변에는 사람들이 많다. 사람들은 대부분 모래사장에 서서 수다를 떤다. 반바지에 샌들 차림으로 우리 옆을 지나가던 사람들이 워런과 악수를 나누며 파도에 대한 이야기를 주고받기도 한다. 청바지에 운동화 차림으로 여기 이렇게 앉아 있으니 유독 나만 동떨어진 기분이 든다. 물론 어딜 가든 내가 있을 곳이 아닌 것처럼 보이지만.

우리는 지난 며칠을 이렇게 보냈다. 대부분의 시간 동안 아름다운 자연 풍경을 마주한 채 잃어버린 시간들을 조금씩 메꿔보려고 노력하면서 서로에 대해 알아갔다.

워런은 다른 사람들에게 나를 소개할 때 아들이라고 하지 않는다. 그냥 이렇게 말할 뿐이다. *이 친구는 조엘이야.* 그럼 사람들이 내게 악수를 청하고 인사를 건넨다.

"저 사람들도 알아요?" 나는 워런에게 묻는다.

워런이 나초 한 조각을 집어서 사워크림, 과카몰리, 살사 사이에 체계적으로 담갔다가 뺀다. "누가 뭘 안다는 거야?"

"친구들이나 지인들이요. 아버지에 대해, 꿈에 대해."

워런이 나초를 씹으며 어깨를 으쓱한다. "아는 사람도 있고 모르는 사람도 있지."

나는 믿기지가 않아서 워런을 가만히 바라본다. "사람들이 뭐라고 하던가요?"

"네가 직접 물어봐라."

"그건 싫어요. 아버지한테 묻고 있잖아요."

"내가 정신이 나갔다고 생각하는 사람도 있고, 믿는 사람도 있고. 대부분은 관심도 없어." 워런이 나초 한 조각을 또 집어서 치즈가 주욱 늘어지다 끊어질 때까지 잡아당긴다. "나이가 들면 알게 돼. 다른 사람들은 내 사생활에 그다지 관심이 없다는 사실 말이다."

"그래도…… 대체 왜요? 왜 말씀하셨어요?"

워런이 씩 웃는다. "그야 어깨에 무거운 짐을 지고 다니는 것보다 내려놓는 게 더 쉽다는 걸 깨달아서 그런 거 아니겠니?"

나는 파도 쪽으로 시선을 돌리고 맥주를 한 모금 마신다. 그리고 대학교 때 의사에게 면박당했던 일을 설명하고, 톰과 더그가 다른 사람을 멋대로 판단하는 경향이 있다는 말도 덧붙인다.

워런은 먼 바다로 시선을 돌린다. "요즘에는 안 그런 사람들도 많아. 캘리를 봐라. 그리고 네 친구…… 스티브라고 했나?"

나는 아무 말 없이 못마땅한 표정을 짓는다.

"어쩌면 내가 어울리는 사람들 특성이 그런 걸지도 몰라, 그 친구들은……. 12미터가 넘는 파도를 한번 타고 나면 세상이 예전과는 조금 다르게 보이거든. 그게 참 마약 같아서 내가 아는 사람들은 대체로 그런 기분에 취해 산다고 할 수 있지. 그러니 내가 뭘 하든, 무슨 꿈을 꾸든 개똥만큼도 신경 쓰지 않는 거야."

"12미터짜리 파도를 타보셨어요?"

워런이 콧방귀를 뀐다. "나는 아니야. 늙은이는 큰 파도와 어울리지 않지. 너라면 혹시……."

"말도 안 되는 소리 하지 마세요."

"바로 그거야, 조엘." 워런이 상체를 내 쪽으로 기울인다. "내가 지난 몇 년 동안 깨달은 게 있다면 그런 말도 안 되는 소리가 기적을 낳기도 한다는 거야. 조금 다르게 생각해봐. 네가 살고 있는 이 세상을 믿어보라고."

"서핑이 그 시작이라는 말씀을 하려는 건 아니죠?"

"하하, 그럴 수도 있지."

"그런데 정말 만족하세요?" 나는 워런을 몰아붙인다. "아버지한테는……."

"아무도 없다고?" 워런이 다시 의자에 등을 기댄다. "인생을 행복하게 사는 방법이 한 가지만 있는 건 아니야."

나도 미소를 짓는다. 그럴 수밖에 없다. 다른 건 다 그렇다 쳐도 나와 똑같은 경험을 공유한 사람과 이야기를 나누고 있다는 사실이 정말 좋다. 살면서 처음으로 이 세상에 나 혼자 이런 삶을 사는 건 아니라는 사실을 알게 되었다. "혹시 그거 알아요? 아버지는 좀 히피 같아요."

"그거 칭찬이냐?"

나는 놀란 표정을 지으며 마지막 남은 나초를 집어든다. "생각 좀 해볼게요."

콘월에서 나흘 밤을 보내고 다시 집으로 향한다. 이른 새벽에 주유소에 들렀다가 특이하게 생긴 자그마한 계단식 카페에서 커피를 마신다. 에버스포드로 다시 출발하기 전에 좀 쉬고 싶었다.

멀지 않은 테이블에서 한 여자가 아기를 어르고 있다. 옆에서는 배우자가 자외선 수준의 조명에 눈을 껌벅거리며 입에 도넛을 바삐 밀어넣고 있다. 하지만 내 관심을 끄는 사람은 여자다. 여자는 비록 두 눈을 꼭 감고 새벽 두시에 주유소에서 아기를 흔들어 재우는 중이지만 그 모습이 왠지 행복해 보인다. 차분하고 만족스러워 보이는 모습이 하프 연주를 듣는 사람이나 마사지를 받는 사람 같다.

여자는 어딘가 캘리를 닮았다. 하트 모양의 얼굴, 길고 검은 머리, 고개를 돌릴 때의 옆모습. 깜짝 놀랄 정도로 많이 닮아서 눈을 뗄 수가 없다. 그러다 옆의 남자가 일어나 내게 달려올 것 같아 그만 눈길을 거두고 카페를 나선다.

다시 고속도로에 올라 에버스포드까지 마지막 구간을 달린다. 캘리와 똑 닮은 여자가 아이를 안은 모습이 자꾸 아른거린다. 그리고 어떤 생각 하나가 스멀스멀 표면 위로 떠오른다. 내 증상이 유전이라면 아이를 낳지 말아야 하지 않을까? 몇 달 전, 임신한 캘리의 모습을 상상하던 달콤한 순간의 기억이 머릿속을 스쳐 지나가지만…… 아무 죄 없는 아이가 나와 똑같은 삶을 살게 할 수는 없다.

그렇다면 캘리는 어떻게 되는가? 따로 이야기한 적은 없지만 캘리가 아이를 원하는 건 확실하다. 캘리의 부모님도 그렇게 믿을 만한 근거를 몇 가지 말씀하셨다. 게다가 캘리는 아이들을 다루는 데 타고난 재주가 있다. 아이들이 처음 보는 사람과 헤어질 때 팔다리를 잡고 울면서 난리치는 일은 흔하지 않다. 내 조카들과 함께 놀던 캘리의 모습이 생각난다. 휴고의 결혼식에서 열 살도 안 된 아이들을 모아놓고 트위스트를 가르치던 모습도. 아, 그렇다. 예전에 어린이집에서 일할 생각도 했었다고 했지. 캘리가 가정을 꾸리길 원한다면 내가 끼어들지 말아야 한다.

입양? 왠지 탐신이 내게 인생이 주는 기쁨을 거부하지 말라며 입양 제안을 할 것만 같다. 하지만 입양도 그다지 내키지 않는다. 어쨌거나 나는 여전히 꿈에 집착하고 캘리를 걱정하며 지금과 다를 것 없는 삶을 살 텐데, 내 꿈을 물려주지 않는다 해도 아이에게 좋은 영향을 끼치지 못할 것 같다. 내 불안증이 아이에게 옮겨갈지도 모른다.

몇 년이 지난 후 캘리와 내가 암울한 미래에 발목 잡힌 채 캘리가 죽을 날짜만 기다리며 지내게 되지는 않을지 걱정된다. 내가 엄마보다 먼저 엄마가 암에 걸린 사실을 알았을 때도 그랬다. 앞으로 남은 4년 동안 우리의 삶이 어떻게 될까 하는 생각뿐이었다. 인생은 원래의 빛을 잃고 점점 무채색이 되어갔다. 그 과정을 내가 또다시 견뎌낼 수 있을지, 그 과정에서 캘리를 계속 행복하게 해줄 수 있을지 모르겠다. 그건 불가능하다. 완전히 불가능하다.

작년 크리스마스 다음 날, 집으로 돌아가던 차 안에서 캘리가 한 말이 떠오른다. 내 꿈이 재능일 수도 있다는 말. 지금 이 상황이 되고 보니 내 꿈은 내게 영원히 저주일 것만 같아 슬프다.

집에 도착하니 거의 새벽 네시다. 캘리를 깨우고 싶지 않아 머피와 거실에 자리를 잡는다.

소파에 앉아 인터넷으로 조엘 제프리스를 검색한다. 영국인이고 워런과 같은 나이다. 하지만 워런과 달리 그 사람은 챔피언 서퍼이고, 그런 지위에 어울리는 삶을 살고 있다. 해변의 집, 아내, 자녀, 서퍼 팀까지. 워런도 아닌데 괜히 나까지 서글퍼진다. 그런데 문득 어제 해변의 술집에서 워런이 했던 이야기가 떠오른다.

인생을 행복하게 사는 방법이 한 가지만 있는 건 아니야.

65
캘리

여섯시 반쯤 잠에서 깬다. 햇살이 블라인드 틈으로 새어 들어오기 시작하는 시간이다. 왠지 조엘이 집에 돌아온 것만 같아 크리스마스에 그가 선물해준 트랙터 티셔츠를 입고 거실로 나간다.

조엘은 소파에 앉아 있다. 쿠션에 머리를 기대고 가만히 앉아서 천장을 응시하고 있다.

"왔네요." 나는 조엘 옆에 앉아 손을 잡으며 작게 속삭인다. "여기서 뭐 해요?"

조엘의 얼굴을 보니 나는 금방이라도 무너질 것 같은 기분에 휩싸인다. "미안해요. 깨우고 싶지 않았어요."

"콘월은 어땠어요?" 나는 손을 뻗어 머피의 귀를 어루만진다. "보고 싶었어요."

"나도 보고 싶었어요."

조엘과 눈이 마주치는 순간, 열린 창문으로부터 멀지 않은 곳에서 새 한 마리의 노랫소리가 들려온다.

"저건 무슨 새예요?" 조엘이 묻는다.

"울새요. 밤새 저기서 노래했어요."

"밤새요?"

나는 고개를 끄덕인다. "저 가로등 때문에 대낮이라고 생각하는 것 같아요."

"왠지 불공평한데요. 저 녀석은 잠잘 시간이 없는 거잖아요."

"당신도 그렇잖아요. 이 올빼미 같으니."

잠시 침묵이 흐른다.

"걔네들은 2년밖에 못 살아요." 내가 말한다.

"어느 새가요?"

"울새요."

조엘이 내게 입을 맞춘다. 뭐라 형언하기 힘든, 온갖 감정이 뒤섞인 키스다. 조엘의 입술에서 피로와 커피의 맛이 난다. 뜨겁고 촉촉한 입술이 내 목을 더듬기 시작한다. 조엘이 내게 얼마나 소중한 사람인지, 그와 떨어져 있는 동안 얼마나 외로웠는지 보여주고 싶은 욕구가 솟구친다. 조엘도 나와 같은 마음이었던 모양이다. 우리의 키스는 이내 성급해지고 손놀림도 바빠진다. 티셔츠가 벗겨지고 조엘의 두 손이 내 피부에 닿는다. 떨림이 온몸을 타고 파르르 흐른다. 조엘이 한 손을 뻗어 내 속옷을 벗기는 사이 그의 몸도 격렬한 욕망에 떨린다. 순식간에 조엘은 내 안에 들어와 고개를 숙이고 내 두 눈을 바라본다. 조엘의 얼굴, 내 이름을 부르는 거친 숨소리, 지금 이 순간 외에는 아무것도 필요하지 않다.

잠시 후 발가벗은 몸을 서로 포개고 벌겋게 상기된 얼굴로 누워 있으니 온 세상이 멈춘 것 같다. 우리를 비추는 태양이 그대로 멈추었고 아침은 가만히 숨을 참는다.

조엘은 커피를 마시며 워런과 자신의 부모님, 그리고 그들의 가슴 아픈 이야기를 들려준다. 워런도 조엘과 같은 증상이 있으며, 조엘이 겪은 일들을 모두 겪어본 유일한 사람이라고 한다. 탐신과 더그는 나에게 이부형제이고, 톰은 지금까지 세 자녀에게 그 사실을 꽁

꽁 숨겨 왔다.

지금 이런 상황만 아니라면 콘월에 가서 워런을 만나는 게 어떤 기분일지 궁금하다. 조엘과 내게 서핑을 가르쳐줄지 모른다. 부서지는 파도와 해변에 내리쬐는 햇빛, 계속해서 바위를 밀치는 짠 바닷물…… 아쉬움이 스멀스멀 가슴을 채운다.

조엘이 말을 마치자 나는 그의 손을 잡는다.

"한꺼번에 너무 많은 사실을 알게 됐네요."

"차츰 적응될 거예요. 방법이 있겠죠……."

반면 영원히 적응 못 할 사실도 하나 있고요. "워런에게 나에 관한 꿈 이야기도 했어요?"

"아뇨, 그 얘기는 못 했어요. 왠지……."

나는 이어질 말을 가만히 기다린다.

"……그 얘길 들으면 그분이 무너질 것 같은 예감이 들어서."

"무슨 말인지 알겠어요. 나도 그 얘길 듣는다면 무너질 거예요."

조엘은 시선을 떨군다. "그게 참…… 워런을 만나고 나니까 자꾸 엄마 생각이 나요. 우리들에게 암에 걸렸다는 말씀을 하실 때 엄마가 나를 바라보던 표정이 계속 떠오르네요."

"어떤 표정이었는데요?"

"왜 진작 말해주지 않았느냐는 표정이었어요. 살면서 가장 후회되는 일이 그거예요. 엄마에게 마음의 준비를 할 수 있는 시간을 드릴 수 있었는데 그러지 못했어요."

조엘의 마음이 어떨지 짐작은 하지만 내 결심은 단호하다. "내가 어떻게 죽을지 당신은 모르잖아요. 당신이나 나나 아무것도 할 수 없는 건 마찬가지예요."

"하지만 그날이 언제인지는……."

"그만해요." 살면서 이렇게 확신에 찼던 적이 있나 싶다. 조엘의 얼굴에 애처로운 그림자가 드리워진다. "추측을 하거나 단서를 찾는 일은 하지 말아요. 알고 싶지 않다고 했잖아요. 그러니 모르는 채 살 거예요. 그러지 않으면 난 살 수 없……."

"캘리, 부탁이에요. 일단……."

"싫어요. 입 밖에 내어버리면 다시 주워 담을 수 없어요. 모든 게 예전 같지 않을 거예요."

조엘이 천천히 고개를 끄덕인다. "내가 계속 살아갈 수 있을지 모르겠어요. 당신에게 아무런 단서나 단서가 될 만한 무언가를 알려주지 못한다면……."

사기 저하, 눈물, 느려지는 행동…… 이미 내가 사방에서 그런 징조를 찾으려 하고 있다면 조엘의 말이 옳은 건 아닐까? 이미 추측에 추측이 꼬리를 물면서 우리 인생이 망가지고 있는 건 아닐까?

깊은 협곡에 들어와 있는 것처럼 방이 고요해진다.

"캘리, 굳이 여기 있을 필요 없어요." 조엘이 오래 망설였던 말을 내뱉는다.

내 두 눈에 눈물이 가득 차오른다. "당신을 떠나라고요?"

조엘이 고개를 끄덕인다.

"내가 원하는 건 그런 게 아니……."

"알아요. 그냥 알려주고 싶었어요. 선택권이 있다는 걸……."

"당신 곁에 있을 거예요. 당신을 사랑하니까."

우리는 말없이 한참 동안 서로를 바라본다.

그때. "나도 당신 사랑해요." 조엘이 낮게 속삭인다.

나는 가만히 조엘을 바라본다. 그가 마침내 내게 응답해줬다.

조엘은 눈물이 그렁그렁한 눈으로 나를 바라본다. "당신 말이 맞아요. 지금 더 끔찍한 게 뭔지 알아요? 내가 너무 멍청해서 지금껏 그 말을 못 했다는 거예요. 사랑해요, 캘리. 정말 많이 사랑해요." 조엘이 두 팔로 나를 안고 내 목에 얼굴을 파묻는다. 그리고 뜨겁게 달아오른 내 살갗에 대고 같은 말을 되풀이한다.

그날 밤 침대에서 나는 파도에 휩쓸려 엉뚱한 방향으로 떠내려갈 것만 같은 불안감에 손을 뻗어 조엘을 붙잡는다. 조엘은 곧장 감미롭고 뜨거운 입술을 내 입에 맞춘다. 하지만 흑백영화에서 느낄 수 있는, 슬픔이 밑바닥에 깔린 감미로움이다. 마지막 기적이 울리기 전에 증기기관차의 열린 창으로 키스를 주고받는 영화 속 주인공들의 심정이랄까.

66
조엘

지금은 10월 초. 콘월에서 돌아온 지 2주가 지났다. 지금 캘리는 에스터, 개빈, 벤과의 저녁 모임에 가고 없다.

나는 약속시간 직전에 머리가 아프다고 둘러대며 집에 남았다. 당연히 캘리는 털끝만큼도 믿지 않았다. 하지만 힘든 하루를 보낸 건 사실이다. 다른 건 그렇다 쳐도 며칠 전 버디가 자전거에서 떨어지는 꿈을 꾼 탓에 마음이 계속 불안하다.

"우리 아직 커플이죠?" 캘리가 집을 나서기 삼십 분 전쯤에 내게 물었다. 캘리는 머리에 헤어롤을 말고 옷을 반쯤 걸친 모습으로 거울 앞에 서 있었고, 나는 뒤에서 침대에 걸터앉아 캘리를 지켜보던 중이었다. 우리의 모습이 단지 환영에 불과했다면 캘리를 지켜보는 나를 바라보며 이런 질문을 하는 캘리를 이해할 수 있었을 것이다. 하지만 그건 환영이 아니라 우리 눈에 보이는 것, 차가운 감촉을 느낄 수 있는 것이다.

"그럼요, 당연하죠." 내가 대답했다. 하지만 그 증거를 어디서 찾을 수 있을까? 나는 매일 변화가 일어나기를, 해결방법이 짠 하고 나타나기를 기다리고 희망하지만 아무것도 찾지 못한다.

"그럼 나도 집에 있을래요."

"그러지 말고 가서 재미있게 놀아요." 진심으로 한 말이었다. 캘리가 친구들과 즐거운 시간을 보내며 딴생각은 하지 말았으면 싫었다. 나 때문에 캘리까지 축 처져 있게 만들고 싶지 않았다.

그리고 지금 내 바람대로 즐거운 시간을 보내고 있는 것 같다. 자정이 되었지만 아직 돌아올 것 같지 않다. 곧 집에 도착한다는 메시지도 없다.

나는 정원에서 몸을 떨며 워런에게 전화를 걸다가 집 안을 바라본다. 캘리와의 추억을 담고 있는 우리 아파트. 주방에 유일하게 켜놓은 전등의 주황색 불빛이 소멸하는 불꽃처럼 파르르 떨린다. 대니가 사는 위층의 아파트는 깜깜하고 조용하다.

"캘리 꿈을 꿨어요."

"유감이구나." 워런이 말한다.

"좋지 않은 꿈이에요."

워런이 목을 가다듬는다. "그게 언제인지 아니? 캘리가……."

"8년 후요." 대답하는 순간 마음이 무너져 내린다.

내가 울음을 터뜨리자 워런은 전화상담 봉사원처럼 가만히 기다려준다.

다시 안정을 되찾았을 때 워런이 구체적인 내용을 묻는다. 구체적인 내용이랄 것도 없지만.

"어떻게 죽는지는 몰라요. 꿈에서 아무 단서도 못 찾았어요. 그리고 또……."

"……그 부분이 제일 막막하겠구나." 워런이 짐작해서 말한다.

나는 솔직히 시인하며, 캘리가 어떤 식으로든 개입을 완강히 거부한다는 사실도 전달한다.

"캘리 아버지는?"

"아버지가 왜요?"

"캘리 아버지가 의사라고 하지 않았어?"

"전에는 그랬죠. 지금은 은퇴하셨어요. 어쨌든 그분에게는 도움을 요청할 수 없어요."

"왜?"

"그분한테 말하라는 말씀이에요? 전부 다요?"

"다 얘기하진 말고 적당히 떠보라는 거지. 그럴듯한 상황을 만들어서. 어쩌면 가족 병력에서 연관점을 찾을 수 있을지도 모르지."

"잘 모르겠어요." 캘리 아버지는 예리한 분이다. 십자 낱말 풀이도 매일같이 하신다. 그분은 내 의도를 금방 간파할 것이다.

"뭐든 시도해봐야지, 이 친구야."

이 무해하기 그지없는 '친구'라는 표현이 오히려 내게는 너무나 자극적인 말로 들린다. *당신이 내 곁에 있었으면, 그 세월 동안 당신이 내 곁에서 나를 도와줬다면 얼마나 좋았을까.* 갑자기 버럭 화를 내고 싶다.

하지만 꾹 눌러 삼킨다. 고개를 들어 하늘을 바라본다. 무수히 많은 별이 촘촘히 박혀 있다.

"엄마가 죽는 꿈을 꿨었어요." 잠시 후 내가 다시 입을 연다. "엄마가 암에 걸려 돌아가실 거란 걸 알고 있었는데 아무 말도 하지 않았어요. 살면서 제일 후회하는 일이 그거예요."

"그땐 어린아이였잖니." 워런이 부드럽게 타이른다.

"하지만 엄마가 저를 바라보실 때 그 표정은……."

"언제 죽을지 캘리에게 알려준다고 해서 엄마가 살아 돌아오진 않아."

"그게 무슨 말씀이에요?" 하지만 워런이 왜 그런 말을 했는지 알고 있다.

"캘리의 의지가 그렇게 확고하다면 의견을 존중해줘야지."

"아뇨, 그건 불가능해요. 이렇게 짓눌린 마음으로 어떻게 캘리를 행복하게 해주겠어요. 불가능한 일이에요."

긴 침묵이 뒤따른다.

"그렇다면 넌 더 이상 캘리를 행복하게 해줄 수 있는 사람이 아닌 것 같구나."

마치 콘월에서 날아온 주먹에 한 대 맞은 기분이다. 마음속 깊이 숨겨놓은 두려움을 들킨 것 같다. "그런 말 듣고 싶지 않아요."

워런이 한숨을 내쉰다. "나도 안다. 립 서비스가 필요한 거면 나한 테 전화하지 마라."

나는 화가 나서 전화를 끊는다.

그게 아니에요, 워런. 나도 모르게 이런 생각을 하고 있다. 나는 포기하기 싫은 거예요.

몇 시간 후 나는 또다시 꿈을 꾼다. 지금으로부터 3년 후 캘리가 해변을 걷고 있다. 캘리의 손에는…… 아, 이런.

해는 졌지만 아직 덥고 폭풍이 몰아친다. 야자나무와 백사장이 어딘가 낯익다……. 저긴 마이애미인가? (물론 가본 적은 없다. 바다 너머라면 텔레비전에서 본 게 전부다.)

캘리는 행복해 보인다. 누군가와 머리를 맞대고 이야기를 나누며 함께 웃는다.

그리고 그때 캘리의 손가락에서 반짝이는 반지를 보는 순간, 나는 그대로 굳어버린다.

67
캘리

시간은 눈 깜짝할 사이에 흘러 어느덧 10월도 다 끝나간다. 바람은 점점 차가워지고 날은 점점 짧아진다. 세상은 알아서 겨울로 향해가고 있다. 조엘과 나는 이러지도 저러지도 못하고 교착 상태에 빠져 있다.

에스터가 우리에게 무슨 일이 있다는 걸 눈치채고는 내게 별일 없느냐고 두 번 이상 물었다. 조엘이 저녁 모임에 빠진 날 이상하다는 걸 느꼈거나, 벤과 이야기하다가 내가 그레이스의 음성사서함에 남긴 메시지에 대해 들었는지도 모른다. 어쨌든 사실대로 말할 순 없어서 에스터가 물을 때마다 일 때문에 피곤해서 그렇다는 말로 대충 얼버무린다.

요즘 조엘과는 대화를 거의 나누지 않는다. 그 문제에 대해 이야기할 때면 늘 막다른 골목에 이른다. 하지만 조엘은 마음속으로 어떤 결단을 내린 것 같다. 조엘 주변을 맴도는 결연한 분위기에 나도 모르게 자꾸 신경이 쓰인다. 조엘이 계획을 세우고 있는 것 같긴 한데 그게 무엇인지 전혀 모르겠다.

그래도 조엘을 향한 내 마음은 변함없다. 우리 두 사람의 앞날이 어떻게 될지 가만히 눈을 감고 생각해보면 느리더라도 어떻게든 헤쳐나가지 않을까 싶다. 우리는 여전히 커플이다. 조엘이나 나나 인생 최고의 보물을 쉽게 포기할 수는 없다. 어쨌든 우리는 계속 함께 데이트를 하고, 잠자리를 하고, 배가 아플 때까지 웃기도 한다. 하지만 그건 무너지려는 지붕을 맨손으로 떠받치고 있는 것과 같다. 바람의 방향만 바뀌어도 모든 건 순식간에 끝나버린다. 더 이상 내가 강하다고 말할 수 없게 된다.

오늘은 조엘과 함께 탐신의 생일 파티에 갔다. 더그와 루가 유니콘 모양의 정교한 케이크를 가져왔는데, 탐신을 위한 케이크라기보다는 아이들을 위한 것 같았다. 하지만 무알코올 음료와 옛날식 게임은 확실히 아이들보다 어른들을 위한 아이템이었다. 몹시 재미있고 많이 웃은 날이었다. 조엘과 나도 이런 삶을 살 수 있을 거라는 생각이 들게 만드는 날이었다고나 할까.

아까는 케이크를 앞에 놓고 잠시 망설였다. 요즘 나는 식생활을 바꿔야 하나 고민 중이다. 와인을 끊고 건강한 물을 마시는 그런 것 말이다. 요가도 알아보고 있다. 오래 살지 못할 수도 있다는 위기감을 느낄 때 사람들이 하는 행동이다. 건강해지기 위해 가장 가능성 높은 방법들을 시도해보는 것이다. 어쩌면 아빠한테 건강관리 비법을 여쭤봐야 할지도 모르겠다.

그런데 갑자기 앰버가 일회용 접시에 담긴 케이크 한 조각을 들고 와서 내 소매를 잡아당겼다. "캘리 숙모 주려고 유니콘 뿔 남겨놨어요. 이거 먹으면 평생 살 수 있어요."

테이블 맞은편에서 나를 바라보는 조엘의 시선이 느껴졌지만 고개를 돌려 바라볼 엄두가 나지 않았다. 조엘과 눈이 마주치면 울음을 터뜨릴 것 같았다.

늦은 오후, 장작 때는 냄새를 맡으며 집으로 돌아가는 길에 나는 조엘에게 말한다. "본 파이어 나이트가 거의 일 년 전 일이네요."

조엘이 장갑 낀 내 손을 꼭 쥔다. "그러게요."

"그날 밤, 내가 당신을 좋아한다는 걸 깨달았어요. 당신한테 좀 반했거든요."

"좀?"

"그럼 다시, 상당히 많이 반했어요."

"그럴 수 있어요. 내가 좀 매력이 있었죠."

"아주 대단히 매력적이죠." 나는 힘주어 대답한다. *제발 내 말 믿어요. 내가 당신을 얼마나 사랑하는지 믿어달라고요.*

우리는 발뒤꿈치로 바닥에 떨어진 낙엽들을 훑으며 보폭을 맞춰 나란히 걷는다. 어젯밤 시간대가 변경되어 시간이 늦춰졌고, 하늘은 이미 어둑어둑해지고 있다.

"음, 그래서요?" 내가 묻는다.

"그래서 뭐요?"

"당신도 나한테 반했느냐고요."

"신사는 절대 그런 말을 입 밖에 내지 않아요."

"그럼 대답할 수 있겠네요."

조엘이 내 손을 더 단단히 쥔다. "반한 것 정도가 아니었어요, 캘리. 처음부터 알고 있었거든요. 절대 거부할 수 없으리라는 걸."

우리는 말없이 계속 걷는다. 여기는 그레이스가 사고로 떠난 그 동네다. 그레이스가 죽고 나서 이 길로는 한 번도 지나간 적이 없었다. 다시 이 길을 걸을 수 있을 것 같지 않았다. 갑자기 나의 운명도 그레이스와 같은 결말을 맞게 되는 건 아닐지 궁금하다. 하지만 그건 조엘도 모른다고 했다. 꿈에서 자동차나 구경꾼이나 아스팔트 도로 같은 건 보지 못했다는 의미다.

생각이 꼬리에 꼬리를 물고 뻗어나갈 때 조엘이 나를 다시 현실로 이끈다. 그가 내 손을 잡아당기며 오른쪽을 가리킨다.

"저기 봐요, 캘리." 조엘의 목소리가 다급하다. "저쪽요."

조엘은 테라스 가운데에 철거 표지가 붙은 어느 폐가의 낮은 벽을 가리킨다. 폐가의 꽉 닫힌 현관과 창문들에는 낙서로 가득한 합판이 붙어 있고, 잡초가 홈통과 벽돌 주변을 촉수처럼 휘감았다.

벽 뒤로 갈색 꼬리 하나가 삐죽 나와 있다. 움직임이 전혀 없다.

눈 깜짝할 사이에 조엘이 그리 달려간다.

나는 약간 겁먹은 채 조엘을 뒤따른다.

"누가 버렸나 봐요." 조엘은 웅크리고 앉아 흰색 바탕에 갈색 얼룩무늬 강아지를 어루만지고 있다. 나도 조엘 옆에 쪼그리고 앉는다. 아주 조그만 강아지다. 조엘의 손길에도 반응하지 않는다.

"어디 아픈 걸까요?" 나는 눈물을 참으며 묻는다.

조엘이 찬찬히 강아지를 살펴본다. "잘 모르겠어요. 감염인 것 같기도 하고. 잇몸이 너무 창백해요. 여기, 보여요? 많이 추워하는 것 같아요. 빨리 조치를 취해야겠어요." 조엘이 벌떡 일어나 어딘가로 전화해 몇 마디 말한다. 우리가 지금 있는 곳의 주소를 불러주는 것 같다. "키런이 곧 올 거예요." 조엘이 전화를 끊고 다시 내 옆에 무릎을 꿇고 앉는다. "몸을 좀 따뜻하게 해줘야겠어요."

우리는 강아지를 들어서 조심조심 무릎 위에 올려놓고 각각 재킷과 코트를 벗어 강아지를 감싼다. 그래도 여전히 아무 반응이 없다. 죽은 것처럼 축 늘어져 있다.

"괜찮을까요?" 내가 묻는다.

조엘이 내 눈을 보고 말한다. "미안해요. 상태가 좋지 않은 것 같아요."

나는 울지 않으려고 입술을 깨문다.

키런의 차를 타고 조엘이 근무했던 동물병원으로 향한다. 조엘
과 나는 뒷좌석에 앉아서 강아지를 무릎 위에 눕혔다. 조엘과 키런
이 대화를 주고받는 동안 정맥주사, 빈혈, 내출혈 같은 단어가 귀에
들린다. 키런은 지역 자선단체에 전화해 치료 비용 지원을 약속받은
다음 다시 조엘과 함께 치료방법에 대해 의논한다.

동물병원 주차장에 들어섰을 때 나는 헐거워져서 흘러내린 강아
지의 목걸이를 발견한다. 이름이나 전화번호가 적힌 인식표는 없다.
강아지 주인을 찾을 만한 단서는 전혀 없어 보인다. 나는 목줄을 빼
서 말없이 내 주머니에 넣는다.

"집에 가 있어요, 캘리." 조엘이 차에서 내리며 내게 말한다. "꽤 걸
릴 거예요."

밖이 캄캄해지고 나서야 조엘이 돌아온다. 조엘은 욕조에 있는
나를 발견하고 완전히 녹초가 되어 욕조에 걸터앉는다. 소독약 냄
새가 희미하게 풍긴다.

내가 몸을 일으켜 앉자 욕조 양옆으로 물이 살짝 넘친다. "어떻게
됐어요?"

"괜찮을 것 같아요. 기생충 감염이 심했는데, 수혈하고 항생제를
놔줬어요. 하마터면 큰일 날 뻔했는데, 키런이 오늘 집에 데려가서
지켜본다고 했어요."

"당신이 발견해서 천만다행이에요."

"아슬아슬했어요. 아직 더 지켜봐야 해요."

조엘의 손을 잡으니 힘없이 축 늘어진다. 눈빛도 멍하니 무얼 보

고 있는지 모르겠다. "괜찮아요?"

조엘이 다른 한 손으로 얼굴을 문지른다. 창백해진 얼굴이 어딘가 나이 들어 보인다. "그냥 진이 좀 빠져서 그래요."

"아까 대단했어요. 정말 침착하게……. 일이 그립지 않아요?"

조엘이 고개를 들어 창문을 바라본다. 다른 집에서 뿜어 나오는 불빛이 암흑 속의 전등처럼 밝게 빛난다. "동물들을 돌보는 게 그립긴 해요."

"그렇다면 다시……."

"난 자격 없어요."

"자격 있어요. 오늘 증명했잖아요."

"그냥 오늘 하루뿐이에요. 정규직으로 복귀하는 것과는 비교할 수 없어요."

조엘을 몰아붙이지 말아야 한다는 건 안다. 잘 알고 있다. 하지만 내 눈에 보이는 걸 조엘에게도 보여주고 싶다. 조엘은 재능이 뛰어나고 부드럽고 마음씨가 따뜻하다. 뼛속까지 그런 사람이다.

"조엘, 당신이 오늘 한 일은……."

"수의사라면 다들 그렇게 했을 거예요."

나는 고개를 숙이고 딸기향 거품을 손으로 만지작거린다. "대체 왜 그래요?"

"뭘요?"

"자신을 과소평가하잖아요. 좋은 수의사가 아니라고 하면서."

"그게 사실이니까요. 손 놓은 지 거의 4년이 됐어요."

"하지만 동물을 정말 잘 돌보잖아요."

"그것만으로는 좋은 수의사가 될 수 없어요."

"일을 그만둔 진짜 이유가 뭐예요?"

순간 욕실에 정적이 흐르고 끔찍했던 파티에 방치된 샴페인처럼 비누 거품이 터지는 소리만 간간이 들린다.

"조엘?"

"끔찍한 실수를 저질렀어요. 그래서 더 이상 수의사 자격이 없다고 결론 내렸고요. 됐어요?"

"아뇨, 전혀요." 나는 부드럽게 말하려고 애쓴다. "왜 내게 얘기하지 않았어요?"

"미안해요. 아직도 그 이야기는 쉽지 않아요."

"제발 얘기해줘요."

조엘이 내 손에서 자기 손을 빼내더니 손가락으로 주무르는 시늉을 한다. "뭐가 알고 싶은 거예요?"

"무슨 일이 있었는지 말해줘요."

조엘의 검은 눈동자가 더욱 깊어지는 것 같다. "실수를 저질렀는데 그 결과가…… 상상할 수 없을 정도로 끔찍했어요."

"무슨 실수였는데요?"

조엘은 근무시간에 주의가 산만했다고 한다. 시간제로 근무 중이었는데 불안한 꿈을 여러 개 꾸고 나서 힘들어하던 때였다. 마음의 안정을 되찾을 때까지 휴식이 필요했다. 하지만 그는 숙취와 수면 부족에 시달리면서도 운동도 하지 않고 몸을 돌보지 않아 기진맥진한 상태로 출근했다.

"그레그라는 보호자가 있었어요. 우울증이 심한 사람이었는데 반려견이 그 사람에게는 인생의 전부였어요. 병원에 올 때마다 내게 이런저런 얘길 했어요. 나는 가만히 듣기만 했죠. 그렇게만 해도 그 사람에게 도움이 되는 것 같았거든요. 자살 시도도 몇 번이나 하려고 했지만, 그때마다 개가 걱정돼서 그만뒀다고 하더군요. 그 개가 그레그가 살아 있는 유일한 이유인 것 같았죠."

나는 말없이 듣기만 한다.

"하여간 어느 날 그레그가 개를 데려왔어요. 심한 설사에 기운이 전혀 없어 보였죠. 그래도 별로 걱정할 일은 아닌 것 같았어요. 좀 더 자세히 들여다봤어야 했는데…… 혈액검사도 하고 후속 진료도 했어야 했는데, 그냥 돌려보내면서 그레그에게 잘 지켜보다가 증상이 심해지면 오라고 했죠."

"그건……." 합리적인 결론이잖아요, 완전히 합리적이라고요. 나는 속으로 이렇게 외친다. 하지만 내가 어떻게 알겠는가?

"나중에 생각해보니 내가 그레그를 귀찮아하는 것 같은 인상을 주었던 것 같아요. 좀 퉁명스럽게 대했던 기억이 나요. 일부러 그런 건 아니지만…… 나를 비웃었던 대학교 의사와 다를 게 없었죠. 그 의사가 나에게 한 짓을 내가 그레그에게 똑같이 한 거예요."

"어떻게 됐는데요?" 나는 깃털처럼 힘없는 목소리로 묻는다.

"일주일 후에 그레그가 다시 개를 데려왔는데, 이미 손쓸 수 없는 상태였어요. 간이 망가지고…… 다 내 잘못이었죠. 결정적인 증상을 간과한 거예요."

"그래도 최선을 다한 거잖아요. 너무 자책하지 마……."

"캘리, 나는 비난받아 마땅해요. 간단한 혈액검사도 하지 않았고 일에 집중하지 않았어요. 그 개는 나 때문에 고통을 겪었고요."

"조엘." 나는 다시 조엘의 손을 잡으려고 손을 뻗는다. "너무 자신을 괴롭히지 말아요. 실수는 누구나 저지를 수 있어요."

조엘이 눈을 크게 뜨고 나를 노려본다. "당신은 이해 못 해요."

"내가 수의사는 아니지만 당신이……."

"얼마 후에 그레그가 자살했어요." 조엘이 무뚝뚝하게 내뱉는다.

"그 개는 그레그에게 생명줄 같은 존재였는데 내가 그걸 빼앗아버린 거예요. 순전히 무능해서."

나는 놀라서 입을 다문다. 아무 말 없이 가만히 앉아 있는 동안 목욕물이 서서히 식어간다.

"정말 미안해요."

"그레그가 죽은 건 내 책임이에요." 조엘이 갈라진 목소리로 얼버무린다. "아주 간단한 사실이에요."

나는 으슬으슬 떨리기 시작한다. "아뇨, 전혀 간단하지 않아요."

"내가 왜 좋은 수의사가 아니라고 하는지 알고 싶어 했잖아요. 바로 그거예요. 그 일 때문에 나는 수의사라고 불릴 자격이 없어요." 조엘이 고개를 돌려 나를 바라본다. "당신에게 꿈에 대해 말하고 싶어 한 건…… 내가 더 할 수 있는 일이 있는데 아무것도 하지 않은 채 남은 생을 살아갈 수 없기 때문이에요. 캘리, 난 당신 없이 살 수 없어요. *당신을 그렇게 보내고 싶지도 않아요.*"

"제발 그만해요." 나는 목이 잠긴다. "그건 공정하지 않잖아요."

"이제 뭐가 공정한지도 모르겠어요. 무엇이 옳은지만 생각할래요."

조엘은 자리에서 일어나 욕실을 나간다.

나는 그렇게 욕조에 앉아서 삼십 분 정도 더 머무른다. 물은 점점 차갑게 식는데 뜨거운 눈물이 뺨을 타고 흘러내린다.

68
조엘

핼러윈 아침, 개들을 산책시키러 나와서 워런에게 전화한다.

편의점에서 캘리와 마주쳤던 그날이 벌써 일 년 전이라니 믿기지 않는다. 일 년 동안 많은 일들이 있었다. 하지만 이제 이 모든 걸 잃는 건 아닐까?

아침마다 눈을 뜰 때면 새로운 길이 보이지 않을까, 어떤 계시가 나타나지 않을까 기대한다. 아는 게 없다는 사실이 오히려 득이 될 수도 있다. 하지만 지금까지는 아무것도 나타나지 않았다.

"시킨 대로 해봤어요." 내가 워런에게 말한다.

"내가 뭐라고 했었지?"

"그게…… 어디예요? 비명 소리가 들리는데?"

"해변. 모래랑 물에 뭐가 있는지 아이들이 소리를 질러대는구나."

"뭐라고요? 지금 10월이잖아요."

"중간 방학의 마지막 주니까." 워런이 어깨를 으쓱하는 모습을 상상해본다. 내 생물학적인 아버지는 으스대길 좋아하는 사람인 것 같다.

"아이들 감독하고 있어야 하는 거 아니에요?"

"십 분 후에 수업이 있어. 무슨 일인데?"

"캘리의 아버지를 뵈러 갔었어요. 혹시 신경 써야 할 가족 병력 같은 게 있을까 싶어서."

"잘했다. 뭐 좀 건졌니?"

어색해서 죽을 것 같았다. 캘리가 출근하고 없을 때 나 혼자 집으로 찾아갔다. 캘리의 아버지와 함께 주방에 앉아서 악몽을 꿨는데 캘리에게 걱정을 끼치고 싶지 않았다는 애매한 말을 지껄였다. 그렇게 해서 캘리의 아버지로부터 내가 알고 싶어 하던 정보를 얻을 수 있었다. (하지만 도움이 되지는 않았다. 쿠퍼 집안은 아주 깨끗했다.)

내가 찾아온 걸 아무에게도 말하지 않겠다고 해주셔서 얼마나 마음이 놓였는지 모른다. 캘리가 알게 되면 내가 캘리를 배신하고 부모님께 경고를 하려고 했다고 생각할 것이다. 그리고 그렇게 되면 캘리는 나를 두 번 다시 믿지 않으려고 할 것이다.

어쨌든. "아무것도 없어요."

"아."

"그래요, 그 방법은 소용없었어요."

침묵 사이로 갈매기 울음소리가 들린다. 마이애미의 해변을 거닐던 캘리를 꿈에서 보았다고 말해야 할까? 잘 모르겠다. 계속 그 장면이 머릿속에 맴돈다.

워런에게 그 이야기를 해야 할지 망설이다 보니 내가 왜 망설이고 있는지 이유를 알 것 같다. 내가 캘리를 행복하게 해줄 수 있는 사람이 아니라는 그의 말을 증명해 보이고 싶지 않은 것이다.

나는 계속 걸으며 집에 있던 캘리의 모습을 떠올린다. 빗으로 빗어 넘긴 머리, 막 샤워를 마치고 나와서 촉촉하고 반짝이는 피부, 아직 남아 있는 피부의 온기…… 갑자기 캘리의 뒷목을 쓰다듬고 싶다. 차분하게 울리는 그 목소리를 듣고 싶다.

"제가 포기해야 한다고 생각하시는 거죠? 캘리가 그냥 자기 인생을 살게, 다른 사람 만나서 행복하게 살도록 보내줘야 한다고 말이에요. 그런 말 있잖아요. 진심으로 사랑한다면 보내줘야 한다고."

침묵이 이어진다. "그래, 그런 말이 있지."

"그럼 그렇게 해야겠어요."

"기다려라. 꼭 그럴 필요는 없어. 서두르지 마."

"하지만 시간은 제 편이 아니라고요."

"그래, 알아. 하지만 때가 되면 다 알게 돼. 지금이 적당한 시기인지 아닌지."

"뭐, 조언 고마워요."

"내가 대신 해결해줄 수 없어서 미안하다, 조엘."

"37년 전에 해결해줬으면 좋았잖아요."

"그게 대체 무슨……."

나는 하지 말아야 할 말을 해버린다. 순전히 투정에 불과한 말을. "엄마를 만나서 의미 없이 시간 낭비하지 않았다면 이런 일이 생기지 않았을 거란 말이에요."

"의미가 없었던 건 아니야."

"엄마 대신 서핑을 택했잖아요. 얼마나 의미 없었으면 그랬겠어요."

그날 밤 캘리가 또다시 꿈에 나타난다. 지금으로부터 일 년도 지나지 않은 것 같다. 캘리는 옷을 단단히 껴입고 어딘가에서 찬바람을 맞고 있다. 정확히 어딘지는 모르겠다. 다만 멀고 광활한 지대처럼 보인다. 캘리가 좋아하는 딱 그런 웅장한 풍경이다. 캘리는 생기 넘치는 모습이다. 내가 오랫동안 보지 못한 모습. 목에는 쌍안경을 걸고 손에는 카메라를 들었다. 휘파람 같은 바람소리가 들리고 높이 솟아오른 파란 하늘도 보인다. 그리고 지평선 끝에는 화산이 대성당처럼 우뚝 솟아 있다.

나는 몸을 떨며 잠에서 깨어난다. 노트를 들고 방을 나서며 늘 그렇듯 잠들어 있는 캘리를 돌아본다. 캘리는 내 베개에 얼굴을 묻고 쉼표처럼 몸을 동그랗게 웅크렸다.

쉼표. 숨을 쉬기 위해 잠시 멈추는 곳. 의미를 전달할 수 있는 기회.

"당신은 더 행복해야 해요." 나는 복도에 서서 낮게 속삭인다. "당신이 누릴 수 있는 모든 걸 누리며 살았으면 좋겠어요."

워런의 말이 또다시 생각난다. *넌 더 이상 캘리를 행복하게 해줄 수 있는 사람이 아닌 것 같구나.*

돌이켜보니 알 것 같다. 마음이 아니라 머리로 접근했어야 했다. 지금은 확실히 깨달았지만 그때도 이미 알고 있었다. 그런데 머리로는 전투에서 질 것 같다는 예감이 들자마자 나는 급브레이크를 밟았다. 그보다 더 현명하게 대처할 수 있었다. 아니, 더 현명하게 대처해야 했다. 운명이 캘리를 위해 어떤 좋은 것들을 남겨놓았는지 알게 된 지금, 캘리에게서 그것들을 빼앗을 수는 없다.

캘리에게는 아직 시간이 있다. 스스로 삶을 살아갈 시간이, 그토록 하고 싶었던 일들을 해볼 시간이 아직 있다. 캘리는 그렇게 살 수 있다. 하지만 내 곁에서는 인생의 반쪽밖에 누리지 못한다.

69
캘리

"이거 봤어요?" 작업장에서 함께 전기톱을 청소하던 리엄이 내게 엽서 한 장을 쓱 보여준다. 나는 손을 닦고 엽서를 받아 든다. 데이브가 보낸 엽서다. 앞면에는 아마존 열대우림의 조망도가 담겨 있고, 뒷면에는 데이브의 최근 여정이 간단히 적혀 있다. 적도 부근의 푹푹 찌는 더위와 이국적인 풍경, 야생 그대로의 열대우림 속에 있는 데이브의 모습을 상상하니 심장박동이 빨라진다.

"이상하지 않아요?" 리엄이 말한다.

"뭐가요?"

리엄이 당연한 거 아니냐는 듯 어깨를 으쓱한다. "일 년 전만 해도 여기서 감자칩이나 먹고 사륜 바이크 타던 애가 지금 지구 반대편에 있잖아요. 아마 절대 다시 돌아오지 않을걸요."

나는 엽서를 뒤집어 뒷면을 본다. "그러게요. 이상해요. 어쨌든 굉장히 즐겁게 지내고 있나 봐요."

리엄이 전기톱에서 벗겨낸 엔진 덮개를 벤치 위에 내려놓는다. "별로 제 취향은 아니지만, 뭐 그런가 봐요."

웃음이 나온다. "그러게요. 여섯 달씩이나 열대우림에서 지내는 건 리엄한테는 상상도 못 할 일이죠."

리엄은 생각만 해도 치가 떨린다는 듯 몸을 부르르 떤다. "캘리가 아직 안 해봤다는 게 놀랍네요."

나는 웃으며 앞면을 한 번 더 구경한다. "뭘요?"

"여행 말이에요." 리엄이 특유의 직설적인 말투로 답한다. "늘 그 얘기를 하잖아요. 칠레에 가서 그 새를 찾아봐요."

그레이스가 비슷한 말을 했던 게 생각나서 리엄을 향해 미소를 지어 보인다. "전에는 눈표범을 찾아보는 게 나을 거라 그랬잖아요."

리엄이 웃는 건지 아닌지 알 수 없는 미묘한 표정을 짓는다. "직접 가서 찾아다녀보면 엄청 재미있을걸요? 왜 망설여요?"

나는 그저 어깨를 으쓱하며 등을 돌리고 타이밍이 좋지 않다는 식으로 얼버무린다. 리엄의 퉁명스러운 말투는 아무래도 전염성이 있는 것 같다.

"완벽한 타이밍 아니에요? 계약이 조만간 끝날 것 같은데."

그건 사실이다. 이제 몇 주 후면 내 계약이 만료되는데 계약 갱신에 필요한 자금을 제공하는 쪽에서 아직 소식이 없다. 피오나는 내가 계속 일해주길 바란다고 했지만 정확히 언제부터 얼마나 오래 일하게 될지는 아직 모른다. 아니면 적어도 계약을 기다리는 동안 관목 정리 작업을 내게 맡길 수도 있다고 했다. 아무 일도 하지 않는 것보다는 관목 정리라도 하는 게 나을 것이다.

"한 달 남았어요." 내가 리엄에게 알려준다.

"아직 위에서 별말 없어요?"

"네. 초조하게 만드네요."

"보조금 지원 계획으로 자금이 꽤 들어왔다고 하지 않았어요? 어젯밤에 그런 내용의 이메일을 받은 것 같은데. 그럼 일단 여행을 가요. 그런 다음에……."

바로 그때 작업장 문이 열리며 피오나의 얼굴이 보인다. "캘리, 잠깐 얘기 좀 할까요?" 기막힌 타이밍이다.

70

조엘

나는 아버지의 집 주방에 앉아 있다. 아버지와 단둘이 이야기를 나눠본 것이 대체 얼마 만인지 가물가물하다. 내가 병원을 그만두 었을 때 이후로 없는 것 같다. 그날 아버지는 안마당에서 나를 큰 소리로 꾸짖었고 옆집의 모리스 아줌마도 거들었다. (아줌마는 우리 이야기를 모두 엿듣고 있다가 내게 무책임하다며 잔소리를 했다.)

어쨌든 좋은 때였다. 그때는 몰랐지만.

월요일 아침마다 참석하는 배드민턴 연습에 다녀와서 아직 반바 지 차림에 얼굴도 발갛게 상기돼 있는 아버지가 내게 커피를 건넨 다. 아버지는 운동할 때 안경을 머리에 고정해주는 스포츠 안경줄 을 착용하고 있다.

마음의 준비도 안 되어 있는 아버지에게 불쑥 말을 꺼내는 게 잔 인한 건 아닌가 하는 생각이 잠시 머리를 스친다. 하지만 아버지가 눈치채는 것도 시간문제이긴 하다. 지난주에도 거실에 둔 휴대폰에 서 전화벨이 울리자 앰버가 전화기를 들고 워런의 이름을 크게 외친 일이 있었다. 전화를 받으러 잽싸게 달려가는 그 잠깐 사이에 얼마 나 심장이 벌렁거렸는지 모른다. 아버지가 뭘 가지러 위층에 올라가 고 안 계셔서 다행이었다. 어쨌든 계속 미루다가는 아버지가 이상하 다고 생각할 게 분명하다.

"좀 놀랍기는 해도 기분은 좋은데?" 아버지가 기분 좋아 보여서 마음이 더 안 좋다.

나는 마치 더 이상 이곳에 오지 않을 사람처럼 잠시 주방을 둘러본다. 너무 많이 익은 바나나, 벨라가 쓰는 아기용 행주, 싱크대 수도꼭지 위에 걸쳐놓은 노란 고무장갑. 내가 하려는 말들을 모두 마친 후에는 이런 것들이 모두 다르게 보일 것 같다. 여러 가지 이유로 예전처럼 보이지 않을 것 같다.

"제가 아버지 아들이 아니라는 거, 저도 알아요. 워런의 존재도 알게 됐고요."

아버지의 얼굴이 순식간에 창백해진다. 아버지는 아무 말도 하지 않는다. 아니, 아예 입술을 움직일 힘조차 없는 것 같다.

"아버지." 나는 몸을 앞으로 기대며 말한다. "괜찮아요. 이미 다 알고 있어요."

주방 시계만 정적을 뚫고 바삐 움직이며 소리를 낸다. 미동도 없이 앉아 있는 아버지는 마치 밀랍인형처럼 보인다.

아버지가 겨우 내뱉은 말은 이렇다. "어떻게?"

"그게 중요해요?"

아버지가 무겁게 내쉬는 한숨을 나는 중요하지 않다는 의미로 받아들인다. "그 사람은 네 엄마를 힘들게 했다."

"알아요."

아버지가 눈을 동그랗게 뜬다. "직접 만나봤냐?"

"한 번요. 콘월에 살아요."

아버지가 크게 혀를 찬다. 워런이 날라리 탈세자이고, 콘월은 조세 회피처로 유명한 버뮤다의 또 다른 이름이라도 되는 것처럼.

"저에게도 말씀해주셨어야죠. 워런이 연락했었다면서요?"

아버지가 괴로운 표정을 짓는다. "어떻게 해야 할지 몰랐다. 그 인

간이 우리 인생에 또 끼어드는 것도 싫었고. 그 인간은…… 너한테
아무 권한이 없어. 아무 연관도 없고.'

생물학적인 아버지라는 사실만 빼면…… *그렇겠죠.* "하지만 아버
지도 저한테 숨길 권한은 없잖아요."

아버지가 한숨을 내쉬며 관자놀이를 문지른다. 평생 대화를 거부
하고 살았던 아버지도 이번만큼은 마음대로 하지 못할 것 같다. "네
가 언젠가는 알게 될 거라 생각했어. 불가피한 일이라는 걸 알면서
도 어떻게든 시간을 끌고 싶었던 것 같다."

또다시 똑딱거리는 시계 소리가 이어진다. 내가 지금 무슨 말을
할 수 있을까? 마음이 아직 완전히 풀리진 않았지만 아버지의 입장
을 들어보고 싶기도 하다.

"네 엄마는 임신했을 때 그 사람에게 말하려고 했어. 하지만 말도
꺼내기 전에 그 인간이 먼저 떠난다고 말해버렸지."

"그래서 아버지가 나섰던 거네요."

아버지가 또 한숨을 내쉰다. "처음부터 그랬던 건 아니야. 네가
한 살이 되기 전에는 네 엄마가 나를 만나주지도 않았어." 아버지 입
술에 희미한 미소가 자리 잡는다. "그래서 네가 엄마한테 유독 애착
을 느꼈던 게 아닐까 싶다. 조그만 단칸방에서 네 엄마와 네가 단둘
이 살았던 시절이 있었지."

나는 검지로 식탁에 새겨진 하트 무늬를 더듬는다. 어릴 때부터
엄마와 유독 가까웠다. 엄마는 거실에서 항상 나를 안고 춤을 추었
고, 동생들이 잠들고 나면 내게 따로 이야기를 들려주기도 했다. 내
가 오랜 친구라도 되는 것처럼 가끔 비밀을 털어놓기도 했다. 나는
그게 내가 첫째라 그런 줄 알았다. 하지만 엄마와 내가 단둘이 그렇
게 살았다는 이야기를 들으니 그 기억이 소중하게 느껴진다. 땅을

파다가 막 발견한 보물이라도 되는 것 같다.

"그럼 엄마와 사귀기 시작하면서……?" 나는 커피를 한 모금 마신다.

아버지는 아직도 약간 망설여지는 듯 헛기침을 한다. "네 엄마가 너를 데리고 들어왔고, 얼마 있다가 네 동생을 가진 다음 결혼했지. 그러고 나서는 탐신이 태어났고."

"왜 진작 얘기해주지 않았어요? 더 일찍 얘기해주실 수도 있었잖아요."

"네 엄마와 얘기해놓은 게 있었어. 그런데 그 사람이 죽은 후에는 내가 과연 그럴 자격이 있는지 모르겠더라고. 그래서 워런이 나타났을 때 그렇게 화가 났는지도 모르겠다. 생각해봐라, 조엘. 네 엄마와 나는 그동안 함께 많은 것들을 일구며 살았어. 워런은 아무 연락도 없었지. 워런과 관련해서는 더 이상 아무것도 생각하고 싶지 않았어." 아버지가 미간을 찌푸리며 안경을 만지작거린다. "내 결정이 옳지 않을 수도 있다. 하지만 어쨌든 네 엄마와 12년 동안 결혼생활을 한 사람은 나야. 우리 부부에게는 세 아이와 집과 돈과 친구가 있었어. 그리고 나는 네 엄마가 행복했다고 믿는다. 진심으로 그렇게 믿어."

솔직히 말하면 나도 엄마가 행복했다고 생각한다.

"물론 네 엄마가 워런을 만났을 때처럼 뜨겁고 열정적으로 나를 사랑하지는 않았을지도 몰라. 하지만 너희들이 태어났을 땐…… 그것도 결은 약간 다르지만 뜨겁고 열정적인 사랑이었다고 믿는다. 더 좋은 것일 수도 있고. 워런은 가정을 꾸리고 싶어 하지 않았어. 네 엄마와 사귈 때 처음부터 그런 말을 했대. 그래도 주제 파악은 제대로 했던 거지."

내 생각도 워런과 다르지 않다. 어쨌거나 가정을 꾸리고 싶지 않다는 그의 바람은 산산조각 나고 말았지만 오히려 내게는 다행스러운 일이 되었다.

"그 인간도 자기가 무얼 놓치고 살았는지 이제는 알겠지."

나는 고개를 끄덕이며 대꾸한다. "그래서 그렇게 저를 만나려고 연락했나 봐요."

"아니야. 훨씬 전부터 그랬어. 네 엄마가 마지막으로 입원했을 때 그 사람이 네 엄마 병실에서 나오는 걸 봤어. 분명 후회하는 것 같은 인상이었어."

"아버지가 워런을 봤어요?"

"그래, 딱 보니까 알겠더라. 웃기는 일이지."

"어땠어요?"

"네 엄마는 그날 아침에 입원했어. 나는 아무에게도 말 안 했지. 그래서 네 엄마가 그 사람에게 연락했나 보다 했다. 그 인간이 이상한 인간이기는 해도 예지력 같은 게 있지는 않을 테니까."

갑자기 뭔가 알 것 같은 느낌이 든다.

아버지는 죽음을 앞두었던 엄마에게 옛 애인이 불쑥 나타난 사건이 별거 아니라는 듯 어깨를 으쓱한다. "그래서 너는 이제 어떻게 할 작정이냐? 그 사람하고."

"그…… 그건 잘 모르겠어요. 제가 워런과 연락하고 지내는 게 싫으세요?"

"아니다." 아버지가 나를 격려해줄 수 있는 건 이 정도인 것 같다. "하지만 조심해라. 그 외에는 할 말이 없구나."

따뜻하게 차오르는 목욕물처럼 갑자기 아버지를 향한 애정이 샘솟는다. "아버지는 여전히 제 아버지예요."

아버지의 주름이 깊어진다. "나도 마찬가지다, 조엘. 너도 여전히 내……."

아버지는 말을 맺지 못한다. 하지만 그 정도만으로도 내게는 충분히 의미가 있다.

"친구의 친구한테서 들었다니, 무슨 그런 엉터리 같은 변명을."

"조엘?"

나는 요즘 나의 새로운 도피처가 된 정원에 나와 지붕에 맺힌 서리를 바라보고 있다. 꽤 싸늘한 밤이지만 코트를 걸치기는 귀찮았다.

"엄마가 아프다는 소식을 친구의 친구한테 들은 게 아니잖아요. 꿈에서 봐서 알고 있었던 거지. 처음부터 말이에요. 엄마가 암으로 죽으리란 걸 알고 엄마가 엄마 인생을 살 수 있게 떠나보내준 거잖아요."

전화기 너머로 한숨 소리가 들린다. "언젠가 네가 알아낼 거라고는 생각했어. 나보다 훨씬 똑똑하니까. 다행이지."

"네, 네, 맞으니까 사실대로 말해봐요."

"꿈에서…… 병원에 있는 네 엄마를 봤어. 그리고 이틀 후에 다시 장례식을 봤고."

"그래서 엄마가 아이들을 낳고 행복한 삶을 살았다는 걸 알았던 거네요. 당신은 이기적인 쓰레기가 아니라 오히려 그 반대였던 거고요. 엄마가 행복하게 살길 원해서 엄마와 헤어진 거니까요."

침묵이 길게 이어진다.

"그래. 됐니?" 한참 후 워런이 결국 입을 연다. "그래, 맞아. 네 엄마한테는 14년밖에 없었어. 그런데 나는 할 줄 아는 게 술 마시는 것

뿐이고 돈도 없고 아무것도 없었지. 나는 올리비아를 행복하게 해줄 수 없었어. 잠깐이라도 불가능한 일이었어."

고통에 찬 한숨을 내쉬자 하얀 입김이 작고 사나운 먹구름으로 변한다. "그래서 나한테 캘리를 보내주라고 그랬군요."

워런이 한숨을 내쉰다. 전화기에서 치직 소리가 들린다. "병원에 있는 네 엄마를 보러 갔을 때 내 선택이 옳았다는 걸 알았어. 행복한 삶을 살고 있었으니까. 행복하게 죽을 수 있었으니까. 네 엄마에게 남겨진 시간을 망치고 싶지 않았다. 그냥 내 생각인지도 모르겠지만 어쨌든 내 선택이 옳았다고 믿는다."

돌연 내 등에 짊어지고 있던 죄책감의 무게가 살짝 가벼워지는 것 같다. 홀가분할 정도는 아니지만 어쨌든 가벼워지는 게 느껴진다. *워런도 알고 있었대요, 엄마.*

어쩌면 나도 엄마에게 주어진 마지막 시간을 망치고 싶지 않았던 것 같다.

"조엘, 그냥 하는 말이 아니라 네 엄마와 난 진심으로 사랑했어. 인간으로서는 쓸모없었을지 몰라도 네 엄마를 깊이 사랑했다. 그날 병원에서 마지막으로 손을 잡고 서로 마주보고 있을 때 나는 알았어. 네 엄마가 행복했다는 걸 알았으니 충분히 그럴 만한 가치가 있었다고."

나는 침대에서 몸을 동그랗게 말고 잠든 캘리를 떠올린다. 현재의 캘리와 미래의 캘리와 마지막 순간의 캘리 모습을 떠올려본다. 이제 어떻게 해야 할지 알 것 같다.

71
캘리

본 파이어 나이트 다음 날 저녁, 습지 한가운데 서서 무릎까지 물에 빠져 있던 나는 조엘에게 전화해 시내에 새로 생긴 타파스 식당에 가서 저녁을 먹자고 한다.

지난 며칠 동안 혼자 고민하던 일이 있었는데 이제 확신이 섰다. 비가 퍼붓는 오후 내내 방수복에 긴 장화를 신고 습지를 터덜터덜 걷다가 내 계획을 조엘에게도 알려야겠다고 생각하니 기분이 좋아서 저절로 미소가 지어졌다. 바로 이런 이유(내가 오늘 밝히려고 하는 이유)로 내 죽음에 대해 알고 싶지 않다고 조엘을 설득해볼 생각이다. 내 앞날에 관한 계획이 세워졌는데 언제 죽을지 알게 되면 아무 소용 없을 것이다.

이제 디저트밖에 남지 않았는데 아직 말을 꺼내지 못했다.

조엘은 좀 우울해 보이기도 하고 생각이 딴 데 가 있는 것 같다. 그런 모습을 보니 또 타이밍이 좋지 않은 건 아닐까 싶어 걱정되기 시작한다. 조엘은 요즘 잠을 거의 자지 못한다. 그렇게 힘들어하는 모습은 거의 처음 보는 것 같다.

어쨌거나 시간이 나를 기다려주지 않는데, 나도 마냥 기다리고 있을 수만은 없다.

"월요일에 피오나와 면담했어요."

조엘이 검은 두 눈으로 나를 바라보자 나도 긴장이 누그러진다. 좀 우울한지는 몰라도 나를 바라보는 조엘의 눈빛에는 여전히 사랑이 담겨 있다. "계약 갱신 때문에요?"

"정규직 제안을 받았어요."

"와! 잘됐네요. 월요일에 들었으면서 왜 나한테 말 안 했어요?"

"그게, 그러니까…… 피오나에게 들은 말인데요, 워터펜 끝에 산장이 하나 있는데 곧 임대를 목적으로 내놓을 거래요. 갈대 제거하던 분이 지내던 곳인데, 어제 피오나가 보여줬어요. 정말 좋더라고요. 우리 둘이 거기 들어가서 살아도 돼요. 나무, 새, 갈대에 둘러싸인 채 자연보호 구역에서 사는 거예요."

조엘이 내 눈을 똑바로 보고 있긴 한데 표정을 읽을 수가 없다. 내가 자랑스러워서 감격에 젖은 것 같기도 하고 슬퍼하는 것 같기도 하다.

"그리고 피오나가 계약 갱신 전에 몇 주 정도 휴가를 다녀오래요." 나는 반쯤 먹다 만 디저트를 내려다보며 씨익 웃는다. "이제 돈을 좀 모아놔야겠어요."

조엘이 좀 더 설명이 필요하다는 표정으로 나를 바라본다.

드디어 차례가 왔다. "데이브 기억나죠? 내가 일 시작하자마자 그만두고 브라질로 떠난 친구 말이에요. 데이브가 얼마 전에 엽서를 보냈어요." 나는 엽서를 꺼내 조엘에게 건네준다. "그걸 보니까 그런 생각이……."

조엘이 엽서를 받아 들고 빠르게 훑어본다. "당신도 여기 가보고 싶어요? 브라질에?"

"아뇨. 난 칠레에 가고 싶죠. 라우카 국립공원에요. 가서 그 새를 찾아보고 싶어요."

조엘이 씩 웃더니 와인을 삼킨다. 오늘 저녁 처음으로 보는 미소인 것 같다. "정말 좋은 생각이에요."

다시 크렘 브륄레를 한 스푼 뜨는데, 세 가지 코스로 주문하길 잘했다는 생각이 든다. 가끔은 이렇게 새로운 메뉴에 도전해보는 것도 좋은 것 같다. "그래서 생각해봤는데…… 여행에서 돌아오면 우리 같이 워터펜에 있는 산장으로 이사해요. 나는 거기서 계속 일하고요."

조엘이 고개를 끄덕인다. 너무 천천히 끄덕여서 끄덕이는 것 같지도 않다. "음, 돌아오지 않는 것도 괜찮을 것 같아요."

"뭐라고요?" 내가 잘못 들었나 싶어 그 말을 머릿속에서 재생해본다.

조엘이 와인을 또 한 모금 삼킨다. "칠레에 가서 있고 싶은 만큼 있다 와도 된다고요."

"그럴 거예요. 몇 주 정도 있다가……."

"그런 다음에는 바람이 이끄는 곳으로 가요."

"글쎄요." 나는 불안해지기 시작한다. "바람은 나를 다시 여기로, 당신이 있는 곳으로 이끌지 않을까요."

"그렇지 않아요." 조엘은 단호하게 말하지만 어딘가 잘못된 듯한, 상황에 전혀 어울리지 않는 말이다. 이동 경로를 벗어난 철새의 울음소리 같다.

"뭐가 그렇지 않다는 거예요?"

"가서 당신 삶을 살아요, 캘리."

"하지만 나는 이미……."

"아니, 진짜 삶을 살라고요. 난 잊어버리고 당신이 하고 싶은 거 다 하면서 살아요."

웃음이 나온다. "대체 무슨 말이에요? 당신을 잊고 싶지 않아요."

"그게 최선이에요."

"조엘, 이러지 말아요…… 왜 이래요?"

"이렇게는…… 살 수 없어요, 캘리."

손님들로 가득 찬 식당은 여기저기서 들리는 웃음소리로 화기애애한데 우리 테이블만 급속도로 싸늘하게 식는다.

"조엘." 나는 심호흡을 하고 다시 말한다. "우리 일단 노력해봐요. 노력해보고 안 되면 그때 포기해도 돼요."

조엘의 표정에서 이미 늦은 것 같은, 되돌릴 수 없을 것 같은 불길한 예감이 전해온다.

"당신은 그럼……." 뒤늦은 깨달음에 눈물이 차오르기 시작한다. "포기하려는 거군요. 정말 포기하는 거예요?"

"나는…… 현실을 받아들인 거예요. 지금의 우리는…… 우리는 이제 불가능해요."

나는 테이블 너머로 손을 뻗어 조엘의 손을 잡는다. "안 돼요. 이건, 이건…… 아니에요. 우리에게는 우리가 있잖아요. 내가 그렇게 웃을 수 있는 건 당신 때문이에요. 매일 아침 당신 옆에서 눈을 뜨는 것만으로도 나는 이미 행복하다고요. 당신 덕분에 바깥세상이 아무것도 아니라는 걸, 두렵지 않다는 걸 알게 됐어요. 당신 아니었으면 나는 아직도 카페에서 일하며 내 인생이 무의미하게 흘러가는 걸 지켜보고 있었을 거예요. 당신 덕분에 미래를 생각하며 기대를 품게 됐고요. 이것도 둘이 함께라면 이겨낼 수 있어요…… 정말이라고요."

조엘이 고개를 젓는다. "난 방해만 될 거예요. 멋진 인생이 기다리고 있는데…… 당신이 그걸 놓치지 않았으면 좋겠어요."

"아니에요, 그렇지 않아요. 멋진 인생이라뇨. 당신과 함께하는 삶이 멋진 인생이에요."

조엘의 마음속에서 문이 탁 닫히는 것 같다. 와인잔을 쥐고 있던 조엘의 손마디에 힘이 들어간다. 디저트는 거의 손도 대지 않았다. "당신이 원하는 걸 내가 해줄 수 없다면 불가능해요."

"내가 당신에게 뭘 원하겠어요?" 하지만 나는 답을 알고 있다.

"아무 일도 없었던 것처럼 살길 원하는 거잖아요. 그 꿈을 내 가슴속에 묻어놓고, 아무렇지 않은 척하며 살길 바라고 있잖아요. 나는 그렇게 못 해요. 그건…… 불가능해요." 죽어가는 사람이 뱉어내는 마지막 숨처럼 조엘은 가슴속의 말들을 모두 쏟아버린다. "이제 나를 잊어요. 그리고 당신 삶을 살아요."

나는 이렇게 묻고 싶다. *대체 어떻게요?* 하지만 겨우 이렇게 답한다. "당신이 틀렸어요."

"나보다 당신에게 더 많은 걸 해줄 수 있는 사람이…… 그런 사람이 어딘가 있을 거예요."

나는 놀라서 숨을 급히 들이마신다. 그런 생각은 하고 싶지 않다.

조엘의 목소리가 갈라진다. "내 곁에 있으면 당신에게 미래는 없어요. 가능성도 없고요. 당신이 행복해야 나도 행복해요. 하지만 그 꿈을 안고 사는 한 당신은 행복해질 수 없어요. 당신도 알잖아요."

이 대화가 나를 조금씩 조금씩 갉아먹는다. 손가락에는 아무 감각이 없고 발가락도 발에 붙어 있는 것 같지 않다. 하지만 여기서 포기하고 싶지는 않다. "아뇨. 난 당신 사랑해요. 당신도 나를 사랑하고요. 이렇게 좋은 걸 포기할 수는 없어요. 분명 방법이 있을 거예요…… 다이애나를 다시 만나보는 건 어때요?" 지푸라기라도 잡고 싶은 심정이다. "다이애나가 도움을 줄 수 있을 거라고 했다면서요."

"다이애나도 미래를 바꾸지는 못해요." 조엘의 눈에는 슬픔이 그득하다. 그가 한마디 던질 때마다 나는 그 무게에 눌려 조금씩 가라앉는 것 같다. 조엘이 오늘 저녁, 바로 여기서 모든 걸 끝내려 한다는 걸 알았기 때문이다.

"이래봤자 소용없어요." 나는 마지막으로 조엘을 설득해보려 한다. "당신이 아는 걸 내게 말해봤자 우리 삶은 나아지지 않을 테니까요. 오히려 더 끔찍해질 거예요. 나한테 얘기한다고 해서 해결되지 않아요."

"그럼 더 이상은 우리가 해볼 수 있는 게……." 조엘이 말이 막혀서 머뭇거리다 결국 끝내지 못한다.

나는 계속 조엘만 바라본다. 둘 중 누구도 입을 열지 않는다. 내 눈에 고인 눈물이 무게를 이기지 못하고 주르륵 흘러내린다. 어쩌면 조엘의 말이 맞을지도 모른다. 조엘이 그 꿈을 가슴에 품고 살 수 없다면 우리에게는 길이 없을지도 모른다.

아니면 원래 없었거나.

"변화가 필요해요, 캘리." 조엘이 침묵 끝에 먼저 입을 연다. 목소리가 부드러워서 더 가슴이 아프다. "둘 중 한 사람이라도 결단을 내려야 했어요."

나는 고개를 절레절레 흔든다. 아직 조엘의 마음을 돌릴 수 있다고 믿는 건 아니다. 그냥 이 상황이 너무 충격적이라서 그렇다.

조엘도 역시 이 상황을 믿을 수 없다는 표정이다. 심장마비나 자동차 사고처럼 너무 갑작스럽고 끔찍하다고 말하는 것 같은 얼굴이다.

내 눈에서 눈물이 주르륵 흐르자 테이블 위 작은 양초의 불꽃이 나를 위로하듯 깜박거린다. "내 인생에서 최고의 한 해였어요." 조엘이 이것만큼은 알아줬으면 하는 바람으로 하는 말이다.

"당신 인생에서 최고의 시기는…… 아직 오지 않았어요."

"당신이 그 꿈을 꾸지 않았다면 좋았을 텐데." 안타까움에 마음이 갈팡질팡한다. "다른 무엇보다 그게 제일 아쉬워요."

조엘과 시선이 마주친다. "당신을 사랑하지 않으려고 했어요, 캘리. 그런데 불가능하더라고요. 당신은…… 당신이니까."

번갈아 우리 쪽을 돌아보는 주변 테이블의 시선이 느껴져서 나는 냅킨을 집어 눈 주변을 닦는다. 하지만 마스카라가 이미 얼굴을 뒤덮었을 것이다.

아마도 반사적으로, 내 얼굴을 닦아주려고 테이블 너머로 손을 뻗는 조엘의 행동에 오히려 눈물이 더 쏟아진다. 나는 그 손을 다시 잡는다. "어떻게 이렇게 끝낼 수 있어요?" 조엘이 내 손을 움켜쥔다. 아마도 이게 마지막이겠지. "우리는 아직 끝나지 않았다고요."

"나도 알아요." 조엘이 내게서 시선을 떼지 않는다. "그래서 이렇게 힘든 거예요."

조엘의 말이 맞는다. 내 눈에도 이제 보인다. 우리는 결국 막다른 길에 도달할 것이고, 그땐 되돌아갈 길도 사라지고 없을 것이다.

나는 이제 가장 힘든 부분을 남겨놓고 심호흡을 하며 마음을 가다듬는다. 과연 해낼 수 있을지는 나도 잘 모르겠다. 나는 살짝 비틀거리긴 했지만 다리에 힘을 주고 자리에서 일어난다.

조엘의 얼굴을 볼 수 없다. 그랬다가는 다시 주저앉을 것 같다.

"오늘 밤에는 에스터 집에서 잘게요."

"아니, 그러지 말아요. 내가 탐신 집으로 갈게요."

나는 잠시 머뭇거린다. 떠나기 전에 이 말만큼은 꼭 하고 싶다. "조엘…… 당신을 사랑하는 사람들이 있다는 걸 잊지 말아요. 그게 진실이니까요."

나는 간신히 건물 밖으로 나와 길 위에 선다. 추위는 모르겠다. 다시 간신히 반대편 인도로 건너가서 레스토랑을 뒤돌아본다. 레스토랑이 아직 그 자리에 있는지, 이게 다 이상한 빛의 각도 때문에 생긴 신기루 같은 것은 아닌지 확인하고 싶다.

아직 우리 테이블에 앉아 고개를 숙이고 있는 조엘의 뒷모습이 보인다. 도로를 지나는 차들의 소리가 들리지 않고, 도로도 차츰 시야에서 흐려진다. 이 세상에는 유리창 안쪽의 조엘과 그런 조엘을 바라보는 나만 존재하는 것 같다. 조엘은 내가 간절히 원했지만 결코 만질 수 없는 예술품이 되어버린 것 같다.

그때 다시 브레이크를 밟는 버스 소리, 바람 소리, 나를 스치고 지나가는 사람들 소리가 조금씩 주변을 채우기 시작한다. 바쁘게 흘러가는 세상이 내 발을 스치고 지나간다.

나는 크게 숨을 들이마시고 다시 내쉬며 한 걸음 내딛는다. 그렇게 조금씩 나아간다.

이십 분쯤 후 완전히 망가진 모습으로 에스터의 집 앞에 도착하고 보니 내 손에는 아직도 디저트 스푼이 쥐어 있다.

72

조엘

캘리가 레스토랑에서 나간 후에도 나는 계속 같은 자리에 앉아 있다. 삼십 분, 아니 한 시간 정도 지난 것 같다. 테이블 위에 놓여 있던 작은 양초는 심지까지 모두 타버렸다. 그런데도 웨이터들 중 누구도 다가오지 않는다. 캘리와 내가 주고받은 이야기를 모두 들었을 것이다. 한 쌍의 연인이 바로 여기, 이 레스토랑에서 산산이 깨지는 광경을 목격했을 것이다.

캘리의 빈 접시에서 눈을 뗄 수가 없다.

결국 웨이터가 내게 그 접시를 가져가도 된다고 했다. 두 시간 전에 내가 진정으로 사랑했던 한 여자와 함께 이곳에 들어왔는데 이제 빈 접시 하나와 산산조각 난 마음만 가지고 이곳을 나서게 됐다.

우리는 결국 평생은커녕 일 년도 함께하지 못했다.

PART 4

73
캘리

요즘 내 삶은 예전에 비해 너무나 달라졌어요. 마지막으로 당신을 본 그날 이후로 너무 많은 것들이 바뀌어서 믿어지지 않을 정도예요.

당신이 나를 마지막으로 본 날은 언제예요, 조엘? 꿈에서 나를 보고 있나요? 가끔은 당신이 지금 내 삶에 대해 얼마나 많이 알고 있을지 궁금해요. 당신에게는 어디까지, 얼마나 자세히, 어떤 색깔까지 허락되어 있을지도 궁금하고요. 당신이 했던 말들을 계속 곱씹어봤어요. '당신 인생에서 최고의 시기는 아직 오지 않았어요.' 그리고 그 말에 어느 정도의 무게를 두어야 할지도 오래 생각했어요. 내가 엉뚱한 것을 슬퍼하고 있는 것인지, 내 앞날을 긍정적으로만 받아들여야 하는 것인지…….

당신은 내가 행복하기만을 원했죠. 하지만 행복해지려면 당신을 놓아주는 방법을 배워야 할 것 같아요.

노력 중이에요, 조엘. 바닥에 떨어진 내 심장을 줍고, 우리의 모습 그대로를 사랑하고, 당신을 보내주려고 노력 중이에요.

내가 노력하고 있다는 사실만 알아줘요.

74
조엘 - 6개월 후

그동안 계속 소파에서 대충 잠을 잔 탓에 등이 결리고 목이 뻐근하다. 캘리가 떠난 후로 줄곧 소파에서 잤다. 캘리가 남기고 간 침대의 빈자리 옆에 눕지 않으려면 그 정도는 감수해야 했다. 내가 그런 짓을 하지 않았다면 그 자리는 여전히 캘리의 자리였을 테니.

캘리가 나가고 일주일 후에 에스터와 개빈이 캘리의 짐을 가지러 왔다. 나는 그 자리에 있을 수가 없어서 개들을 데리고 16킬로미터에 달하는 하이킹을 다녀왔다. (물론 머피는 이제 없다.) 돌아왔을 때 아파트는 텅 비어 있었다. 죽은 듯 텅 빈 울림만 남았다. 캘리가 이사 오기 전의 상태로 되돌아간 것이다.

처음에는 캘리의 물건이 눈에 보이지 않으면 괜찮을 거라고 생각했다. 물리적인 공백이 남은 기억마저 비워주길 기도했다. 하지만 캘리의 흔적은 사방에 남아 있었다. 그리고 아직도 남아 있다. 소파 쿠션 밑이나 서랍 안에서 캘리의 머리 고무줄이 나왔다. 문손잡이에도 걸려 있었다. 내 물건들 틈에서는 짝이 맞지 않은 양말들이 나왔다. 테라스에 내놓은 화분들은 돌보지 않아서 이제 잡초로 뒤덮였다. 캘리가 자주 입던 작업용 플리스 재킷은 (에스터가 깜빡하고 놓고 가서) 아직도 현관 옆에 걸려 있어서 통로에 희미한 모닥불 냄새가 은은하게 흐른다. 싱크대 아랫부분에는 캘리의 장화에 묻어서 따라온 갈대 찌꺼기가 붙어 있는데, 아직도 닦아낼 엄두가 나지 않아서 그대로 두었다. 지난주에는 스터드 귀고리를 밟았는데, 내가 캘리에게 선물로 준 귀고리 한 쌍의 일부였다.

발에서 피가 났지만 신경 쓰지 않았다.

누가 내게서 캘리를 빼앗아가기라도 한 것처럼 캘리가 그립다. 대체 불가능한 무언가를 어두운 길에서 강도에게 빼앗긴 기분이다. 레스토랑에서 그렇게 캘리와 헤어진 후로 카페 앞을 지나갈 수도 없고 워터펜 근처에도 갈 수가 없다. 시칠리아 과자점이 있는 골목 입구도 지나가지 못하겠다. 크리스마스도 그냥 지나가버렸고, 밸런타인데이에는 액션 영화만 연달아 봤다. 시리얼을 한 박스 다 먹으면 또 새 박스를 뜯고, 개 산책을 다녀온 다음 날 또 개 산책을 다녀온다. 가끔 앰버와 5개월 된 해리를 보러 탐신의 집에 들르긴 하지만 집에 돌아오면 다시 텅 빈 네 개의 벽에 둘러싸여 허공만 응시한다.

그나마 이웃이 유령 같은 사람 하나뿐이라 다행이다. 대니는 거의 돌아다니지 않아서 그가 지금 내 꼴을 어떻게 생각할지 걱정할 필요 없다. 가벼운 잡담을 나누거나 괜찮은 척할 필요도 없다. 그리고 가장 다행인 건 "뭐, 그냥 그렇게 됐어요. 그게 최선이었던 것 같아요"라는 개소리를 지껄이지 않아도 된다는 점이다. 이런 말이라면 캘리와 헤어지고 몇 주 동안 가족들에게 질리도록 했다.

아버지와 더그는 캘리를 좋아했으면서도 우리가 헤어졌다는 말에 별로 놀라지 않았다. 그런데 탐신은 너무 속상해했다. 캘리 숙모를 앞으로 다시 볼 수 없다는 말에 일그러지던 앰버의 표정도 절대 잊지 못할 것이다. 너무 잔인하고 경솔한 말이었다.

그날 밤 나는 집에 돌아와서 흐느껴 울었다.

5월 초의 어느 오후, 인터폰이 울린다. 나는 예전에 머피가 항상 누워 있던 난로 옆자리를 십 분 가까이 멍하니 바라보는 중이었다. 내 허벅지에 닿던 머피의 따뜻한 체온과 내 옆에서 나를 보며 웃던 캘리의 햇살 같은 미소가 떠오른다.

이런 작은 것들이 마음을 흔든다. 캘리가 떠났다는 사실을 잊고 무심결에 캘리에게 무슨 말을 하려고 고개를 돌리거나, 캘리가 저녁으로 뭘 먹고 싶어 할지 고민하거나, 차를 끓이려고 주전자를 불에 올리다가 캘리가 놓고 간 머그잔을 발견할 때가 그렇다. 가장 짜릿했던 키스를 떠올릴 때도 그렇다. 캘리에게 손을 뻗으려고 할 때마다 대기권 밖으로 홀렁 튕겨 나가버릴 것만 같다.

머피도 그립다. 내가 치즈를 떨어뜨리지 않을까, 또는 알아들을 수 있는 말을 해주지 않을까 하는 기대에 차서 나를 그림자처럼 따라다니던 모습이 눈에 아른거린다. 양처럼 온순하고 아무 의심 없이 나를 따르던 녀석이었다.

이십 초 정도 초인종이 울리다가 멈추더니 이번에는 내 휴대폰이 요란하게 도발한다. 화면을 보니 워런의 이름이 뜬다.

나는 퇴창으로 다가가 블라인드 틈으로 밖을 내다본다. 현관 앞에 서 있던 워런이 곧바로 나를 발견한다.

"여기서 지내는 건 안 돼요." 나는 문을 열며 이렇게 말한다. 워런은 여행가방과 짐을 잔뜩 가져왔다.

"네가 걱정돼서 그래."

"지금 이런 얘기 하고 싶지 않아요."

"아무것도 할 필요 없어. 그냥 좀 들어가게 해줘. 그럼 혼자 쓸쓸히 있지 않아도 되니까."

그 말에 갑자기 마음이 무너진다. 몸이 고장 난 것처럼 가슴 깊은 곳에서 눈물이 솟구치려고 한다. 온몸을 떨며 쏟아내야 하는 그런 눈물이다. 워런이 나를 붙잡는다. 그렇게 서서 내가 울음을 그칠 때까지 붙잡아준다.

잠시 후 워런은 밖에 나가서 파인애플 프리터와 감자튀김을 사온다. 거의 2주 만에 먹어보는 따뜻한 음식이다. 솔직히 시리얼 한 움큼만 먹어도 영양 보충이 되는데 음식을 굳이 해먹어야 하는지 모르겠다. 우리는 벤치에 앉은 늙은이들처럼 나란히 앉아서 다리에 음식을 올려놓고 먹는다. 손가락은 기름이 묻어 번들거리고, 입술은 식초가 묻어 따끔거린다.

"살이 좀 빠졌네." 워런이 말한다. "얼굴도 창백하고."

사람들은 왜 자꾸 이런 말을 할까? 내가 그걸 모를 거라고 생각하나? 아니면 나한테 제대로 된 거울이 없을 거라고 생각하는 건가?

"네 엄마와 헤어지고 여행을 좀 연기했어. 침대에 멍하니 앉아서 한 달 동안 음식도 제대로 못 먹었지. 친구들과도 연락이 끊기고, 비참하기 짝이 없었다."

네, 그러는 사이 엄마는 나를 배고 있었죠. 엄마가 어떤 심정이었을지는 생각해봤어요? 나는 속으로만 대꾸한다.

"그러다가 깨달았다. 모든 걸 해결해줄 수 있는 게 뭔지 아니? 소금물에 얼굴을 처박는 거야."

나는 지금 이 사람이 내게 무슨 사기를 치려고 이러나 하는 생각에 멍하니 그를 바라본다.

"덕 다이브를 좀 해보자, 친구. 가서 나랑 파도 몇 번만 타보자고. 도움이 될 거야. 새로 태어난 기분을 느낄 수 있어. 살다가 문제가 생기면 언제나 바다가 해결해줬다."

지금 당장은 워런이 내 친구인 것도 싫고, 새로 태어난 기분을 느끼고 싶지도 않다. 그냥 그 꿈을 꾸던 날 밤으로 돌아가 카페인을 잔뜩 섭취하고 영원히 깨어 있고 싶다.

"콘월에 와서 잠깐 머물다 가. 서핑은 내가 가르쳐줄게. 극복하는 데 도움이 될 거야."

"극복할 준비가 안 됐어요."

워런이 손가락에 묻은 소금을 털어낸다. "이건 좋지 않아. 네 꼴을 봐. 이러다 병나겠다. 밖에도 좀 자주 나가고 사람도……."

"강 옆에 괜찮은 호텔이 하나 있어요. 그리 비싸지 않아요. 전화해 둘게요."

워런이 무겁게 한숨을 내쉰다. "그래. 네가 굳이 그러길 원한다면 내일 내가 직접 체크인할게."

"굳이 그러고 싶네요."

"그래도 오늘 밤은 여기서 잘란다." 워런이 소파 쿠션을 툭툭 친다. "이 정도면 충분해."

워런이 구겨진 이불을 보고 눈치챈 모양이다. "이건 요즘 제가 침대로 쓰고 있어요."

워런이 동정하는 눈길로 나를 바라본다. "어쩌려고 이러니."

"워런, 저한테 이래라저래라 하지 마요. 기분 나쁘게 생각하지는 마시고요."

"너는 옳은 일을 한 거야. 캘리를 보내준 거 말이야."

엄마 생각이 난다. 워런이 내린 결정 덕분에 엄마는 엄마의 삶을 살 수 있었다.

하지만 그건 그거고 이건 이거다. "옳은 일이었다고 해서 쉬운 건 아니에요."

"안다. 하지만 캘리도 네가……."

더 이상 못 참겠다. "그냥 가시는 게 좋겠어요."

워런이 속절없이 나를 바라본다. "정말 그랬으면 좋겠어?"

당신을 사랑하는 사람들이 있다는 걸 잊지 말아요.

"지금은 더 못 하겠어요." 나는 이렇게 대꾸할 뿐이다.

워런이 가고 나서 나는 소파에 앉아 있다. 튀김 음식의 기름 냄새 때문에 공기가 텁텁하다. 캘리는 지금 뭘 하고 있을지, 나는 이런 상태에서 언제쯤 벗어날 수 있을지 궁금하다. 나는 심장에 불이 붙어 가슴이 활활 타오를 때까지 캘리 생각을 하다가 위스키 더블 샷을 부어 넣고 불꽃에 부채질을 한다.

75

캘리 - 6개월 후

어느새 5월이 되었지만 내 마음은 더없이 축축하고 어둡고 외롭다. 금요일 밤이면 더 괴롭다. 금요일은 내게 일주일 중 가장 행복한 날, 최고의 해방감을 맛볼 수 있는 날이었다. 따뜻한 욕조 물에 들어가서 긴장을 풀 때면 그렇게 행복할 수 없었다. 하지만 이제는 금요일 저녁에 집으로 돌아오면 내 마음은 조엘이 그 꿈을 꾸기 이전으로 돌아가 우리 삶이, 우리 인생이 정말로 끝없을 것처럼 느껴지던 황금 같은 시기를 하염없이 떠돈다.

예전의 금요일 밤은 타닥 소리를 내며 타는 장작불과 차가운 화이트 와인 한 잔과 조엘이 있는 풍경을 의미했다. 주말은 곧 터뜨릴 샴페인처럼 우리를 기다리고 있었고, 조엘과 함께 나누던 길고 나른한 키스는 뜨거운 사랑으로 이어졌다. 그럴 때면 온몸이 발갛게 달아올라 땀으로 반짝였고 심장은 천둥처럼 요란하게 울렸다. 그런 다음에는 둘이 함께 천천히 샤워를 했고, 시내에 나가서 오붓하게 저녁을 먹거나 친구들을 만나 술을 마셨다.

조엘이 잠을 못 자고 괴로워하던 날들과 꿈의 의미에 집착하던 시기의 기억은 내 기억에서 교묘히 치운다. 그런 것들은 일시적인 문제일 뿐이니까. 어쨌든 나는 조엘을, 있는 그대로의 모습을 사랑했다.

그리고 6개월이 지난 지금도 여전히 조엘을 사랑하고 있다.

그날 밤 레스토랑을 나선 후로 사는 게 사는 것 같지 않았다. 부모님이 나 때문에 속상해하면 더 견디기 힘들 것 같아서 나는 곧장 에스터와 개빈의 집으로 갔다. 사실 갈 곳이 거기밖에 없기도 했다. 그레이스가 세상을 떠났을 때만큼이나 마음이 황량했다.

에스터는 나를 어떻게 위로해야 할지 몰라 쩔쩔맸다. 에스터와 나는 그레이스를 떠나보낸 슬픔을 함께한 동지다. 폭음을 했다가 서로 멍하니 바라보기만 했다가, 이따금 서로에게 밥도 챙겨 먹고 씻으라는 말도 했다. 이제 에스터는 내가 그 과정을 혼자 되풀이하는 것을 지켜보고 있다. 슬픔이란 그리 아름답지 못한 것이어서 그 누구에게도 보여줄 것이 못 된다. 그래서 나는 마음의 문을 닫아걸고 계속 문을 두드리는 에스터의 노크 소리를 무시했다.

에스터에게는 말하지 못할 것들이 너무 많다. 에스터는 조엘과 내가 정확히 왜 헤어졌는지 모른다. (나는 "그냥 잘 안 됐어"라며 자리를 피할 수밖에 없었다.) 내가 지하실 주방에 내려갈 때마다 왜 그렇게 한참 있다 올라오는지도 궁금해한다. 내가 지하실 주방에 가면 에스터의 생일 파티가 있던 날 밤 조엘과 내가 영원히 잊지 못할 키스를 나누었던 그 자리만 하염없이 바라본다는 걸 알 리 없다.

그렇게 몇 주가 지나자 에스터가 나를 위로해보려고 애쓰기 시작했다. 그래서 결국 나는 에스터의 집에서 나와 워터펜 끝자락에 있는 산장으로 거처를 옮겼다. 친구의 집에서 유령처럼 숨어 사는 건 한계가 있으니까. 불쌍한 개빈은 내가 마침내 집에서 나갔을 때 기뻐서 춤이라도 추고 싶었을 것이다.

나는 피오나가 제안한 정규직은 수락했지만 휴가는 필요 없다고 했다. 이 상태로는 칠레행 비행기에 몸을 실을 엄두가 나지 않았다.

하지만 요즘은 어딘가로 도망가고 싶다는 생각이 다시 불쑥 들면서 조금씩 흔들린다. 그래서 아침식사를 할 때나 자기 전 침대에서 여행 책자를 훑어보는 시간이 많아졌다. 어쩌면 조만간 휴가를 내고 어딘가로 훌쩍 떠나보는 것도 괜찮을 것 같다.

산장은 심심한 곳이지만 지금 내게 딱 맞는 곳이기도 하다. 자연보호 구역의 끄트머리에 완벽히 고립되어 있고 갈대와 키 큰 나무가 주변을 둘러싸고 있어 황조롱이나 올빼미가 아니면 들여다볼 수 없다. 여기서는 내가 큰 소리로 울어도 들을 사람이 없고, 식사를 제때 챙겨 먹으라고 잔소리하거나 지금 내 꼴이 어떤지 굳이 말해주려는 사람도 없다. 나도 내 꼴이 어떤지 알지만 굳이 신경 쓰지 않을 뿐이다. 게다가 산장에 들어오려면 여기저기 움푹 파인 길을 한참 걸어야 할 뿐 아니라 기찻길을 건너기 위한 허가를 받아야 하기에 예고 없이 찾아오는 손님도 없다. 사회생활은 대부분 휴대폰으로만 하는데 내게는 이런 생활이 잘 맞는 것 같다.

가끔은 해가 지면 달을 벗 삼아 머피와 단둘이 워터펜을 산책한다. 허공에 소리를 지르며 밤하늘에 내 슬픔을 쏟아버릴 때도 있다. 그러고 나면 내가 이러다 미치는 건 아닐까 하는 생각도 든다.

별거 아닌 사소한 일들이 그 어느 때보다 나를 외로움으로 깊이 밀어넣는다. 주말에 뭘 할까 하는 생각에 웃거나 조엘에게 오늘 뭐 했느냐고 문자를 보내려다가 한 대 맞은 듯 정신이 번쩍 든다. 그레이스가 떠났을 때처럼 음성사서함에 메시지를 남기며 현실을 부정할 수도 없다. 조엘은 아직 그 자리에 있지만, 저 길을 따라 걸으면 조엘의 아파트가 있지만, 이제 내 사람이 아니다.

에스터가 조엘의 아파트에 내 물건을 가지러 갔을 때 실수로 그의 티셔츠도 몇 벌 가져왔다. 그날 밤 나는 그 티셔츠가 조엘이라도 되는 것처럼 가슴에 꼭 안고 소파에 누워 있었다. 주방 창문으로 울새 소리가 들리면 눈물이 차오르고, 닷을 만날 땐 절대 카페 근처에서 약속을 잡지 않으며, 드뢰메카게를 여러 개 구워놓고는 먹지 못하는 날들이 허다하다. 휴대폰 사진첩에 저장된 조엘의 사진을 하염없이 넘겨보고 있으면 그 사랑스러운 얼굴에서 차마 눈을 떼지 못하고 전화하고 싶은 마음에 고통스럽다.

전화 걸고 싶은 마음은 언제나 있다. 하지만 그날 레스토랑에서 헤어진 후 조엘의 소식을 전혀 듣지 못했다. 조엘이 더 이상 연락하고 싶어 하지 않는다는 의미로 해석하고 있다.

아직도 조엘을 생각하면 마음이 아프지만 그래도 어느 정도 마음을 추슬러서 처음처럼 그렇게까지 방황하지 않는다. 완전히 망가지고 싶다는 생각에 불씨가 화르르 붙을 때면 제법 능숙하게 그 불씨를 쳐서 꺼버리기도 한다. 불씨가 커지게 내버려두지 않을 것이다. 내버려두면 그동안 고통 속에 견뎠던 날들이 아무 의미 없어진다.

나는 그날 레스토랑에서 가져온 디저트 스푼을 기념품 상자에 넣었다. 여기에는 조엘과의 추억을 영원히 간직할 수 있게 해줄 물건들이 담겨 있다. 휴고의 결혼식 날 호텔에서 가져온 샴푸도 있고 조엘이 구조했던 유기견의 목줄도 있다. (강아지는 치료받고 건강해졌다). 조엘이 선물로 준 트랙터 티셔츠도 다시 입을 엄두가 나지 않아 상자에 넣었다. 조엘이 내게 워터펜에 이력서를 내보라고 했던 쪽지도 있다. 조엘이 선물해준 액세서리, 재작년 크리스마스에 선물로 준 뚜껑 없는 유리병과 유리잔 세트. 짧다면 짧았던 우리의 달콤쌉싸름했던 추억이자 완성되지 못한 이야기다.

76

조엘 - 11개월 후

"아주 자연스러운데!"

"그래 보여?"

"오빠를 마음에 들어 하는 눈빛이야." 탐신이 말한다. "우리 집에 들어와서 살지 않을래? 그게 싫으면 6개월만 여기서 살게 해줘. 생활비는 낼게."

해리를 무릎 위에 앉혀놓고 위아래로 흔들어주고 있으니 절로 미소가 지어진다. 아직 안심할 수는 없지만 신기하게도 일단 울음은 멈췄다. 해리가 나를 좋아해서 쳐다보는 것 같지는 않고, 이제 어떤 생떼를 부릴지 간 보는 것 같다. 책략가다운 눈빛이다.

"실은 오빠한테 물어볼 게 있어. 아기 봐달라는 건 아니고."

"말해봐."

"요전날 말이야. 오빠가 전화해서 지하철 타지 말라고 한 날."

그날, 사건이 일어나기 불과 몇 시간 전에 꿈에 지하철역이 보였다. 공포에 몰린 사람들이 비명을 지르며 우르르 움직이는 장면이었다. 어느 지하철역인지는 확인하지 못했지만, 그날 탐신이 앰버와 해리를 데리고 대학 시절 친구를 만나러 런던에 간다는 건 알고 있었다. (그땐 어쩌다가 지하철역에 사람들이 그렇게 몰렸는지 모르는 상태였다. 아무 정보가 없으니 런던지하철에 전화해서 귀찮게 할 수도 없었다.)

"아, 그거." 나는 해리를 계속 위아래로 어르며, 탐신이 아니라 해리를 보며 말한다. 사람들이 시간을 끌 때처럼 다양하게 놀라는 표정도 지어본다.

"그래, 그거. 그 일 때문에 머리가 좀 복잡해."

"왜?"

"오빠가 그걸 어떻게 알았나 싶어서. 사고 몇 시간 전에 나한테 전화했잖아."(그날 하루 종일 뉴스에서는 그 사건을 보도했고, 인터넷도 그 일로 도배되다시피 했다.)

덫에 걸린 새처럼 가슴이 파닥거린다. "말했잖아. 그냥 그런 느낌을 받았다고."

"그러지 말고 제대로 설명해봐."

거의 2년 전, 크리스마스 다음 날 캘리가 했던 말이 생각난다. 내 꿈이 재능일 수도 있다는 말. 캘리가 레스토랑을 나서며 했던 말도 생각난다.

당신을 사랑하는 사람들이 있다는 걸 잊지 말아요.

나는 탐신을 바라본다. 오늘따라 무척 진지해 보인다. (머리는 뒤로 묶었고 카키색 원피스에 무시무시한 부츠를 신었다.) 하지만 마음이라는 게 쉽게 바뀌지는 않는다. 오랜 세월 동안 혼자 마음속에 간직한 일들, 깊이 묻어둔 비밀들을 꺼내 보이는 건 더욱 그렇다.

"오빠한테 할 말이 있어."

나는 불안한 마음에 침을 꿀꺽 삼킨다. *저건 내 대사 아닌가?*

"그래."

"작년에 내가 이 집에 와서 임신했다고 얘기한 날 기억나? 그날 집에 가기 전에 잠깐 화장실에 갔었거든."

나는 해리를 향해 눈썹만 까닥거릴 뿐 아무 말도 하지 않는다.

"화장실에서 나오니까 오빠가 캘리랑 복도에 서 있었는데 캘리가 오빠한테 이러는 거야. *앰버한테 남동생이 생기다니. 해리라는 이름도 딱 좋은 것 같아요.*"

나는 무릎에 앉아 있는 파란 눈의 해리를 가만히 바라본다. *그래, 해리. 이제 네가 움직일 때야. 소리 지르면서 기저귀를 적셔봐. 아니면 나한테 토해도 돼. 뭐든 좀 해봐.*

"그때 머리가 엄청 복잡했어. 아들 낳으면 이름을 해리로 짓겠다는 생각은 했지만 오빠한테는 그런 말 한 적 없었거든." 탐신이 두 눈으로 나를 찬찬히 뜯어본다. "그래서 생각해봤어. 이게 말이 되는 일인가 하고. 오빠는 어릴 때부터 편집증인지 불안증인지에 시달렸잖아. 그런데 내가 알기도 전에 아이가 아들이라는 거, 아이 이름이 해리가 될 것까지 알고 있었고, 지하철 사건도 마찬가지였어. 엄마가 돌아가신 후에 움츠러든 것도 그렇고."

"그래." 두 손으로 토실토실한 해리의 팔을 쓰다듬으니 이제 심지어 웃는다. 이 꼬맹이가 진짜! 삼촌을 도와줄 마음 같은 건 아예 없는 모양이다. "그래."

"어릴 때부터 오빠가 좀 엉뚱하다고 놀리기는 했……."

"그래, 그랬지."

"그래도 나를 믿어주면 안 될까. 나한테 다 얘기해봐."

나는 고개를 들어 탐신의 두 눈을 바라본다. 몇 달 전, 아버지와 나는 탐신과 더그를 앉혀놓고 워런에 대해 모두 털어놓았다. 그날 탐신이 엉엉 울던 모습을 보면서 면도날로 심장을 가르는 것처럼 괴로웠다. 살면서 그렇게까지 힘들고 기분이 이상했던 날은 없었던 것 같다. 논쟁과 비난과 질문이 하루 종일 끊이지 않았다. 그런데 오늘 이 자리에서 내 동생의 사랑을 또다시 시험하게 될 줄은 몰랐다.

하지만 탐신은 선천적으로 낙관주의자다. 솔직하고 그늘진 곳이 없으며 진취적인 성격의 소유자다. 벼랑 끝이나 막다른 골목, 궁지 같은 건 존재하지 않는다고, 극복하지 못할 일은 없다고 생각하는 사람이고 실제로 그렇게 살았다. 굳이 멀리서 찾지 않아도 우리가 피가 반만 섞인 남매라는 사실을 알았을 때 탐신이 보여준 모습을 보면 알 수 있다. 결국 탐신은 모든 사실을 받아들이고 앞으로도 우리 사이는 변함없을 거라고 말해줬다.

그래서 나는 심호흡을 하고 용기를 내보기로 한다. 해리를 품에 꼭 안고 설명을 시작한다. "난 앞으로 일어날 일을…… 미리 볼 수 있어. 내가 사랑하는 사람들에게 일어나는 일만. 그게 꿈으로 나타나. 몇 시간, 며칠, 몇 주 전에 꿈에서 보여."

해리가 못 믿겠다는 듯 꾸르륵 소리를 낸다. 그런 소리를 들을 만한 상황이다. 하지만 탐신은 한 손으로 입을 틀어막고 가만히 앉아 있다. 두 눈에 눈물이 그렁그렁하다.

"믿어줘. 진짜야." 이렇게 말하고 나니 탐신이 나를 믿어줬으면 하는 마음이 더욱 간절해진다.

"나도 알고 있었어." 탐신이 천천히 입을 연다. "그동안 줄곧…… 알고 있었던 것 같아."

"어떻게?" 나는 간신히 목소리를 내어 묻는다.

탐신이 어처구니없다는 듯 입을 쩍 벌리고, 어쩜 그렇게 당연한 소리를 할 수 있느냐는 듯 양팔을 들어올린다. "오빠는 놀라는 법이 없잖아. 무슨 일에든 놀란 적이 없어. 항상 애매모호한 경고를 하거나 지나가는 말로 조언을 하고 그랬지. 늘 다 알고 있었던 것처럼 보였어. 우리가 언제 싸울지, 언제 무슨 일이 일어날지. 지난주에 아버지가……."

"맞아." 나는 조용히 답한다. 아버지가 극심한 위장염으로 고생하는 꿈을 꾸고 나서 일요일 점심때 가족들과 함께 식사하면서 나는 별생각 없이 몸은 좀 어떠냐고 아버지에게 물었다. 아버지가 우리에게 그런 얘길 한 적이 없다는 건 생각하지 못한 채. 나는 아버지가 말해줬다고 얼버무렸지만 탐신은 그런 나를 주의 깊게 쳐다봤다.

"그동안 있었던 일들을 주욱 생각해보니까 그런 느낌이 들었어. 거기다 해리와 지하철 사건까지……."

해리가 손가락을 불가사리처럼 쫙 펴더니 내 코를 만지려고 한다. 나는 해리의 손가락이 닿을 수 있게 고개를 숙인다.

"의학적인 문제야?"

"유전적인 문제지. 워런한테 물려받은 거야."

탐신이 숨을 내쉬며 욕을 중얼거린다. "대체 왜 나한테 말 안 했어? 오빠 동생이잖아. 나를 믿었어야지."

내가 지금 해리를 안고 있지 않았다면 탐신이 내 머리에 무언가 던지지 않았을까 하는 생각에 등골이 서늘해진다.

"그게 평범한 이야기는 아니잖아. 말하면 관계가 끊어질까 봐 겁났어. 그렇게 되면 도저히 못 견딜 것 같더라. 엄마가 돌아가신 뒤로…… 너는 내가 제일 가깝게 생각하는 사람이거든."

"그러니까 더 나한테 얘기했어야지." 탐신이 핸드백을 뒤져 여행용 화장지를 꺼낸다. "그래서 캘리도 떠난 거야?"

내 품에 안긴 해리가 허공을 향해 요상한 표정을 짓는다. "비슷해." 탐신에게 자세한 얘기를 할 수는 없으니 이렇게만 대답한다. "캘리는 아무 잘못 없어."

우리는 해가 질 때까지 계속 대화를 나눈다. 결국 해리가 제발 이쯤에서 그만 좀 했으면 좋겠다는 의사를 표명한다.

탐신은 돌아가기 전에 나를 꼭 안아주며, 언제나 내 편이 되어주겠다고, 영원히 나를 사랑하겠다고 말한다. 그리고 캘리와 다시 잘될 수 있을 거라며 위로를 건넨다.

세 시간 동안 잘 버티고 있었는데 그 위로 한마디에 그만 무너지려고 한다. 하지만 지금은 안 된다. 탐신이 돌아갈 때까지 간신히 버틴 나는 혼자가 되자 그제야 무너져내린다.

이제 거의 일 년이 지났다. 그날 레스토랑에서 헤어진 이후 캘리를 다시 볼 수 없을 거라는 건 알고 있었다. 하지만 웬지 믿어지지 않는다. 이 순간 캘리와 함께 침대에 누워 캘리를 만질 수 없다는 사실이, 캘리가 귀여운 말을 했을 때 키스해줄 수 없다는 사실이, 캘리가 내 농담에 배꼽을 잡고 웃을 때 더 이상 우쭐한 기분을 느낄 수 없다는 사실이 믿어지지 않는다.

캘리와 함께 다니던 길로 다시 다닐 엄두가 나지 않는다. 캘리와 다시 마주치면 결심이 무너질까 봐 두렵다. 워런은 캘리와 가까이 있는 것처럼 느끼고 싶다면 2년 전 캘리가 선물로 준 건강관리 이용권을 써보라고 조언했다. 물론 기한은 이미 만료됐다. 워런의 말이 맞는 것도 같다. 그곳에 가보면 마음의 위안을 얻을 수 있을 것 같다. 어둠 속에서 마주 잡은 손처럼 무언의 연결고리를 찾을 수 있을지도 모른다.

하지만 아직 준비가 되지 않은 것 같다. 언젠가 가능할 수도 있겠지만, 지금은 아니다.

어쨌든 건강관리라는 것은 여러 형태로 가능하다. 몇 달 전 스티브가 같이 운동할 생각 없느냐며 강변의 극기훈련 수업에 참여해보라고 부추겼다. '모든 레벨 가능', '나만의 속도로', '편견 없는 시선' 같은 광고성 문구를 사용하면서. 나는 결국 끈질긴 설득에 넘어갔다.

캘리 생각을 하지 않으려면 뭐라도 해야 할 것 같았다.

복싱 훈련을 제일 열심히 했다. 좌절감에 빠져 두 주먹을 마구 허우적거리며 분노를 때려 없애려고 했다. 주먹질을 하면서 그렇게 때리는데 어째서 분노가 사라지지 않는지 의문이었다. 대체 왜? 왜? 왜? 그러다 기운이 빠지면 바닥에 납작 웅크려야 했다. 패드를 들고 있는 사람에게 눈물을 보이고 싶지 않았다.

스티브는 내가 시원찮은 주먹을 휘두르길 좋아한다는 사실을 알고 나를 체육관으로 불렀다. 요즘은 스티브와 일주일에 세 번씩 일대일 훈련을 한다. 내가 주먹을 마구 휘두르는 동안 스티브는 패드를 들고 강철처럼 가만히 서 있는다.

운동이 도움이 되는 모양이다. 이제 더 이상 느닷없이 비탄에 빠지는 일도 없고 혼자라는 기분도 들지 않는다.

77
캘리 - 11개월 후

라우카 국립공원에서 처음으로 온전히 하루를 보내는 날이다. 늦은 오후, 나는 여행 가이드인 리카르도와 바닥에 나란히 쭈그려 앉은 채 숨어 있다. 리카르도는 어젯저녁 내가 묵는 호스텔 로비에서 목에 쌍안경을 걸고 다른 여행객들에게 이 공원의 특징을 설명해주고 있었다. 귀가 솔깃해지는 내용이었지만 사람들은 지루해하는 것 같았다.

나는 돌아가려는 그 가이드를 붙잡고 내가 간절히 찾고 있는 새에 대해 물었다. 리카르도는 다음 날 내 가이드가 되어주겠다고 쾌활하게 말했다. 다른 여행객들과 함께 움직여야 하지만 리카르도가 그 새를 보게 해준다고 했고 여행 중에 다른 재미있는 일을 만날 수도 있을 것 같아 나도 동의했다. 좀 미심쩍긴 했지만 내게 하이파이브를 청하고 돌아가는 리카르도를 보면 믿음이 생길 수밖에 없었다.

기온이 뚝 떨어져서 코트와 모자로 꽁꽁 싸맸는데도 으슬으슬 떨린다. 어쩌면 흥분이나 기대감으로 인한 전율일 수도 있다.

우리는 지금 초목으로 뒤덮인 광활한 언덕과 영화 속의 한 장면 같은 지평선을 가로지르는 알티플라노고원의 황량한 풍광을 내려다보고 있다. 기온이 떨어지니 흙냄새가 더욱 짙게 다가온다.

"저기요." 리카르도가 쌍안경을 내리고 손가락으로 한쪽을 가리킨다. "보여요?"

리카르도에게 건네받은 쌍안경을 들자 강한 바람에 두 팔이 휘청거린다. 나는 식물들이 쿠션처럼 부드럽게 깔려 있는 소택지로 쌍안경을 향한다. 다이어뎀드플러버 한 마리가 시야에 들어온다.

상상 속의 나뭇가지에만 앉아 있던 그 새가 현실에 등장하는 순간이다. 어디서 저 새를 보든 알아볼 수 있다. 가느다란 검은 줄무늬를 두른 하얀 배와 옅은 황갈색 날개, 검은 머리, 약간 녹슨 얼룩처럼 보이는 뒷목의 붉은 반점까지 모두 보인다.

드디어 보게 되다니!

헬륨처럼 가벼워진 심장이 하늘로 치솟아 오른다. 나는 눈앞의 광경에 넋을 잃고 기쁨에 겨워 가쁜 숨을 몰아쉰다. 눈가에는 눈물이 그렁그렁하다. 이렇게 희귀하고 소중한 무언가를 두 눈으로 보는 경험을 하다니, 지금껏 자연 속에서 체험한 그 어떤 경험과도 비교할 수 없을 것 같다.

"보여요, 캘리?" 리카르도가 다시 묻는다.

"네, 보여요." 내 목소리가 기쁨에 겨워 살짝 떨린다. "지금 보고 있어요."

"사진 찍어줄까요?"

나는 데이브를 떠올리며 미소를 짓는다. *사진 찍으면 나한테도 꼭 보내줘요.* "아뇨." 나는 가방을 더듬어 내 카메라를 찾는다. "제가 직접 찍을게요."

우리는 거의 이십 분 동안 같은 자리에 앉아서 습지를 이리저리 움직이며 벌레나 유충을 찾는 새의 모습을 지켜본다. 서로 관찰한 내용을 알려주기도 한다. 무시무시하게 큰 화산과 화산 꼭대기에 하얗게 쌓인 눈, 크레용으로 칠한 듯 파란 하늘과 하늘 위로 높이 날아오르는 콘도르들, 이렇게 어마어마한 풍경 앞에서 한없이 움츠러들었던 내 마음이 저 새를 보고 있는 이 순간에는 마구 흔들린다. 마치 우주에서나, 외계에서나 볼 수 있을 듯한 자연에 둘러싸인 나는 가슴속에 이 순간을 간직하고 싶어서 숨을 크게 두세 번 들이마신다.

"괜찮아요?" 리카르도가 걱정하는 얼굴로 바라본다. 리카르도는 고산병에 대비하느라 사륜구동 차의 뒤칸에 산소 호흡기를 가지고 다닌다.

나는 고개를 끄덕인다.

"머리 아파요?"

"아뇨, 괜찮아요. 그냥…… 이 순간을 간직하고 싶어서요. 잊지 않으려고."

"절대 잊지 못할걸요." 리카르도가 웃으며 어깨를 으쓱하는 모습이 이렇게 말하는 것 같다. *이런 풍경을 잊는 건 불가능하니까요.*

리카르도의 말이 맞는다. 이곳에 올 때 이용한 까만 도로는 마치 다른 행성으로 이어지는 고속도로 같았다. 조엘과 나, 그리고 우리가 잃어버린 모든 것의 중력에서 완전히 벗어난, 아주 먼 곳에 존재하는 행성으로 가는 듯한 기분이었다고나 할까. 이곳에 있는 것만으로도 고통이 사라지고 꿈이 실현될 수 있다니.

바람이 날카로운 휘파람 소리를 내는 세상의 끝 같은 이곳에 오면 리엄도 좋아할 것 같다.

"이제 다른 사람들과 합류할까요?" 리카르도가 대기 중인 사륜구동 차를 손으로 가리키며 묻는다. 나의 아름다운 작은 새보다는 온천에 더 관심이 많았던 관광객 세 명을 말하는 것이다.

떠나고 싶지 않다. 이곳에 남아서 별이 반짝이는 하늘을 이불 삼아 밤새 지켜보고 싶다. 하지만 이제 온천도 곧 문 닫을 시간이다.
"새 볼 수 있게 해줘서 고마워요. 오래전부터 저 새를 꼭 보고 싶었
거든요."
"서두르면 플라밍고도 볼 수 있을 거예요."

다음 며칠 동안 사륜구동 차를 타고 리카르도와 함께하는 여행
은 놀랍기 그지없는 경험의 연속이다. 비큐나, 라마, 알파카, 사슴,
그리고 여기저기 흩어져 있는 새들. 리카르도와 함께 탐험하며 화산
끄트머리에서 소풍을 즐기고 석호의 경이로운 풍경에 감탄한다. 거
대한 협곡과 빛나는 강줄기와 그림처럼 끝없이 펼쳐진 고원을 볼 때
마다 입이 떡 벌어진다. 나는 리카르도의 설명을 하나도 빠짐없이
흡수한다. 리카르도 덕분에 너무 좋은 것들을 많이 봐서 평생 고마
워하게 될 것 같다.
처음으로 유럽을 떠난 여행에서 세상에 두 눈을 활짝 뜨게 되었다.

"다음 목적지는 어디예요?"
이곳에서의 여행은 오늘이 마지막이고 내일 아리카로 가서 사흘
정도 있다가 다른 국립공원들을 둘러보면서 남쪽의 아타카마 사막
으로 이동할 예정이다. 그다음에는 산티아고에 가서 다시 나흘을 머
무르며 3주간의 여행을 마무리하려고 한다. 지금은 푸트레의 한 술
집에 앉아 있다. 같은 호스텔에 묵는 에런이 술 한잔하자고 해서 좋
다고 했다. 며칠 함께 다니면서 보니 괜찮은 사람 같았고, 같이 다
닐 사람이 있는 것도 좋겠다 싶었다.
우리는 며칠 함께 다니며 편하게 수다를 떨었다. 에런은 원래 케
이프타운 출신인데 지금은 일 때문에 리우에 거주하며 몇 주 동안

혼자 남아메리카를 여행 중이다. 다소 직설적인 성격에 사람을 끌어당기는 매력이 있다. 나한테 관심도 있는 것 같고 같이 있으면 재미있지만…… 너무 완벽해 보인다. 키가 크고 탄탄한 체격이 기운 넘쳐 보이고, 윙크할 때의 얼굴선도 매력적이다. 피어스도 처음 만났을 때 이렇게 완벽해 보였다. 나는 별난 매력이 있는 사람들을 좋아하는 것 같다. 그런 식으로 사람을 보다 보면 처음 만났을 때 보이는 휘광이 차츰 흐릿해지더라도 별로 충격을 받지 않는다.

나는 내 일정을 간단히 설명하고 에런의 계획은 어떤지 묻는다. 에런은 반대 방향으로 이동해서 국경을 넘어 볼리비아로 갈 계획이라고 한다. 그러면서 나에게 생각이 있으면 함께 가자고 한다. 상황이 이렇지 않았다면(조엘에 대한 감정이 아직 그대로 살아 있지 않았다면) 미친 짓 한번 저질러보는 심정으로 제안을 받아들였을지 모른다.

하지만 다른 남자를 만난다고 해서 조엘을 잊을 수는 없다. 그래서 나는 훌륭한 와인에 대한 감사의 표시로 에런의 볼에 가볍게 입을 맞추고 무사히 여행을 마치길 빌어준다.

일주일 전 히스로 공항으로 향하던 길에도 내 마음속은 조엘과의 추억으로 범벅되어 있었다. 당장 기차에서 뛰어내려 집으로 달려가 조엘에게 사랑한다고 말하고 싶은 생각뿐이었다. 공항에 도착해서도 영화에서 그러는 것처럼 조엘이 어디선가 사람들을 헤치고 내게 달려오지 않을까 하는 생각에 자꾸 뒤를 돌아보았다.

하지만 비행기에 올라탄 후에는 칠레에 도착할 때까지 가만히 생각해보았다. 만약 정말로 조엘이 공항에 나타났다면 내가 뭘 할 수 있었을까? 그대로 유혹에 무릎을 꿇고 조엘에게 키스를 하며 출국장에 남아 있었을까?

하지만 결국 나는 핵심을 놓치고 있었다. 조엘은 우리가 앞으로 나아가길 바라기 때문에 공항에 나타날 리 없다. 그날 밤 레스토랑에서 조엘이 내 손을 잡고 그렇게 말했다. 나를 기다리고 있을 더 행복한 미래를 보라고. *당신 인생에서 최고의 시기는 아직 오지 않았어요.* 나는 조엘 없는 삶을 상상할 수 없지만 조엘은 내가 행복하기만을 바라고 있다. 그래서 나는 비행기가 칠레에 도착하기 전에 마음속으로 앞으로 조금씩 나아가보자고 다짐했다. 여행을 하는 몇 주 동안은 지금 내 인생에 집중하고 앞으로 어떻게 살 건지 고민해보자고 다짐했다. 어떻게 살아야 할지 정말이지 앞이 깜깜했기 때문이다.

내 배낭 밑바닥에는 그날 레스토랑에서 가져온 디저트 스푼이 들어 있다. 내가 아직 믿지 못하는 그 삶을 여기서 맛보고 즐길 수 있을 거라 믿고 싶어서 가져왔다. 가능한 한 다양한 맛의 음식을 먹어보고 기억에 남기고 싶었다.

호스텔로 돌아와서 리엄, 피오나, 데이브에게 보낼 이메일을 쓴다.

유니콘 발견!

그리고 침대에 앉아 가방에서 펜 한 자루와 엽서 한 장을 꺼낸다.

첫 번째 단어를 적는데 손이 살짝 떨린다. 조엘.

앞으로 나아가겠다고 다짐은 했지만 오늘 내가 느낀 기분을 조엘에게 말하고 싶은 마음이 굴뚝같다. 아까 온천에서 거북이처럼 햇볕을 쬐고 있을 때 문득 그런 생각이 들었다. 하늘을 빙글빙글 도는 독수리들을 바라보고 있으니 영화 속에서 지나간 과거를 추억할 때처럼 필름이 휘리릭 돌아가며 떠오르는 장면이 있다. 휴고의 결혼식 날 그 호수 말이다. 조엘은 다음 날 호수에서 수영한 이야기로 나를 놀렸다. 그리고 몰래 호텔을 빠져나와 집에 가는 길에서도 추억을 만들었다.

그날 집에 가는 길에 넓은 벌판을 발견했다. 차를 갓길에 댄 우리는 손을 맞잡고 밀이 익어가는 밭의 가장자리로 달려가 햇볕에 뜨겁게 달구어진 공터에 벌러덩 누웠다. 피부에 밀 잎이 닿자 뜨거운 밧줄이 닿는 기분이었다. 우리는 바닥에 등을 대고 나란히 누워 하늘을 멍하니 바라보았다. 독수리 몇 마리가 하늘을 빙글빙글 돌고 있었다.

그 순간 조엘과 내가 함께했던 모든 일들이 앞으로 다가올 내 인생의 달콤쌉싸름한 서막처럼 느껴졌다. 내 삶을 조엘과 공유할 수 없다니 무언가 잘못된 것 같다. 그래서 적기로 했다. 펜을 들고 조엘에게 엽서를 쓰기로 했다.

죽을 때까지 조엘에게 보낼 수 없겠지만 내 마음에서 그의 마음으로 바다 건너 날려보내는 키스가 될 것이다.

78
조엘 - 1년 6개월 후

이른 아침의 서핑. 그동안 규칙적으로 콘월을 오간 덕분에 이제 나도 제법 그럴듯한 서퍼가 되었다. 처음에는 워런이 나를 바다로 떠밀며 다른 사람을 죽이려 하지 말고 조용히 두 팔로 노를 저으라고만 했다.

고개를 드니 워런이 활짝 웃으며 엄지를 치켜세운다. 아직 5월이라 바다는 그다지 따뜻하지 않다. 5밀리미터 두께의 네오프렌 수영복을 입었는데도 파도가 와서 부딪칠 때면 숨이 멎는 것 같다.

하지만 파도가 매우 좋고, 아직 여름 관광객들이 몰릴 시기는 아니다.

나는 숏보드에 앉아 계속해서 밀려오는 파도를 바라본다. 마음에 드는 파도를 발견하면 팔로 노를 저어 이동한 후 파도 위로 뛰어올라 왼쪽으로 내달린다. 오른쪽에서 워런의 모습이 어렴풋하게 보이긴 하지만 의기양양하게 파도 위를 달리는 그 순간에는 아무 생각이 들지 않는다. 천둥 같은 파도 소리에 전투기가 지나갈 때처럼 아무 소리도 들리지 않는다.

나는 모든 것들을 바다 속에 던져 넣는다. 과거와 미래, 그리고 그 사이에 존재하는 모든 것들을.

서핑을 끝내고 워런과 술집을 찾는다. 사람들 틈에 섞여 처음 보는 여자와 대화를 나눈다. 그리고 대화는 뉴키에서 약 800미터 떨어져 있지만 위치를 정확히 알 수 없는 그 여자의 집으로 이어진다. 이지역에 거주하는 사람인지, 나처럼 잠시 체류하는 사람인지는 모르겠지만 잠자리는 꽤 마음에 든다. 캘리와 함께하는 시간과는 절대비교할 수 없지만 그래도 나름 괜찮다. 파도를 탈 때처럼 고통을 잠시 잊을 수 있으니 그걸로 됐다.

다음 날 아침 거실에서 여자와 마주친다. 갈색 머리의 자그마한 여자가 나이트가운만 걸친 채 커피를 마시고 있다. 여기가 집인 것 같다. 사방에 사진 액자가 걸려 있고, 커피 테이블 위에는 싱싱한 꽃이 놓여 있다. 현관에는 신발이 여러 켤레 나와 있다.

불편한 침묵이 이어진다. 이런 일은 너무 오랜만이라 어색하기만 하다.

여자가 수줍게 웃으며 묻는다. "커피 마실래요?"

"그게, 저는 그냥……." 나는 히치하이커처럼 엄지를 들고 어색하게 어깨너머를 가리킨다.

안심하는 듯한 표정이 여자의 얼굴을 스친다. "아, 말씀드리고 싶었어요. 제가 지금은 딱히 누굴……."

"저도요." 나는 급히 얼버무린다. "미안해요."

"아니에요! 미안해하지 마세요. 저는 그냥…… 잊고 싶은 사람이 있어서, 그래서……."

"아, 잘됐네요." 가슴이 팔딱거리다가 다시 푹 가라앉는다. "아니, 그게 잘됐다는 게 아니라……."

여자가 소심하게 웃는다. 부끄러운 듯 힘이 들어간 발가락이 잔뜩 웅크리고 있다. (요즘은 여자들이 나를 보면 이런 반응을 보인다.)

"괜찮아요. 무슨 말인지 알아들었어요."

벽난로 위 선반에 놓인 사진들이 눈에 들어온다. 예전에는 머리가 길었던 모양이다. 머리를 짧게 자른 지 얼마 되지 않은 것 같다.

"이 아이는……?"

"제 아들이에요. 다섯 살 됐어요." 여자가 두 손에 든 머그잔을 더욱 세게 움켜쥔다. 그리고 시간을 끌려는 것처럼 잔을 입에 한참 대고 있다. "애 아빠하고는 만났다 말았다가를 반복하는 사이예요."

"아, 전 그냥……."

"괜찮아요. 그러니까 엄밀히 따지면 헤어진 거죠. 아직 딱히…… 잊은 것 같지는 않지만. 무슨 말인지 알죠?"

가슴이 죄어드는 기분이다. "아, 그럼요."

"존은 아이가 있어요?"

나는 어색하게 웃으며 이름을 제대로 가르쳐줄까 하다가 그냥 내버려둔다. "아뇨."

다시 침묵이 시작된다. 벽 너머에서 아기 울음소리와 목소리를 낮춰 다투는 소리가 들린다.

"미안해요." 여자가 잠시 후 다시 입을 연다. "제가 눈치가 없었네요. 어젯밤에는 즐거웠어요."

여자의 사과를 받으니 앞으로도 계속 이런 식일까 궁금하다. 반만 걸친 관계, 진정한 감정이 결여된 밤……. 캘리와 함께 있을 때와 같은 그런 감정은 다시 돌아오지 않는 걸까.

"괜찮아요. 피차 같은 입장인 것 같네요." 나는 어젯밤 안락의자에 걸쳐놓은 재킷을 들며 말한다.

여자가 한 걸음 다가온다. "당신은 정말 좋은 사람 같아요, 존. 솔직히 당신 같은 사람 거의 없을 거예요."

재킷을 걸치는데 웃음이 난다. 뭐, 어쨌든 감정은 살아 있는 모양이다.

"아무 말도 하지 마요." 마침내 워런의 집에 도착한 나는 워런에게 이렇게 쏘아붙인다. (한참 걸은 후에 버스와 택시를 타고 돌아왔다.)

워런이 씩 웃는다. "마트에 간 건 아닌 모양이네."

"아니에요. 마트라뇨? 마트 안 갔어요."

워런은 내가 총이라도 꺼내 든 것처럼 두 손을 들고 있다. "내 말은 신경 쓰지 마라. 다음 주 계획에는 변동 없는 거지?"

아버지를 한참 설득한 끝에 다음 주 토요일 아버지 집에서 열리는 바비큐 파티에 워런을 초대하기로 했다. 워런이 처음으로 우리 가족을 만나 함께하는 자리다.

"여기 오기 전에 아버지한테 한 번 더 얘기해뒀어요."

"정식으로 다시 만나려니 기분이 좀 이상하네. 좋은 쪽으로 이상한 거였으면 좋겠다."

평소 더그의 무례한 언행을 보면 가장 걱정되는 사람이 더그지만 워런에게는 아무 말 하지 않는다.

여섯 달 전, 탐신과 워런의 권유로 마침내 의사를 만났다. 그땐 내가 다른 사람의 연구 프로젝트가 될 일이 없을 거라는 사실을 깨달은 후라 다이애나의 제안을 거부한 상황이었다. 그런데 일주일에 몇 번씩 스티브의 체육관에 가서 주먹을 날리다 보니 건강이 약간 좋아지는 것도 같고, 지금은 내 주변에 날 응원해주는 사람들도 있으니 시기가 괜찮다는 판단이 들었다.

이 의사는 대학교 때의 그 의사와 달리 내 말을 열심히 듣더니 곧바로 상담 전문가를 소개해줬다. 그래서 지금은 일주일에 두 번씩

어지러운 마음속을 들여다보려고 애쓰는 중이다.

상담은 예상보다 더 힘들었다. 하지만 캘리 생각을 그만두는 게 쉬울 리 없다. 아주 희미한 빛에도 동요하는 나방처럼 캘리가 죽는다는 생각만 하면 내 마음도 함께 죽어가는 것 같았다. 지금 캘리가 뭘 하고 있을지 궁금해하며 살 수는 없다. 그랬다가는 캘리를 또다시 잃고 말 거라는 생각에 완전히 망가질지도 모른다.

그래서 지금은 신체적, 정신적 건강을 향상시키고, 그로 인해 얻을 수 있는 부수적인 효과들에 집중하려고 한다. 아버지 및 더그와의 관계를 개선하고, 좋은 삼촌이 되는 것도 그중 하나다. 다시 동물병원으로 복귀할 가능성도 찾아보고 있다. 밤마다 수면시간을 조금씩 늘리면서 잠을 두려워하지 않으려고 노력 중이다. 요리도 배우고 카페인 섭취도 줄이려고 노력하고 있다.

이런 나를 보면 캘리가 기뻐하겠지. 쓸데없는 생각인 건 알지만, 캘리가 자랑스러워할 만한 삶을 살아보려고 노력하는 것도 나쁘지 않을 것 같다. 내 꿈 때문에 우리 두 사람 사이에 생긴 깊은 균열을 뛰어넘을 수 있다는 희망은 없기에 영원히 가슴은 아프겠지만.

캘리는 살 수 있는 방법을 찾지 않겠다고 했지만 나는 결코 포기하지 않았다.

아직도 캘리가 그립다. 캘리가 웃길 기대하며 농담을 던지던 나, 퇴근하고 돌아와 머피의 목덜미에 얼굴을 파묻던 캘리의 모습이 그립다. 텔레비전을 보다 잠들어 고개가 뒤로 홱 넘어가 있던 캘리의 모습도 생각난다. 우리가 처음 키스할 때 하늘에 붕 뜬 것 같았던 느낌도 아직 생생하고, 캘리가 샤워하면서 노래하던 소리에 뒤척이던 기억도 그립다.

캘리가 마지막으로 난도질한 노래는 우리가 마지막으로 함께했던 날 아침에 부른 〈영원히 당신을 사랑할게요 I Will Always Love You〉이다. 이틀 후 캘리가 돌아오지 않을 거라는 에스터의 메시지를 받고 나서 나는 욕실에 들어가 멍하니 서서 노래하던 캘리의 목소리를 떠올려보려고 했다. 캘리의 수건이 수건걸이에서 떨어져 타일 바닥에 아무렇게나 놓여 있었다. 그리고 내가 쓰는 샤워젤 뒤에 캘리가 가장 좋아하는 코코넛 샴푸가 뚜껑이 열린 채 세워져 있었다.

나는 샴푸통을 들고 향을 깊이 들이마신 뒤 뚜껑을 닫았다.

그리고 몇 달 동안 그 짓을 계속했다. 매일 아침 샴푸 향기를 맡고 캘리 생각을 하면서 하루를 시작했다.

79
캘리 - 1년 6개월 후

아침마다 산책로에서 보는 남자가 있다. 이 남자는 나와 마찬가지로 소나무숲이 끝나고 발트해가 시작되는 라트비아 북서쪽 끄트머리의 해안에 묵고 있다. 해변에 오두막집이 여러 채 모여 있는 곳인데, 조그만 관광지라 체크인한 사람이 나를 포함해 열두 명 정도밖에 되지 않는다. 어느 날 아침, 모래사장을 따라 한참 산책을 하고 나서 숙소로 돌아가던 길에 남자가 어느 조류 관찰자와 이야기하는 소리를 듣고 영국인이라는 걸 알게 되었다.

많은 조류 관찰자들이 이곳을 찾는 것 같다. 물론 나는 조류 관찰자는 아니지만, 철새들이 야생 지역의 끄트머리에 내려앉는 모습을 종종 본다. 리엄이 이곳을 왜 그렇게 좋아하는지 알 것 같다. 세상과 동떨어져 있어 더욱 시선을 사로잡는 이곳의 쓸쓸한 풍경을 보고 있으면 넋을 잃게 된다. 쭉 뻗은 모래사장과 자유분방하게 펼쳐진 숲, 하나로 이어진 것 같은 바다와 하늘을 보고 있으면 그럴 수밖에 없다.

유럽 대륙을 여행한 지 2주 정도 지났다. 작년 가을 칠레에 다녀온 후 첫 여행이다. 또다시 고독에 빠져보고 싶었다. 여행 책자에서 본 드넓은 해변과 상상 속에서 그려보았던 소나무숲에 둘러싸이고 싶었다. 칠레에서 가이드를 해준 리카르도가 내가 남미로 떠나기 전 가볼 만한 다른 지역들을 추천해줬지만, 다시 그 지역에 가려면 은행 잔고가 더 쌓일 때까지 기다려야 한다. 게다가 한두 달 후면 에스터와 개빈의 첫아이가 태어난다. 아기의 대모가 되어달라는 부탁을 받은 나는 아기가 태어날 때 한 장면도 놓치고 싶지 않다.

우리는 둘 다 일찍 일어나는 타입이다. 핀과 나 말이다. 어제 그 남자가 기념품 가게 남자에게 자기소개를 할 때 뒤에 줄 서 있다가 이름까지 알게 되었다. 핀은 내가 묵는 오두막에서 두 칸 떨어진 오두막에 묵고 있는데 마주칠 때마다 내게 라트비아어로 인사를 건넨다. 그런데 발음이 엉망이라 듣고 있으면 내 발음만큼이나 우습다. 핀은 혼자 여행 중인 것 같다. 일행 없이 혼자 다니는 걸 보면 그렇다는 말이다.

여행을 이틀 정도 남겨둔 날 저녁, 나는 빵과 치즈, 맥주를 들고 내 오두막 밖에 있는 나무 벤치에 앉아 넋을 잃고 경치를 바라본다. 하늘에는 솜사탕 같은 구름이 흩뿌려져 있고, 태양은 오렌지 같은 붉은 빛으로 바다를 물들이고 있다.

조금 전에는 조엘에게 엽서를 한 장 썼다. 지금은 엽서가 꽤 많이 모여서 봉투에 담아 에스터의 집에 갖다놓았다. 내 생각, 내 모험을 담은 타임캡슐이라고 할까. 내게 무슨 일이 생길 경우를 대비해 에스터에게 잘 간직해달라고 했다. 정말 그런 일이 생기면…… 조엘에게 내 마음을 전할 방법이 있어야 한다.

엽서를 쓰고 나서는 휴대폰으로 일몰을 찍어 리엄에게 문자로 보낸다. *여기 오고 싶죠?* 리엄이 이모티콘을 싫어하기 때문에 일부러 이모티콘도 덧붙인다.

그때 나무 산책로를 걷는 슬리퍼 소리가 들린다.

고개를 들어보니 핀이 자기 오두막으로 가고 있다. 핀이 나를 보고 손을 들어 인사한다.

나도 웃으며 맥주를 내려놓고 인사한다. "안녕하세요."

핀이 조심스럽게 웃으며 마주본다. "영국인이에요?"

"네."

"그럼 저번에 이상한 라트비아어로 인사한 거 사과해야겠네요."

나는 웃음을 터뜨린다. "저도요."

핀이 크게 숨을 내쉬며 하늘을 바라본다. "멋진 풍경이네요."

"아름다워요."

핀이 지나가기를 기다리고 있는데 핀은 대신 이렇게 질문한다. "여기 오래 머물 계획이에요?"

"내일모레 떠나요." 나는 잠시 머뭇거린다. "맥주 드실래요?"

핀이 활짝 웃으며 다가온다. "좋죠. 제가 방해하는 건 아닌가요?"

"아니에요. 다른 계획이 있으신 게 아니면……."

"저도 일몰이나 구경할까 하던 참이었어요." 핀이 멋쩍게 웃는다. "일몰이라면 환장하거든요."

나는 맥주를 한 병 따서 핀에게 건넨다.

핀이 고맙다는 말과 함께 옆에 앉는다. 180센티미터가 넘는 키에 금발머리, 정직해 보이는 인상, 시선을 끄는 파란 눈동자. 반바지에 슬리퍼, 야구모자를 쓴 모습이 느긋한 해변 사람 같다.

맥주병을 내려다보는데 왠지 모를 기대감에 가슴이 콩닥거린다.

"그럼……."

"……캘리예요."

"캘리. 저는 핀이에요." 악수를 나누는데 핀의 손이 커서 내 손이 더욱 작게 느껴진다. "새 보러 왔어요? 아니면 혼자 있고 싶어서?"

"둘 다이긴 한데, 조류 관찰자는 아니에요. 관찰자보다는…… 감상자라고 하는 게 낫겠네요."

핀이 웃는다. "좋은 표현이네요. 휴가 온 거예요?"

"네. 그쪽도?"

"네." 핀이 눈을 반짝이며 고개를 끄덕인다. "멋진 티셔츠네요."

거의 3년 전 조엘이 크리스마스 선물로 준 트랙터 티셔츠다. 이제 이 티셔츠를 다시 입을 수 있게 되었다. 조엘의 미소를 다시 떠올릴 수 있게 되었다. 어쩐 일인지 요즘은 조엘을 떠올리면 씩씩해지는 것 같다.

요즘도 조엘 생각을 자주 한다. 조엘은 지금 뭘 하고 있을까, 누구와 시간을 보내고 있을까, 무슨 꿈을 꿨을까, 뭐 그런 생각들이다. 다시 일은 하는지, 만나는 여자는 있는지, 우리가 헤어진 후로 생각이 바뀌지는 않았는지도 궁금하다. 하지만 또렷했던 기억들이 서서히 흐릿해지고 있다. 그래서 기억을 떠올려도 예전처럼 상처가 아프지는 않다. 예전에는 칼에 찔린 느낌이었다면 지금은 살짝 긁힌 정도다.

"고마워요." 대답은 했지만 티셔츠 얘기 대신 이렇게 묻는다. "여기 온 지 얼마나 됐어요?"

"이제 일주일쯤 됐어요. 캘리는요?"

"여기 온 지는 나흘째고요, 그전에는 에스토니아랑 리투아니아에 갔었어요."

핀이 대단하다는 표정을 짓는다. "둘 다 제 버킷 리스트인데."

나는 웃으며 숲에서 황새를 찾은 이야기나 호수에서 독수리를 발견한 이야기, 해가 지기 직전에 에스토니아의 소택지에서 길 잃었던 이야기를 늘어놓는다.

핀은 내가 이야기하는 동안 몸을 기울이고 눈을 반짝이며 열심히 듣는다. "와, 저도 여행을 좀 더 자주 해야겠어요." 내가 이야기를 마치자 핀이 맥주를 한 모금 삼키며 말한다.

"못 가는 이유가 있어요?" 평생 다른 사람들이 내게 던졌던 질문이다. 그런데 내 입에서 이런 질문이 나오다니 기분이 묘하다.

핀이 얼굴을 찡그린다. "돈도 그렇고 연차 내기도 힘들고, 별로 계획적이지도 못해요. 아, 현실로 돌아가고 싶지 않아요." 이렇게 말하며 맥주를 벌컥 들이켠다. "캘리는 꽤 체계적인 편인가 봐요. 부러워요. 무슨 비결이라도 있어요?"

"실은 저도 다 처음 해보는 거예요. 그런 거 있잖아요. 어렸을 때는 겁이 나서 못 하다가 마흔이 다가오니까 허겁지겁 해치우는 거죠."

핀의 얼굴에서 미소가 떠나지 않는다. "아, 여기서 평화롭게 일몰을 즐기던 분한테 제가 괜한 말을 꺼내서 중년의 위기를 떠올리게 한 것 같네요. 자, 그럼 뒤로 조금만 되감기로 해요. 캘리가 어떤 사람인지 알고 싶어요. 얘기해줘요. 저는 지금부터 삼십 분 동안 입 다물고 있을게요."

"삼십 분 동안요?"

"시간 잴게요." 핀이 손목시계를 내려다보며 말한다. "일단 왜 두 번째 차가 트랙터인지부터 말해봐요."

"아직 시간 안 됐어요?"

"저도 모르겠는데요." 핀의 눈동자가 먼 바다에 나간 배의 불빛처럼 반짝거린다. 핀은 두 팔을 허벅지에 걸치고 앉아서 내가 농담을 하면 웃음을 터뜨리고, 설명이 두루뭉술한 것 같으면 계속해서 질문을 던졌다. 재미있고 겸손한 사람인 것 같다. 특히 웃는 모습이 매력적이라 웃으면 더 잘생겨 보인다.

핀은 내 직업이 뭔지 묻더니 벌목이나 삼림지대 관리, 서식지 관리에 대한 전문적인 질문을 던진다. 나는 핀과 대화를 나누면서 예상과 달리 조엘과 핀을 비교하지 않고 있다는 점을 깨닫는다. 그 누구와도 비교하지 않고 핀의 모습을 있는 그대로 바라보고 있다. 그렇다는 것은 내가 핀을 진지하게 받아들이고 있다는 의미일 수도 있고, 조엘을 그 누구와도 비교할 수 없는 절대적인 존재로 여기고 있다는 의미일 수도 있다.

"이제 그쪽도 얘기해봐요." 지금까지 너무 내 얘기만 한 것 같아서 이렇게 묻는다. "무슨 일 해요?"

핀은 잠시 고개를 떨궜다가 다시 고개를 들고 나를 바라본다. "생태학자예요. 그래서 여기 와 있는 거고요. 철새를 보려고요. 식별 능력도 연마할 겸."

나는 핀을 노려본다. "이런…… 그럼 말을 했어야죠."

"당신 이야기가 듣고 싶었어요."

갑자기 한꺼번에 여러 질문이 떠오른다. "그럼 실제로…… 어떤 분야예요?"

"그게…… 지금은 컨설턴트로 일하고 있어요. 그래서 현장에 나가 있을 때가 많죠. 측량, 평가, 보고서, 뭐 그런 거 때문에요."

"일은 마음에 들어요?"

"그럼요. 정말 좋아요. 이 일 하려고 태어난 게 아닌가 싶을 정도예요."

어떤 느낌인지 나도 알아요. 나는 속으로 이렇게 생각하며 핀과 함께 지금은 어둠 속에 잠긴 바다를 바라본다.

핀은 브라이턴에서 태어나 대가족 속에서 자랐고 친구들도 무척 많다고 한다. 또 강아지와 로맨틱 코미디를 좋아하고 미식을 즐기며, 기계 다루는 재주는 없어서 직접 조립하거나 수리하는 건 질색이고 걱정 같은 건 하지 않는 성격이라고 한다.

"이런 질문을 해도 될지 모르겠는데……." 핀이 발밑에 카펫처럼 깔린 솔잎을 바라보며 묻는다. "혹시 고향에 캘리를 기다리는 사람이 있나요?"

내 마음이 조엘에게 향한다. 정원에 나와 두 손을 주머니에 넣고 하늘의 별을 바라보는 조엘의 모습을 떠올린다.

어쩌면 지금 우리가 같은 하늘을 바라보고 있지는 않을까.

나는 다시 시선을 핀에게 돌리고 이렇게 답한다. "이제는 없어요."

잠시 후 우리는 발트해를 배경 삼아 키스를 나눈다. 차가운 입술을 맞대는 순간 뜨겁게 달아오른다. 이국적이면서도 좋았던 기억을 떠올리게 하는 키스, 오랫동안 잊고 있던 전율을 다시 불러일으키는 키스다. 조엘과 헤어진 후 아무도 만나지 않았다. 하지만 이제 나를 어루만지던 조엘의 손길을 잊으려고 한다. 지금 나는 핀을 원하고, 이 사람과의 만남이 꽤 즐거울 것 같은 예감이 든다.

앞으로 나아가야 할 시간이 됐다. 조엘은 내게 앞으로 나아가야 한다고 했다. 그리고 오늘 밤 별로 가득한 하늘 아래서 키스를 하고 있으니 꽤 괜찮은 출발인 것 같다.

그러다가 내가 원하기 때문에, 이게 맞는다는 생각 때문에 핀을 내 오두막에 초대한다.

조엘이 아닌 다른 남자와 함께 있는 내 모습을 상상하기 힘들던 시절이 있었다. 앞으로 나아가는 것에 대한 두려움보다 조엘이 내 곁에 없다는 생각에 더 두려웠고, 무의식적으로 다른 사람과 조엘을 끊임없이 비교하며 살게 될까 봐 겁났다. 조엘처럼 내게 키스해줄 수 있는 사람이 과연 있을 거라고 생각하지 못했다.

하지만 핀을 보니 세상에는 다양한 종류의 감동이 있는 것 같다. 핀과의 키스가 점점 격렬해지는 사이 핀이 정말 자신감 넘치는 사람이라는 게 느껴진다. 핀은 대담하고 의연하고 단호한 사람 같고 자기주장도 강해 보인다. 결국 핀의 이런 자신감 덕분에 나까지 구제받게 된 게 아닐까. 핀의 섹시한 모습은 쉽사리 무시할 수 있는 그런 것이 아니다. 조엘을 향한 내 그리움이 가려질 정도로 환하게 타오르는 매력이다. 우리는 숨도 쉬지 않고 격렬히 키스를 이어나간다. 가장 놀라운 것은 내가 영원히 잊어버렸을지도 모른다고 생각한 무언가를 핀이 완벽히 되살려놓았다는 점이다.

다음 날 아침 우리는 동이 트자마자 밖으로 나와 모래사장의 바위 위에 걸터앉는다. 지금 이 시간에 나와서 하늘이 살구색으로 바뀌며 해 뜨는 광경을 지켜보는 사람은 우리 둘뿐이다. 배가 좌초되어 우리만 이 섬에 떠밀려온 것 같다.

하늘 저 위에서는 철새들이 날개를 퍼덕이며 줄 지어 어딘가로 급히 날아가고 있다. 핀은 하늘을 보며 어떤 종의 새가 지나가는지 빠짐없이 알려준다. 핀의 설명을 따라가기가 쉽지 않다. 새들이 너무 많아서가 아니라 지금 내 손을 잡고 있는 이 자신감 넘치고 세심한 남자 때문이다. 핀 때문에 황홀하고 뿌듯해서 정신을 차리기가 힘들다. 핀은 새벽같이 일어나 키스로 나를 깨웠고, 그 키스가 다음 단계로 넘어가기까지 단 몇 초도 걸리지 않았다.

우리는 벌써 몇 년을 함께한 연인처럼 손을 맞잡고 나란히 해변을 걸으며 아침을 보낸다. 중간 중간 서로를 흘긋거리기도 하고, 나무에 기대 입을 맞추기도 하면서. 정오에는 차를 타고 근방의 카페로 향한다. 카페 카운터에서 핀은 무모하게 또 라트비아어로 점심을 주문하려고 한다.

"무얼 시켰어요?" 나는 자리를 맡아놓고 기다리다 핀이 오자 묻는다.

핀이 웃는다. "나도 모르겠어요."

어쨌든 음식은 훌륭하다. 산처럼 쌓인 샐러드 두 접시와 음료수, 크림이 가득 든 케이크까지 모두 괜찮다. 오후에는 근처에 있는 강에 잠시 몸을 담근다. (하지만 별로 현명하지 못한 계획이었던 것 같다.) 하늘이 어두워지기 시작하자 우리는 다시 차를 몰고 웨스턴캐퍼케일리의 흔적을 찾아 소나무숲 깊숙이 들어간다. 차창을 모두 내리고 기다려보지만 결국 우리가 찾던 새는 만나지 못한다. 게다가 스무 번 정도 방향을 꺾으려다 차 바퀴가 진창에 빠질 뻔한다. 그래도 우리는 웃음을 그치지 못한다. 이 사람에게 깊이 빠질 것 같은 느낌이다.

하지만 너무 많은 것을 기대하지 않으려고 한다. 내 마음 한구석은 언제나 조엘을 위해 비워져 있을 테니까.

24시간 후 리가공항에서 휴대폰을 열고 핀이 보낸 문자 메시지를 확인하는데 왠지 기분이 우쭐해진다.

안녕, 캘리. 이런 거 해본 지 너무 오랜만이라(!), 이래도 될지 모르겠는데…… 캘리를 만나서 무척 행복했고 꼭, 꼭 다시 만났으면 좋겠어요. 캘리만 괜찮다면.

곧바로 메시지가 하나 더 들어온다.

이건…… 정말 엄청난 일인 것 같아요.

또 하나 더.

이 말은 꼭 해야겠어요. 캘리가 내키지 않는다고 해도 기분 나빠 하지 않을게요! 그래도 희망은 버리지 않을 거예요.

그리고 또 하나 더.

알았어요, 이제 그만해야지. 비행기 타러 가야죠. 조심해서 돌아가고, 암튼 잘 가요. 또 얘기할 수 있었으면 좋겠어요.

휴대폰을 끈 나는 집에 도착한 뒤 며칠 더 있다가 답장을 보내야지 생각한다. 그런데 오 분 뒤에도 핀의 문자 메시지를 보며 웃는 나를 발견하고 마음을 바꾼다.

게이트에서 수속이 시작되자 나는 급히 휴대폰 자판을 두드린다.

저도 무척 좋았어요. 다시 만나는 거 괜찮은 생각 같아요. 당신 집에서? 아니면 우리 집에서?!

80

조엘 - 2년 후

한숨 돌리려는 건지 토하고 싶어서 그러는 건지 키런이 정원 담벼락을 붙들고 선다. 머지않아 그 이유를 알 것 같은 예감이 든다.

"대체 왜 이러는 거야?" 키런이 씩씩거린다.

나도 막간을 이용해 무릎을 꿇고 앉아서 폐에 공기를 가득 채운다. 가슴이 좀 타는 느낌이지만 기분은 좋다. 정말 행복해서 눈물 흘릴 때나 배가 아플 정도로 웃을 때 같은 그런 기분.

오늘은 수요일 밤마다 정기적으로 함께 달리기를 하기로 한 첫날이다. 키런은 럭키를 데려왔다. 우리가 예전에 구조한 그 강아지 말이다. 결국 키런이 녀석을 입양했다. (한편 슬프게도 나와 함께 산책을 했던 개들은 이제 나이가 너무 많아 함께하기 힘들어졌다.)

나는 키런을 흘끗 본다. "내가 너한테 하고 싶은 질문인데."

"오, 그래. 고맙다. 나는 자빠져 누울 테니까 알아서 해." 키런은 얼굴이 벌겋게 달아올라서 땀까지 줄줄 흘린다. "야, 나 죽을 것 같아."

나는 스티브를 흉내 내서 말한다. "고통은 언젠가 사라지게 돼 있어."

"나는 그냥 사실을 말했을 뿐이야." 키런이 계속 헐떡거린다. "이 꼴통 같으니."

나는 웃음이 터지고 만다. "미안. 한번 해보고 싶은 말이었어."

우리는 다시 달리기 시작한다. 나는 좀 더 빨리 달릴 수 있다. 식습관도 좋아지고, 스티브와 복싱 연습도 하고, 워런과 꾸준히 서핑도 하다 보니 내 심혈관 체계에 기적이 일어난 모양이다. 하지만 오늘 밤에는 키런과 할 이야기도 있고 해서 천천히 달리려고 한다.

스티브, 탐신, 워런, 그리고 내 상담 전문가까지 모두가 지금이 적당한 시기라고 생각하고 있다.

"네가 예전에 했던 말 있잖아."

"내가 같이 달리겠다고 했던 말?" 키런이 투덜거린다. "그 말 지금 취소할래."

이제 길 끝이다. 길은 여기서 전망대와 주차장으로 이어진다. 늦은 시간이라 주차장은 텅 비어 있다. 근처에는 에버스포드가 내려다보이는 벤치가 하나 있다. 그 자리에 앉으면 강과 교회 첨탑이 보인다. 바다처럼 펼쳐진 지붕들 위로는 다락방 창문들 몇 개가 조그마한 구멍 뗏목처럼 불을 밝히고 있다.

지금은 11월이고 공기가 얼음처럼 차갑지만 오 분 넘게 달렸더니 몸에서 열이 난다. 나는 이미 총 맞은 것처럼 벤치에 널브러져 있는 키런 옆에 앉는다.

럭키도 바닥에 자리를 잡고 앉는다. 저 녀석은 얄밉게 거의 헐떡이지도 않는다.

"다시 병원으로 돌아갈까 생각 중이야." 나는 조심스럽게 말을 꺼낸다. "물론 네가 받아준다면 말이지만."

키런은 간신히 몸을 일으켜 앉는다. "잘됐네. 당연히 받아줘야지. 듣던 중 반가운 소식이다."

"연수는 좀 받아야 할 것 같아."

"이미 받았잖아. 옛날에. 나중에 이메일 보낼게. 그런데 어떻게 마음을 바꾼 거야?"

이번 여름에 술집에서 키런과 조이를 앉혀놓고 내 꿈에 관해 털어놓았다. 일단 입 밖으로 내면 다시 되돌릴 수 없다는 두려움에 긴장해서 손에 땀이 흥건하게 고였다. 그런데 두 사람은 의외로 선뜻 받아들이는 눈치였다. (의심이 남아 있었다고 해도 워런 이야기를 꺼내는 순간 모두 사라진 것 같다.) 안심이 되는 건 당연했다.

지금 내 눈앞에는 에버스포드가 내려다보인다. 움직이는 불빛과 공장 굴뚝이 뿜어내는 하얀 연기로 이루어진 지도 같다. "운동도 하고, 잠도 잘 자는 편이고, 머릿속도 한결 홀가분해졌으니까. 숨어봤자 도움이 되지 않는다는 걸 깨닫기도 했고."

캘리와 여기 함께 앉아 있을 수 없다는 사실은 여전히 슬프다. 단점을 극복할 때까지 노력할 수는 있겠지만 사랑하는 사람을 어디에서도 볼 수 없다면 허전한 마음은 영원히 채워지지 않을 것이다.

하지만 중요한 건 내가 아니다. 캘리가 운명을 모른 척하고 행복하게 살고 있다면 그걸로 됐다.

키런이 갑자기 음흉한 미소를 짓는다. "너 설마…… 여자 생긴 거 아냐?"

"아니야."

"이제 얼마나 됐지? 2년?"

"응."

"연락은 없어? 캘리 말이야."

나는 고개를 젓는다.

"뒷조사는 안 해봤어?"

"이런……."

"인터넷 말이야. 인터넷으로." 키런이 재빨리 정정한다.

"그런 거 안 해."

"그래. 그런 거 해서 뭐 하냐." 키런이 에버스포드를 내려다보며 말한다. "결국 너만 괴로운 일이지. 요즘 그런 게 사회문제이기도 하고. 인터넷에 모든 걸 올리는 요즘 같은 세상엔 과거에서 벗어나기도 어렵다니까. 그럼 혹시……?"

"혹시 뭐?"

"다른 사람 만날 생각 있나 해서. 너만 좋다고 하면 소개해줄 수 있어. 조이가 사람들을 많이 아니까."

"고맙다." 마음이 왠지 허하다. "그런데 괜찮아."

"조엘, 언제까지 기다릴 작정이야?"

6년 남았어, 키런. 캘리에게는 이제 6년이 남았어. 아직 다른 사람을 만날 생각 같은 건 없어. 영원히 못 만날지도 모르겠다.

하지만 가끔 여자를 만나 하룻밤 즐길 순 있다는 말은 과연 할 수 있을까? 어떻게 말하든 비열한 인간으로 보이지 않을까?

키런은 아직도 숨을 거칠게 몰아쉬고 있다. "이제 내가 제일 신뢰하는 수의사를 언제 데려올 수 있을지 걱정하지 않아도 된다니 아주 좋군."

"숨이나 제대로 쉬면서 말해."

키런이 코웃음친다. "맞다. 계약 조건 있는 거 알지?"

"무슨 조건?"

"90세 노인들보다 빨리 달리지 못하는 직장 상사에게 면박 주지 않는다."

"그건 고칠 수 있어." 내가 말한다. "아는 친구가 하나 있지."

그날 밤 꿈에 캘리가 나타난다. 매우 행복한 꿈이다. 나도 모르게 얼굴에 미소를 짓고 있다.

때는 지금으로부터 3년 후 이른 아침이다. 산책을 나온 캘리가 벤치에 앉아 있다. 니트 모자의 챙 밑에서 두 눈동자가 반짝인다. 캘리는 먼 바다를 내다보며 텀블러에 담긴 무언가를 이따금 삼킨다.

해변에 있는 마을 같다. 뒤로는 호텔이 보이고 가로등마다 전등이 달려 있다. 잠깐 방문한 게 아니라면 저기서 살고 있는 것 같다. 짐 가방도 보이지 않고 일행도 없다.

머피가 캘리 옆에 앉아 있고, 그 앞에 쌍둥이용 유아차가 보인다. 캘리는 유아차를 앞뒤로 흔들며 행복한 미소를 짓고 있다.

그 모습을 보니 나도 행복하다.

81
캘리 - 2년 후

"아, 정말 가기 싫어요." 11월 말의 습한 일요일 밤에 다시 에버스포드로 돌아가는 기차를 타려니 한숨이 절로 나온다.

"그럼 가지 말아요." 방금 샤워를 마치고 나와 시트러스 향을 풍기는 핀이 상체에 아무것도 걸치지 않고 침대에 누워 말한다. 한 팔로 몸을 받치고 누워 내가 짐 싸는 모습을 지켜보는 척하면서, 다시 침대로 돌아오라는 눈빛을 끊임없이 보내고 있다. 유혹에 굴복하고 다시 침대로 기어 들어가 키스해달라고 하고 싶지만 이제 정말 돌아가야 한다. 침대에서 핀에게 키스를 하기 시작하면 거기서 절대로 끝낼 수 없다.

핀이 일어나 앉는다. "진심이에요, 캘리. 여기 와서 나와 같이 살아요. 머피도 같이요. 이렇게 왔다 갔다 하는 거 미친 짓 아니에요? 브라이턴으로 와요. 사랑하는데, 뭐 어때요?"

뭐 어때요? 이건 핀의 말버릇인 것 같다. 핀의 사고방식을 잘 보여주는 말버릇이랄까. *나쁜 일이 생겨봤자 거기서 거기지. 걱정은 나중에 해. 허락을 받는 것보다 용서를 구하는 게 나아.* 핀은 무슨 일이든 좋다고 말하고 거절하는 법이 거의 없다. 늘 과묵하고 자신을 깎아내리는 조엘과는 너무 다르다.

물론 나와도 다르다. 핀과 함께 다니다 보니 나도 전보다 많이 과감해졌지만 핀은 여러 가지 면에서 나와 다르다. 요즘은 대부분의 시간을 밖에서 보낸다. 스카이다이빙도 하고 공연도 관람하고 외국에서 열리는 지인의 결혼식에 참석하느라 돈을 물 쓰듯 쓴다. 핀은 우리가 만난 지 몇 주 되지도 않았을 때 깜짝 생일 파티를 열어주겠다고 주중 아침에 에버스포드까지 오기도 했다. 핀의 휴대폰에는 전 세계 사람들이 다 저장되어 있는 것 같다. 빈 방에 들어가서도 친구를 만들어 나올 사람이다.

균형을 맞춰줄 수 있는 상대를 만나는 것이 좋다고들 한다. 음만 있고 양은 존재하지 않는 건 불가능하다고도 한다. 내가 생각해도 맞는 말인 것 같다.

가끔 조엘과 핀이 만난다면 어떤 상황이 벌어질까 궁금하다. 서로 경계할 수도 있을 것 같고, 처음부터 죽이 잘 맞을 가능성도 있어 보인다.

하지만 핀도 조엘만큼이나 사려 깊은 사람이다. 내가 하는 말에 늘 귀 기울여 듣고, 내가 말하는 동안 내 발을 주물러주기도 하며, 사소한 것까지 잊지 않고 기억한다. 내가 우유에 커피 넣는 걸 좋아하고 또 라즈베리와 라이언 고슬링도 좋아하고, 우산을 챙기는 법이 없고, 테킬라를 못 먹는다는 것까지 다 기억한다.

핀이 조엘과 비슷한 모습을 보일 때는 마음이 편하고, 전혀 다른 모습을 보일 때는 왠지 끌린다. 애시드 하우스 음악을 광적으로 좋아한다거나 자연 관련 서적으로 가득 채워놓은 거실, 스카치 보닛처럼 매운 고추를 먹고 눈 하나 깜빡하지 않는 능력 같은, 그런 예상 밖의 모습이 매력적이다. 날아가는 새 이름을 맞히는 비상한 재주도 있다. 정말이지 모든 새의 이름을 다 안다. 게다가 빵 굽는 데도 일가견이 있는데 과소평가되어 아무도 모른다. 정치에 대한 관심도 뜨거워서 가끔 그레이스를 떠올리게 한다.

핀이 내게 이사 오라고 한 게 이번이 처음은 아니다. 여기 핀 명의의 아파트가 있으니 내가 이곳으로 이사 오는 게 낫다는 것이다. 해안가에서 멀지 않고, 고급 아파트의 꼭대기 층이라 좋긴 하다. 평수가 좁긴 하지만 몇 분만 걸으면 바다를 볼 수 있다. 실은 집에도 바다를 볼 수 있는 방이 두 개나 있다.

나도 이곳 생활이 좋다. 창문을 활짝 열고 갈매기 울음소리를 들으며 바다 내음을 맡을 때 정말 행복하다. 처음에 여기 와서 핀과 함께 보냈던 주말들은 달콤하면서도 격정적이었다. 우리는 먹고 마시고 싸고 씻을 때를 제외하고는 침실에서 거의 나가지 않았다. 거의 모든 걸 집 안에서 해결했다. 밖에 나가 쇼핑하고 외식하며 시간 낭비할 필요는 없지 않은가. 하나 마나 한 거품 목욕을 하고, 웬만한 방송이나 영화는 핀의 아이튠즈로 해결하고 서로 무릎을 베고 누워서 앞으로 어떻게 할지 이야기를 나누었다.

만난 지 이게 겨우 6개월이니 우리가 서두르는 편이긴 하다. 하지만 서두르는 것도 나름 재미있다. 비행기가 막 이륙하려고 할 때나 정상에 올라간 롤러코스터가 훅 미끄러지려고 할 때처럼 겁은 나지만 동시에 신나고 재미있다. 핀은 사귄 지 2주 만에 진지하게 나를 사랑한다고 했다. 그래서 몇 주 후 함께 살자는 이야기를 꺼냈을 때도 그다지 놀라지 않았다.

아직도 에버스포드에 있을 때면 조엘 생각이 가끔 난다. 카페에 가서 조엘이 앉던 창가 옆 테이블에 앉아 드뢰메카게를 주문한 적도 있다. 조엘이 어떻게 지내는지, 행복하게 사는지, 요즘은 뭘 하고 있는지, 꿈에 관해서는 아직 별다른 변화가 없는지 궁금하다. 닷은 조엘이 나와 헤어진 후로 카페에 온 적 없다며, 마주칠 일 없을 테니 걱정하지 말라고 했다. 다행인 것 같다. 조엘을 만나면 어떻게 해야 할지, 무슨 말을 해야 할지 전혀 모르겠다.

가끔 내가 조엘과 나를 위해 할 만큼 했는지, 좀 더 부딪쳐봤어야 했던 건 아닌지 자문해본다. 조엘은 내가 좀 더 맞서 싸우길 바랐던 것 같지만 나는 가장 중요한 때 조엘을 저버리고 포기해버렸다.

하지만 우리가 서로 놔줄 수밖에 없었던 수많은 이유들을 떠올리다 보면 어지러웠던 마음이 다시 진정된다. 속상한 기억은 내려놓고 슬픔은 다시 한쪽 구석에 조용히 잠재운다.

조엘이 서서히 멀어지고 있다는 사실을 느리지만 조금씩 깨닫고 있다. 그리고 조엘이 서 있던 자리에서는 핀이 등대처럼 절대 꺼지지 않을 것 같은 사랑으로 나를 비추고 있다.

"샴페인 어때요?" 핀이 주방에서 큰 소리로 묻는다.

냉장고에 있던 그 샴페인은 이 나라 저 나라 오가며 면세점에서만 쇼핑하는 핀의 대학 친구가 핀의 생일 선물로 준 것이다.

핀은 그 샴페인으로 자축하려는 것이다. 내가 결국 브라이턴으로 와서 함께 사는 데 동의했기 때문이다. 거절할 이유가 없었다. 6개월이면 충분히 긴 시간이고, 핀도 인맥을 동원해서 내게 일자리를 구해주겠다고 했다. (이것만큼은 전적으로 믿고 있다.) 물론 엄마 아빠가 보고 싶을 테고 에스터와 개빈, 그리고 두 사람의 사랑스러운 아기, 딜라일라 그레이스도 보고 싶을 것이다. 하지만 내가 핀과 함께 살기로 했다는 소식을 들으면 다들 기뻐할 것이다. 핀의 말대로 브라이턴과 에버스포드를 오가는 것이 점점 힘겨워지기도 했다. 그리고 무엇보다 핀과 함께 있고 싶은 마음이 컸다. 핀에 대한 내 감정을 생각하면 조금도 망설일 이유가 없었다.

내가 좋다고 대답했을 때 핀이 어찌나 환하게 웃던지 온 동네를 밝힐 수 있을 것 같았다.

핀이 다시 침실로 돌아온다. 이런 날에는 최소한의 격식을 갖춰야 한다고 생각했는지 티셔츠를 걸쳤다. 핀이 샴페인 병을 따자 샴페인이 콸콸 넘치며 카펫 위로 쏟아진다. 구시렁거리는 핀을 보고 나는 깔깔 웃다가 침대 위에 쌓아놓은 빨래 더미에서 수건을 한 장 찾아 던진다. 내가 브라이턴에 올 때마다 함께 오는 머피도 방에 들어와 수상쩍다는 듯 젖은 카펫을 킁킁거린다.

"음, 그럼." 핀이 샴페인을 따라 내게 건네며 말한다. "이 말은 꼭 해야겠어요. 캘리 쿠퍼 씨, 라트비아의 해변에서 당신을 만났다는 게 너무나 기뻐요." 우리는 건배를 하고 샴페인을 마신다. 냉장고에서 막 꺼낸 터라 짜릿할 정도로 시원하고 상큼하다.

나도 핀의 파란 눈동자를 들여다보며 말한다. "나도요, 핀 피터슨 씨. 당신을 만난 건 대단한 발견이었어요."

"지난 6개월은 내 인생에서 최고의 시간이었어요." 핀의 미소가 방을 환하게 밝힌다.

나도 함께 웃는다. "그럼 건배해요."

월요일 이른 새벽, 나는 이상한 느낌에 몸을 떨며 잠에서 깨어난다. 어젯밤에 에버스포드로 돌아오는 막차를 잡아타야 했다. 브라이턴으로 이사 가기 전까지는 하던 일을 계속해야 하니까.

나는 후드티를 입고 산장의 정원 쪽으로 머리를 삐죽 내밀고 캄캄한 하늘을 바라본다. 머피도 따라와서 내 발치에 앉는다. 오늘 밤에는 별이 하나도 보이지 않는다. 광공해현상이나 구름 때문인 것 같다.

내 마음에도 구름이 껴 있다. 죄책감은 아니고 왠지 불안하다.

핀에게 조엘의 꿈 이야기를 해서 조엘의 존재를 드러낸 적 없고, 앞으로도 그럴 생각은 없지만, 인생을 함께하기로 약속한 사이라면 핀에게도 말해줘야 하는 게 아닌가 싶다.

핀은 내가 그런 얘길 하면 그냥 웃고 넘어갈 것 같다. 대수롭지 않은 일로 여긴다기보다는 직접 해결할 수 없는 일에 매달리지 않을 거라는 말이다. '될 대로 되라'는 것이 핀의 인생관이자 철학이다. 돈 때문에 고민하지도 않고, 시간을 맞추기 위해 전전긍긍하지도 않는다. 다른 사람들이 자기를 어떻게 생각하는지도 신경 쓰지 않는다. 핀은 진짜 이유가 뭔지 알아내고 횃불을 들어 어두운 구석을 밝히는 일에 그다지 관심이 없다. 처음부터 해답이 존재하지 않는다는 사실을 받아들일 것이다. 해답이 존재한다고 해도 효력이 있을지는 알 수 없다.

내게 남은 시간이 1년, 10년, 15년일 수도 있다. 핀과 함께 미래를 만들어가려는 지금, 이런 생각을 할 때마다 마음이 위축된다. 조엘의 꿈은 이미 내 기억 속에서 점점 희미해지고 있다.

아니다. 앞으로 남은 시간을 살면서 확실히 알 수도 없는 일로 핀을 곤란하게 하고 싶지 않다.

핀은 처음 만났을 때 내게 왜 조엘과 헤어졌느냐고 물었다. 나는 우리가 원하는 게 달라서 헤어졌다고 했고, 사실 맞는 말이다. 핀은 무슨 말인지 알겠다는 듯 미소를 지으며 자기도 그래서 전 여자 친구와 헤어졌다고 했다. 그런 다음 우리는 계속 산책을 이어나갔고, 그 일에 대해서는 두 번 다시 이야기하지 않았다.

82

조엘 - 3년 후

"두 개만 더!"

"아, 진짜!"

"두 개 더! 어서!"

내가 윗몸일으키기를 두 개 더 할 때까지 스티브는 내 발목을 절대 놔주지 않을 것이다. 하지만 배가 끊어질 것 같다. 결국 나는 땀으로 흥건한 바닥에 쓰러져서 체육관 회원권을 해지하겠다고 짜증을 부린다.

"그래, 그래." 스티브가 물병을 내 얼굴에 들이밀며 말한다. "쉽게 가고 싶어? 그럼 침대에나 누워 있어."

"진짜 그러고 싶다." 나는 끙끙 앓는 소리를 하며 돌아눕는다. 토하지 않으려고 발악하는 중이다.

스티브도 내가 숨을 고르는 동안은 더 이상 잔소리하지 않는다.

"그나저나 그거 어땠어?" 스티브가 묻는다.

"뭐?"

"스파 말이야, 바보야."

나는 캘리가 오래전에 이용권을 선물했던 건강관리 센터에 갔다가 오늘 아침에 돌아왔다. 물론 그 이용권은 기한이 한참 전에 만료된 상태였지만, 그 센터는 여전히 생활습관이 좋지 못한 사람들에게 마사지를 해주고 단물을 빨아먹으며 왕성히 영업 중이었다. 가서 보니 요가와 명상 수업도 있고 침도 놔준다고 했다. 함께 노래하는 프로그램도 있다. 맨발로 참여하는 의식도 몇 개 있었는데 왠지 내키지 않았다.

캘리에게는 늘 빚을 진 것 같은 마음이 있었다. 그래서 시간이 한참 흘렀지만 캘리의 마음을 존중하는 의미에서 그곳에 갔다. 캘리가 그해 크리스마스에 내게 보여준 상냥한 마음과 나를 대신해서 품어주었던 희망이 지금 내 안에서 싹을 틔우는 것 같다. 물론 앞으로 어떻게 될지는 나도 모르겠지만.

"좀 사기 같아." 내가 스티브에게 말한다. "그래도 기분은 괜찮았어. 이상한데 좋더라고."

"거기 가면 아기처럼 잘잘 수 있어?"

"누가 그런 말을 만들었을까. 아기들은 안 자는 걸로 유명하지 않나. 참, 엘리엇은 어때?"

스티브와 헤일리는 몇 달 전에 둘째를 얻었다. 아들이다.

"폭군이 따로 없어. 말 그대로 기저귀 찬 괴물이라니까. 태어난 후로 눈을 오 분 이상 감은 적이 있는지 모르겠다. 그래도 예뻐 죽겠지만. 혹시 무슨……?"

"없어. 안 꿨어."

스티브와 합의한 게 있다. 스티브의 아이들이 꿈에 나오면 반드시 알려주기로. *좋은 꿈이든 나쁜 꿈이든 나한테 제일 먼저 말해야 해.* 탐신, 워런과도 똑같은 계약을 했다. 대부분의 사람들은 무슨 일이 생길지 알고 싶어 하는 것 같다.

가끔 궁금하다. 캘리가 사실을 알고 싶어 했다면 상황이 어떻게 바뀌었을까 하고. 지금쯤 결혼해서 가정을 꾸리고 아이들을 낳았을까? 함께 살았다면 캘리가 그렇게 되기 전에 손쓸 기회가 있었을지도……

"자." 스티브가 벌떡 일어나며 말한다. "이제 버피 테스트하자. 일
어나."

"뭐? 아직 오 분도 안 됐어."

"조엘, 내가 늘 하는 말 까먹었어? 빈둥거리는 순간 끝나는 거야."
스티브가 죽는 시늉을 하며 강조해서 말한다.

이게 벌써 열 번째 수업인데 내가 아직도 그걸 모를 거라고 생각
하는 모양이다.

사실 건강관리 센터에 갔을 때 침도 맞아보고, 반사요법도 해보
고, 속이 울렁거릴 때까지 마사지 오일 냄새도 맡아봤지만 그 사람
들 말대로 아기처럼 잠들지는 못했다. 최근에는 그래도 비교적 잘
자는 편이지만 집이 아닌 곳에서 밤을 보낼 땐 아직도 긴장된다.

마음이 불안해지니 당장 다 때려치우고 싶은 욕구가 일었지만 정
말로 그러고 싶지는 않았다. 더욱 암울했던 과거가 떠올라서 그러
고 싶지 않았다. 어쨌든 센터에서 뛰쳐나와 24시간 슈퍼마켓으로
달려가고 싶은 마음을 억눌러야 했다. 그래서 캄캄할 때 코트, 목도
리, 모자로 무장을 하고 밖에 나가 주변을 돌아다녔다.

다행히 더 이상 도망가고 싶은 생각이 들지 않는 마지막 날 밤,
또 그렇게 밖에 나갔다가 나처럼 배회하는 사람과 마주쳤다.

"아, 이런! 미안해요."

여자는 놀라서 욕을 중얼거리며 헤드폰을 벗어 목에 걸었다. "깜
짝 놀랐잖아요."

기온이 영하로 떨어진, 자정이 지난 시간인데 여자는 트레이닝복
바지에 티셔츠, 얇은 카디건만 걸치고 있었다.

"미안해요. 누가 있을 거라고는 생각을 못 해서……."

아침식사 시간에 본 적 있는 얼굴이었다. (말없이 커피를 달라고 하거나 크루아상이 어디 있냐고 혼잣말을 하며 돌아다녔다.) 명상시간에도 한 번, 요가시간에는 두 번 마주쳤다. 요가시간에 반쯤 고꾸라진 자세를 하다가 웃음을 참는데 마찬가지로 웃음을 참고 있던 여자가 눈에 들어왔었다.

"여긴 왜 오신 거예요?" 내가 물었다.

우리는 함께 걷다가 벽돌 벽 앞에서 걸음을 멈추었다. 여자는 벽에 몸을 기대고 이렇게 답했다. "여러 사정이 있었죠."

나는 웃으며 답했다. "심각한 상황이었나 보네요."

"그렇다고 하더라고요." 여자가 손가락을 하나씩 접으며 나열한다. "하루에 다섯 시간도 못 자고, 카페인 중독이 심각하고, 서른 살이 다 되도록 요가도 안 배웠고…… 이게 특히 요즘에는 범죄 취급을 받는 것 같더라고요? 댁은 왜 들어왔어요?"

왠지 이 말에 공감이 됐다. 어깨를 스치는 길이의 금발머리, 연한 푸른색 눈동자, 추위에 파랗게 질린 입술. "아, 저는 그게…… 여기 와보겠다고 약속한 게 있어서, 그래서……."

여자는 웃기만 할 뿐 더 캐묻지 않았다. "아 참, 저는 로즈예요."

"조엘이에요."

여자는 눈을 마주보며 힘차게 악수를 했다.

"그럼, 조엘은…… 지금 바람 쐬러 가려던 거예요?"

"실은 어디 가서 술 왕창 마시고 싶은 걸 참는 중이에요. 그쪽은요?"

로즈가 깔깔 웃으며 손가락으로 헤드폰을 가리켰다. "잠이 너무 안 와서…… 그래서 이러면 좀 도움이 될까 하고요."

꿈을 꾸지 않으려고 발버둥치던 때가 생각나서 웃었다. 그래도 내 실패담을 로즈와 공유하고 싶지는 않았다. 하지만 막상 얘기를 하다 보니 로즈에게는 내 실패담 같은 게 필요하지 않은 것 같았다.

"그런데 약간 이상하지 않아요?" 로즈가 말했다. "왜 계속 반복해서 나 자신을 사랑한다고 말을 하래요? 계속 듣다 보니까 오히려 역효과가 나던데요?"

나는 웃음을 터뜨렸다. "맞아요. 저도 그런 건 싫더라고요."

"댁한테는 그런 것까지 시키지 않을 것 같아요. 여기 있는 다른 사람들에 비하면 꽤 건강해 보이는데요?"

칭찬을 들으니 경계심이 조금 누그러졌다.

"굳이 말하자면 지금 제 상태는 건강과는 매우 멀어요. 저세상에 있는 거나 마찬가지랄까, 아주 시체가 따로 없죠. 게다가 이렇게 추운 날씨는 처음이라 몸이 싸늘하게 식었어요." 로즈가 이를 딱딱 부딪치며 말을 잇는다. "잘못 생각한 것 같아요."

나는 또 웃었다. "재미있는 분이네요. 안 그래도 왜 이렇게 입었는지 궁금했는데." 나는 코트를 벗어서 로즈의 어깨에 걸쳐주었다. "이거 입어요. 못 들은 척하기엔 너무 재미있는 불평이네요."

로즈가 나를 가만히 바라보더니 내가 옷깃을 세워 여며주자 몸을 살짝 떨었다. 로즈의 머리카락이 옷깃 안으로 함께 말려 들어가서 리본처럼 보였다.

"잘 자요, 로즈. 만나서 반가웠어요."

나는 정원을 지나 숙소로 걸음을 옮기며 밤의 정적을 흠뻑 들이마셨다. 내 마음속에도 고요한 정적이 찾아들기를 바라면서.

83

캘리 - 3년 후

우리는 2주간의 일정으로 (역시 리카르도의 추천을 받아) 플로리다에 왔다. 습지와 자연보호 구역을 탐방하고, 하얀 모래가 깔린 해안에서 수영도 하고, 여행 중 만난 사람들과 어울리기도 했다. 핀이 이곳에 도착한 후로 얼마나 많은 사람들과 대화를 나누었는지 세어보다가 결국 까먹었다. 정말 사람을 끌어당기는 능력 하나는 타고난 것 같다. 핀은 아직도 여행을 가면 새로운 친구들을 사귄다. 나는 사춘기 때 이후로 잃어버린 능력이다.

쿠바 음식점에서 저녁을 먹은 후 핀은 다음 날 다시 추운 나라로 돌아가기 전 마지막으로 후텁지근한 저녁을 즐길 수 있는 기회라며 산책을 제안했다. 그래서 지금 우리는 손을 맞잡고 이 해변에서 저 해변으로 하염없이 걷고 있다.

"정말 빠르지 않아요?" 핀이 말한다.

나는 잠시 핀이 새 이야기를 하는 줄 알았는데 (지난 2주 동안 계속 그러고 다녀서) 다시 생각해보니 휴가를 말하는 것이었다. "월요일이면 또 출근해야 한다는 게 믿기지 않아요." 실은 출근이 그리 싫지는 않다. 지난 몇 달 동안 핀의 친구들과 친구의 친구들이 브라이턴에서 삼십 분 거리에 있는 자연보호 구역에 빈자리가 생길 때마다 우리에게 연락해서 알려줬다. 지금은 워터펜만큼 새 직장도 마음에 든다.

에버스포드를 떠나면 조엘을 마주칠까 두려워하지 않아도 된다는 생각에 마음이 놓이기도 했다. 조엘을 다시 만나면 느끼고 싶지 않았던 감정을 느끼게 될까 봐, 그리고 조엘에게 무슨 말을 해야 할지 모르겠어서 언제나 겁이 났다. 조엘이 늘 앉던 카페 자리에 앉은 나를 발견하거나, 조엘에게 선물받은 귀고리를 우연히 달고 있는 나를 발견하고는 내가 그를 잊지 못했다고 여길지도 모른다. 게다가 조엘의 말이 옳을 수도 있겠다는 생각이 들기 시작했다.

핀은 나만큼이나 물건이 많다. 아니, 더 많은 것 같다. 그래서 내 잡동사니들을 가지고 핀의 집으로 이사할 땐 예전 조엘의 집으로 들어갈 때만큼 크게 신경 쓰이지 않았다. 내 이삿짐 상자들로 복도를 막거나 물건들을 아파트 여기저기 널려놓아도 조엘은 싫어하는 기색을 보이지 않았다. 그래도 핀의 집으로 들어가면서 마음이 조금 더 편했던 건 사실이다. 핀은 내가 이사 간 날 저녁 집들이를 계획해놨다. 초저녁부터 핀의 아파트는 술 마시고 담배 피우고 춤추는 사람들로 미어터져서 마치 학생 때로 돌아간 것 같았다. 파티가 한창일 땐 핀이 우리가 처음 만났을 때의 이야기로 사람들을 홀렸다. 나는 그런 핀을 보며 생각했다. *당신이 나를 위해 이렇게까지 해주다니 믿기지가 않아요.*

플로리다 여행의 하이라이트는 핀과 단둘이 멋진 시간을 보낼 수 있었다는 것이다. 핀이 요즘 직장에서는 비교적 한가한 시간을 보내고 있지만(봄 여름에는 현장조사가 많아서 퇴근도 늦고 사람 만나기도 힘들다), 우리의 여가시간은 한가할 틈이 없었다. 핀이 워낙 사람을 좋아하는 성격이라 우리 아파트에는 손님이 끊이지 않고, 손님이 없으면 근처 술집에 있는 친구들이 전화해서 부른다. 핀에게는 남자 형제 둘과 여자 형제 하나가 있고, 사촌들의 수는 셀 수조차 없어서 주말에는 늘 가족 모임이 예약되어 있다. 주중 저녁에는 친구들과 술집에 가거나 라이브 공연을 보러 가기 때문에 쉴 수 있는 날이 거의 없다. 하지만 우리는 처음 만났을 때부터 그랬다. 좀처럼 멈추는 일 없이 앞으로만 계속 나아갔다. 이따금 다시 앞으로 나아가기 전에 상대가 아직 그 자리에 있는지 확인하는 게 전부였다.

이렇게 풍성한 인생을 사는 인생이 나쁘다고 할 수는 없으니 나도 크게 신경 쓰이지는 않지만, 가끔은 라트비아에서 처음 만나 서른여섯 시간을 단둘이 보냈던 것처럼 우리 둘만의 시간이 그리울 때가 있었다. 핀은 정말 가만히 바라보며 음미하고 싶은 그런 사람이다. 마음이 넓고 재미있으면서도 자기 의견이 뚜렷하고 현명하다. 가끔은 다른 사람과 핀을 공유하고 싶지 않다는 생각도 든다. 하지만 이건 지극히 이기적인 생각이고 핀은 내게 그런 모습을 보인 적이 거의 없다. 그리고 우리 삶이라는 게 원래 그렇기도 하다.

"캘리." 해변에 도착하자 핀이 나직하게 내 이름을 부른다. 우리는 본능적으로 멈춰 서서 슬리퍼를 벗고 햇볕에 그을린 갈색 발을 모래에 담근다. "당신한테 물어보고 싶었던 게 있어요."

핀을 향해 돌아서자 핀이 한쪽 무릎을 꿇고 주머니에서 작은 상자를 꺼낸다. 너무 놀라서 한 손으로 입을 막고 멍하니 서 있으니 주변에서 와 하는 함성과 행인들의 응원 소리가 들린다.

"어떻게 해야 할지 모르겠더라고요." 핀이 이렇게 말하고는 숨을 크게 내쉰다. "그래서 전통적인 방식이 가장 좋을 것 같았어요. 캘리, 이 세상을 다 합친 것만큼 당신을 사랑해요. 나랑 결혼해줄래요?"

"네." 시간을 두고 천천히 생각해보고 싶은 마음과 당장 해치우고 싶은 마음이 뒤섞인다. "네, 할게요. 할래요."

고층 빌딩과 야자나무가 늘어서 있는 그곳에서 곧 폭풍이 몰아칠 것처럼 요란하게 물든 하늘을 배경으로 핀과 나는 평생을 함께하기로 약속한다.

84
조엘 - 4년 후

나는 지금 M25 고속도로의 어느 주유소에 들어와 있다. 그때 과거가 된 줄 알았던 한 사람이 다시 현실에 나타난다.

"조엘?"

나를 부르는 소리에 돌아서니 전혀 예상치 못한 반가운 얼굴이 나를 바라보고 있다. 멀리사. "안녕?"

멀리사는 나를 잠시 보더니 옆에 있는 잘생긴 남자에게 나를 소개한다. "리언, 이쪽은 조엘이야."

나는 이 남자가 악수 대신 주먹을 날릴지도 모른다는 생각에 약간 경계하며 한 손을 내민다. 하지만 주먹을 날리지는 않는다. 리언은 활짝 웃어주기에는 좀 아깝다는 듯 반만 웃으며 인사를 건넨다.

이 광경을 보고 멀리사가 웃는다. 멀리사는 치아가 완벽하지 않으면 좀처럼 선택하기 어려운 핫핑크색 립스틱을 발랐다. "괜찮아. 당신 얘기할 땐 칭찬밖에 없었어. 그게 사실이잖아."

그럼 다음에 만날 때 한 대 치시든가, 라고 말하는 표정으로 나는 다시 리언을 쳐다본다.

"가서 커피 좀 마셔야겠다." 리언이 말한다. "금방 올게."

우리가 만난 이 휴게소는 사람들이 많이 이용하는 고속도로에 있다. 관광객 한 무리가 구름처럼 시끄럽게 몰려간다.

"당신은…… 잘 지냈어?"

"잘 지냈지." 멀리사가 씩 웃는다. "실은 지금 히스로공항에 가는 길이야."

"잘됐네. 어디 좋은 데 가?"

"바베이도스." 멀리사가 손을 쫙 펼치며 반지 낀 손가락을 강조한다. "신혼여행."

"와…… 축하해."

멀리사는 긴 머리를 짧게 자르고 꽃무늬 점프슈트 위에 코트와 목도리를 둘렀다. 멀리사답다. 멀리사가 사랑에 빠져 환하게 빛나는 모습을 보니 좋다. 내가 줄 수 없었던 것들이기에.

멀리사는 내게 할 말이 있는 것 같은데 뭐라고 말해야 할지 몰라 망설이는 것 같다. 그래서 신사답게 내가 먼저 입을 연다. "리언이라고? 좋은 사람 같네."

"그럼. 당신보다 훨씬 착해."

"좋아. 또 시작이네."

"농담이야. 어쨌거나 멋진 사람이야. 진짜로." 멀리사는 벌써 그리운 눈빛으로 커피 가판대 쪽을 바라본다. "당신은 어디 가는 중이야?"

"아, 콘월에. 바베이도스만큼 멋지지는 않지만."

"휴가 가는구나."

"아, 그건 아니고. 실은 그리 거처를 옮기려고. 새로 시작할 겸."

"이야! 그 아파트에서 죽을 때까지 살 줄 알았더니. 기분 나쁘라고 한 말은 아니야."

멀리사 특유의 직설화법이 과거에 대한 향수를 불러일으키는 것 같다. "내가 그걸 모를까."

"뭐 특별한 일이라도 있었어?"

"집안일이야. 설명하자면 길어."

멀리사가 고개를 갸우뚱한다. "그럼 위층에 살던 그 여자는 이제 안 만나나 보네?"

위층에 살던 그 여자.

"어. 캘리는…… 다른 사람이 있어. 아마 결혼했을 거야." (결혼했다는 소식은 더그에게 들었다. 알고 보니 더그가 아는 사람이 개빈의 지인이기도 했다.)

멀리사가 고개를 끄덕인다. 멀리사가 농담으로 대꾸를 하지 않은 게 아마 우리 역사상 처음이 아닌가 싶다. "그럼 일자리도 구했어? 콘월에 말이야."

"응, 구했지."

"다시 동물병원에서 일하는 거야?"

"그래."

이번에는 멀리사가 더 천천히 고개를 끄덕인다. 그러면서 내 눈을 가만히 바라본다. "축하할 일이네."

의외로 감동적인 말이다. "고마워."

잠시 후 멀리사가 다가와 포옹을 하며 작별인사를 건넨다. 멀리사가 두 팔로 나를 다시 안으니 기분이 묘하다. 제일 좋아했던 옷을 다시 찾아서 익숙한 향기를 맡는 기분이다. "이제 당신 없어서 그 동네 노인네들은 어떡한대?"

나는 마른침을 삼킨다. 올해 우리 동네분들 중 몇 분이 돌아가셨다. "이제 한 분밖에 안 계셔." (아이리스가 아직 힘겹게 버티고 있다.)

멀리사가 두 팔을 풀고 한 걸음 물러선다. "요즘 만나는 사람은 없어?" 내가 별 이유도 없이 콘월로 가는 게 믿기지 않는 모양이다.

나는 한숨을 내쉰다. "만나고 싶기야 하지. 그런데 넌 신혼여행

간다며."

멀리사가 목 쉰 소리를 내며 웃는다. 오랜만에 들으니 반갑다.

"우리가 친구로 계속 지내지 않은 게 좀 아쉽다."

"나는 우리가 아직 친구인 줄 알았는데."

멀리사가 머뭇거리는 걸 보니 작별인사를 꺼내기가 쉽지 않은 것 같다. "어쨌든 잘살아. 좋은 여자 만나고."

"좋은 여자는 만났잖아. 잘 안 돼서 그렇지."

멀리사가 마지막으로 장난기 넘치는 윙크를 날린다. "내가 뭘 어쩌겠어? 방금 막 결혼했는데."

나는 뉴키에 있는 워런의 집에서 십 분 거리의 집을 임대했다. 작은 정원도 있고 손님들이 오면 묵을 여분의 방도 하나 더 있다. 오는 길에는 데번주 경계를 넘자마자 나오는 꽃시장에 들러 새 집 거실을 꾸밀 화분들을 잔뜩 샀다. 창문용 화분도 하나 있다. 비록 새로운 곳에 가서 새출발을 하더라도 캘리를 떠올리게 해줄 무언가가 있었으면 했다.

이른 오후에 정리를 대강 끝내고 워런의 집으로 향한다.

"헤어지기 힘들었니?" 워런이 묻는다.

"탐신이 엄청 힘들어하더라고요. 다음 주에 아이들 데리고 오겠대요."

"반가운 소식이네. 너는 여기 오니까 어때?"

"좀 떨리는데, 기분은 좋아요."

"그게 제일 좋은 거야. 살면서 기분 좋은 긴장감을 훨씬 더 많이 느꼈어야 했는데 그걸 못 했어." 워런이 씩 웃는다. "월요일부터지? 준비는 다 됐냐?"

"그런 것 같아요." 나는 일 년 동안 키런의 병원에서 시간제로 일했다. 앞으로 6개월 동안은 콘월에서 내 동물병원을 운영하며 브리스틀에서 열리는 단기 연수에 수시로 참석할 계획이다.

"말한 적 있는지 모르겠다만, 네가 자랑스럽다. 정말 잘 헤쳐 나왔어."

"고마워요."

"게다가 네가 여기 와서 나랑 같이…… 그것도 내겐 엄청 뜻깊은 일이다. 진심으로 하는 말이야."

나는 고개를 끄덕이며 묻는다. "파도는 좀 있어요?"

워런이 시계를 본다. "지금 말이냐?"

"네."

"있구나."

"빨리 한번 타고 올까요?"

"좋지. 좋아."

그날 밤 캘리가 꿈에 나타난다.

캘리에게 사랑한다는 말을 하다가 잠에서 깨어난다.

나는 슬픔에 어깨를 들썩이며 눈물로 얼굴을 적신다.

85

캘리 - 4년 후

핀과 나는 길게 끄는 건 우리 스타일이 아니라는 결론을 내리고 이번 여름에 결혼식을 올렸다. 하객들이 얼마나 밀려들었는지 우리가 계획한 케이터링 서비스 예산으론 감당이 되지 않았다. 결국 농장에 사는 핀의 누이 베서니가 피로연 장소를 제공해줬다. 베서니는 헛간 기둥 사이에 장식용 깃발을 걸고, 건초 더미 위에 들꽃을 뿌려놓고, 식용 꽃으로 장식한 케이크를 만들었다. 사방에서 동물들을 볼 수 있었고 날씨도 따뜻했다. 해가 지자 이백 명의 사람들이 지붕에 장식해놓은 전등 빛 아래서 웃고 떠들며 춤을 췄다.

저녁식사 때는 핀이 라트비아에서 나를 처음 만난 이야기와 그 후 2년 동안의 일들을 연애편지 읽듯이 큰 소리로 읊어내렸다. 타고난 웅변가처럼 핀은 사람들을 울렸다 웃기기를 반복했다. 커다란 창고가 감동의 물결로 출렁이던 광경은 죽을 때까지 잊지 못할 것이다. 핀의 순서가 끝나자 우리 부모님의 축사와 에스터가 그레이스에게 보내는 아름다운 추모 연설, 그리고 술 취한 댓과 신랑 들러리의 진한 키스가 이어졌다. 정말 순수하게, 가장 완벽한 형태의 행복을 볼 수 있었던 날이다.

하지만 아직도 잠깐 쉬었다 가고 싶을 때가 가끔 있다. 다음 단계로 바쁘게 넘어가기보단 잠깐 멈춰서 현재를 음미하고 싶다. 같이 손을 잡고 해변을 거닐거나, 소파에 앉아 키스를 하거나, 손 잡고 다정하게 시내를 돌아다닐 시간이 있었으면 좋겠다. 조엘과는 늘 그렇게 다녔는데, 핀과는 두 번 다시 그럴 시간이 없을 것 같아서 슬프다.

우리는 지금 오스트레일리아에서 늦은 신혼여행을 즐기고 있다. 퍼스에 핀의 친척이 있어서 마지막 주는 친척들과 함께 보냈다. 햇볕에 취해 바다에서 수영도 하고, 광활한 들판과 멋진 해변을 마음껏 즐겼다. 지금 영국은 겨울이다. 쉽게 포기할 수 없는 겨울만의 매력이 있긴 하지만, 반바지에 슬리퍼 차림으로 다닐 때의 그 즐거움은 언제나 짜릿하다. 특히나 최근 며칠 동안 직장에서 방수복에 긴 장화를 신고 비바람과 싸웠다면 더욱 그럴 수밖에 없다.

오늘 아침에는 일찍 잠에서 깼다. 핀은 깊이 잠들어 있어서 깨우고 싶지 않았다. 햇볕에 그을린 상체를 드러내고 잠들어 있는 핀의 얼굴이 오늘따라 잘생기고 평화로워 보였다.

나는 욕실로 살금살금 걸음을 옮겼다. 그리고 오 분쯤 지나서 말없이 행복의 눈물을 흘렸다.

우리는 아침 먹은 걸 소화시킬 겸 스완강을 따라 걷고 있다. 오늘 아침에는 온 세상이 의기양양하게 푸른빛을 뿜어내는 듯 보인다. 하늘, 강물, 고층 건물의 유리창까지. 핀은 집에 돌아가기 전 친척들에게 감사의 의미로 레스토랑에서 식사를 대접하는 문제에 대해 이야기하고 있다. 나는 핀의 말을 듣고 있긴 하지만 자꾸 다른 생각이 들어서 집중하기가 쉽지 않다.

"핀." 나는 강 끝에 다다르자 핀을 부른다. 야구모자에 선글라스를 쓴 핀은 어느 레스토랑이 좋을지 고민하는 중이다.

핀이 나를 돌아본다. "음, 당신 말이 맞아요. 해산물은 아무래도 좀 무거울 것 같아. 그리스 음식으로 할까요?"

"핀, 당신한테 할 말 있어요."

핀은 아마도 본능에 의해서인지 내 손을 꼭 잡는다. 핀의 손가락에 끼워진 결혼반지가 닿을 때의 감촉이 좋다. 내가 이제 캘리 피터슨이라는 사실이, 내 손가락에도 같은 반지가 끼워져 있다는 사실이 아직도 신기하다.

"캘리, 뭐가 잘못됐어요?"

"잘못된 건 없고요." 나는 조용히 답한다. "나 임신했어요."

핀은 놀라서 소리 없이 숨을 삼키고 뜨겁게 입술을 맞추더니 곧 눈물을 줄줄 흘리며 못 믿겠다는 듯 어깨를 들썩인다. 그리고 우리는 서로 꼭 끌어안고서 몇 분 동안 그대로 있다. 우리를 둘러싼 세상이 조용히 변하기 시작한다. 새로운 색깔이 첨가되고 빛이 더해진다.

핀이 살며시 포옹을 풀더니 자세를 낮춰 내 얼굴을 바라본다. 선글라스를 벗고 내 눈을 들여다본다. "언제…… 언제 알았어요?"

"오늘 아침에요. 속이 약간 메스껍더라고요." 나는 영국을 떠날 때 혹시 몰라 임신 테스트기를 챙겨왔다.

우리는 결혼생활을 시작할 때부터 이 문제에 대해 많은 이야기를 했다. 대가족 안에서 사랑받으며 자란 핀은 당연히 아이들을 원했다. 나도 아이를 원하는 건 마찬가지였지만 걱정되는 것들이 있었다. 핀은 별로 신경 쓰지 않는 것 같긴 했지만. 일단 아이가 생기면 예전처럼 활발히 여가생활이나 사교생활을 즐길 수 없다. 지금 사는 아파트도 아기를 키우기에는 다소 좁다. 또 머피가 그런 큰 변화에 잘 적응할 수 있을지도 문제다. 물론 제일 큰 걱정은 삼십 대 후반인 내가 배 속의 아이를 건강하게 품을 수 있을까 하는 문제였다.

생체 시계의 변화로 생겨나는 무서운 이야기들을 너무 많이 읽은 탓이다. 지난 5개월 동안 핀과 많은 노력을 한 덕분에 지금 내가 느끼는 안도감과 고마움은 말로 표현할 수 없을 정도다. 앞으로는 우리가 겪게 될 생활방식의 변화에 잘 적응하고 싶다.

"캘리…… 사랑해요. 이건 최고의 뉴스예요."

"나도 사랑해요. 너무 신나요."

"몸은 좀 어때요? 계속 걸어도 괜찮겠어요? 날씨가 더운데 그냥 들어가서……."

"난 괜찮아요. 오히려 신선한 공기를 쐬니 좀 나은데요?"

"나는 왜 전혀 눈치를 못 챈 건지."

"아직 며칠 되지도 않았는데요. 괜한 희망 품게 하고 싶지 않았어요. 아무것도 아닐 수 있으니까."

핀이 활짝 웃는다. "이제 계획을 세워야겠네요. 그런데…… 무슨 계획을 세워야 하죠? 뭘 해야 할지 전혀 모르겠어요."

"나도 몰라요. 하지만 그래서 재미있는 거 아니겠어요?"

"화상 채팅을 하는 건 어때요? 모두에게 알려야죠."

조엘에게 이 소식을 전하고 싶다. 마음이 조심스러우면서도 조급해지려는 찰나, 갑자기 깨닫게 된다.

조엘은 이미 알고 있다. 몇 년 전부터 알고 있었다.

당신 인생에서 최고의 시기는 아직 오지 않았어요.

"캘리?"

나는 머릿속에서 조엘을 지우고 핀의 손을 꼭 잡는다. "집에 갈 때까지 기다리는 건 어때요? 잠시 동안은 우리 둘만의 비밀로 간직하고 싶어요."

핀이 미소를 지으며 한 팔로 내 어깨를 감싼다. "뭐, 그래도 축하는 하자고요. 먹을 수 있는 음식이 뭐예요? 케이크?"

"아직 아침 먹은 것도 소화가 안 됐어요. 그리고 솔직히 말하면 약간 울렁거려요."

"많이 이상해요?" 핀이 잠시 후 다시 묻는다. "속이 울렁거리는 건 그렇다 치고…… 기분은 어때요?"

그건 굳이 생각하지 않아도 곧바로 대답할 수 있다. "행복해서 날아갈 것 같아요."

이것뿐이다. 지금 내 기분을 가장 잘 설명할 수 있는 표현은.

86

조엘 - 5년 후

"그리고 마지막으로 우리 세 아이에게 감사의 말을 전하고 싶습니다. 너희들을 늘 자랑스럽게 생각한다. 셋 다 모두."

사람들이 동의한다는 듯 한마디씩 거들며 우리를 향해 잔을 치켜든다.

우리는 지금 동네의 우중충한 럭비 클럽에서 아버지의 일흔 번째 생신을 축하하고 있다. 장소는 이래도 갖출 건 다 갖추었다. 더그가 챙겨온 비틀스 위주의 음악을 틀며 몹시 지루해하는 디제이, 참치와 치킨으로 구성된 별 볼일 없는 뷔페(이상하게 생긴 소시지는 덤이다), 무리 지어서 가만히 서 있는 많은 사람들까지. 사람들은 지금 들고 있는 잔을 끝내면 더 이상 마실 생각이 없는 것 같다. 일단 화이트 와인이 미지근하기도 하고, 아버지가 하는 이야기의 팔 할이 회계 업무 관련인 걸 보면 그렇다. 그래도 어쨌든 이건 아버지를 위한 파티고, 더그가 계획한 파티다. 맛이 기가 막힌 칵테일이나 디제잉하는 이드리스 엘바*를 볼 수 있을 거라 기대하면 안 된다.

아니면 꿈에서 이미 본 장면이어서 익숙한 것일 수도 있다. 2주일 전의 꿈에서도 이 파티는 영원히 끝날 것 같지 않았다.

아버지의 연설이 끝난 후 나는 탐신이 해리, 앰버와 함께 앉아 있

---

* 영국의 배우이자 디제이.

는 뒤쪽 테이블로 향한다. 이제 곧 다섯 살인 해리는 책에 정신이 팔려 있고, 열두 살인 앰버는 머리에 헤드폰을 쓰고 있다. *똑똑한 녀석.*

나는 손짓으로 앰버의 시선을 끌고 소리 없이 입 모양으로 묻는다. "괜찮아?"

앰버가 아이패드에서 눈을 떼고 어깨를 으쓱한다. "지루해."

"나 말고 다른 삼촌을 원망해." 나는 더그를 가리키며 말한다. 앰버가 씩 웃는다.

나는 기름 없이 볶은 땅콩을 한 움큼 쥐며 탐신에게 묻는다. "어떤 것 같아?"

"이 정도면 성공 아냐? 아버지도 즐거워 보이는 것 같은데." 탐신이 입술을 깨물며 청록색 원피스의 어깨 부분을 매만진다.

아버지는 지금 배드민턴 친구들에게 무슨 이야기를 하는 중이다. 친구들은 다들 넋을 잃은 얼굴이다. 대체 무슨 이야기를 하는 걸까. 셔틀콕을 놓칠 뻔했던 이야기? "그러게. 아버지 좀 봐. 2010년 예산안 발표 이후로 저렇게 활기찬 모습은 처음이야."

탐신이 와인을 한 모금 마시더니 인상을 찡그린다. "윽, 미지근해."

"재미있어, 해리?" 나는 조카에게 묻는다.

"응." 해리가 얌전하게 대답한다. (해리가 이상한 건 아니다. 해리처럼 천사 같은 아이가 이 세상에 태어난 게 얼마나 기쁜 일인지 모른다. 물론 나와 피가 섞여 있어서 그렇게 보이는 걸 수도 있다.) "다 읽어가." 해리가 책을 들어서 표지를 보여준다. 우주 공간에 대한 책인데 놀랍게도 수준이 꽤 있어 보인다.

"좋은 책이네." 나는 격려 차원에서 이렇게 말하고 탐신을 향해 인상을 찡그린다. "탐신, 이건 거의 교과서 수준인데."

탐신이 두 손을 번쩍 들어 보인다. "나한테 뭐라 그러지 마. 해리가 가져오겠다고 했어. 도통 손에서 놓으려고 하질 않아."

"네가 천재를 낳았나 보다." 나는 작게 속삭인다. "유튜브 찍어서 돈 좀 번 다음에 은퇴시키면 안 될까?"

탐신이 내 팔을 슬쩍 친다. "그런 건 키런과 조이가 잘할 것 같은 데."

키런과 조이는 자기들보다 나이가 곱절은 많아 보이는 노부부에 게 열심히 이야기를 늘어놓고 있다. 스티브와 헤일리도 여기 와 있 다. (왠지 스티브는 열심히 영업을 돌고 있을 것 같다. 아까 스티브가 팔십 대 노인 두 분에게 발끝에 손가락을 대보라며 겁주는 걸 봤다.)

"얘들아, 나 왔어." 워런이 내 옆에 앉으며 내 무릎을 탁 친다.

아버지가 워런을 초대해서 뿌듯하다. 아버지가 거절할 거라고 생 각했는데 막판에 아무렇지 않은 척하며 좋다고 했다. 아버지든 워런 이든 엄마를 놓고, 또는 나를 놓고 싸울 기운은 남아 있지 않은 것 같다. 다른 사람을 이기려고 전전긍긍하는 건 진이 빠지는 일이다. 그리고 솔직히 두 분 다 그런 일에는 관심 없는 것 같다.

나는 결국 아버지와 더그에게도 말했다. 내 꿈에 대해서. 두 사람 이 마지막이었다. (아버지와 더그가 그걸 알 리도 없겠지만 알아도 신 경 쓰지는 않을 것 같다). 짧고 딱딱한 대화였고, 이후에는 그 일에 대해 다시 언급하지 않았다. 두 사람이 내 말을 믿는지는 모르겠다. 어쨌든 나는 솔직히 말했다. 아마 내 인생에서 처음이었던 것 같다. 캘리와의 이별을 극복하고 나니 여러 면에서 두려움이 없어졌고, 심 지어 약간 무모해진 것도 같다. 이제는 웬만해서는 대부분이 별거 아닌 것처럼 보인다.

당신을 사랑하는 사람들이 있다는 걸 잊지 말아요.

워런이 해리에게 태양계에 대해 설명하기 시작하자, 멍하니 앉아 있던 앰버가 내게 몸을 기댄다. 나는 한 팔로 앰버를 안고 정수리에 입을 맞춘다. 이번에는 웬일로 앰버가 토하는 시늉도 하지 않고 저리 가라는 말도 하지 않는다.

나는 탐신을 보고 미소 짓는다. 탐신도 나를 보며 웃는다. *이제 다 괜찮아. 앞으로도 잘될 거야.* 우리는 눈으로 이런 대화를 주고받는다.

파티가 끝나자 워런은 먼저 콘월로 돌아갔다. 나는 여기 며칠 더 있을 예정이다. 다음 날 나는 차를 몰고 한 시간 거리의 교외로 향했다. 술집에 들어서자 저쪽 맞은편, 벽난로 근처의 가장 좋은 자리에 옅은 금발머리 여자가 앉아 있다.

내가 다가가자 여자가 미소를 짓는다. 나는 몸을 숙여 가볍게 포옹한다. 꽤 자연스럽다. 걱정했던 것만큼 어색하지 않다.

"미안해요. 내가 늦었죠?"

여자의 눈동자는 북극의 푸른빛을 닮았다. 하지만 활짝 웃는 얼굴에서는 따스함이 느껴진다. 여자는 편하게 티셔츠에 베이지색 카디건을 걸쳤다. 티셔츠에는 글자가 적혀 있는데 그냥 봐서는 무슨 글자인지 잘 모르겠다. "아니에요. 제가 일찍 도착했어요."

로즈는 몇 달 전 동물병원으로 전화를 걸어와 자기를 기억하느냐고 물었다. 물론 기억한다. 그래서 로즈가 사는 곳 근처에서 만나자고 청했다.

"건배." 우리는 잔을 부딪쳤다. 로즈는 화이트 와인을 주문했고 내 건 라임 소다다.

"그 건강관리 프로그램은 잘 마쳤어요?" 내가 묻는다. 우리가 마주친 다음 날 나는 해가 뜨기 전에 일찍 그곳을 떠났다. 자꾸 캘리 생각이 나서 집에 가고 싶었다.

"음, 요가도 계속하고 있고 커피도 하루 한 잔으로 줄였어요."

"오, 굉장한데요! 과일과 채소도 많이 먹고요?"

로즈가 한 손으로 머리카락을 쓸어 넘기자 달콤한 향수 냄새가 살짝 스친다. "그건 여전히 잘 안 되네요. 그쪽은 어때요?"

"아, 제 문제는 좀……." 나는 말끝을 흐린다. 아직 마음의 준비가 되지 않은 상태에서 로즈에게 내 모습을 그대로 보이기는 좀 그렇다. 무슨 말을 해야 할지…….

"심리적인 문제?"

나는 고개를 끄덕이며 음료를 한 모금 마신다.

잠시 침묵. 로즈는 눈이 참 예쁘다. "저마다 다른 이유로 그곳을 찾는 것 같아요."

"맞아요."

"아니면 제 전남편처럼 생각할 수도 있겠죠. 집에 가니까 그러더라고요. '그런 덴 쉬러 가는 게 아니라 치료받으러 가는 거야'라고"

나는 웃는다. "저런."

로즈가 이마를 찌푸리더니 곧 웃으며 말한다. "방금 그건…… 제가 이혼했다는 말을 어설프게 돌려 말한 거예요."

"아, 미안해요."

"아니, 미안해할 거 없고요." 로즈가 와인을 한 모금 삼킨다. "참 웃기는 게, 그 센터에 갔을 때 빛이 보였어요."

나는 얼른 알아듣지 못하고 묻는다. "긍정의 힘 같은 거요?"

"맞아요! 건배!"

우리는 또다시 건배를 한다.

"그런데 수의사였네요." 내가 말한다.

"맞아요. 제 작전 어땠어요?"

로즈는 동물병원으로 이메일을 보내 들어본 적 없는 어떤 학회에서 나를 만난 적 있다고 했다. 얼른 인터넷에 검색해보니 당연히 그 학회는 진짜가 아님이 밝혀졌다. 하지만 로즈 잭슨이 수의사라는 사실을 확인할 수는 있었다.

우리는 잠시 일 이야기를 주고받는다. 내가 몇 년 쉬고 병원으로 돌아간 일, 로즈의 동물병원과 내 병원 이야기, 시간 외 진료를 아웃소싱하는 것의 장단점(로즈는 아웃소싱을 하고, 나는 하지 않는다), 공감피로° 문제와 야생동물을 다루는 문제, 크리스마스에도 대기해야 하는 고충 등. 로즈의 직설적인 말투와 유머 감각이 마음에 든다. 내가 농담할 때 로즈가 웃으며 이따금 내 팔을 잡는 것도 좋다. 미소도 따뜻하다.

"그래서 제가 이혼했단 말은 했고." 일 이야기를 웬만큼 하고 나자 로즈가 말한다. "당신은요?"

"혼자이긴 한데……."

로즈가 손끝으로 잔받침을 톡톡 쳐서 움직인다. "누굴 만날 생각은 없나 보네요."

나는 인상을 찌푸린다. "미안해요. 좀 복잡한 상황이라."

"누가 있나 보죠?"

나는 캘리를 떠올린다. "아뇨." 솔직히 대답하자. "다른 사람을 만나도 될지…… 아직 확신이 없어서요."

"그 정도면 됐어요. 솔직히 말해줘서 고마워요." 로즈가 말한다.

우리는 계속 마신다. 로즈는 '코미디의 밤' 티켓이 있어서 나와 함

° 타인의 끔찍한 고통을 공감하는 게 너무 피로해 마음을 닫아버리는 상황.

께 갈까 생각 중이었다고 한다. 로즈가 내 상황에 대해 그렇게 직접적으로 묻지 않았다면 로즈를 따라갔을지도 모른다. 하지만 생각해보니 여기서 끝내는 게 좋을 것 같다.

로즈가 마음에 든다. 캘리 이후로 다른 여자에게 끌렸던 적이 없는데 로즈는 좀 다르다. 가볍게 만났다가 금방 헤어지는 관계는 되고 싶지 않다. 그게 로즈를 놓치고 아쉬워해야 한다는 의미라면 기꺼이 받아들이려 한다.

"계속 연락하고 지냈으면 좋겠어요." 일어날 준비를 하면서 내가 말한다.

로즈가 웃는다. "펜팔하자고요?"

나는 눈을 질끈 감는다. "미안해요. 말할 땐 몰랐는데 제 귀로 들으니 이상하네요."

"진짜 이상했어요. 매력적이라서 좋겠어요. 그렇죠?"

내가 매력적이라고 말할 수 있을지 잘 모르겠다. 하지만 로즈가 워낙 칭찬에 후한 편이라 깊이 생각하지 않고 받아들이기로 한다.

"맞다, 잊을 뻔했네." 로즈가 일어서며 말한다. "당신 거예요."

로즈는 2년 전에 내가 건강관리 센터에서 어깨에 걸쳐줬던 코트를 내민다. 지금까지 옆자리 의자에 접어서 올려두었는데 나는 알아보지도 못했다.

"가져요." 내가 말한다.

로즈는 눈을 한두 번 깜박이더니 한 손을 내민다. 정중한 작별인사. "그래요, 그럼…… 전화해요. 돌려받고 싶어지면요."

"알았어요." 나는 로즈가 내민 손을 잡아 악수를 나눈다. 그리고 로즈의 눈빛과 미소를 마음에 담는다.

87
캘리 - 5년 후

쌍둥이에게 오늘 첫 우유를 먹이고 핀까지 출근하고 난 후 나는 유아차를 끌고 머피와 함께 해변으로 산책을 나선다.

쌍둥이를 거의 동시에 먹이고 재우는 기적을 이루기까지 적지 않은 시간이 걸렸다. 이제는 아기들이 태어나고 몇 달간 이어진 아수라장에서 서서히 벗어나는 중이다. 우리 부부는 완전히 지쳐서 넋이 나갈 때도 있지만 아직은 황홀할 때가 더 많다. (다시 말하면 쌍둥이를 낳았다는 충격에서 간신히 벗어나고 있는 중이다.) 어쨌든 그럭저럭 잘해나가고 있는 것 같다.

유언과 로빈은 오늘로 5개월이 되었다. 그런데 아직도 실감이 나지 않는다. 아기들을 만질 때마다 정말 우리 아기가 맞나 싶다.

아이들이 태어났을 때 핀의 어마어마한 인맥이 진가를 발휘했다. 친구들과 가족들이 번갈아가며 요리, 소독, 설거지, 개 산책을 거들어줬다. 몇 달을 그렇게 지내고 나니 넘치는 사랑에 세상이 정말 아름다워 보인다. 아기들이 내 품에 안겨 쌔근거리며 자는 모습을 보면 내 몸 밖에서 심장이 뛰고 있는 듯한 착각에 빠진다.

우리 집 앞의 일방통행 도로는 폭이 좁아서 언제나 차들로 어수선하다. 게다가 주중에도 차가 꽤 밀리는 편이라 나는 고요한 바닷가로 산책을 나가 마음을 정화하곤 한다.

다행히 내가 늘 앉는 벤치는 그리 눅눅하지 않다. 그레이스와 벤이 브라이턴에서 처음 만난 다음 날 아침, 바로 이 벤치에서 떨리는 가슴으로 뜨거운 차와 베이컨 샌드위치를 먹었다고 했다. 그레이스가 사진을 찍어서 몇 달 후 페이스북에 올렸기에 나도 안다('우리가 만난 다음 날!'). 그리고 뒤에 배경으로 보이던 호텔도 기억난다.

나는 핀이 출근하기 전에 만들어준 디카페인 커피를 들고 벤치에 앉는다. 핀은 요즘 아침마다 커피를 만들어준다. 매일 그러는 것도 결코 쉬운 일이 아닌데, 내가 쌍둥이용 유아차를 끌고 길 끝에 있는 카페까지 가는 모험을 하는 것보다는 낫다고 생각하는 모양이다. 나는 집에서 드뢰메카게도 한 조각 챙겨왔다. 엄마가 됐는데 아침식사로 케이크도 한 조각 못 먹는다면 대체 언제 케이크를 먹는단 말인가. 요즘은 드뢰메카게를 자주 먹는다. 내가 잠깐 외출한 사이 핀이 내 레시피를 알아내서 깜짝 선물로 구워준 적이 있는데, 그 후로 계속 먹고 있다. 하지만 드뢰메카게에 얽힌 사연까지 핀에게 들려줄 용기는 없었다.

나는 한 발로 유아차를 흔들며 아기들을 바라보다가 모자와 양말을 바로잡아준다. 그리고 텀블러에 담긴 커피를 마신 후 케이크를 쪼개 머피에게 건넨다.

순간 이상한 느낌이 든다. 조엘이 왠지 가까이 있는 듯한 느낌. 갑자기 그런 느낌이 강하게 든 나는 놀란 눈으로 주변을 두리번거린다. 다시 돌아서서 쌍둥이를 보고 자리에 앉는다. 미쳤구나. 조엘은 여기 없어. 조엘이 여기 왜 있겠어? 지난 몇 주 동안 조엘을 (깊게는) 생각하지 않았다. 수면부족 탓일 수도 있고, 누가 내게 흑마술을 걸었는지도 모른다.

임신 기간 동안 끔찍한 불면증에 시달렸다. 엄청나게 큰 호수를 허우적거리며 통과하는 기분으로 긴 밤을 지새웠다. 가만히 누워 천장을 보는 게 지겨워서 핀이 자는 동안 잠옷 바람으로 아파트 주변을 몇 바퀴씩 뛰기도 했다. 나를 응원해줘야 한다고 생각했는지 그럴 때면 머피도 함께 나와 달렸다.

머피와 함께 거실 창가에 앉아 그레이스에게 소리 없이 이야기를 늘어놓을 때도 있었다. 그리고 가끔, 아주 가끔은 조엘도 지금 깨어 있을까 하는 생각을, 환하게 빛나는 푸른 별들이 화려하게 수놓은 저 하늘을 조엘도 보고 있을까 하는 생각을 했다.

하지만 배 속의 아이들을 위해, 침대에 잠들어 있는 핀을 위해, 내 마음을 너무 멀리, 너무 미래로 보낼 순 없었다. 지난 몇 년간 배운 게 있다면 가장 중요한 건 현재라는 것이다.

어젯밤에는 핀과 술을 한잔했다. 쌍둥이가 태어난 후 처음 제대로 마셔보는 술이었다. 핀은 앞으로 이런 기회를 자주 만들자고 하면서 비싼 레드 와인 한 병을 조엘이 6년 전 선물해준 유리병에 옮겨 부었다. 물론 핀은 모르고 한 행동이었다. 그리고 그 유리병과 한 세트인 유리잔에 와인을 따라 마셨다. 그래서 나는 잠시 조엘의 미소를 떠올렸다. 그날 조엘은 이렇게 말하며 웃었다. *이제 언제든 지중해에 있는 노천 카페에 앉아 있는 기분을 느낄 수 있어요*

핀은 내가 딴생각을 하고 있다는 걸 눈치챘던 것 같다. 한 발로 내 발을 툭 치며 괜찮으냐고 물었기 때문이다. 나는 웃으며 괜찮다고 답했고 실제로도 그랬다. 우리는 해냈다. 우리는 부모가 되기 위한 과정의 첫 단계를 힘겹게 통과해서 다음 단계로 나아가고 있다. 이 레드 와인은 이를 기념하는 축배다. 그리고 지금이야말로 내 마음속에서 조엘을 향해 잔을 높이 치켜들고 조엘이 내게 준 것들을 고마워할 수 있는 유일한 기회인 것 같다.

88
조엘 - 6년 후

"어제 워런 꿈을 꿨어." 나는 아침을 먹으며 키런과 조이에게 말한다. 두 사람은 (지금은 십 대가 된) 아들들을 키런의 부모님 댁에 안전하게 맡겨놓고 주말 동안 콘월에 와 있다.

"어서 얘기해봐." 조이가 명령을 내리며 크루아상을 찢어 버터에 넣는다. 일찌감치 샤워를 마치고 화장까지 한 조이는 숙취라는 걸 전혀 모르는 짜증 나는 부류에 속한다고 할 수 있다.

반면 키런은 말라리아라도 걸린 것 같은 몰골이다. "잠깐." 키런이 말한다. "그거 좋은 꿈이야, 나쁜 꿈이야?"

"좋은 꿈." 나는 목소리를 좀 더 낮춘다. "누굴 만나더라고."

"만난다고?" 조이가 되묻는다.

"응." 슬쩍 웃음이 난다. "괜찮은 여자 같더라. 해변에 같이 있었어. 워런이 농담하니까 그 여자분이 웃었어. 그리고 둘이서……."

"좋은 아침." 워런이 잿빛 얼굴로 주방에 들어선다. 워런은 어젯밤 내 집에서 잤다. 잠깐 걸어서 집에 가느니 내 소파에 뻗는 쪽을 택한 것이다.

"조엘에게 새로운 소식이 있대요." 조이가 말한다. 조이와 워런은 아주 쿵짝이 잘 맞는다. 한 사람이 입을 열면 다른 한 사람이 끝맺을 때도 많고, 유머 코드도 비슷하다. 밤늦게까지 버티는 능력은 조이가 워런을 훨씬 능가하지만.

"그래? 너 혹시……."

"주전자에 있어요." 나는 가스레인지를 가리킨다. (나는 요즘 녹차를 마시고 있다. 카페인을 줄여볼까 해서 계속 노력 중이다.)

"더 말해봐." 워런이 단호하게 명령한다. 워런은 머그잔에 아무것도 넣지 않은 커피를 담아 내 옆에 털썩 주저앉는다. 그리고 두 손에 얼굴을 파묻는다.

"힘들어요?" 키런이 웃으며 묻는다.

"내가 이래서 원래 술을 안 마시는데." 워런은 여전히 얼굴을 파묻은 채 웅얼거린다.

"그러게, 예거밤°은 연령 제한을 둬야 한다니까. 아니면 최소한 묶음으로 사는 거라도 금지시켜야 해." 내가 말한다.

워런은 내 쪽으로 한 손을 휘휘 젓는다. 어젯밤 시체가 되었던 기억을 몰아내려는 손짓처럼 보인다. "그런데 무슨 소식?"

"엄밀히 말하면 제 소식은 아니고, 아버지가 여자를 만나는 꿈을 꿨어요."

워런이 고개를 든다. "뭐?"

"여자요. 앞으로 6개월 동안 몸매 관리 좀 하세요."

워런은 씩 웃는다. "세상에, 어떤 여자냐?"

"좋은 분 같던데요. 농담에도 잘 웃어주고."

"이 동네 사람이야?"

"그건 잘 모르겠어요. 어쨌든 해변에 함께 있었어요."

워런이 낮게 탄식을 내뱉는다. "스쳐가는 인연이겠네. 오래가지는 않겠어."

● 에너지 음료와 독일 양주를 섞은 술.

나는 목을 가다듬고 다시 진지하게 말한다. "그건 아닌 것 같아요. 그분하고…… 손을 잡고 있었거든요."

조이가 내 말에 함성을 지르자 워런이 움찔하고 놀란다. "정말 나 맞아?"

"그럼요." 크루아상과 녹차로 식사를 끝내고, 집단으로 숙취에 시달리는 동지들을 보고 있으니 괜히 우쭐해지는 기분이다. 어젯밤에는 몇 년 만에 처음으로 아주 푹 잤다. "그 정도면 기대해볼 만하지 않아요? 아무튼, 나랑 같이 조깅하러 갈 사람?"

세 사람이 동시에 야유를 퍼붓자 나는 쫓겨나듯 집을 나선다.

요즘은 해안 산책로가 나의 새로운 체육관이다. 종아리와 가슴이 당겨서 아플 때까지 달린다. 바람은 칼날을 휘두르는 것처럼 차갑고 발밑에서는 진흙이 튄다.

마음이 또다시 캘리에게로 흘러간다. 캘리가 아이들을 유아용 의자에 앉혀놓고 아침식사하는 모습을 떠올린다. 그리고 쌍둥이들의 뺨에 묻은 얼룩을 닦다가 남편과 무슨 이야기를 주고받으며 웃는다. 창문으로 들어오는 햇볕을 받아 캘리의 얼굴이 환하고 따뜻하게 빛난다.

그곳에 내 자리는 없다는 사실에 질투가 난다. 하지만 내 자리가 있을 수 없는 이유를 너무나 잘 알고 있다. 최소한 지금 캘리는 행복하니 이 정도면 균형이 맞는 것 같다.

캘리가 내 곁에 있었다면 그런 삶을 살 수 없었을 것이다.

나는 차가운 대서양의 공기를 잔뜩 들이마시고 계속 달린다.

89
캘리 - 6년 후

나는 손에 든 청첩장을 멍하니 보고 있다. "벤이 결혼한다니 믿기지가 않아요."

"기분이 이상해요?"

나는 미소를 지으며 가슴을 쿡쿡 찌르는 슬픔을 억누른다. "결혼식이 열리는 내년이면 그레이스가 세상을 떠난 지 9년이 되네요. 익숙해지면 그게 더 이상할 것 같아요."

"그렇죠. 하지만 미아도 좋은 사람이잖아요."

"나도 미아가 좋아요. 그레이스도 아마 그럴 거예요."

이제 18개월이 된 유언과 로빈은 〈시비즈〉●에 정신이 팔려서 소파 쿠션을 붙든 자세로 옆에 멍하니 서 있다. 내 손이 자연스럽게 유언의 머리카락을 어루만진다.

"이 결혼식 굉장해 보이는데요." 핀이 말한다.

결혼식장은 쇼어디치에 있는 아치형 천장의 거대한 공간이고, 술과 음료를 무료로 제공한다고 한다. 광고업계에서 일하는 미아는 최신 유행에 상당히 민감한 편이다.

"결혼식 가는 김에 부모님 댁에 며칠 다녀와야겠어요. 손주들 실컷 보시게 해드려야죠." 엄마는 내게 자주 좀 오라고 잔소리한다. 엄

● *Cheebies*. 영국 BBC 방송의 영유아 대상 프로그램.

마가 브라이턴에 오실 때도 많다.

핀은 웃으며 로빈을 무릎에 앉히고 머리에 입을 맞춘다. "그래요. 어머님이 엄청 좋아하시겠어요."

나는 청첩장을 다시 한 번 들여다본다. "이거 놀라운데요. 아이들 입장을 허용한대요. 아이들이 결혼 서약을 망칠 수 있다는 걸 모르는 걸까요?"

"에스터가 벤에게 충분히 경고했을 거예요."

나는 웃음을 터뜨리며 머피를 어루만진다. 머피는 지금 내 무릎에 올라와서 턱을 받치고 앉아 있다. "그럴 수도 있겠네요."

"아이들 걱정은 하지 말아요. 나는 우리가 결혼식에 들어갈 수 있을지도 의문이에요. 이대로 괜찮을까요?"

아이들이 있으면 어딜 가든 선량한 성인의 이미지를 내세울 수 있다. 아이가 없을 때만 누릴 수 있는 쉴 틈 없이 바쁜 사교생활과 휴일들은 이제 남의 일이 되어버렸다.

쌍둥이가 태어나고 얼마 되지 않았을 때, 내가 한때 그런 삶을 살았다는 게 실감나지 않아 멍하니 사진첩을 훑어본 적도 있다. 그런 얘길 핀에게도 한 적이 있는데, 어느 날 밤 집에 돌아오니 핀이 잘 나온 사진들을 흑백으로 확대 출력해서 액자에 꽂아 벽에 걸어두었다. 내가 라트비아를 떠나던 날 아침 일출을 배경으로 처음 찍은 사진, 플로리다의 자연보호 구역 내 산책로에서 햇볕에 그을린 얼굴로 엄지를 치켜든 모습, 우리가 약혼한 다음 날 마이애미에서 마지막 아침식사로 먹은 오믈렛과 진한 커피, 턴브리지웰스 근처에서 자일을 붙잡고 내려오던 모습, 다운스에서 친구들과 함께 웃는 모습, 그리고 한가운데에는 칠레의 작은 화산 언덕에서 쉬고 있는 다이어뎀 드플러버의 사진이 걸려 있었다.

"이런 결혼식에는 대체 뭘 입고 가야 해요?" 핀이 묻는다. "정장을 입고 갔는데 다른 사람들이 파자마나 다른 이상한 걸 입고 오면 어떡하죠?"

핀이 정장을 입었으면 좋겠다. 그 청회색 정장을 입으면 결혼식 같은 행사에서 핀이 더욱 돋보인다. 보통 그 청회색 정장 안에 꽃무늬 셔츠를 받쳐 입고 가끔 선글라스를 쓰는데 그럴 때면 정말이지……. 신랑에게 가야 할 관심을 빼앗아가는 사람을 가리키는 단어가 있다면 핀은 항상 그 단어의 주인공이 되고도 남을 것이다.

"이렇게 유행을 앞서가는 행사의 매력은 그런 거 아닐까요. 방수복에 긴 장화 신고 결혼식장에 나타나면 유행을 선도하는 사람처럼 보일지 몰라요."

"우리가 벤의 결혼식을 이미 '행사'로 받아들이고 있다는 것도 믿기지가 않아요." 핀이 말한다.

"귀에 이어폰을 꽂은 사람들이 있겠죠."

"보안검사도 할 것 같고."

"소셜 미디어도 차단하려고 할 거예요."

"사랑해요." 핀이 쌍둥이들의 정수리 너머로 나를 보며 말한다.

나도 그 모습에 미소를 짓는다. "사랑해요."

"생각해보니까……." 핀이 말끝을 흐리며 고개를 떨군다.

"뭐가요?" 나는 갑작스러운 애정 표현에 살짝 들떠서 묻는다. 최근에는 그럴 시간이 거의 없었기 때문이다. 이제 우리는 문장을 완전히 말하지 않아도 대화가 가능한 수준이 되었고, 부부관계도 점차 늘리고 있다. 하지만 밤이 되어 마침내 잠자리에 누웠을 땐 상대방을 덮치기보다 눈을 질끈 감고 자는 쪽을 선택하게 된 것이 공공연한 비밀이라면 비밀이다.

"……당신을 안 만났다면 어떻게 살았을지 모르겠어요. 내가 어떻게 당신 같은 사람을 만났는지 모르겠어요. 당신도 그렇고 우리 쌍둥이도 그렇고."

나는 몸을 뻗어 핀의 입술에 입을 맞춘다. 순간 가슴속에서 불꽃이 타오른다. 어쩌면 오늘 밤에 남편을 덮치게 될 것 같다.

잠시 후 우리는 옷을 벗고 이불 속에서 급하게 키스를 끝낸다. 방은 싸늘하지만 손은 뜨거워서 땀이 난다. 몇 주 만의 일이기도 하고 아기들이 태어난 후로는 뭐든 급하게 해치워야 해서 미친 듯이 서두를 수밖에 없지만 그래서 더욱 흥분된다. 오랜만에 불타오르는 기분을 느끼니 라트비아에서 함께 보낸 첫날밤이 떠오른다.

잠시 후 핀 옆에 벌러덩 누워 앞으로 좀 더 자주 하자고 말하는 찰나, 날카로운 아기 울음소리가 옆방에서 울려 퍼진다.

핀이 웃음을 터뜨린다. "제발 한 번만 봐줘라." 땀에 젖은 핀이 숨을 헐떡이며 투덜거린다. "타이밍 한번 기가 막히네."

90
조엘 - 6년 6개월 후

오늘은 더그와 함께 노팅엄에 사는 사촌 루크와 다른 친척들을 만나러 가는 날이다.

루크와는 2년 전에 연락이 닿았다. 다시 연락을 주고받으니 반가웠다. 할 수만 있다면 더 많은 것을 함께하고 싶다. 날 때부터 삐딱했던 더그도 나와 같은 생각이라는 건 놀라웠지만.

루크는 개에게 물린 그날 이후 학교에 돌아오지 않았다. 그리고 일 년쯤 후에 루크의 가족은 미들랜드로 이사 갔다. 루크가 끔찍한 기억에 시달리지 않게 하려는 조치였다. 지금 유명 요리사가 된 루크는 미슐랭 스타를 받은 레스토랑 두 곳을 운영하고 있다. 벌써 루크의 레스토랑에서 두 번이나 식사를 했고, 함께 나가서 즐거운 시간을 보내기도 했다.

아직 꿈에 대해서는 말하지 못했다. 어쩌면 루크를 보았던 그 꿈에 대해 말할 수 없는 것인지도 모르겠다. 아직은 루크가 어떤 사람인지 알아가는 중이다. 무턱대고 속마음을 터놓기에 앞서 관계부터 다지는 중이다.

하지만 한 달 전쯤에 오늘 밤 일을 꿈에서 보기는 했다. (루크를 따라간 블루스 바에서 VIP 대접을 받은 게 하이라이트였다. 더그는 당연히 고주망태가 되었고.)

열차를 기다리는데 더그가 갑자기 초조한 기색을 보인다. 더그는 주말마다 입는 청바지에 약간 꽉 끼는 티셔츠를 입었다. 저 청바지에 다림질을 한 게 아닌지 의심스럽다. "한 대 피우고 싶어 죽겠어."

"설마 아직도 담배 피우고 있어?"

더그가 어깨를 으쓱한다. "사람들하고 어울릴 때만."

"그런데 피우고 싶어 죽을 정도라고?"

더그가 발끈한다. "아, 말이 그렇다는 거지. 아버지는 형이 걱정인 것 같던데."

웃음이 난다. 더그가 듣기 싫은 말을 들었을 때 말을 돌리지 않고 곧바로 대꾸할 날이 오기는 할까 싶다. "왜?"

"살이 너무 빠진 것 같다고. 내가 보기에도 그래."

"별거 아니야." 사실 요즘 상태가 좋지는 않다. 달리는 기차의 창밖 풍경처럼 시간은 계속 흘러 어느새 몇 년이 지나가버렸다. 요즘 캘리 생각을 할 때면 깊은 회의에 빠진다. 그때 내 선택이 옳았을까? 다시 연락해서 마지막으로 뭐라도 해봐야 하는 거 아닐까?

처음 꾸었던 그 꿈을 요즘 반복해서 꾸고 있다. 캘리가 죽는 꿈 말이다. 그 꿈이 자꾸 반복되어 현실과 점점 구분하기 힘들어진다. 아침마다 땀에 흠뻑 젖어 캘리의 이름을 외치다 잠에서 깨어난다.

더그가 고개를 다른 쪽으로 돌린다. "다행이네. 안 그래도 얼마 전 루한테 요즘 형이 태어나서 처음으로 멀쩡해 보인다고 했거든."

피가 반만 섞인 남동생의 옆모습을 보고 있으니 슬쩍 웃음이 난다. 어떻게 나와 저렇게 다를 수 있을까? 그런데 더 이상한 건 세상을 다 준다고 해도 저 녀석과 바꾸고 싶지 않다는 것이다. 저 퉁명스러운 성격에 의지할 수 있다는 게 왠지 위안이 된다. 특히 곧 다가올 혼란을 생각하면 더욱 그렇다.

91
캘리 - 6년 6개월 후

그가 반대편 플랫폼에 남동생과 함께 서 있다. 예전처럼 재킷 옷깃에 얼굴을 깊숙이 파묻고 두 손을 주머니에 찔러 넣은 모습이다.

살이 좀 빠진 것 같다. 걱정이 있는 것 같기도 하고, 별로 조엘 같아 보이지 않는다.

아니면 내가 예전에 알던 그 조엘이 아니거나. 벌써 7년이 흘렀다. 하지만 지금까지 떨어져 지낸 그 세월은 순식간에 자취를 감추고, 레스토랑에서 마지막으로 함께 앉아 있던 그날로 돌아간 것 같다. *난 잊어버리고 당신이 하고 싶은 거 다 하면서 살아요.*

마음이 조급해진다. 고개를 들어 나를 봐달라고 기도한다.

나는 벤의 결혼식에 가려고 며칠 연차를 냈다. 그런데 핀이 이번 주 입스위치에 일이 있어서 나 혼자 쌍둥이를 데리고 부모님 댁에 갔다가 다시 런던으로 가는 길이다. 핀은 블랙프라이어스역에서 합류할 예정이다. 사흘 밤을 떨어져 지낸 데다 혼자 아이들을 감당하기도 버겁다 보니 핀이 무척 그립다. 혼자 쌍둥이를 데리고 이렇게 멀리까지 온 건 처음이다. 유언은 한 팔로 안고 로빈은 일인용 유아차에 태웠다.

괜히 큰 소리로 조엘을 불러서 쌍둥이와 플랫폼의 다른 사람들을 놀라게 하고 싶지 않다. 조엘은 대화에 열중해 있다. 아무래도 이쪽으론 고개를 돌릴 것 같지 않다. 그런데 바로 그렇게 생각한 순간 조엘이 고개를 들어 나를 바라본다. 위성처럼 멀리서 나를 바라보는 조엘의 시선에 갇혀 시간이 멈춰버린 것 같다.

한 번도 당신을 잊은 적 없어요, 조엘.

세상이 차츰 자취를 감춘다. 소음은 멀리서 울리는 메아리처럼 들리고, 주변은 안개가 휩싸인 것처럼 흐려진다. 지금 내 눈에는 조엘만 보인다. 이렇게 마주보고 있으니 심장이 터질 것 같다.

하지만 오래지 않아 내가 탈 열차가 들어오는 소리와 함께 빛이 깜박인다.

안 돼. 안 돼, 안 돼. 왜 하필 오늘 열차가 제시간에 들어오는 거야!

나는 소리를 내지 않고 입 모양으로 조엘을 부른다. 하지만 그 순간 열차가 우리 사이를 가르고, 플랫폼의 사람들도 움직이기 시작한다. 나도 서둘러야 한다. 런던행 열차는 삼십 분 간격으로 운행되고, 내가 이번 열차를 놓치면 핀이 기다려야 하고, 도착 후에도 서둘러 택시를 잡아타고 결혼식장까지 내달려야 한다. 어쩌면 톰 포드°모델처럼 차려입은 도어맨들에게 쫓겨나는 수모를 당할 수도 있다.

선택의 여지가 없다. 열차를 타야 한다.

에어컨이 돌아가지 않는지 객실이 답답하다. 다행히 우리 자리는 테이블이 있는 4인용 좌석이고, 인상 좋은 할머니가 우리 테이블에 함께 앉았다. 두 살배기들이 발길질을 해도 엄하게 나무라지 않을 것 같다. 나는 자리에서 일어나 위쪽 창문을 열고 유언을 옆 좌석에 앉힌 다음 로빈은 무릎에 앉힌다.

그러는 동안에도 조엘을 볼 수 있을까 하는 마음에 조마조마하

° Tom Ford. 구찌 브랜드의 성장에 큰 역할을 한 미국의 패션 디자이너 겸 모델.

다. 창밖을 두리번거리는데 모르는 얼굴들만 눈에 들어온다. 겨우 더그를 발견했지만 옆에 아무도 없다. 가슴이 철렁 내려앉는다.

그때 뒤쪽에서 창문을 두드리는 소리가 들린다.

돌아보니 조엘이 서 있다. 여전히 사랑스럽고 반짝이는 모습이다. 급하게 육교를 건너온 것 같다.

나는 소리 없이 '안녕?'이라고 말한다. 순간 두 눈에 눈물이 차오른다.

괜찮아요? 조엘이 묻는다.

나는 격하게 고개를 끄덕인다. *당신은요?*

조엘 역시 고개를 끄덕이더니 잠시 머뭇거린다. *행복해요?*

나는 눈물을 삼키고 잠시 숨을 고른 뒤 다시 고개를 끄덕인다.

열차가 곧 출발한다며 경적을 울리는 상황에서, 유리창을 사이에 두고 그동안 있었던 많은 일들을 어떻게 다 설명할 수 있을까? 옆에서 나를 지켜보는 내 아이들과 낯선 사람을 두고 어떻게 오 초 사이에 내 감정을 다 설명할 수 있을까?

조엘이 손바닥을 활짝 펼쳐서 유리창 반대편에 갖다 댄다. 나도 손을 뻗어 똑같이 해본다. 함께 있으면서도 함께할 수 없는 상황이다. 우리가 예전에 그랬던 것처럼……

그때 또다시 경적 소리가 고통스럽게 울리며 마주 댄 우리 손이 천천히, 괴로울 정도로 천천히, 멀어진다. 조엘은 힘차게 내달리며 열차를 따라잡으려 하지만 그건 불가능하다. 내 심장과 조엘을 묶어놓았던 실 가닥이 핑 하는 소리와 함께 끊어진다. 그 순간 조엘이 전력으로 달려와 내가 열어놓은 위쪽 창문으로 무언가를 던져 넣는다. 그 것은 플라타너스 씨앗처럼 빙글빙글 돌아 내 무릎 위에 떨어진다.

나는 그것을 손에 쥐고 얼른 고개를 들어 돌아본다. 기차는 이미

역을 빠져나와 음울한 역의 모습만 눈에 들어온다. 조엘은 사라지고 없다. 어쩌면 이것이 마지막이겠지.

내 무릎에 앉아 있는 로빈을 바라본다. 로빈은 금방이라도 울음을 터뜨릴 듯한 얼굴이다. 낯선 사람이 창밖에서 다급한 눈빛으로 알아들을 수 없는 말을 하는 모습에 놀란 것 같다. 나는 로빈을 품에 꼭 안고 아이의 작은 손을 쥐며 얼러댄다.

"사랑해." 꼬불꼬불 나선을 그리는 아이의 검은 머리카락에 대고 속삭인다.

"괜찮아요?" 할머니가 안쓰럽다는 눈길로 나를 바라보며 조용히 묻는다. 나는 고개만 끄덕이고 입을 열지 못한다. 입을 열면 영원히 목소리를 잃을 것 같다.

"헤어진 연인?" 할머니는 섬세하고 부드러운 목소리로 이렇게만 묻는다.

나는 옆에 앉은 유언에게 고개를 돌린다. 반대쪽 창문으로 고개를 돌리고 앉은 유언은 쏜살같이 지나가는 풍경만 하염없이 바라보고 있다.

아, 빨리도 흘러가는구나.

눈을 한 번 깜박이니 뜨거운 눈물 한두 방울이 쪼르르 흘러내린다. 할머니가 위로하듯 고개를 끄덕인다. 더 이상 말은 필요하지 않다.

블랙프라이어스역에 도착하기 직전, 손에 쥐고 있던 종이 냅킨을 펼친다. 볼펜으로 급하게 갈겨쓴 세 단어가 보인다.

영원히 당신을 사랑할게요.

92
조엘 - 8년 후

나는 굽이진 강 한쪽에서 기다리고 있다. 꿈에서 보았던 오래된 버드나무 옆이다. 공기는 상쾌하지만 햇볕은 조심스럽다. 곧 무슨 일이 일어날지 아는 것처럼 위로하듯 부드럽게 이 땅에 내리비친다.

고개를 들어 사방으로 가지를 뻗은 나무를 바라본다. 나무는 기념비처럼 웅장하게 서 있다. 나뭇가지에 새겨져 있던 캘리의 'C' 자를 떠올린다. 앞으로 남은 세월 동안 이 철자가 어떻게 변할지 생각해본다. 햇볕에 달구어지고 서리에 뭉개지다가 결국은 층층이 쌓인 이끼에 덮여 사라지겠지.

캘리의 주변 사람들에게는 아무 말도 하지 않았다. 자기에게 꿈에 대해 알려주지 말라는 게 캘리의 유일한 부탁이었다. 괜히 주변 사람들에게 말해 캘리까지 알게 하고 싶지 않았다. 약속을 지키려니 가슴이 찢어질 것 같았지만 캘리의 의견을 끝까지 존중해주고 싶었다. 그러지 않으면 지나간 8년은 아무 의미 없는 것이 되어버린다.

캘리는 아이들을 데리고 부모님을 뵈러 온 것 같다. 캘리는 에버스포드에 올 때마다 철새처럼 워터펜을 찾는다.

일 년 반 전 기차역에서 본 후로 캘리 생각이 내내 머릿속을 맴돌았다. 계속 그 자리에 남아 내게 속삭이며 기억을 간지럽혔다.

기다리는 동안 날씨가 점점 더 우중충해진다. 눈물을 흘리듯 습기를 내뿜는 날씨다. 하늘이 구름으로 서서히 얼룩지는 사이 기온이 뚝 떨어진다. 반대편 강둑에서는 벌거벗은 나무가 고개를 숙이고 있다.

지난 세월 동안 내 꿈이 제발 틀리길, 캘리가 이곳에 나타나지 않길 기도했다. 빛이 사라지는 매 순간 행복을 느끼며 완전히 어두워질 때까지 혼자 이곳에 남아 있고 싶다.

그동안 우리가 몸은 떨어져 있었지만 내일 아침 눈을 떴을 때 캘리가 이 세상에 존재하지 않는다고 생각하면, 찬란히 빛나는 삶을 더 이상 살 수 없다고 생각하면 견딜 수가 없다. 그날 기차역에서 캘리를 봤을 때 창문을 깨고 객실로 뛰어들고 싶었다. 영원히 캘리를 사랑한다고, 당신 없는 세상은 상상할 수 없다고 말해주고 싶었다.

나는 시계를 보며 시간이 얼마나 남았는지 확인한다. 지구가 더 이상 돌지 못하게 막고 싶다. 시간에 브레이크라도 걸고 싶다.

제발 내가 틀린 거라고 말해줘, 제발.

하지만 순간 공기의 흐름에 변화가 생기며 질퍽한 땅을 딛는 발소리가 들린다. 가슴에 커다란 구멍이 생기는 기분이다. 캘리가 지금 이곳에 있다.

캘리가 경치에 넋을 잃고 노래를 흥얼거리며 강둑을 따라 걸음을 옮긴다. 코트와 목도리로 중무장한 채 평범한 겨울 산책자 중 한 사람인 듯, 오늘이 여느 때와 다름없는 11월의 하루인 듯 다가온다.

하지만 절대 그렇지 않다. 헬기 소리가 들리기 시작한다. 소택지 저쪽에서 응급 헬기가 잠자리처럼 날개를 휘두르며 날아오고 있다. 단 일 초라도 시간을 벌고 싶어서 몇 분 전에 전화를 걸어두었다. 내가 할 수 있는 일이라면 뭐든 해두고 싶었다.

캘리가 날아가는 물총새를 보고 놀라 걸음을 멈춘다. 거기서 이만 발을 돌려 한숨을 내쉬고 돌아가주길 온몸이 떨리도록 빌어본다.

돌아서요, 캘리! 아직은 시간 있어요. 하지만 서둘러야 해요!

"조엘?" 캘리가 나를 발견한다.

캘리와 마주 선 순간 가슴이 찢어질 것만 같다. 나는 한 시간 같은 일 초 동안 절대 놓치지 않겠다는 눈빛으로 캘리를 바라본다.

하지만 캘리가 묻는 듯한 시선으로 나를 바라본다. 나는 할 수 없이 살며시 고개를 끄덕인다. *미안해요, 캘리.*

부드럽기 그지없는 미소. "오!" 하는 속삭임.

캘리가 내게 한 손을 내민다.

몇 초를 남겨두고 나는 마지막으로 캘리의 손을 꼭 움켜잡는다. 털장갑 위로 캘리의 따뜻한 체온이 전해진다. 그리고 다른 한 팔로 부드럽게 캘리의 허리를 감싸며 조용히 내 품에 안는다. 캘리는 아무 말 없이 내 어깨에 머리를 기댄다. 아마도 위로가 필요한 게 아닐까. 나는 캘리의 머리에 입을 맞추고 마지막으로 한 번 더 말한다. 영원히 사랑하겠노라고.

더 이상은 아무 말도 남기지 않는다. 또 다른 세상에서 우리는 집으로 가는 길을 안내해주는 일몰을 향해 손을 맞잡고 나란히 걷는다.

이제 때가 되었다. 내 팔에 안긴 캘리의 몸에서 힘이 빠져나간다. 미약하게 숨을 삼키는 소리가 오히려 기침에 가깝게 들린다. 나는 최대한 부드럽게 캘리를 바닥에 눕히고 머리카락을 쓸어 넘겨준다. 캘리의 목에 두른 목도리를 느슨하게 풀어주는데 그 위로 눈물이 떨어진다.

그 오랜 세월 동안 알고 있었으면서 잘 가라는 작별인사도 준비하지 못했다.

열.

심장이 시곗바늘에 맞춰 뛰기 시작한다.

아홉.

"캘리." 나는 조용히 캘리의 이름을 부른다. "나 아직 여기 있어요. 계속 곁에 있을게요, 알았죠? 조금만 더 버텨요."

여덟. 일곱.

다급해진 나는 혹시 캘리를 붙들어놓을 수 있지 않을까 싶어 캘리의 손에서 장갑을 벗기고 열심히 손을 주무르기 시작한다.

여섯.

어쩌면 효과가 있을지도 모른다. "좀만 버텨요, 캘리. 가지 말아요. 나 아직 여기 있으니까, 나랑 같이 있어요."

다섯.

그때, 내 착각일 수도 있지만 캘리가 내 손을 움켜쥐려고 한다. 끝까지 싸워보려는 것처럼.

넷.

가슴에 못이 박힌 것 같고, 눈물은 더 줄줄 흐른다. 하지만 나는 계속 캘리의 손을 잡고 귀에 속삭인다. "좀만 더 버텨요, 캘리. 응급 헬기가 오고 있어요. 절대 포기하지 말아요, 알았죠?"

셋. 둘. 하나.

이제 나는 깨닫는다. 캘리는 대답할 수 없다. 이미 떠나버렸다. 하지만 나는 포기하지 않는다. 어떻게 해서든 캘리의 심장을 다시 뛰게 할 것이다. 그때 헬기가 근처에 착륙한다.

몇 분 후 헬기가 캘리를 태우고 새처럼 하늘 높이 솟아오른다.

내가 할 수 있는 건 다 했다. 남은 건 기다리는 것뿐이다. 캘리가 되돌아오길 바라는 마음이 너무 간절한 나머지 가슴이 쓰라리다.

에필로그

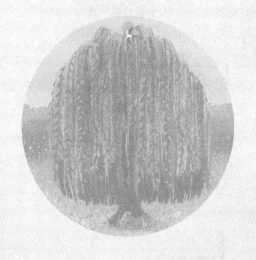

93
조엘

캘리는 그날 심장마비로 세상을 떠났다. 사후부검에서는 심장에 기저 질환이 있었다는 증거가 발견되지 않아 사망 원인에는 '부정맥 돌연사 증후군'이라고만 적혔다.

긴급구조대에 신고할 때도, 구조대원에게도 내 이름을 밝히지 않았다. 캘리가 떠날 때 내가 함께 있었다는 건 아무도 모른다. 몇몇 신문에는 지나가던 행인이 캘리를 발견했다고 나와 있었다. 며칠 후 키런이 어느 지역신문에 난 기사의 링크를 보내줬다. 캘리의 남편이 구조대에 신고해준 사람을 찾아 감사의 뜻을 전하고 싶어 한다는 내용이었다.

물론 나는 신원을 드러내지 않았다. 캘리와 핀이 결혼생활을 하는 동안 내가 캘리와 연락하고 지냈으리라는 의심은 사고 싶지 않았다. 캘리는 마지막 순간까지 핀에게 충실한 아내였고, 남편을 사랑했다.

내가 교회에 들어오는 걸 누가 봤을 것 같지는 않다. 신도석 맨 뒷줄 끝자리에 앉고 보니 옆에 벤과 그의 아내 미아가 앉아 있다. 두 사람은 런던에서 함께 광고 에이전시를 운영하고 있으며, 아기도 낳았다고 한다. 벤과 나는 첫 번째 찬송가로 〈아름답고 찬란한 세상All Things Bright and Beautiful〉이 흘러나올 때 간단히 포옹을 나눈다.

에필로그

나는 핀을 보지 않으려고 시선을 계속 다른 곳에 둔다. 죽을 때까지 평생을 함께할 배우자로 저만한 남자가 있을까 싶다. 물론 핀은 지금 굉장히 힘든 시기를 보내고 있는 것 같다. 장례식이 진행되는 동안 내내 얼굴을 두 손에 묻고 있다. 핀 옆에 앉아 있는 캘리의 부모님도 몹시 처참한 몰골이다.

머피도 목줄을 하고 함께 장례식장에 왔다. 이제는 나이가 많아서 관절염을 앓는 것 같다. 움직이는 게 불편해 보이고 자꾸 누우려고 한다. 하지만 털에 가려진 두 눈동자만큼은 더없이 충성스럽게 빛난다.

머피를 보고 있으면 눈물이 날 것 같아 또다시 고개를 돌린다.

이제 핀이 추도문을 읊기 위해 앞으로 나온다. 핀이 감정을 추스를 때까지 사람들은 잠시 기다린다. 처음에 핀은 목이 메여 말을 하지 못한다. 하지만 마침내 추도문이 시작되자 교회가 밝은 빛으로 가득 채워지는 느낌이다. 핀은 캘리를 어떻게 만났는지, 두 사람이 얼마나 재미있고 멋진 삶을 함께했는지 이야기한다. 그리고 두 사람의 사랑스러운 아이들에 대해서도. "누구나 자기에게 맞는 짝이 있다고들 하죠." 핀이 떨리는 목소리로 이렇게 추도사를 마무리한다. "제 짝은 바로 캘리였습니다."

나는 마지막 찬송가가 울려 퍼지기 전에 교회를 나선다. 캘리는 지난 8년 동안 큰 사랑을 받으며 멋진 인생을 살았던 것 같다.

사람들이 화장터로 이동하는 동안 나는 주변을 한 바퀴 빙 돈다. 캘리의 부모님도 그렇고 닷을 포함한 캘리의 다른 친구들도 마주치고 싶지 않다. 대신 에스터와 약속한 주목나무 쪽으로 시간 맞춰 이동한다.

에스터가 혼자 이쪽으로 걸어온다. 엄청나게 알이 큰 선글라스로 얼굴을 가렸다. 우리는 잠시 포옹을 나눈다.

"정말 유감이에요." 나는 먼저 말문을 열고 이렇게 덧붙인다. "훌륭한 장례식이었어요."

"고마워요. 캘리도 마음에 들어 했으면 좋겠네요."

나는 중앙 통로를 따라 늘어놓은 꽃들을 떠올린다. 고리버들로 엮은 캘리의 관도 꽃으로 장식되어 달콤한 사랑의 향기가 은은하게 예배당을 채웠다.

"화장터에는 안 가요?" 내가 묻는다.

"네, 캘리도 이해할 거예요. 이런 일을 또 겪으니 너무 힘드네요." 에스터가 짧게 숨을 내쉰다. "그레이스를 먼저 보내고 이번에는……."

"그러네요. 미안해요."

커다란 선글라스 너머로 에스터가 미소를 지어 보인다.

"실은 줄 게 있어서 만나자고 했어요." 에스터가 핸드백에서 두꺼운 봉투를 하나 꺼낸다. "캘리가 쓴 엽서예요. 두 사람이 헤어지고 나서……. 그걸 잘 보관해달라며 저한테 보냈더라고요. 자기가 죽으면 조엘에게 전해달라면서."

나는 말을 못 하고 입만 벙긋거린다. 손에 든 봉투가 벽돌처럼 묵직하다.

"캘리는 알려주고 싶어 했어요. 정말 행복했다는 걸……."

나는 봉투를 손가락으로 더듬어본다. 대체 이 봉투 안에…… 엽서가 스무 장쯤 들었을까? 아니면 서른 장?

"또다시 그런 상황이 온다면 나는 똑같이 할 거예요. 아무것도 바뀐 게 없어도요. 무조건 캘리를 사랑할 거예요." 갑자기 목소리가 갈라져서 더 이상 아무 말도 할 수 없다.

긴 침묵이 이어지고 새소리만 간간이 들린다.

"그 의문의 행인은 정체를 드러낼 생각이 없나 봐요." 에스터가 먼저 침묵을 깬다.

나는 다시 정신을 차리고 대답한다. "그러게요."

에스터가 선글라스를 머리 위로 밀어올린다. "그래도 누군가 옆에 함께 있어줬다니 다행이에요. 캘리가 떠나던 순간 말이에요."

나는 눈물이 가득 고인 에스터의 두 눈을 바라보며 고개를 끄덕인다. 그걸로 설명은 충분하다.

"경야°에 갈래요?"

나는 고개를 젓는다. "저는 여기까지인 것 같아요."

"그래요." 에스터가 잠시 머뭇거린다. "고마워요, 조엘."

"뭐가요?"

에스터는 내가 알 거라는 듯 어깨를 으쓱한다.

"조엘, 당신이었잖아요."

나는 에스터와 헤어진 후에도 묘지에 조금 더 머무른다. 하늘도 애도하는 듯 잔뜩 찌푸렸다. 하지만 막 떠나려고 할 때 저쪽에서 햇빛 한 줄기가 흘러나온다.

햇빛이 내 발끝에 닿는 순간, 어디선가 울새 한 마리가 날아와 근처의 묘비에 내려앉더니 고개를 갸우뚱거리며 바라본다.

"영원히 당신을 사랑할게요, 캘리." 나는 혼자 속삭인다. 그러고 나서 엽서 봉투를 재킷 안에 밀어넣고 집으로 발걸음을 옮긴다.

° 經夜. 초상집에서 밤을 새우는 일.

94
캘리

오늘 아침에는 당신을 처음 만났던 날이 생각났어요. 기억나요? 당신은 카페에서 커피 값도 안 내고 갔는데, 나는 다리에 힘이 풀려서 아무렇게나 지껄이다가 케이크 한 조각을 줬잖아요.

하여간 요즘 나는 우리 가족, 그러니까 핀이랑 우리 쌍둥이들하고 매일 드뢰메카게를 먹어요. 바보 같긴 하지만 당신을 기억할 수 있는 방법인 것 같아요.

조엘, 핀은 정말…… 정말 괜찮은 사람이에요. 당신한테 이런 얘길 하는 게 좀 그렇긴 하지만 상처 주려고 하는 말은 아니에요. 믿어줘요. 그냥 내가 행복하다는 사실을 알려주고 싶었어요. 비록 8년 전에는 가슴이 너무나 아팠고 잘못된 결정 같았지만, 우리 결정이 결국은 옳았다는 걸 알려주고 싶었어요.

어쨌든 이번 주는 에버스포드에 와 있어요. 이제 워터펜에 가려는 참이에요. 강을 따라 걸으며 당신 생각을 할게요.

나는 아직 당신을 사랑하고 있어요. 내 마음 한쪽은 영원히 당신을 위해 남겨놓을 거예요. 언제 죽을지는 모르겠지만, 내가 죽은 후에도 당신을 위해 남아 있을 거예요.

감사의 말

먼저 내 에이전트인 AM 히스의 리베카 리치에게 감사의 인사를 전합니다. 리치는 나를 위해 많은 일을 해줬고, 리치의 도움을 받을 수 있어서 운이 좋았다고 생각합니다. 고맙습니다.

저를 따뜻하게 환영해주고 이 책을 위해 열정적으로 일해주신 호더앤드스토턴의 모든 분들에게도 감사의 말씀을 전합니다. 특히 킴 벌리 앳킨스의 뜨거운 열정과 훌륭한 편집 능력, 그리고 등장인물들에 대한 애정에 고마움을 표합니다. 그때 울어서 미안해요! 매들린 우드필드, 내털리 첸, 앨리스 몰리, 매디 마셜, 베카 먼디에게도 감사의 인사를 전합니다. 리베카 폴랜드, 멜리스 다고글루, 그레이스 맥크럼, 해나 제라니오를 포함한 저작권 팀에게도 무척 고맙다는 말을 하고 싶습니다. 이분들이 전 세계 독자들에게 『더 사이트 오브 유』를 알리기 위해 해준 일들에 큰 감동을 받았습니다. 또한 캐럴린 메이스, 제이미 호더-윌리엄스, 루시 헤일, 캐서린 워슬리, 리처드 피터스, 세라 클레이, 레이철 사우디, 엘리 우드, 엘런 타이렐, 엘리 휠든, 특히 매의 눈으로 교열을 도와준 헤이즐 옴에게도 감사를 표합니다.

꼼꼼하고 통찰력 넘치는 편집 기술을 보여준 퍼트넘의 타라 싱 칼슨과 헬렌 리처드에게 함께 일할 수 있어서 기뻤다는 말씀을 드리고 싶습니다. 그리고 샐리 킴, 아이번 헬드, 크리스틴 볼, 알렉시스 웰비, 애슐리 맥클레이, 브레넌 커밍스, 메러디스 드로스, 메이자 발더프, 앤서니 레이먼도, 모니카 코도바, 에미미 슈나이더, 재니스 커지어스, CAA의 미셸 크루스에게도 대단히 고맙다는 말씀을 드립니다.

그리고 수의학 관련 내용에 대해 전문적인 조언을 해준 에마 루스에게도 감사드립니다. 혹시라도 오류가 발견된다면 그건 제 책임입니다.

마지막으로 내 친구들과 가족들, 그리고 마크에게 고마움을 전합니다.

더 사이트 오브 유

1판 1쇄 발행 2020년 11월 13일
1판 2쇄 발행 2021년 8월 20일

지은이 홀리 밀러
옮긴이 이성옥
펴낸이 김기옥

문학팀 김세화 | **마케팅** 김주현
경영지원 고광현, 김형식, 임민진

표지디자인 강수정 | **본문디자인** 고은주
인쇄·제본 (주)민언프린텍

펴낸곳 한스미디어(한즈미디어(주))
주소 (04037) 서울시 마포구 양화로 11길 13(서교동, 강원빌딩 5층)
전화 02-707-0337 | **팩스** 02-707-0198 | **홈페이지** www.hansmedia.com
출판신고번호 제313-2003-227호 | **신고일자** 2003년 6월 25일

ISBN 979-11-6007-526-7 03840

한스미디어 소설 카페 http://cafe.naver.com/ragno | 트위터 @hans_media
페이스북 www.facebook.com/hansmediabooks | 인스타그램 @hansmystery